RÉCRÉATIONS

DRAMATIQUES,

COMÉDIES EN PROSE,

DISCOURS, DIALOGUES EN VERS ET AUTRES POÉSIES,

A L'USAGE DES FAMILLES ET DES MAISONS D'ÉDUCATION,

Par J.-F. Rével,

Ancien Maître de Pension.

. . . . *Ludusque repertus ,*
Et longorum operum finis.

HORACE, Art poétique.

Les jeux de la scène délassent des
longs travaux.

LA ROCHELLE,   PARIS,

CHEZ J. DESLANDES, IMP.-LIB.   CHEZ L. HACHETTE ET Cie,

Rue Chef-de-Ville , 8.   *Rue Pierre-Sarrazin, 14.*

RÉCRÉATIONS

DRAMATIQUES,

COMÉDIES EN PROSE,

DISCOURS, DIALOGUES EN VERS ET AUTRES POÉSIES,

A L'USAGE DES FAMILLES ET DES MAISONS D'ÉDUCATION,

Par J.-F. Rével,

ANCIEN MAITRE DE PENSION.

. . . . Ludusque repertus,
Et longorum operum finis.

HORACE, Art poétique.

*Les jeux de la scène délassent des
longs travaux.*

LA ROCHELLE,	PARIS,
CHEZ J. DESLANDES, IMP.-LIB.	CHEZ L. HACHETTE ET Cie.
Rue Chef-de-Ville, 8.	Rue Pierre-Sarrazin, 14.

1855

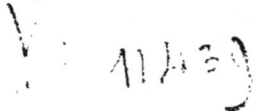

La Rochelle. — Typographie de **J. Deslandes.**

AVANT-PROPOS.

Les Distributions de Prix sont des fêtes de famille. Cette solennité, si impatiemment attendue, est pour les parents et les élèves un jour d'allégresse et de bonheur. Aussi les chefs de pensionnat, qui ont leur part de cette joie, veulent-ils en prolonger la durée par des exercices littéraires, qui soient une preuve de progrès, et comme un spécimen des travaux de l'année.

Les maîtres ressentent les douces émotions des parents, lorsque leurs élèves, parés des grâces naïves de l'enfance, débitent des vers appropriés à leur âge, ou se livrent entre eux à des conversations, tantôt sérieuses, tantôt enjouées, en présence d'hommes honorables, qui les encouragent par une attention bienveillante et par un sourire caressant.

Que sera-ce lorsque, à la forme du dialogue, si attrayante par elle-même, on aura joint une action, une intrigue qui amuse et intéresse? La plus vive satisfaction brillera sur tous les visages, et les yeux humides des mères diront assez leur jouissance et leur bonheur.

Ces exercices, on ne l'ignore pas, sont fort agréables aux enfants; mais ils leur sont encore plus avantageux, car ils contribuent puissamment à augmenter la mémoire et à développer l'intelligence; ils les habituent à une accentuation régulière et aux inflexions de voix convenables. A notre époque, où l'avenir des jeunes étudiants dépend souvent du résultat des examens, il est d'une extrême importance de les préparer de bonne heure à parler en public pour vaincre cette timidité excessive qui cause trop souvent de pénibles échecs. Après avoir pris chaque année la parole devant les hommes vénérables, qui d'ordinaire président aux solennités scolaires, les aspirants aux brevets ou aux diplômes apportent aux examens une heureuse assurance, qui est le présage du succès.

On obtient plus encore de ces exercices, lorsqu'on en profite pour faire goûter aux enfants les préceptes de la Morale, qui se résument dans l'amour et la crainte de Dieu. Ainsi le comprennent les hommes éminemment utiles qui dirigent les Institutions, heureux de voir que les dialogues et les drames, où les élèves mettent, pour ainsi dire, la morale et l'histoire en action, gravent les sentiments qui en découlent en caractères ineffaçables dans leur esprit et dans leur cœur.

Telle a été notre propre expérience, quand nous avons écrit les petits drames et les poésies

que nous soumettons aux chefs d'Etablisse-
ments, souvent trop occupés pour en composer
eux-mêmes. Ces pièces ont été entendues à nos
FÊTES DE FAMILLE. Apprises avec plaisir, et par
cela même avec la plus grande facilité, dites
avec entrain devant les parents charmés, elles
laissaient de précieux germes et inspiraient en
outre, pour les études historiques, une ardeur
que l'on voyait s'accroître, à mesure qu'elles
devenaient plus nécessaires.

Aussi croyons-nous réaliser le vœu de plusieurs familles en publiant ces opuscules, où
elles trouveront le souvenir des instants qui
furent si délicieux pour elles et pour nous.
Puissent-elles y revoir aussi le zèle affectueux
qui nous identifiait, comme elles, avec ce
qu'elles avaient de plus cher !

Avons-nous su réunir, dans ce travail, l'A-
GRÉABLE et l'UTILE, *utile dulci?* Il ne nous appartient pas de prononcer. Nous oserons seulement affirmer que notre plus grand désir est
de faire naître, dans l'esprit des jeunes lecteurs
et acteurs, des impressions ou des pensées qui
les portent à la vertu.

. . . . *Vestigia Græca*
Ausi deserere et celebrare domestica facta.

HORACE, Art poétique.

. . . . *Laissons les Grecs pour*
célébrer les faits de notre histoire.

—

FRANÇOIS Ier A LA ROCHELLE

ou

LE TRIOMPHE DE LA PIÉTÉ FILIALE,

DRAME EN DEUX ACTES.

PERSONNAGES.

ENGUERRAND DE LILEAU, Elève du Collége. MÉDÉRIC.
LÉON DE CASTELNAU, Page du Duc d'Orléans. GABRIEL.
FERNANDO DE LA PLANA, fils d'un général
  espagnol. . . . . CAMILLE.
EUGÈNE. . . . . . ⎫
VALÉRY. . . . . . ⎬
HIPPOLYTE. . . ⎬
ANDRÉ . . . . . ⎬ ÉLÈVES DU COLLÉGE.
GEORGES. . . . ⎬
HENRI. . . . . . ⎬
LOUIS. . . . . . ⎬
CHARLES. . . . ⎭

L'action se passe à la fin de l'année 1542, époque du second passage de François Ier à La Rochelle, où une révolte l'avait attiré, et le lieu de la scène est le jardin du Collége de cette ville. Tous les faits sont historiques ; il n'y a de fiction que dans ce qui a rapport aux trois petits personnages, les plus importants de la pièce, comme il sera facile de le reconnaître.

Au premier Acte, Léon (Freluquet) paraît sous un déguisement burlesque qui cache son costume de Page (un domino mi-partie vert et jaune) ; il est coiffé d'un bonnet pointu, entouré de grelots, et tient à la main un sceptre terminé par une tête grotesque et garni de grelots, qu'on appelle marotte.

ACTE PREMIER.

—

SCÈNE Iʳᵉ.

MÉDÉRIC ENGUERRAND.

Priez, mon enfant, votre père est prisonnier !
Ces paroles de mon professeur ont jeté l'effroi dans
mon âme. O douleur ! mon père dans les fers !.....
Cette pensée me tourmente... Mais enfin qu'a-t-il fait
mon père ?

Il s'est prononcé avec énergie contre un impôt
nouveau et injuste ; des soldats mercenaires, d'in-
fâmes aventuriers insultaient notre milice ; il a aidé
les Rochelais à repousser leurs outrages. Eh bien !
défendre ses privilèges, son honneur, sa vie, est-ce
un crime ? Le roi ne pense pas ainsi, car lorsqu'il
reçut à Narbonne les députés de la Rochelle, il leur
parla avec bonté, il leur dit qu'il abandonnait aux
Rochelais la garde de leur ville, et qu'il n'entendait
pas qu'on y mît garnison. Non, non, je ne puis croire
qu'il veuille se montrer sévère ; on le dit si bon,
si magnanime !..... Pourtant les rois sont si souvent
trompés !... Oui, on trompe François Iᵉʳ ; le baron
de Jarnac n'aime pas mon père ; il aura écrit contre
lui. O mon Dieu ! qu'allons-nous devenir ?... J'entends
mes folâtres camarades. Leur joie me fait mal. Je
vais prier Dieu pour mon père. *(Il sort.)*

SCÈNE II.

CHARLES, HENRI, GEORGES, FERNANDO, LOUIS,
EUGÈNE, HIPPOLYTE.

CHARLES.

Quel bonheur ! Aujourd'hui Dimanche : point de
classe !

HENRI.

Et au lieu de l'étude, nous aurons récréation jusqu'aux Vêpres. Oh ! quelle charmante récréation !

GEORGES.

Espagnol, tu nous apprendras les jeux de la Castille.

FERNANDO.

Vous pensez à jouer dans ce moment ? C'est bien
le caractère français.

LOUIS.

Oui, nous sommes Français ! nous sommes fiers
d'être les enfants de la belle et noble France.

FERNANDO.

La belle et noble France ! L'Espagne a plus de droit
à ces titres. Voyez quelle petite place tient votre
France sur la carte du globe, en comparaison de cet
Empire, sur lequel le soleil ne se couche jamais.

CHARLES.

Comment ! il ne fait jamais nuit en Espagne ?

EUGÈNE.

Il veut dire que les États de son souverain, Charles-
Quint, s'étendent d'un hémisphère à l'autre, en
Europe et en Amérique.

FERNANDO.

Oui ; et c'est à l'Espagne qu'est due la conquête du

Nouveau-Monde. La France a-t-elle rien fait d'aussi mémorable ?

HIPPOLYTE.

Le Mexique et le Pérou vous donnent beaucoup d'or et d'argent ; mais nous avons des richesses plus solides.

HENRI.

Et puis, les Espagnols n'ont pas remporté autant de victoires que les Français.

FERNANDO.

Dis plutôt qu'ils n'ont pas été si souvent battus.

GEORGES.

Ce n'est pas vrai !

TOUS.

Quel mensonge !

LOUIS.

Orgueilleux Castillan, tu oublies que tu es notre prisonnier.

FERNANDO.

Je ne le serai pas longtemps, allez !

CHARLES.

Si tu ne veux pas t'amuser, nous te ferons mille malices.

HIPPOLYTE.

Non, non ; n'insultez pas au malheur de Fernando ; d'ailleurs, il a raison d'être surpris de votre gaîté.

EUGÈNE.

Dans un moment où tous les habitants sont inquiets.

HIPPOLYTE.

La ville est dans la consternation.

GEORGES.

Nos Régents sont aussi bien tristes,

EUGÈNE.

Si tristes qu'ils ne pensent pas à nous mettre à l'étude.

CHARLES.

C'est toujours autant de gagné.

LOUIS.

Mais où sont-ils donc les Régents ?

HIPPOLYTE.

Presque tous sont sortis pour s'informer de ce qu'il y a de nouveau.

GEORGES.

C'est bien ; nous saurons au moins ce qui se passe.

FERNANDO.

Je voudrais connaître la cause de ce grand souci des Rochelais.

EUGÈNE.

Tu ne sais donc pas ce qui s'est passé ?

FERNANDO.

Non ; hier en débarquant dans votre port, après mon naufrage, j'ai été surpris de voir une grande tristesse sur tous les visages ; on pleurait, on se lamentait ; aujourd'hui vos Régents paraissent tout bouleversés ; l'un d'eux a dit que le Roi avait menacé de détruire la ville, et que quelques habitants avaient transporté hors des murs ce qu'ils avaient de plus précieux. D'où vient cette colère de votre Roi ?

EUGÈNE.

C'est la gabelle qui est cause de tout ce grabuge.

FERNANDO.

La gabelle ? qu'est-ce donc ?

HIPPOLYTE.

C'est un impôt sur le sel. Les provinces du Poitou,

d'Aunis et de Saintonge en avaient toujours été exemptes; on les y a soumises, et le peuple mécontent s'est révolté.

FERNANDO.

Pourquoi ces provinces avaient-elles ce privilège?

EUGÈNE.

Parce qu'elles ont aidé nos rois à délivrer la France du joug des Anglais.

FERNANDO.

Récompense glorieuse et bien méritée. Comment! on vous l'a ravie?

EUGÈNE.

Oui, et La Rochelle s'en est indignée.

FERNANDO.

Qu'a-t-elle fait?

HIPPOLYTE.

Les habitants, attaqués par les soldats du Roi, en ont tué ou blessé un grand nombre, et le baron de Jarnac, gouverneur de l'Aunis, Maire perpétuel de La Rochelle, est sorti furieux de la ville avec sa troupe; mais gare au retour!

EUGÈNE.

Oui, ce Jarnac est cause de tous nos malheurs: s'il n'avait pas détruit nos privilèges et destitué nos officiers municipaux, tout cela ne serait pas arrivé, et le Roi ne serait pas en colère contre les pauvres Rochelais.

CHARLES.

C'est encore lui qui n'a pas voulu qu'on chantât la messe de Minuit: moi qui devais y aller pour la première fois. Oh! je le déteste ce méchant Baron! A bas Jarnac!

EUGÈNE.

Silence, petit étourdi ! Tu ne sais donc pas que le
Baron est rentré à la Rochelle avec ses soldats ; tous
les habitants sont désarmés, les canons sont braqués
dans plusieurs quartiers de la ville, et une foule de
bourgeois sont dans les fers.

LOUIS.

O mon Dieu ! voilà donc pourquoi plusieurs de nos
camarades sont rentrés dans leurs familles. Je voudrais être à leur place.

HIPPOLYTE.

On dit que le Roi va venir : qui sait ce qu'il nous
réserve !

EUGÈNE.

Pauvres prisonniers ! dans quelle inquiétude doivent
être leurs familles !

HIPPOLYTE.

Comprenez-vous maintenant le souci de notre camarade Enguerrand ?

HENRI.

Il est bien triste aujourd'hui. D'où vient cela ?

HIPPOLYTE.

Son père est en prison.

LOUIS.

En prison ? Qu'a-t-il donc fait ?

HIPPOLYTE.

Il est un des principaux chefs des révoltés.

GEORGES.

Comment ! son père ! un ancien militaire !

EUGÈNE.

Et des plus braves, à ce que l'on dit.

HIPPOLYTE.

Certainement ; il a fait toutes les campagnes du
Roi.

FERNANDO.

Pourquoi donc s'est-il mis à la tête des révoltés ?

HIPPOLYTE.

Il paraît que les ministres lui ont fait des injustices.

EUGÈNE.

Cela n'excuse pas sa révolte.

HIPPOLYTE.

Mais quand les favoris du Roi irritent le peuple par
leur conduite, ce sont eux qui sont coupables.

EUGÈNE.

Les Rois ne l'entendent pas ainsi ; ils punissent la
rébellion.

HIPPOLYTE.

Je le sais bien : il y a deux ans, Charles-Quint a
cruellement châtié la ville de Gand. Oh ! si François Ier
allait traiter la Rochelle de la même manière !...

CHARLES.

Qu'a-t-il donc fait, ce vilain Charles-Quint, à la ville
de Gand ?

HIPPOLYTE.

Les habitants s'étaient révoltés au sujet de nouveaux impôts ; l'Empereur confisqua leurs biens com-
munaux, les priva de leurs privilèges, leur imposa
des amendes énormes, et fit décapiter quatorze chefs
de la rébellion.

HENRI.

Oh ! le méchant Empereur !

EUGÈNE.

Pourtant Charles-Quint est né à Gand : il fut le bourreau de sa patrie.

CHARLES.

On devrait l'appeler Charles le Coquin.

GEORGES.

Que dis-tu de cela, Fernando ?

FERNANDO.

Je dis que Charles-Quint s'est mal conduit alors, comme dans d'autres circonstances.

LOUIS.

C'est ainsi que tu défends ton Empereur, le Roi d'Espagne !

FERNANDO.

Charles-Quint n'est pas Espagnol ; c'est un prince de la maison d'Autriche.

EUGÈNE.

C'est égal : chacun doit prendre le parti de son souverain.

FERNANDO.

Eh bien ! moi, je ne veux pas défendre Charles-Quint ; j'ai mes raisons pour cela.

CHARLES.

Votre Charles-Quint, c'est-à-dire le coquin, nous ennuie : amusons-nous donc !

SCÈNE III.

LES PRÉCÉDENTS, ANDRÉ.

ANDRÉ.

Grande nouvelle, Messieurs, le Roi arrive !

HIPPOLYTE.

O mon Dieu ! qu'allons-nous devenir ?

GEORGES.

Nous sommes perdus !

ANDRÉ.

Non, non, n'ayez pas peur ! Vous ne savez donc pas que François Ier est bon et généreux ?

FERNANDO.

Moi, je suis charmé de l'arrivée du Roi.

HENRI.

Est-ce que tu le connais, toi ?

FERNANDO.

Mon père l'a connu à Madrid.

EUGÈNE.

Epoque fatale ! notre Roi était prisonnier.

HIPPOLYTE.

Oui, prisonnier de Charles-Quint.

LOUIS.

Comment ! le Roi a été prisonnier ?

HIPPOLYTE.

Ce n'est que trop vrai : à la bataille de Pavie, nous fûmes malheureux, et le Roi fut fait prisonnier.

EUGÈNE.

Il était blessé à la jambe et au visage, lorsque son cheval s'abattit sous lui. Entouré de soldats furieux, qui se disputaient sa prise, le Roi aurait été tué sans un officier ennemi qui le reconnut.

ANDRÉ.

L'Empereur devait être bien fier d'avoir pris François Ier ?

FERNANDO.

On m'a dit que l'Empereur était alors en Espagne ; il était vainqueur sans avoir combattu.

EUGÈNE.

Ce fut alors que François Ier écrivit à sa mère ces paroles mémorables : *Madame , tout est perdu, fors l'honneur !*

HIPPOLYTE.

Ensuite il fut conduit à Madrid , et y resta un an captif.

EUGÈNE.

L'Empereur ne lui rendit la liberté qu'après lui avoir fait signer un traité humiliant pour la France , et encore il exigea qu'il lui envoyât ses deux fils comme ôtages.

HENRI.

C'est abominable !

GEORGES.

C'est digne de Charles-Quint !

HIPPOLYTE.

Ton père doit avoir connu les jeunes princes.

FERNANDO.

Oui , beaucoup.

ANDRÉ.

On dit que le Roi est accompagné de l'un de ses fils.

FERNANDO.

Oh ! si c'était le prince Henri !

ANDRÉ.

Le Dauphin ? Et qu'espères-tu de lui ?

FERNANDO.

Beaucoup plus que tu ne crois : si ce prince savait que le fils du comte de la Plana a eu le malheur de faire naufrage , et qu'on le retient prisonnier , il ne serait pas content.

HIPPOLYTE.

N'es-tu pas le sujet du plus mortel ennemi de la France ? C'est le droit de la guerre.

EUGÈNE.

Du reste , Segnor Fernando de la Plana , la grande école n'est pas une prison , et vous n'êtes pas trop mal ici.

FERNANDO.

La grande école n'est pas une prison ?... Pourquoi donc vous tarde-t-il d'en sortir ? Vous conviendrez qu'on est mieux avec sa famille.

ANDRÉ.

Et où sont-ils tes parents ?

FERNANDO.

Tout ce que je puis vous dire , c'est qu'ils ne sont pas avec les ennemis de la France.

CHARLES.

Qui veut venir s'amuser avec moi ?

HIPPOLYTE.

C'est toujours son refrain.

CHARLES.

Mon refrain le voici : à bas Charles-Quint !

EUGÈNE.

Laisse donc tes folies ; pense à ce pauvre Enguer-rand qui se désole.

SCÈNE IV.

LES PRÉCÉDENTS, VALÉRY.

VALÉRY.

Messieurs, le Roi est arrivé !

TOUS.

Le Roi ! le Roi !

HIPPOLYTE.

Comment ! le Roi est arrivé ? Nous devions aller au-devant de lui avec le Clergé.

VALÉRY.

Le Roi a fait défendre aux Rochelais d'aller au-devant de lui ; il est entré par la porte de Cougne avec plusieurs grands de sa cour, et escorté par ses lansquenets.

GEORGES.

D'après cela, le Roi est toujours en colère ; ça va mal.

LOUIS.

Les lansquenets vont nous tuer ! Sauvons-nous ! sauvons-nous !

VALÉRY.

Oh ! ce n'est pas à nous qu'on en veut ; mais les révoltés.... Je crains pour eux.

HIPPOLYTE.

Les lois sont terribles ; la peine capitale !...

TOUS.

O mon Dieu !

ANDRÉ.

Ce pauvre Enguerrand ! que va-t-il devenir ?

HENRI.

Où est-il donc ?

ANDRÉ.

Je n'y tiens plus ; il faut que j'aille le chercher.
(*Il sort.*)

VALÉRY.

Il a passé une partie de la matinée avec nos Régents qui s'efforcent de le rassurer. Cependant ils
sont eux-mêmes fort inquiets.

CHARLES.

Voilà ce qu'on gagne avec toutes ces révoltes ; les
pères se font mettre en prison ; puis les enfants ont
peur, et ils ne peuvent plus s'amuser.

GEORGES.

Mais aussi, mon cher, nous ne travaillons pas : cela
console.

FERNANDO.

C'est la consolation des paresseux.

SCÈNE V.

LES PRÉCÉDENTS, ENGUERRAND, conduit par ANDRÉ.

ANDRÉ.

Le voici !

LOUIS.

D'où viens-tu, cher Enguerrand ?

ENGUERRAND.

Je viens de la chapelle. Oh ! comme la prière console et fortifie ! j'espère. Eh bien ! le Roi ?...

HIPPOLYTE.

Tu ne sais donc pas ?

ENGUERRAND.

On m'a dit qu'il devait arriver aujourd'hui.

LOUIS.

Il est arrivé.

ENGUERRAND.

Le Roi est arrivé ! Cela n'est pas possible : les cloches et le canon l'auraient annoncé !

GEORGES.

Le Roi est entré sans bruit : on dirait qu'il a peur.

ENGUERRAND.

Qu'est-ce que cela veut dire ?.... Ecoutons.... Quel silence ! quel calme dans la ville !... C'est effrayant !.. O mon Dieu !... Pourtant on avait dit que les habitants devaient aller au-devant du Roi jusqu'au pont des Salines ; nous devions y être conduits. J'espérais... A présent, je le vois bien, il n'y a plus d'espoir. (*Il se couvre le visage avec les mains.*)

ANDRÉ.

Rassure-toi, mon ami ; François Ier n'est pas un tyran.

HIPPOLYTE.

As-tu oublié tout ce qu'on a fait pour demander à Dieu qu'il lui inspire sa clémence ? nous avons eu des jeûnes, des processions, des prières publiques. Il est impossible que tant de supplications ne soient pas exaucées.

ANDRÉ.

Et même, dans ce moment, les églises sont pleines de monde. Chacun implore au pied des autels la pitié du Seigneur.

ENGUERRAND.

Et moi aussi j'ai prié : cela m'a fait du bien. J'invoquais la sainte Mère du Sauveur, et il me semblait l'entendre me dire : Rassure-toi, mon enfant, ton père aura sa grâce. Oh ! que cette espérance était

douce à mon cœur ! Mais toutes mes craintes sont revenues. Oh ! mon bon père !.....

CENTER
EUGÈNE.

Espère encore , cher Enguerrand , tu as invoqué
Marie. Dieu ne refuse rien à cette bonne mère des
affligés.

CENTER
ENGUERRAND.

Oh ! je vais la prier encore et toujours !

————

SCÈNE VI.

LES PRÉCÉDENTS , LÉON.

LÉON. *(Il chante avant d'entrer.)*

CHARLES.

A la bonne heure ! il est gai celui-là !

HENRI.

Je ne connais pas cette voix.

ANDRÉ.

Je vais voir.

LÉON. *(Il entre en chantant.)*

Point de chagrin , amusons-nous ! Ah ! qu'il est
doux de trouver des fous !

GEORGES.

Quel drôle de costume !

LÉON. *(Gaîment.)*

Messieurs , j'ai l'honneur d'être votre folâtre et
très-jovial serviteur.

LOUIS.

Qui es-tu ?

ANDRÉ.

D'où viens-tu donc ?

HENRI.

C'est un petit ménestrel.

GEORGES.

Non ; c'est un petit devin , un sorcier.

LÉON.

Ménestrel , devin , sorcier ; rien de tout cela : je suis tout simplement le petit Freluquet , élève du célèbre et facétieux sire de Triboulet , bouffon en titre de Sa Majesté François Ier , notre seigneur et roi. *(Il s'incline.)*

ANDRÉ.

Triboulet , c'est le fou du Roi !

LÉON.

Oui , Messieurs. Vous savez , sans doute , que mon illustre patron , le sire de Triboulet , a un grand livre sur lequel il inscrit tous les fous qu'il rencontre. Pendant que le Roi et les princes goûtent quelques instants de repos , il m'a envoyé ici pour voir s'il n'y aurait pas quelques élèves de ce collége dignes d'entrer dans son honorable société..... *(Trois élèves se retirent en arrière.)* Oh ! n'ayez pas peur : vous serez en bonne compagnie ; il y a des gens d'épée , des gens de robe , des savants , des philosophes , voire même des empereurs et des rois.

HIPPOLYTE.

Puisque tu es de la cour , tu dois savoir si le Roi est en colère contre les Rochelais.

LÉON.

Le Roi est très-calme en ce moment : il dort..... J'ai aussi une autre chose fort sérieuse à vous annoncer.

VALÉRY.

Qu'est-ce donc ?

LÉON.

Le Roi, vous ne l'ignorez pas, est grand ami des lettres, des sciences et des arts; il veut les rendre florissants comme en Italie, et, pour cela, il s'applique à détruire tout ce qui nuit à leurs progrès. Indignée du mauvais latin que les tabellions emploient dans les actes, que les avocats prononcent au barreau, voire même les juges dans leurs arrêts, Sa Majesté a ordonné qu'à l'avenir on ne parlera plus, et on n'écrira plus qu'en français.

CHARLES.

Tant mieux! on ne nous tourmentera plus avec ce maudit latin.

LÉON.

Au contraire, mon ami: le Roi entend que la jeunesse l'apprenne toujours; mais il ne veut plus souffrir que les actes publics nous rendent la risée des savants étrangers. Pourtant rien n'amusait autant le Roi que la lecture de certains actes, dont le latin sentait la casserole; il en riait aux larmes avec les seigneurs de la cour. Vous comprenez que mon illustre patron a dû chercher quelque chose pour dédommager Sa Majesté d'une si grande perte pour ses Menus-Plaisirs. Son génie drôlatique a trouvé un admirable moyen: dans chaque ville où la cour s'arrête, il se rend aux écoles et inscrit sur un livre *ad hoc* les barbarismes qu'on y produit. Voilà pourquoi le sire de Triboulet m'a chargé de venir vous demander les vôtres, Messieurs. Réjouissez-vous: dès ce soir, vos barbarismes seront lus en présence du Roi.

HENRI.

Voilà une plaisante idée!

GEORGES.

Elle est digne d'un fou.

2

LÉON.

Elle est digne de vous, Messieurs. Allons, daignez
enrichir notre précieuse collection ; dites, j'écrirai.
Tenez, voici le dernier inscrit ; nous le devons à
l'école d'Angoulême. Dans un thème il y avait la
phrase suivante : *Léonidas arrêta les Perses dans ce
défilé, et mourut avec ses braves soldats.* Voici comment l'a rendue le fameux latiniste : *Leonidas arres-
tavit Persos in hoc defilo et moritus est cum suis bravis
soldatibus.* (*Rire général.*) A votre tour, Messieurs,
courage !..... (*Silence*). Comment ! vous ne voulez
pas distraire le Roi des soucis de la couronne ?

LOUIS.

Le Roi se moquera de nous.

HENRI.

Et puis il ordonnera qu'on nous accable de pensums.

LÉON.

Des pinsons ! On ne connaît pas ces oiseaux-là à
la cour.

HIPPOLYTE.

Eh bien ! puisque cela doit amuser le Roi, il faut
nous résigner à dire nos chefs-d'œuvre de Barbarie.
Commence, Georges.

GEORGES.

Commence donc, toi-même.

HIPPOLYTE.

Je le veux bien, pour vous donner l'exemple. Dans
un de mes thèmes, mais il y a longtemps de cela,
pour rendre cette phrase : *La folie est de tous les
âges,* j'avais mis : *Folia est totorum agiorum.*

LÉON *(éclatant de rire à chaque barbarisme).*

Très-bien ! la folie *folia* : c'est de ma compétence.
(Il fait semblant d'écrire).

VALÉRY.

Moi, pour rendre : *Ta réputation est très-bonne*, j'avais mis : *Tua reputatio est bonissima.*

LÉON.

Excellent!... Et toi, petit bonhomme ?

LOUIS.

Pour dire : *Un homme en colère est très-méchant*, j'avais mis : *Homo in colera est malissimus.*

LÉON.

Parfait!... Et toi qui as l'air de chercher des barbarismes dans la lune, en trouves-tu ? Voyons !

ANDRÉ.

Oui, oui, et de fameux ; tu vas voir : *Alexandre tua son ami dans un festin. Alexandrus tuavit suum amicum in festino.*

LÉON.

Admirable ! Messieurs, je vous remercie. Le sire de Triboulet sera ravi.

GEORGES.

Le Roi rira-t-il ?

LÉON.

Oui, certes, et de bon cœur, allez.

GEORGES.

Tant mieux ! un Roi qui rit n'est pas méchant ; il pardonne.

LÉON.

A présent, vous allez me dire chacun votre nom pour que je l'accole à votre latin magnifique.

VALÉRY.

Oh ! par exemple, je ne dirai pas mon nom.

ANDRÉ et LOUIS.

Ni moi non plus.

LÉON.

Comment voulez-vous que mon patron vous envoie le diplôme de chevaliers palatins, de citoyens de la Barbarie ?

LOUIS.

Tu te moques de nous, petit insolent !

HENRI.

C'est vrai ! (*Il lui prend son livret*). Voyez-vous, les feuillets sont blancs.

GEORGES.

Puisqu'il vient se moquer de nous, faisons-lui des malices.

LOUIS.

Il faut le chasser à coups de bâton ! (*Il prend un balai*).

LÉON.

Vous n'entendez donc pas la plaisanterie ?

VALÉRY.

Tu prends bien ton temps pour plaisanter.

LÉON.

Calmez-vous, Messieurs : j'ai appris que vous aviez du souci, j'ai voulu vous égayer un peu ; mais j'ai aussi à m'acquitter d'une mission de Mons..... enfin d'une mission.

VALÉRY.

Une mission ! toi, petit bouffon au maillot ?...

LÉON.

Oui, le petit Freluquet a une mission. Voulez-vous la savoir ?

LOUIS.

Oui, dis-la donc.

LÉON.

Attendez que je voie l'heure. (*Il regarde une grosse montre.*)

CHARLES.

Qu'est-ce que c'est que cette grosse boule?

LÉON.

C'est une horloge de poche : avec cela on règle le soleil.

HIPPOLYTE.

Encore des folies. Dis-nous enfin le motif de ta visite?

LÉON.

D'abord, je salue très-humblement le grave senor de la Plana.

ANDRÉ.

Ah! ah! tu connais cet Espagnol?

FERNANDO.

Eh bien! moi je ne l'ai jamais vu?

LÉON.

Je ne t'avais jamais vu; mais il y en a d'autres qui connaissent la famille, et qui ont appris ton naufrage. A ton costume, j'ai deviné que tu étais Fernando de la Plana.

FERNANDO.

Oui, c'est moi. Qu'as-tu à me dire?

LÉON.

D'abord que je n'aime pas les Espagnols.

FERNANDO.

Ah! et par quelle raison, Monsieur Freluquet?

LÉON.

Parce qu'ils sont les sujets de notre plus grand ennemi, de l'ambitieux, du traître, du cruel Charles-Quint, d'un souverain qui a toujours auprès de sa personne..... Devinez qui, Messieurs.... un singe !

TOUS.

Oh ! oh ! oh !

CHARLES.

Singe vilain, Charles coquin : voyez-vous? ça rime bien.

LOUIS.

La belle compagnie ! Que fait-il donc avec cet animal-là ?

LÉON.

Il joue aux échecs avec lui. Une fois le singe gagna la partie. Alors, savez-vous ce que fit Charles-Quint? Il rossa le singe. *(Rire général)*.

VALÉRY.

Tu étais sans doute à la cour, il y a deux ans, lorsque Charles-Quint y fut reçu avec tant de magnificence ?

LÉON.

Je le voyais de près, et même un jour j'ai bien ri de la peur que lui fit le duc d'Orléans.

GEORGES.

Conte-nous cela.

LÉON.

Le prince, toujours vif et enjoué, s'élança sur la croupe du cheval de Charles-Quint, et saisit l'Empereur dans ses bras en criant : Sire, vous êtes mon prisonnier ! Le lendemain, Sa Majesté Impériale se dirigeait vers Gand.

FERNANDO.

Arriverez-vous enfin à votre grande mission, Monsieur Freluquet ?

LÉON.

M'y voici. Je viens donc aussi pour vous dire, senor Fernando, qu'il y a dans cette ville quelqu'un
qui s'intéresse beaucoup à vous.

FERNANDO.

A La Rochelle !... Qui donc peut me connaître ?

LÉON. *(A l'oreille.)*

Je te le dirai quand nous serons seuls.

EUGÈNE.

Messieurs, il paraît que nous sommes de trop ici.

CHARLES.

Eh bien ! allons nous amuser.

HIPPOLYTE.

Allons-nous-en ; vous vouliez le chasser, et c'est
lui qui nous chasse.

(Les élèves vont partir, LÉON *les arrête et chante):*

> Allons, Messieurs, faites bien des folies ;
> Dans vos plaisirs imitez Freluquet,
> Et vous serez, comme gens à manies,
> Dans le journal de Triboulet.
>
> Apprenez bien histoire et catéchisme :
> C'est le conseil du petit Freluquet ;
> Mais, chaque jour, faites un barbarisme
> Pour le journal de Triboulet.

(Les autres se retirent en répétant :)

Pour le journal de Triboulet.

SCÈNE VII.

FERNANDO, LÉON.

FERNANDO.

A présent, tu vas me dire enfin quelle est la personne qui s'intéresse à moi.

LÉON.

C'est Monseigneur le duc d'Orléans, second fils du Roi !

FERNANDO. *(Vivement)*.

Comment ! le Prince Henry ?

LÉON.

Non, le Dauphin n'accompagne pas le Roi ; c'est le prince Charles.

FERNANDO.

Ah ! Monsieur Freluquet, vous êtes sans doute le fou de Son Altesse ?

LÉON.

J'ai pris ce nom pour les égayer. Je suis Page de Monseigneur le duc d'Orléans. Vois-tu ? *(Il ouvre son petit manteau.)*

FERNANDO. *(Il s'incline en souriant.)*

Oh ! oh ! salut et respect à Monsieur le Page.

LÉON. *(Il s'incline aussi en souriant.)*

Prêt à vous servir, Senor de la Plana.

FERNANDO.

Ce bon prince n'a donc pas oublié ma famille ?

LÉON.

En apprenant ton naufrage, le prince a dit au Roi qu'un jour le Dauphin, son frère, tomba dans l'eau ; qu'il allait périr, quand ton père le sauva.

FERNANDO.

C'est vrai : mon père me l'a raconté. Il était chargé de la surveillance des deux princes ôtages, et même l'affection qu'il a toujours montrée pour les fils de François Iᵉʳ a déplu à l'Empereur, qui a été fort injuste à son égard.

LÉON.

Et ton père, où est-il à présent ?

FERNANDO.

Comme ma mère est Ecossaise, il est allé la rejoindre à Edimbourg, où des affaires de famille l'a-
vaient appelée. Le Roi d'Ecosse, Jacques V, a comblé
mon père d'amitiés et lui a offert une place honorable
dans sa maison. Alors mes parents, qui m'avaient
laissé au collége de Bilbao, m'ont rappelé auprès
d'eux. On m'a confié à un honnête capitaine de navire marchand, qui se rendait de Santander à Edimbourg ; mais une tempête a poussé le navire sur les
côtes de France, où nous avons fait naufrage. Nous
avons eu le bonheur de nous sauver, mais nous y
sommes retenus prisonniers.

LÉON.

C'est un petit malheur en comparaison de celui
auquel tu as échappé ! Une tempête ! Oh ! que cela
doit être beau une tempête !... Mais comment t'es-tu
sauvé ?

FERNANDO.

Notre navire s'était brisé sur les rochers du Per-
tuis d'Antioche ; nous allions être engloutis ; alors le
capitaine fit un vœu à la Sainte Vierge ; dans quelques
minutes il se fit un grand calme, et un radeau cons-
truit à la hâte nous porta tous sains et saufs sur le
rivage, dans l'île de Ré, près d'un village appelé
Sainte-Marie.

LÉON.

Vous avez sans doute accompli votre vœu ?

FERNANDO.

Pas encore ; mais demain, le capitaine viendra me
prendre avec ses matelots, et nous irons à l'église de

2.

Notre-Dame rendre grâce à celle qu'on nomme à si
juste titre l'*Etoile de la mer*.

LÉON.

Marie t'a obtenu une nouvelle faveur : dans quelques
heures, tu seras libre : c'est ce que Monseigneur
le prince Charles m'a chargé de te dire. A présent,
je reviens à mon poste. Au revoir, cher prisonnier.

FERNANDO.

Bon page, je te remercie. Ecoute : j'ai un autre
service à te demander.

LÉON.

Qu'est-ce donc ?

FERNANDO.

Tu sais, sans doute, dans quelle peine sont les
pauvres Rochelais ?

LÉON.

Le Roi est très-irrité contre eux : à Angoulème,
il n'a pas même voulu voir leurs députés, et il va
tenir son conseil pour cette grande affaire.

FERNANDO.

Et les révoltés, que leur fera-t-on ?

LÉON.

Les Révoltés ! j'ai grand'peur pour eux.

FERNANDO.

Comment ! ces malheureux seraient conduits au
supplice ?

LÉON.

Je l'ignore... Mais pourquoi ont-ils fait les mau-
vaises têtes ?

FERNANDO.

Pourquoi leur a-t-on fait des injustices ? Bon page,
tu devrais bien prier pour les prisonniers.

LÉON.

Moi ! le petit Freluquet ! Le Roi ferait grand cas de mes paroles.

FERNANDO.

Freluquet pour rire, page tout de bon. Si tu priais le prince Charles ?....

LÉON.

Son Altesse me dirait : Mon garçon, ne te mêle pas des affaires de l'Etat.

FERNANDO.

Tu me désoles. Ecoute : il y a dans l'école un élève qui est le fils de l'un des chefs de la révolte ; il est plongé dans un profond chagrin. Si le père est condamné, certainement son fils mourra de douleur ! Cette pensée m'afflige, comme tous ses camarades : car tout le monde aime Enguerrand de Lileau. Il faut sauver son père, mon ami ! Il faut le sauver !

LÉON.

Ton récit me touche. Où est-il cet Enguerrand ? je voudrais le voir.

FERNANDO.

Attends un instant, je cours le chercher. *(Il sort en disant):* Il faut le sauver !

SCÈNE VIII.

(Ce monologue sera dit avec lenteur et en observant les pauses indiquées.)

LÉON.

Il faut le sauver ! C'est bien facile à dire... Un chef de révolte !..... la justice est inexorable. Mais quand des hommes durs et sans pitié ont maltraité le pauvre peuple ?... Oh ! si j'étais roi !... Je voudrais venir au

secours de ce pauvre Enguerrand ; mais que faire ?...
Il me vient une idée... c'est bon ! J'ai un peu d'espoir.

SCÈNE IX.

LÉON , ENGUERRAND , FERNANDO.

FERNANDO.

Le voici ; il a su qu'il y avait ici quelqu'un de la
cour et il te cherchait.

ENGUERRAND.

Oui , Monsieur Freluquet , je viens vous supplier
de parler au Roi en faveur de mon père.

LÉON.

Freluquet n'a pas un grand pouvoir, mon ami ;
mais il a un bon cœur , et aussi parfois de bonnes
idées. Ecoute , j'ai un petit projet et je vais faire tout
mon possible pour venir à ton secours.

ENGUERRAND.

O bonheur ! Marie m'a exaucé : c'est elle qui t'a
envoyé ici.

LÉON.

Je vais me mettre en quatre pour réussir ; mais
à une condition.

ENGUERRAND.

Laquelle ? Je suis prêt à tout.

LÉON.

Il faut que tu viennes tout de suite avec moi.

ENGUERRAND.

Je le veux bien ; sortons !

FERNANDO.

Mais on ne le laissera pas sortir avec toi.

LÉON.

Sois tranquille : nous marcherons sans bruit, et si nous trouvons la porte fermée, nous sauterons par la fenêtre. Sortons vite ! *(Il le prend par la main)*.

ENGUERRAND.

Marchons ! *(Il lève les yeux au ciel.)* Aidez-nous, Seigneur, je vous en conjure ! Venez au secours d'un fils qui veut sauver son père !

ACTE SECOND.

—

SCÈNE Iʳᵉ.

HIPPOLYTE, EUGÈNE, CHARLES, LOUIS, HENRI, GEORGES.

HIPPOLYTE.

Oh ! que cette incertitude est pénible !

EUGÈNE.

Comment ! nous ne saurons pas ce qui se passe ?

VALÉRY.

Pas le moindre bruit ; tout est morne et silencieux.

CHARLES.

Ça commence à m'ennuyer : hier, nous n'avons pas eu de promenade, et aujourd'hui on nous laisse à l'ombre. Faisons du tapage.

LOUIS.

Dirait-on que le Roi est à La Rochelle ?

HENRI.

Nous devions avoir des congés, des fêtes superbes; tout cela est flambé !

GEORGES.

Quelle différence avec ce qui se passa, dit-on, il y a vingt-trois ans, dans notre ville, quand le Roi y vint pour la première fois.

EUGÈNE.

En effet, mon père me l'a raconté. Les habitants allèrent au-devant de lui; il fut salué par toute l'artillerie des remparts et reçu sous un dais de drap d'or; on avait dressé sur son passage des amphithéâtres, où des troupes d'enfants mêlaient leurs cris de joie aux acclamations du peuple.

CHARLES.

Eh bien ! crions, nous autres, bien fort : A bas Jarnac !

HIPPOLYTE.

Le Roi se cache; c'est mauvais signe.

VALÉRY.

Le Roi chevalier n'est pas le père du peuple, comme Louis XII.

LOUIS.

Il a amené ses lansquenets, qui viendront peut-être nous tuer.

CHARLES.

Les lansquenets? qu'ils viennent ! Je leur arracherai les moustaches.

LOUIS.

Sauvons-nous, mes amis; faisons comme Enguerrand !

HENRI.

A propos, qu'est-il devenu Enguerrand?

CHARLES.

Tu ne sais donc pas qu'il a été enlevé par Freluquet ?

GEORGES.

Mais où l'aura-t-il conduit ?

HIPPOLYTE.

Fernando a averti de son évasion, et l'on est allé aussitôt à sa recherche.

LOUIS.

Mais depuis, Fernando et André sont sortis : sait-on pourquoi ?

EUGÈNE.

Un officier du Roi est venu chercher Fernando.

HENRI.

Un officier du Roi ? Cet Espagnol est bien heureux ! Et André ?

EUGÈNE.

Son père l'a demandé. Il verra le Roi, lui, car son père, M. de Villiers, est très-bien, dit-on, avec un personnage de la cour.

GEORGES.

M. de Villiers aura voulu mettre son fils en sûreté.

CHARLES.

Mes amis, puisqu'on ne s'occupe pas de nous, il faut nous échapper.

HIPPOLYTE.

Est-ce que le Régent de sixième ne nous voit pas de sa chambre ?

LOUIS.

Et d'ailleurs, si nous rencontrions les lansquenets !

CHARLES.

Eh bien ! nous crierons: Vive le Roi ! Nous irons à

son hôtel, et puis nous demanderons le petit Freluquet.

HIPPOLYTE.

Pouvons-nous compter sur sa protection, après tout ce que nous lui avons dit?

VALÉRY.

Vous pensez donc que ce petit garçon appartient à la maison du Roi? Moi je n'en crois rien.

HIPPOLYTE.

A son air et à son langage, j'en suis persuadé. Du reste, malgré ses espiègleries et ses malices, je lui crois un bon cœur.

CHARLES.

Freluquet a l'air d'un bon enfant.

EUGÈNE.

Amis, il me vient une idée. Savez-vous ce qu'il faut faire?

VALÉRY.

Quoi donc?

EUGÈNE.

Nous écrirons une lettre à notre ami Freluquet; nous le prierons de parler au sire de Triboulet, pour qu'il plaide la cause des Rochelais.

CHARLES. *(Vivement)*.

Et qu'il nous fasse donner six mois de vacances.

GEORGES.

Oh! l'excellente idée!

LOUIS.

Il faudra faire cette lettre en latin.

VALÉRY.

J'approuve, et pour qu'il y ait plus de barbarismes, Hippolyte la fera.

HIPPOLYTE. *(S'inclinant)*.

Oh ! Monsieur Valéry, vous méritez la préférence.

EUGÈNE.

Non, non ; pas en latin. A la cour, on aime beaucoup la poésie ; les seigneurs, les princes, les princesses, tout le monde fait des vers ; le Roi lui-même s'amuse à rimer. Ainsi, il faut écrire une épître en vers au petit Freluquet.

VALÉRY.

Tu as raison. Messieurs, je suis d'avis qu'Eugène fasse l'épître.

TOUS.

Oui, oui, Eugène la fera.

HENRI.

Ça lui va de droit, puisqu'il est poète.

EUGÈNE.

Je m'amuse à rimer quelquefois, mais la rime ne fait pas le poète.

VALÉRY.

Est-ce que tes triolets ne valent pas ceux de Maître Marot ? Allons, monte sur ton Pégase, invoque Minerve.

HIPPOLYTE.

Parle de l'anxiété des Rochelais, et surtout d'Enguerrand ; dis-lui nos vœux pour le père de notre cher camarade.

GEORGES.

Allons, cher poète, le temps presse. A l'œuvre !

EUGÈNE.

Je vais essayer ; mais je n'espère pas... Oh ! si l'intention pouvait suffire ! *(Il sort)*.

SCÈNE II.

LES PRÉCÉDENTS, excepté EUGÈNE.

VALÉRY.

Enguerrand et Fernando ne reviennent pas. Qu'est-ce que cela veut dire ?

HENRI.

J'ai idée qu'Enguerrand est allé voir son père à la prison.

CHARLES.

A la prison ! Et si on l'empêchait de sortir ?

GEORGES.

Eh bien ! il serait content d'y rester.

LOUIS.

Content ! en prison ?

VALÉRY.

Certainement. Est-ce qu'un fils n'est pas heureux de partager la captivité de son père ?

HENRI.

Et de le consoler par sa tendresse ?

HIPPOLYTE.

Peut-être Enguerrand est-il ailleurs... Il y a dans sa disparition quelque chose de mystérieux. Le petit espiègle, qui l'a fait sortir, me paraît jouer un rôle plus important que vous ne pensez.

VALÉRY.

En sorte qu'à ton avis, ce marmouset serait déjà un personnage.

HIPPOLYTE.

Sans être un personnage, un enfant qui a un bon cœur peut rendre des services.

LOUIS.

Oui ; à la cuisine ou à l'office.

CHARLES.

Freluquet ne rend-il pas un grand service quand il fait rire le Roi ? Oh ! si j'étais à la place de Freluquet !

HIPPOLYTE.

Le Roi n'est pas en train de rire à présent.

VALÉRY.

Il prononce peut-être des arrêts de mort !..... Le silence qui règne dans la ville me paraît encore plus inquiétant que celui d'hier.

HENRI.

Les cloches ne sonnent plus ; c'est comme au Vendredi-Saint.

HIPPOLYTE.

Ecoutez..... il me semble entendre un bruit lointain, et des pas de chevaux.

LOUIS.

Allons ! le voilà encore qui nous fait peur.

SCÈNE III.

LES PRÉCÉDENTS, FERNANDO.

HIPPOLYTE.

Ah ! te voilà, Fernando. Tu vas nous dire ce qui se passe.

FERNANDO.

Les gens du Roi vont et viennent ; tous les soldats sont sous les armes.

VALÉRY.

Est-ce que la décision n'est pas encore rendue ?

FERNANDO.

Le conseil est assemblé, sous la présidence du Roi, pour délibérer sur le sort des prisonniers. On dit que le Procureur-Général les a déclarés tous coupables de rébellion.

CHARLES.

Oh ! le méchant Procureur-Général !

HIPPOLYTE.

Pourtant on avait dit que le Garde-des-Sceaux, le vénérable Montholon, et le duc d'Orléans lui-même étaient favorables aux Rochelais.

HENRI.

Si quelqu'un ne parle pas pour les accusés, ils sont perdus !

FERNANDO.

Un notable fort éloquent doit les défendre.

GEORGES.

A quoi servira son éloquence, si on a résolu leur perte ?

LOUIS.

Est-ce que tu reviens en prison, Fernando ?

FERNANDO.

Je reviens avec plaisir auprès de vous, et je vous annonce...

TOUS.

Quoi donc ?

FERNANDO.

Que vous allez avoir la visite d'un aumônier du Roi.

TOUS.

Un aumônier du Roi !

GEORGES.

Rassurons-nous, mes amis : si le Roi a près de lui un ministre du Seigneur, il pardonnera.

CHARLES.

Bon ! Monsieur l'aumônier nous fera sortir. Vive Monsieur l'aumônier !

FERNANDO.

On pense qu'il vous interrogera.

CHARLES.

C'est ça qui va m'amuser !

VALÉRY.

Un aumônier du Roi visiter une école, et dans un tel moment ! Je n'en crois rien.

FERNANDO.

Celui-ci s'intéresse beaucoup aux étudiants, à ce que l'on dit ; il se nomme Castellanus.

HIPPOLYTE.

Monsieur Duchâtel ! J'ai entendu dire que c'est un savant dont le Roi fait grand cas.

FERNANDO.

On dit aussi qu'il aime beaucoup les Rochelais.

LOUIS.

Oh ! qu'il vienne ! Nous le verrons avec plaisir.

HIPPOLYTE.

Merci, Fernando ; tu nous rends l'espérance.

VALÉRY.

Ah ! ça, Messieurs, pensons à l'examen. Nous devrions nous y préparer un peu.

HENRI.

M. Duchâtel ne rira pas, lui, si nous faisons des barbarismes.

HIPPOLYTE.

Et s'il vous interroge sur l'histoire, comment répondrez-vous, vous autres ?

LOUIS.

Précisément, je m'y suis remis ce matin.

HENRI et GEORGES.

Et moi aussi.

GEORGES.

J'ai repassé tous les faits depuis le règne de François Ier.

HIPPOLYTE.

Eh bien ! je vais vous interroger. A toi, Georges. En quelle année François Ier est-il monté sur le trône, et à quel roi a-t-il succédé ?

GEORGES.

En 1515, Louis XII mourut sans enfant mâle, et laissa la couronne à François, Comte d'Angoulême, son neveu, premier prince du sang.

HIPPOLYTE.

C'est bien. (A Henri). Où François Ier remporta-t-il sa première victoire ?

HENRI.

Dans les plaines de Marignan. Trente-six mille Suisses attaquèrent notre armée avec fureur; ils perdirent quatorze mille hommes dans cette lutte terrible, qui dura deux jours, et où le Roi déploya la plus brillante valeur.

HIPPOLYTE. (A Louis).

Où le Roi passa-t-il la nuit qui précéda la victoire ?

LOUIS.

A cinquante pas de l'ennemi, sur l'affût d'un canon.

CHARLES.

C'est ça un lit moelleux ?

LOUIS.

Un peu moins que la table de l'étude, sur laquelle
tu dors si souvent.

CHARLES.

Et toi qui as peur de ton ombre, aurais-tu dormi
à cinquante pas de l'ennemi ?

VALÉRY.

A mon tour. Sais-tu, Georges, par qui notre Roi
fut armé chevalier ?

GEORGES.

Par l'illustre Bayard, surnommé le chevalier sans
peur et sans reproche ; il n'était que simple capitaine,
et pourtant le Roi voulut être armé chevalier par lui,
après la bataille, sur le lieu même où il avait gagné
ses éperons.

HENRI.

Pauvre Bayard ! Quelle perte pour la France !.....

GEORGES.

Dis donc immortel Bayard !

HENRI.

Frappé à mort au combat de Rébec, il se fit une
croix de la poignée de son épée, et mourut en chrétien, comme il avait vécu en héros.

VALÉRY.

Quels guerriers que les compagnons de François Ier !
Comment ne pas vaincre avec des soldats conduits
par Bayard, La Trémouille, Montmorency ?.....

GEORGES.

Et le connétable de Bourbon ?

HENRI.

Le connétable de Bourbon ! Ne me parlez pas de
ce traître.

VALÉBY.

Qu'a-t-il fait ?

HENRI.

Après avoir combattu avec les Français à Marignan,
il n'eut pas honte de passer au service de Charles-
Quint, le plus grand ennemi du Roi et de la France.

VALÉRY.

Sais-tu comment il est mort, Louis?

LOUIS.

Oui ; le connétable de Bourbon conduisait des soldats impies au siége de Rome ; ils prirent d'assaut la
ville éternelle et la saccagèrent ; mais le connétable
fut le premier atteint d'une balle, en montant sur la
brèche.

HIPPOLYTE.

Mourir d'une balle ! c'est une mort trop douce pour
un traître !

VALÉRY.

Mais quel compte terrible il aura eu à rendre au
tribunal de Dieu !

GEORGES.

Il faut convenir que ces histoires de guerres et de
batailles sont bien intéressantes.

CHARLES.

La guerre et les batailles !... Est-ce qu'on y comprend quelque chose dans vos livres ? Quant à moi,
ils m'endorment.

HENRI.

Dormir ou jouer, voilà ce qu'il aime.

VALÉRY.

Si le Roi connaissait notre ami Charles, il le prendrait pour second élève de Triboulet.

CHARLES.

Je ne demanderais pas mieux.

HIPPOLYTE.

Soyez sûrs que Triboulet n'est fou que de nom, et que le petit Freluquet n'est pas un ignorant. Aussi je voudrais que notre épître fût bien faite.

LOUIS.

Justement ! voici notre poète.

_____

SCÈNE IV.

LES PRÉCÉDENTS, EUGÈNE.

EUGÈNE.

Messieurs, voici votre épître.

GEORGES.

Déjà ! ça doit être beau.

TOUS.

La lecture ! la lecture !

VALÉRY.

Allons ! cher poète, lis-nous cet échantillon de ton génie.

EUGÈNE.

Vous allez vous moquer de mes pauvres rimes.

HIPPOLYTE.

Modestie de poète. Lis donc vite.

CHARLES.

Oh ! je vais bien écouter. *(Il se bouche les oreilles)*.

EUGÈNE. *(Il lit)*.

A Monsieur Freluquet, élève du sire de Triboulet, fou du Roi.

> Gentil lutin, aimable élève
> Du royal Momus, Triboulet,
> Permets que ce petit poulet.....

CHARLES.

Tu lui envoies un poulet ?

VALÉRY.

Silence ! petit bavard.

EUGÈNE.

> Vienne entre nous faire la trève.
> Par des mots piquants et malins,
> Tu nous lanças mainte épigramme :
> Ici pourtant, grands et bambins.....

CHARLES.

Bambins !...... Nous ne sommes pas des bambins, entends-tu ?

VALÉRY. *(Lui arrachant le papier.)*

Voyons ! *(Avec ironie.)* Oh ! les belles rimes !..... des bâtons, des canons, des mousquetons..... Voici une drôle d'idée : *Mets l'éteignoir sur sa colère.*

EUGÈNE.

Comment ? Est-ce qu'on ne dit pas la colère s'est allumée ?

VALÉRY.

Oui.

EUGÈNE.

Eh bien ! ne faut-il pas l'éteindre ?

VALÉRY.

Sans doute ; mais..... un éteignoir sur le Roi ! Le prends-tu pour une chandelle ? *(Rire général)*.

EUGÈNE. *(Riant)*.

Eh bien ! je vais dire : *jette de l'eau sur sa colère*. *(Nouveaux rires. Eugène saisit le papier et le met en morceaux)*. Puisque mon chef-d'œuvre ne vous plait pas, je le jette au vent... *Ludibria ventis*.

HIPPOLYTE.

Nous rions ici, tandis que d'autres pleurent peut-être. Pauvres révoltés !

EUGÈNE.

Moi, j'espère beaucoup : François Ier n'est pas un Louis XI.

VALÉRY.

Il n'est pas non plus un Louis XII.

ANDRÉ. *(Avant d'entrer)*.

Messieurs, Messieurs !

LOUIS.

Ah ! voici des nouvelles !

SCÈNE V.

LES PRÉCÉDENTS, ANDRÉ.

ANDRÉ.

J'ai laissé ma famille pour venir vous apprendre...

HENRI.

Tu es bien aimable. Enguerrand où est-il ?

ANDRÉ.

Il est avec un aumônier du Roi.

HIPPOLYTE.

Ah ! c'est Monsieur Duchâtel.

ANDRÉ.

Justement ! Monsieur Duchâtel, ancien ami de mon père, loge dans notre maison ; il m'a fait beaucoup de questions sur le compte d'Enguerrand, et vous comprenez combien j'ai fait son éloge.

HIPPOLYTE.

Et la grande affaire, où en est-elle ?

ANDRÉ.

Je vais vous dire tout ce qui s'est passé...

LOUIS.

Le Roi a-t-il paru dans la ville ?

ANDRÉ.

Oui ; il s'est promené à cheval avec les Princes et les autres Seigneurs. Oh ! le beau cavalier !

GEORGES.

L'as-tu vu ?

ANDRÉ.

Oui, certes ; je l'ai suivi d'assez près dans toute sa promenade. Le matin, le Roi avait entendu la messe dans l'église de Saint-Barthélemy, qui est en face de la maison du sieur d'Uré, où il est logé. Le soir, sur les trois heures, il s'est dirigé vers la Grosse Horloge. En arrivant sur le port, il a paru content : Voilà de beaux et grands navires, a-t-il dit. A propos, Fernando, il y a des navires de ton pays dans le port : ils sont de bonne prise.

FERNANDO.

Je le sais. Un de ces navires a des caisses contenant des objets fort précieux (¹). Le Roi les a prises, mais il veut qu'elles soient payées.

_____

(¹) C'était de la porcelaine de Valence et des coupes de Venise.

LOUIS. *(A André.)*

Le Roi a sans doute visité la belle tour de Saint-Nicolas?

ANDRÉ.

Non; il est monté sur la plate-forme de la tour de la Chaîne, puis il est allé visiter la tour du Garot (¹). Ensuite il s'est dirigé vers la porte des Deux-Moulins, et s'est arrêté quelque temps sur la plate-forme de la Verdière. Au moment où il se retirait, voilà qu'une grande troupe d'enfants se sont mis à crier : Vive le Roi! et moi aussi, j'ai tant crié que je me suis égosillé.

VALÉRY.

Et l'arrêt, quand sera-t-il rendu?

ANDRÉ.

L'arrêt! il est prononcé.

HIPPOLYTE.

L'arrêt est prononcé, et il n'en parlait pas : c'est mauvais signe.

ANDRÉ.

J'allais vous le dire, mais vous me faisiez tant de questions...

EUGÈNE.

Eh bien! à quoi sont-ils condamnés?

ANDRÉ.

Tout est fini, mes amis; le Roi a pardonné!

TOUS.

Vive François Iᵉʳ !

FERNANDO.

Je savais bien que François Iᵉʳ pardonnerait.

(¹) Aujourd'hui la tour de la Lanterne.

HIPPOLYTE.

Réjouissons-nous : Enguerrand est sauvé !

TOUS.

Quel bonheur !

VALÉRY.

Sais-tu comment cela s'est passé ?

ANDRÉ.

Certainement, puisque j'étais là avec notre cher Enguerrand. Vous vous rappelez ce petit garçon qui nous disait hier tant de malices. Eh bien! c'est lui qui nous a placés.

LOUIS.

Comment ! le petit Freluquet ?

ANDRÉ.

Oui, lui-même ; ce petit gaillard a du pouvoir, je vous assure.

GEORGES.

Voilà pourtant ce qu'on gagne à être fou. Oh ! je veux être le fou de Sa Majesté.

HIPPOLYTE.

Dis-nous maintenant comment cette grande affaire s'est terminée.

ANDRÉ.

Avec plaisir. Vous saurez d'abord que, dès le matin, un avocat-général était venu parler aux habitants assemblés à l'hôtel de l'Echevinage. Pendant ce temps-là, on dressait dans la cour de l'hôtel du Roi une estrade magnifique. A une heure, le Roi est venu s'asseoir sur un trône, ayant à sa droite le duc d'Orléans, les princes du sang, et les trois cardinaux à sa gauche. Derrière le Roi et à ses pieds, étaient les membres du Conseil, le chancelier, le garde-des-sceaux et d'autres ministres. Au bas des degrés du

trône, on voyait debout les représentants de La Rochelle et des provinces soulevées.

Un avocat a présenté à Sa Majesté, avec beaucoup
d'éloquence, les supplications des coupables. Alors
les représentants, les yeux pleins de larmes, se sont
prosternés en criant : miséricorde !

Ensuite M. Nocau a pris la parole au nom de la
ville ; il a exposé le repentir des habitants, et supplié
le Roi d'imiter Dieu, dont il est l'image, en préférant
à la justice qui châtie, la clémence qui pardonne.

HENRI.

Le Roi a-t-il parlé ?

ANDRÉ.

Oui ; d'abord il a reproché aux coupables l'audace
de leur conduite, d'autant plus criminelle, qu'au moment de leur révolte il soutenait le poids de la guerre ;
il a dit que l'impôt dont ils se plaignaient était une
conséquence nécessaire des charges de l'Etat ; que
les Français doivent leurs biens, leur vie même aux
besoins de la patrie ; que leur rébellion méritait les
plus terribles châtiments, mais qu'il aimait mieux
suivre la pente de son cœur, et qu'il ne voulait être
leur Roi que pour être leur père. Amis Rochelais,
a-t-il dit en finissant, je vous pardonne !

HIPPOLYTE.

Oh ! les belles paroles !

TOUS.

Oh ! le bon Roi !

VALÉRY.

Rendra-t-on aux habitants l'artillerie et les armes
qu'on leur a enlevées ?

ANDRÉ.

Le Roi l'a ainsi ordonné.

CHARLES.

C'est bon ! J'aurai mon sabre de bois, qu'on m'avait pris.

GEORGES.

Vous riez : il est pourtant vrai que tous les habitants furent forcés de porter à la tour de la Chaîne, non-seulement leurs armes, mais les couteaux et les bâtons.

LOUIS.

Et Jarnac était-il là ?

ANDRÉ.

Oui ; le Roi lui a dit : Baron de Jarnac, faites partir tous mes gens d'armes, car je me fie entièrement aux Rochelais.

CHARLES.

Bon voyage, sire de Jarnac !

ANDRÉ.

On voyait des larmes sur son beau visage. A ces paroles, mille cris de joie se sont élevés dans l'assemblée et au dehors ; l'allégresse s'est répandue dans toute la ville, et des voix accompagnées d'instruments se sont fait entendre du haut du clocher de Saint-Barthélemy. Les habitants se rendent en foule dans cette église, pour remercier Dieu de leur avoir rendu le cœur de leur souverain. Les canons et les cloches vont bientôt proclamer cet heureux évènement.

HENRI, *vivement.*

Amis, nous aurons des fêtes, des feux de joie !

ANDRÉ.

La ville sera resplendissante de feux, et puis on donnera au Roi un repas superbe à l'Hôtel-de-Ville.

LOUIS.

Je dirai à mon père d'envoyer des moules de Char-

ron, et des huîtres de Nieul pour régaler Sa Majesté.
(Rire général).

GEORGES.

Moi j'écrirai à l'île de Rhé pour qu'on envoie de la
crème. *(On rit encore ; Charles pleure)*.

EUGÈNE.

Qu'as-tu donc à pleurer, toi ?

CHARLES.

N'est-ce pas triste d'être ici, en prison, quand
tout le monde est dans la joie ?

PLUSIEURS ÉLÈVES.

Il a raison ; c'est fort ennuyeux.

EUGÈNE.

Et nous ne verrons pas le Roi.

ANDRÉ.

Consolez-vous, Messieurs ; l'aumônier du Roi m'a
dit que demain il nous présentera à Sa Majesté avec
nos Régents, et qu'on nous accorderait huit jours de
congé.

TOUS.

Vive François Ier !

SCÈNE VI.

LES PRÉCÉDENTS, LÉON, ENGUERRAND.

LÉON.

Vive François Ier ! C'est bien, mes amis ! Les enfants sont dignes de leurs pères.

LES ÉLÈVES *joyeux s'écrient :*

Freluquet ! Freluquet !

CHARLES. *(Il prend la main de Léon)*.

Ah ! mon cher Freluquet, quelle joie de te revoir !

3.

ANDRÉ.

Messieurs, il ne s'appelle pas Freluquet : c'est Monsieur Léon de Castelnau, Page de Monseigneur le duc d'Orléans.

TOUS.

Oh !

LÉON.

Freluquet ou Page, n'importe ; c'est toujours le petit fou, votre ami, qui vient partager votre joie... Et celui-là, le connaissez-vous ? *(Il prend la main d'Enguerrand qui était resté dans la coulisse).*

TOUS.

Enguerrand ! *(Ils l'entourent).*

CHARLES.

Oh ! qu'il est beau !

HENRI.

Pourquoi as-tu pris ce joli costume ?

LÉON.

Enguerrand de Lileau est Page de Sa Majesté !

GEORGES.

Comment ! Page du Roi !

ENGUERRAND.

Oui, mes amis ; c'est l'aimable Léon qui m'a procuré ce titre honorable ; mais il a fait plus encore · je lui dois la vie, puisqu'il m'a aidé à sauver mon père !

LÉON.

Cher Enguerrand, c'est à toi seul que la gloire en est due.

VALÉRY.

Oh ! que nous prenons part à ton bonheur !

EUGÈNE.

Comment? C'est lui *(Il montre Léon)* qui t'a procuré le bonheur de sauver ton père?

ENGUERRAND.

Oui, mes amis, c'est lui. *(Il passe le bras autour du corps de Léon et le regarde affectueusement).* Aussi je l'aime de tout mon cœur!

HIPPOLYTE.

Nous l'aimons tous!

TOUS.

Oui! oui!

ENGUERRAND.

Je te rends grâces, bon Fernando, car c'est à toi que je dois la protection de Léon.

FERNANDO.

Je prenais tant de part à la peine de tes camarades! A présent, je partage leur joie.

HENRI.

Mais comment as-tu fait pour te faire nommer Page?

ENGUERRAND.

Voici, mes amis, ce qui s'est passé. En sortant de l'Ecole, nous nous rendîmes à l'hôtel du Roi. Léon me presenta aussitôt à Monseigneur le duc d'Orléans; il lui fit part de la cause de ma douleur, en le suppliant de s'intéresser à moi, et d'obtenir la grâce de mon père. Ce bon prince, touché de ses prières et de mes larmes, sortit aussitôt de sa chambre. Peu d'instants après, il rentra, me prit par la main, et me conduisit dans une salle où le Roi était assis, entouré de grands personnages.

LOUIS.

Comment! tu as paru devant le Roi?

ENGUERRAND.

Je me jette aux pieds de Sa Majesté : Sire , grâce ,
grâce pour mon père ! m'écriai-je en fondant en
larmes.

LÉON.

Prenez mon sang , ma vie , et faites grâce à mon
père ! Voilà comme il a dit.

ENGUERRAND.

Relevez-vous , mon enfant , a dit le Roi avec bonté.
Un fils qui plaide pour son père doit être écouté ;
parlez. — Sire, mon père est le lieutenant de Lileau ,
qui a combattu dans plusieurs de vos campagnes. —
C'est un brave, a dit un Seigneur ; de Lileau était
avec nous à Marignan. A la malheureuse journée de
Pavie, il se trouvait près de Votre Majesté, et reçut
une blessure grave en vous défendant. — Je m'en
souviens , dit le Roi ; qu'on aille le chercher : je veux
le voir. Quelques instants après , j'ai vu arriver mon
père , enchaîné comme un criminel.....

LOUIS.

En ce moment, le pauvre Enguerrand s'est évanoui. Je l'ai cru mort ; il nous a fait grand'peur.

ENGUERRAND.

Les baisers de mon père m'ont bientôt ranimé.

VALÉRY.

Quelle scène attendrissante ! Continue.

ENGUERRAND.

Le Roi a dit à mon père : De Lileau , je vous re-
connais ; vous étiez près de moi à Pavie. Alors vous
aimiez votre Roi, vous versiez votre sang pour lui ;
mais depuis..... — Sire , votre bonté me rappelle un
jour qui fut le plus beau de ma vie... Oh ! que n'ai-je
pu donner plus encore pour préserver la France de

la captivité de son Roi ! — Ne fûtes-vous pas récompensé pendant mon absence ? — On m'oublia, Sire ; un jeune gentilhomme eut le grade que j'espérais. — On a eu tort, mais cet oubli n'autorisait pas la révolte. — Sire, après avoir désolé nos campagnes, des soldats, indignes de ce nom, ont insulté, attaqué notre milice ; nous nous sommes défendus. — Vous censuriez mes actes. Qu'avez-vous à me reprocher ? Dites-le-moi. — Je craindrais d'offenser Votre Majesté. — Parlez avec franchise, je le veux. — Sire, comme tous les bons Français, je vous vis avec peine donner passage à votre plus grand ennemi, lorsqu'il se pressait d'aller châtier, en bourreau, la ville de Gand ; je gémissais de voir votre cœur si loyal donner des marques d'amitié à ce traître. Les grandes chasses, les festins, les tournois, les spectacles, en un mot, toutes les fêtes qui lui furent prodiguées coûtèrent plusieurs millions ; il fallut de nouveaux impôts, et votre peuple en souffrait. Voilà ce que je disais, Sire, voilà ce qu'auraient dû vous dire certains hommes qui briguaient vos faveurs, et qui peut-être ne vous aimaient pas comme votre ancien soldat.

FERNANDO.

Oh ! si l'on osait parler ainsi à Charles-Quint !

VALÉRY.

On serait perdu, n'est-ce pas ? Et François Ier qu'a-t-il répondu ?

ENGUERRAND.

Le Roi paraissait ému ; il a fait un signe, et l'on a ramené mon père à sa prison.

LÉON.

Jugez de l'inquiétude de notre ami. J'ai obtenu du prince Charles qu'il passât la nuit dans ma chambre ; mais j'ai eu bien de la peine à le rassurer.

HIPPOLYTE.

Ton père a dû paraître aujourd"hui devant le Roi.

LÉON.

A mon tour à présent : c'est le plus beau de l'histoire. Vous savez sans doute comment le Roi, du haut de son trône, a accordé son généreux pardon. Aussitôt après l'arrêt, Sa Majesté a ordonné qu'on mît les prisonniers en liberté, puis il a fait venir le père d'Enguerrand, et lui a adressé ces paroles :

De Lileau, aimez-vous toujours votre Roi ? — Sire, plus que jamais ! — Voulez-vous encore le servir, comme à Pavie ? — Jusqu'à la dernière goutte de mon sang. — Eh bien ! à compter de ce jour, vous faites partie de ma maison ; vous êtes capitaine d'une compagnie de mes gens d'armes. Vous avez un fils : qu'il paraisse devant moi.

Dans le transport de sa joie, Enguerrand s'était jeté dans mes bras. Je l'ai conduit auprès de son père, au pied du trône, et le Roi a parlé ainsi :

Rochelais, si le capitaine de Lileau est un guerrier dévoué, son fils, que vous voyez, est le modèle des étudiants et des fils ; c'est un des meilleurs élèves de votre *Collége* (¹). Votre jeune compatriote s'est toujours montré pieux et tendre. Désolé de voir son père

---

(¹) On est fondé à porter à cette époque l'établissement du Collége de la Rochelle. Une délibération du Corps de ville du mois de Décembre 1541 avait réglé la tenue et l'administration des Ecoles publiques, les devoirs du principal Régent, etc., etc., et cette délibération fut homologuée au mois de Mars 1542 par François Ier, qui permit aux Maire, Echevins et Pairs de constituer un Collége pour l'instruction de la jeunesse, etc., etc.

Ces détails, ainsi qu'une foule d'autres, qui se trouvent dans ce petit drame, sont dus à la bienveillance de M. E. J., l'un des honorables magistrats de la Rochelle, qui a recueilli de précieux documents sur l'histoire de cette ville.

sous le poids d'une accusation capitale, il est venu
implorer sa grâce ; il m'a offert sa vie. Une si belle
action a touché mon cœur ; je veux qu'elle ait sa récompense..... Enguerrand de Lileau, vous êtes mon
Page.

EUGÈNE et FERNANDO.

Oh ! le bon Roi !

TOUS.

Vive François Ier ! Vive Enguerrand de Lileau !

CHARLES.

Vive Freluquet ! *(Il sort)*.

ENGUERRAND.

Mes amis, vous auriez tous agi comme moi. —
Croiriez-vous que je n'ai rien répondu aux paroles si
gracieuses de Sa Majesté ?

LÉON.

Cela n'est pas étonnant : il ne voyait que son père,
et il s'est jeté dans ses bras.

ENGUERRAND.

Mon cœur était ivre de joie.

EUGÈNE.

Cette joie est un juste dédommagement de ta souffrance. Ton bonheur prouve que le Ciel a des récom-
penses pour les bons fils, même dans cette vie.

CHARLES.

*(Il rentre avec deux couronnes de laurier, et les
met sur la tête d'Enguerrand et de Léon) :*
Voilà ce que méritent le bon fils et l'aimable Page.

TOUS.

Bravo, Charles !

GEORGES.

Oh ! l'excellente idée !

LÉON.

Mais je n'ai eu aucun mérite, moi. Enguerrand seul est digne de la couronne.

Mon ami Charles, écoute. *(Il l'entraîne dans la coulisse, le revêt du domino, et le ramène sur la scène)*.

J'ai l'honneur de vous présenter Monsieur Charles, futur élève du sire de Triboulet. Cet illustre bouffon ayant appris ses espiègleries, sa passion pour le jeu, et son aversion pour l'étude, l'a inscrit sur le livre des fous, et veut le conduire avec cette robe devant Sa Majesté.

LOUIS.

C'est bien ; il remplacera Freluquet.

HENRI.

Il aura l'honneur de faire rire le Roi.

CHARLES *(A Léon en souriant)*.

Je te comprends, Freluquet ; je me trompe, Monsieur Léon. Eh bien ! oui, je serai charmé de paraître devant le Roi ; je lui dirai : Sire, je vous rends grâces d'avoir pardonné aux Rochelais, d'avoir fait du bien à notre camarade : mais je vous prie de faire mettre M. Triboulet en prison.

LÉON.

Comment ! le sire de Triboulet en prison ! Et pourquoi ?

CHARLES.

Parce qu'il m'a insulté, en me mettant sur le livre des fous.

LÉON.

Le Roi te dira : Triboulet a raison. L'enfant qui ne veut pas s'instruire est un fou.

CHARLES.

Je répondrai : Sire, à partir de ce jour, je veux me livrer à l'étude, et devenir un des meilleurs élèves du Collège, comme Enguerrand de Lileau.

LÉON.

Très-bien, mon ami ! Tiens ta promesse, et tu mériteras une couronne.

HIPPOLYTE.

Cher Enguerrand, bon Léon, nous sommes heureux aujourd'hui ; mais bientôt il faudra nous séparer.

ENGUERRAND.

Je vous quitterai avec peine, mes chers amis ; mais le souvenir de votre amitié ne s'effacera jamais de mon cœur ; je vous aimerai toujours !

TOUS.

Et nous aussi.

GEORGES.

Désormais, il n'ira plus en classe ; plus de thèmes ni de versions.

LÉON.

Tu te trompes : il aura comme moi de pieux et savants professeurs, car le Roi ne veut pas que les jeunes gens se livrent à la paresse, ni au Collège, ni à la Cour.

VALÉRY.

L'étude nous sera plus chère que jamais, et nous aurons une belle page à ajouter à notre histoire. Cette journée sera à jamais heureuse et mémorable pour La Rochelle et glorieuse pour son Roi.

ENGUERRAND.

Oui, l'histoire dira : Si Charles-Quint fut cruel, François Ier fut clément et magnanime.

FERNANDO.

Et moi, je le dirai en Ecosse ; à la cour de Jacques V,
je raconterai la bonté du Roi de France, et la gracieuse hospitalité des étudiants de La Rochelle.

LÉON.

Jeunes Rochelais, la France entière bénira la clémence de notre auguste monarque ; elle jouira,
comme vous, de la récompense qu'il accorde à la noble
conduite d'Enguerrand. Oui, les bons fils sont hono-
rés et chéris sur la terre, et toutes les faveurs du
Ciel sont promises à la piété filiale.

*(Un petit domestique, entrant avec précipitation,
crie :)*

Messieurs, Messieurs, bonne nouvelle ! On va vous
conduire au *Te Deum* et puis au feu de joie.

(Les élèves sortent en criant :)

Vive Enguerrand ! Vive François Ier !

FIN DU SECOND ET DERNIER ACTE.

LES DEUX ENFANTS DE TROUPE,

SOUVENIRS DE L'EXPÉDITION D'ÉGYPTE,

COMÉDIE EN DEUX ACTES.

PERSONNAGES.

VICTOR JOVIAL, tambour. . . . . LOUIS.
MAURICE CASTAN, écrivain de M. Parceval,
  l'un des savants de l'Expédition d'Egypte. . ALFRED.
EMMANUEL.. . . . . ⎫
CHARLES. . . . . . ⎪
FRÉDÉRIC. . . . . ⎪
JULES. . . . . . . ⎪
THÉOPHILE. . . . . ⎪
RAPHAEL. . . . . . ⎬ Élèves d'un Pensionnat.
EMILE. . . . . . . ⎪
ERNEST. . . . . . ⎪
PAUL. . . . . . . ⎪
EDOUARD. . . . . . ⎪
EUGÈNE. . . . . . ⎪
BEAUMONT. . . . . ⎭

L'action a lieu le 20 octobre 1799, dans un Pensionnat de Draguignan (Var), ville voisine du golfe de Fréjus, où le général Bonaparte était débarqué le 9 du même mois.

Les deux premiers personnages portent le costume militaire.

La scène se passe dans le jardin du Pensionnat.

ACTE PREMIER.

—

SCÈNE Ire.

EUGÈNE, JULES, EMMANUEL, FRÉDÉRIC, THÉOPHILE, PAUL.

THÉOPHILE.

As-tu compris la version, Paul ?

PAUL.

Moi ? pas un mot.

FRÉDÉRIC.

Elle est pourtant bien facile.

EMMANUEL.

Et le thème, l'as-tu fait ?

PAUL.

Oui ; le thème ça va vite.

EUGÈNE.

A force de barbarismes, suivant ta coutume. Quel latiniste !

JULES.

Ce n'est pas étonnant : il n'ouvre jamais ni grammaire ni dictionnaire ; il n'étudie pas ses leçons.

FRÉDÉRIC.

Aussi est-il accablé de pensums et de retenues.

THÉOPHILE.

Pauvre Paul ! Nous souffrons de te voir toujours puni.

PAUL.

Que voulez-vous ? Ce maudit latin m'ennuie ; et
puis on nous donne trop d'ouvrage. Oh ! je vais écrire
à maman de me faire laisser le latin.

EMMANUEL.

Tu parles comme un enfant. Allons, cher Paul,
sois un homme comme nous.

PAUL.

Oh ! les beaux hommes !..... Mais enfin à quoi me
servira-t-il votre latin, voyons ?

FRÉDÉRIC.

Quand on sait le latin, on est propre à tout.

PAUL.

Même à la guerre ?

JULES.

Certainement.

PAUL.

On m'a dit que beaucoup d'officiers, de généraux
même ne savaient pas le latin : je n'en ai donc pas
besoin, moi qui veux être militaire.

EMMANUEL.

La plupart des généraux ne sont parvenus que parce
qu'ils avaient fait des études. Je citerai, par exemple,
le général Bonaparte.

PAUL.

Le général Bonaparte ! je l'aime beaucoup. C'est
ça un fameux guerrier ! Eh bien ! avant d'être général, qu'était-il ? Un simple artilleur. Moi aussi je veux
être canonnier..... Feu ! poum ! ....

EMMANUEL.

Bonaparte a été en effet dans l'artillerie, mais il
avait fait ses études à l'école militaire.

PAUL, *avec étonnement.*

Bonaparte a étudié le latin ?

THÉOPHILE.

Si Bonaparte n'avait su que le latin, il ne serait pas devenu si fameux.

FRÉDÉRIC.

Avec le latin, il apprenait l'histoire, et c'est dans l'histoire qu'il a étudié les grands modèles de l'antiquité.

JULES.

Et les mathématiques ? N'est-ce pas cette science qui a fait de lui un excellent officier ?

EMMANUEL.

C'est vrai, mais Bonaparte a plus que tout cela, Messieurs.

EUGÈNE.

Quoi donc ?

EMMANUEL.

Le génie qui forme les grands capitaines, et qui fait gagner les batailles.

EDOUARD.

Oui, on peut dire qu'il en a gagné celui-là.

JULES.

Y a-t-il rien de plus beau que sa campagne d'Italie !

FRÉDÉRIC.

Et la campagne d'Egypte ? En voilà une qui surpasse toutes celles qu'on admire dans l'histoire. Dernièrement encore, Bonaparte n'a-t-il pas exterminé dix-huit mille Turcs à Aboukir ?

EMMANUEL.

Oui, c'est une glorieuse campagne; mais il est à

regretter que Bonaparte et son armée ne soient pas encore de retour.

EDOUARD.

Pourquoi donc ?

EMMANUEL.

Vous ne savez donc pas que nous venons d'être battus en Italie, que le général Joubert a été tué, et que les ennemis marchent sur nos frontières ?

PLUSIEURS.

Oh ! mon Dieu !

PAUL.

Aux armes, Citoyens ! Marchons au secours de la patrie !..... En attendant, je vais faire mon pensum. *(Il sort)*.

FRÉDÉRIC, *riant*.

Ça servira à bourrer ton fusil.

———

SCÈNE II.

LES PRÉCÉDENTS, excepté PAUL.

JULES.

Oh ! le vaillant soldat !

FRÉDÉRIC.

Il a raison. N'avez-vous pas lu dans l'histoire que les enfants allaient quelquefois à l'armée, et qu'ils se battaient comme des lions ?

EDOUARD.

Si la patrie a besoin de nous, nous marcherons à côté de nos pères pour vaincre ou mourir avec eux.

EUGÈNE.

Les étrangers en France ! ce serait un grand malheur.

EMMANUEL.

Rassurons-nous : Dieu protège la France.

———

SCÈNE III.

LES PRÉCÉDENTS, RAPHAEL, ERNEST.

RAPHAEL, *il entre en criant:*

Amis, grande nouvelle ! Le général Bonaparte est arrivé.

ERNEST.

Oui, il est arrivé.

TOUS.

Vive le général Bonaparte !

EUGÈNE.

Où a-t-il débarqué ?

RAPHAEL.

A Saint-Raphaël, dans le golfe de Fréjus.

THÉOPHILE.

Comment savez-vous cela ?

ERNEST.

Par un officier, ami de M. Valentin, qui est venu loger à la pension avec deux petits soldats.

JULES.

Les avez-vous vus ?

ERNEST et RAPHAEL.

Oui, oui.

RAPHAEL.

Ils ont l'uniforme, un sabre et un sac sur le dos.

FRÉDÉRIC.

Vous voyez bien qu'il y a des soldats de notre âge.

4

THÉOPHILE.

C'est pourtant bien extraordinaire.

EMMANUEL.

Il y aura eu de bonnes raisons; l'officier est sans doute leur père.

ERNEST.

L'officier a dit qu'il était l'ami de leur père.

EDOUARD.

Paraissent-ils contents ?

RAPHAEL.

Le plus grand a l'air d'un farceur; l'autre paraît triste.

FRÉDÉRIC.

C'est un honneur pour notre maison de donner l'hospitalité à des soldats de l'armée d'Egypte.

EDOUARD.

A des héros de notre âge.

PLUSIEURS.

Allons les voir ! Allons les voir !

RAPHAEL.

Non, non, restez : M. Valentin a dit qu'il allait bientôt nous les envoyer.

JULES.

Oh ! quel bonheur !

THÉOPHILE.

Que de questions nous allons leur faire sur ce pays célèbre !

EUGÈNE.

Mais enfin qu'a-t-elle donc de si extraordinaire cette Egypte dont vous parlez tant ?

FRÉDÉRIC.

Quand tu seras dans notre classe, tu comprendras pourquoi tout ce qui vient de ce pays nous intéresse si vivement.

ERNEST.

Ne pourriez-vous pas nous en dire quelque chose en attendant?

EMMANUEL.

Volontiers. Vous saurez d'abord que l'Egypte fut le berceau des arts et des sciences ; que les plus grands hommes de la Grèce, Homère, Pythagore, Platon, Lycurgue, Solon et beaucoup d'autres s'y rendirent pour se perfectionner.

THÉOPHILE.

Cécrops amena d'Egypte une colonie qui fonda douze petites villes, dont il composa le royaume d'Athènes.

EDOUARD.

On dit qu'en Egypte il ne pleut jamais.

FRÉDÉRIC.

Il y pleut, du moins, rarement ; et cependant c'est un des pays les plus fertiles de la terre, quoique le sol en soit sec et sablonneux.

EUGÈNE.

Mais c'est incroyable.

JULES.

C'est très-vrai. Cette fertilité est due aux débordements du Nil. Cela nous étonne dans notre pays, où les débordements des rivières sont si funestes aux moissons.

THÉOPHILE.

Le Nil, au contraire, par le limon qu'il dépose, apporte la fécondité et la richesse ; ce beau fleuve est encore plus merveilleux que les pyramides.

FRÉDÉRIC.

Les pyramides ! Ce sont de magnifiques merveilles.
Pour la plus grande, qui a 450 pieds de hauteur, cent
mille ouvriers travaillèrent, pendant dix ans, à extraire des pierres en Arabie et en Ethiopie, et à les
transporter en Egypte ; ils mirent vingt ans à les
construire.

EMMANUEL.

On forçait à ces rudes travaux les pauvres Hébreux
captifs ; ils y moururent par milliers.

ERNEST.

A quoi servaient ces monuments gigantesques ?

THÉOPHILE.

C'étaient des tombeaux que les rois orgueilleux se
faisaient élever ; mais plusieurs ne purent y être
inhumés : leurs cruautés avaient irrité les peuples, et
il fallut cacher leurs corps dans des lieux inconnus.

RAPHAEL.

On dit que les Egyptiens étaient fort religieux.

EMMANUEL.

Oh ! la belle religion que celle de ces peuples !
Leurs principales divinités étaient Osiris, Isis, Sé-
rapis ; ils adoraient le bœuf, le chien, le loup, le
crocodile et le chat ; le bœuf Apis avait des temples
magnifiques ; enfin ils adoraient même les légumes de
leurs jardins.

FRÉDÉRIC.

On entrait dans un temple magnifique où l'or et
l'argent brillaient de toutes parts ; les yeux avides
cherchaient un dieu et apercevaient un singe, une
cigogne ou un chat !

THEOPHILE.

Un oignon, un navet ou une carotte.

RAPHAEL.

Voilà le célèbre berceau des sciences et des arts.

EMMANUEL.

Quel changement s'opéra quand le Christianisme vint apporter la lumière céleste ! Les temples et les monuments publics se remplirent de pieux fidèles qui chantaient les louanges du vrai Dieu. Les étrangers et les pauvres qui s'y présentaient étaient accueillis avec joie comme des frères, et y recevaient tous les secours de la charité.

SCÈNE IV.

LES PRÉCÉDENTS, BEAUMONT, EMILE, CHARLES.

FRÉDÉRIC.

Avez-vous vu les deux petits soldats ?

BEAUMONT.

Non. On dit qu'ils vont venir nous joindre. Il me tarde bien de les voir.

ERNEST.

Quel plaisir pourrais-tu avoir, toi? N'es-tu pas Anglais?

BEAUMONT.

Je suis Irlandais. Les Anglais oppriment nos frères, et j'aime les Français.

CHARLES, *à Ernest.*

Tu ne sais donc pas que son père a été obligé de s'expatrier avec sa famille, parce qu'il défendait la liberté de son pays ?

EMMANUEL.

Nous ne le verrions pas avec tant de plaisir si son père eût combattu sous les ordres de l'amiral Nelson, qui vient d'écraser notre marine à Aboukir.

RAPHAEL.

Quel malheur ! Notre belle flotte presque détruite !

EDOUARD.

Mais pourquoi cette expédition fut-elle entreprise ? Pourquoi envoyer nos soldats si loin ?

THÉOPHILE.

J'ai entendu dire que la France avait le projet d'attaquer les Anglais dans leurs possessions des Indes. C'est dans ce but, sans doute, que notre armée traversa soixante lieues d'un désert aride, et entra dans la Syrie. Gaza, Jaffa et Kaïfa furent successivement emportées.

FRÉDÉRIC.

Mais Saint-Jean-d'Acre résista ; après plusieurs assauts terribles, il fallut lever le siége.

BEAUMONT.

Le commodore Sidney Smith était là.

EMILE.

Ton commodore aurait bien sauté, si Bonaparte avait eu des canons de siége.

EUGÈNE.

Les petits soldats ont vu tout cela, eux. Comme ils sont longtemps à venir !

FRÉDÉRIC.

Sont-ils heureux d'avoir vu le pays des Pharaons, des Ptolémées, les ruines de Memphis, de Péluse, de Thèbes et les pyramides !.....

EMMANUEL.

Cette terre classique où Joseph fut prophète et sauveur ; où Moïse, par son génie, par ses prodiges, sut rendre la liberté au peuple de Dieu opprimé ; où l'enfant Jésus, conduit par sa mère, échappa à la barbarie d'Hérode. Oh! que de souvenirs nous offre l'Egypte !

CHARLES.

Oublies-tu qu'un roi de France, Saint-Louis, y fut prisonnier ?

FRÉDÉRIC.

Les Sarrazins offrirent la couronne à leur noble captif. C'est un de ses plus beaux titres de gloire.

JULES.

La plus belle gloire de ceux qui gouvernent, c'est de rendre leur peuple heureux.

EMMANUEL.

Louis IX l'a eue cette gloire.

EMILE.

Monsieur Valentin ne se presse guère de nous rendre heureux en ce moment : il a promis de nous envoyer les petits soldats, et ils ne viennent pas. Ah ! voici Paul ; il va nous dire.....

SCÈNE V.

LES PRÉCÉDENTS, PAUL.

PAUL.

Oui, je viens vous dire..... que vous ne les verrez pas encore.

(Les élèves paraissent mécontents ; deux ou trois disent : Pourquoi donc ?)

PAUL.

M. le Maire est avec eux ; il les interroge.

EMILE.

C'est une malice qu'il est venu nous faire.

(La cloche annonce l'étude.)

PAUL

En voilà une qui nous en fait des malices. *(Il montre le poing à la cloche, qui cesse aussitôt.)*

EUGÈNE, *à demi-voix.*

Cette cloche est contrariante.

PAUL, *sur le même ton.*

Patience ! Vous les verrez après l'étude. Quant à moi, je les ai aperçus en venant de faire mon pensum.

ACTE SECOND.

—

SCÈNE Ire.

VICTOR, MAURICE.

(Victor est étendu sur le gazon et dort. Maurice est assis et paraît triste.)

MAURICE.

Comme il dort ! Il n'a pas de chagrin, lui ; il sera bientôt dans sa famille ; mais moi, quand pourrai-je le revoir ce père bien-aimé, dont j'ai été si malheureusement séparé ! Vilains Anglais ! Oh ! s'ils allaient le prendre ! S'ils le conduisaient dans leurs affreux pontons ! Mon Dieu, accordez-moi la grâce de revoir bientôt mon père !

(La cloche annonce la récréation.)

SCÈNE II.

LES PRÉCÉDENTS, PAUL, EMMANUEL, FRÉDÉRIC,
CHARLES, EMILE, BEAUMONT, THÉOPHILE, RAPHAEL,
JULES, EUGÈNE, ERNEST, EDOUARD.

THÉOPHILE.

Ah! les voici enfin! Nous sommes charmés que vous soyez venus auprès de nous.

MAURICE.

C'est une faveur que votre bon chef nous a accordée. Nous avions besoin d'une aussi agréable distraction.

PAUL.

Nous allons bien nous amuser... Mais qu'a-t-il donc celui-là? Est-il malade? *(Il montre Victor.)*

EUGÈNE.

Sa maladie n'est pas dangereuse: entendez-vous comme il ronfle!

EMILE, *le secouant.*

Eh! eh! l'ami, il fait jour. *(Victor se remue, Emile le secoue encore.)* Quel dormeur! Quand faudra-t-il vous réveiller?

PAUL.

En avant, marche!

VICTOR, *se levant en sursaut.*

Qu'est-ce que c'est? Les Mamelucks?..... Tiens! des moutards.... C'est une fausse alerte.

JULES.

Qu'appelles-tu moutards? Nous sommes des étudiants.

VICTOR.

Des étudiants! Je n'ai pas vu ce corps-là en Egypte.

4.

FRÉDÉRIC.

Tu es bien heureux d'avoir été en Egypte.

VICTOR.

Oui, et d'en être revenu, car il faisait joliment chaud dans ce pays-là.

BEAUMONT.

Est-ce que tu allais à la bataille?

VICTOR.

Certainement! puisque c'est moi qui faisais marcher la demi-brigade.

ERNEST.

Comment! Toi, petit soldat? Tu n'as pas seulement les galons de caporal.

VICTOR.

Ça n'empêche pas que j'ai fait bien du tapage ; tout le monde m'obéissait, comme au petit caporal.

RAPHAEL.

Ce petit caporal est le général en chef Bonaparte ; mais toiqu'étais-tu donc ?

CHARLES.

Il ne pouvait être que tambour.

VICTOR.

Oui, j'étais tambour dans la 4e demi-brigade.

EDOUARD.

Comment t'appelles-tu ?

VICTOR.

Je m'appelle Jovial, dit Coquerico.

LES ÉLÈVES, *avec explosion d'hilarité.*

Coquerico ! Coquerico !

JULES.

Eh bien! l'ami Coquerico, dis-nous tes prouesses.
A quelle bataille as-tu assisté?

VICTOR.

A toutes: est-ce qu'on pouvait se battre sans moi?

RAPHAEL.

Parle-nous donc de ces batailles.

VICTOR.

Ce serait un peu long. Avez-vous envie de passer
la nuit ici?

EUGÈNE.

Tu pourrais nous raconter cela en abrégé.

VICTOR.

En abrégé? eh bien! voici: Nous nous sommes
embarqués, nous avons débarqué; nous avons vu
l'ennemi: En avant! Marche! Ran plan, ran plan!
L'ennemi a voulu faire le crâne; alors nous l'avons
battu, frotté, rossé, quoi!....... et puis....... nous
sommes revenus.

EMILE.

C'est tout ce que tu as à nous dire?

VICTOR.

Moi, je ne sais parler qu'avec mes baguettes. Je
battais des fla et des rafla qui faisaient trembler les
Mamelucks. Mais voici mon camarade Maurice qui
vous contera ça à merveille.

PAUL, à Maurice.

Est-ce que tu t'es battu, toi aussi?

MAURICE.

Je n'allais pas au combat, mais je n'étais pas loin
et je savais tous les évènements.

BEAUMONT.

Pourquoi donc suivais-tu l'armée?

MAURICE.

Un des savants attachés à l'expédition m'avait pris avec lui.

VICTOR.

C'est qu'il est savant, le camarade.

MAURICE.

Il ne faut pas être bien habile pour copier et pour écrire sous la dictée.

THÉOPHILE.

Il est étonnant que ton père t'ait amené avec lui, et qu'ensuite il ait consenti à se séparer de toi.

MAURICE.

Mon père, officier de marine, fut désigné pour faire partie de l'expédition. Me voyant désolé de son départ, il consentit à m'emmener avec lui. D'ailleurs, j'étais son unique consolation, et je voulais être marin. Mais ma santé ne me permit pas de naviguer longtemps, et je fus confié à M. Parceval, ami de ma famille, qui a eu le plus grand soin de moi, et s'est occupé de mon instruction jusqu'au moment où j'ai rejoint mon père, sur la frégate la *Muiron,* qui ramenait en France le général Bonaparte. J'étais heureux de rentrer dans la patrie avec mon père; mais ma joie s'est changée en tristesse.

JULES.

Pourquoi? Qu'est-il arrivé?

MAURICE.

Après une semaine de séjour à Ajaccio, nous reprîmes la mer. Nous étions peu éloignés du rivage, lorsque le général renvoya mon père au port pour un ordre très-important. Il fallut attendre le retour du

canot. Tout-à-coup on aperçut au loin des vaisseaux
ennemis ; Bonaparte ordonna de forcer de voiles, et je
suis arrivé..... sans mon père. Vous comprenez ma
douleur et mon inquiétude.

CHARLES.

Cette séparation est pénible, mais il faut espérer...

MAURICE.

Vous allez juger si j'ai raison de craindre. La Mé-
diterranée est sillonnée de vaisseaux ennemis. Les
Anglais y sont en grand nombre, et de plus, une
flotte russe, partie de Sébastopol, a passé les Darda-
nelles, et menace les îles voisines de l'Italie. Comment
mon père pourra-t-il échapper à tant d'ennemis?.....
Oh ! que je suis malheureux !

VICTOR.

Le voilà encore avec ses *mugissements !* Moi, je
te réponds que ni les Anglais, ni les Russes ne man-
geront ton papa..

PAUL, *à part.*

Il faut le distraire. — Jouons, Maurice. Quel jeu
veux-tu ?

MAURICE.

Peut-on jouer quand le cœur souffre ?

FRÉDÉRIC.

Ami, aie confiance en Dieu : il t'accordera la grâce
de revoir ton père.

EMMANUEL.

N'a-t-il pas échappé à de plus grands dangers? Au
grand désastre d'Aboukir, par exemple ?

MAURICE.

Oui, et grâce à Dieu, mon bon père n'a eu qu'une
légère blessure.

EMMANUEL.

Sur quel navire était-il alors ?

MAURICE.

Sur le vaisseau le *Franklin*, qui portait le pavillon de Blanquet du Chayla. La résistance de ce brave vice-amiral fut héroïque, comme celle de Du Petit-Thouars, qui commandait le vaisseau le *Tonnant*.

EMMANUEL.

J'ai entendu dire que ce malheur fut causé par l'imprudence de l'amiral Brueys, qui avait embossé la flotte dans la rade d'Aboukir.

MAURICE.

Cela est vrai: du Chayla et du Petit-Thouars lui avaient conseillé de combattre sous voile. S'il avait suivi cet avis, nous n'aurions pas essuyé un si grand revers.

RAPHAEL.

Nous avons remporté assez de victoires pour nous en consoler. Les batailles de Chebreisse, des Pyramides, du mont Thabor et d'Aboukir ont immortalisé Bonaparte et son armée.

JULES, *à Maurice.*

Ne pourrais-tu pas nous parler de la bataille des Pyramides ?

MAURICE.

C'est précisément celle que j'ai vue de plus près.

Après avoir marché de victoire en victoire, nous aperçûmes les Pyramides. A l'aspect de ces monuments antiques, nous nous arrêtâmes saisis d'admiration : « *Soldats, s'écria Bonaparte, du haut de ces* » *monuments, quarante siècles vous contemplent !* » Attaqués vigoureusement par les Mamelucks et par des milliers d'Arabes, nos soldats les écrasèrent de leurs feux, et malgré la résistance opiniâtre de cette terrible cavalerie, le champ de bataille, couvert de plus de trois mille morts, de quarante pièces de canon et de quatre cents chameaux, resta en notre pouvoir avec un butin immense.

VICTOR.

J'ai eu pour ma part une belle pipe en argent.

EMILE.

Et les Français, combien d'hommes perdirent-ils?

MAURICE.

Notre perte ne s'éleva pas à plus de quarante tués et de cent vingt blessés, d'après le rapport de M. Larrey, chirurgien en chef. Le même jour, nous entrâmes au Caire. Après avoir occupé la province du Delta, et livré plusieurs combats glorieux, nous forçâmes l'ennemi à battre en retraite et à s'enfoncer dans le désert.

VICTOR.

Nous forçâmes l'ennemi... Ne dirait-on pas qu'il a été au feu, ce marmouset qui était toujours à écrire ou à dessiner? Moi, c'est autre chose; je peux dire que sans moi on n'aurait pas exterminé tant de Mamelucks. Oh! comme ça vous anime ce rataplan, rataplan!

CHARLES.

Messieurs, c'est certain, si nous avons été vainqueurs en Égypte, c'est grâce au brave tambour Coquerico.

VICTOR.

Farceur! J'aurais bien voulu t'y voir, quand tu aurais entendu la musique des balles; et le butor?... Savez-vous ce que c'est que le butor?... C'est le boulet. Si tu l'avais vu passer, comme moi, le cœur l'aurait fait joliment tic-tac ; tu aurais crié maman, ou tu te serais sauvé comme un lapin.

FRÉDÉRIC.

N'as-tu pas été atteint quelquefois par les balles ?

VICTOR.

D'abord, je vous assure que je n'ai jamais été tué.

EUGÈNE.

Nous voyons bien que tu n'es pas un revenant.

VICTOR.

Une fois, j'ai été bien près de passer l'arme à gauche : une coquine de balle perça ma caisse au moment où je battais la charge ; ça lui fit un son tout drôle, un vrai chaudron fêlé, quoi !..... Voyez-vous ce doigt ? Un peu plus, il manquait à l'appel : une demoiselle de plomb le mordit en passant. Regardez ! *(Les élèves s'approchent.)*

EMILE.

C'est vrai : on voit encore la cicatrice.

VICTOR.

Une autre m'emporta le bout de l'oreille ; mais celle-là était une voleuse.

BEAUMONT.

Pourquoi ?

VICTOR.

J'avais une petite boucle en or, et elle l'a emportée avec le bout de l'oreille.

EMMANUEL.

Dieu t'a protégé, c'est visible ; lui en as-tu rendu grâces ?

VICTOR.

Certainement ! Je faisais ma prière matin et soir, mais elle n'était pas longue.

RAPHAEL.

Parlez-nous du général Bonaparte. Il n'est pas
grand, n'est-ce pas ?

VICTOR.

Oh ! non ; auprès du général Kléber, il paraissait
bien petit.

MAURICE.

Mais aussi quelle figure ! Quel regard ! On y voit
briller le génie.

PAUL.

Dis-moi donc, Coquerico, as-tu apporté ton
tambour ?

VICTOR.

Oui ; il est dans notre chambre ; il fait dodo.

PAUL, *à part.*

C'est bon : je vais le réveiller. *(Il sort.)*

SCÈNE III.

LES PRÉCÉDENTS, excepté PAUL.

EMMANUEL.

Après avoir rendu hommage à nos braves guerriers, occupons-nous des savants de cette expédition.
Leur mission, toute pacifique, ne sera pas moins
glorieuse pour la France.

FRÉDÉRIC.

Ils nous donneront sans doute une image fidèle des
monuments, des ruines, des inscriptions, des hiéroglyphes, et l'étude de l'histoire y gagnera beaucoup.

JULES.

Nous connaîtrons par eux l'histoire naturelle de
cett econtrée.

RAPHAEL.

Le petit ami de M. Parceval doit être riche de souvenirs : il voudra bien nous en faire part.

MAURICE.

J'ai vu des choses bien intéressantes, mais je serais peu habile à en parler.

EUGÈNE.

Sois sûr que tu nous feras plaisir.

MAURICE.

Volontiers, pour vous être agréable. L'Egypte est un des plus beaux pays du monde en deux saisons de l'année. En été, pendant le débordement du Nil, c'est une vaste mer sur laquelle s'élèvent des villes et des villages, entremêlés d'arbres et de bosquets ; en hiver, au contraire, la campagne n'est plus qu'une magnifique prairie, un champ de fleurs ou un océan d'épis ; l'air est embaumé, le ciel pur ; on ne voit ni neige, ni glace ; les arbres ne quittent leurs feuilles que pour en prendre de nouvelles ; la terre porte tous les mois des fleurs et des fruits.

BEAUMONT.

Quel charmant pays ! Je parie que, sur votre route, vous n'aviez qu'à lever la main pour prendre des oranges et d'autres fruits délicieux.

VICTOR.

Pas toujours : dans une marche sur les bords du Nil, nous ne trouvâmes que des pastèques ; ça n'arrangeait pas mon estomac qui battait le rappel.

CHARLES.

Vous pouviez au moins vous désaltérer. On dit que l'eau du Nil est si bonne, si salubre, que le Grand-Seigneur en fait venir à Constantinople pour son palais.

VICTOR.

C'est vrai ; mais un verre de vin de Champagne
m'aurait fait plus de plaisir.

FRÉDÉRIC.

Vous avez dû voir les ruines de quelques villes ?

MAURICE.

Nous trouvions partout des pierres rongées et dé-
figurées, des colonnes et des obélisques couverts
d'hiéroglyphes. Nous avons contemplé les ruines de
Memphis, de Philœ, de Denderah, de Louqsor,
d'Héliopolis et de Thèbes.

JULES.

Thèbes ! La ville aux cent portes ?

MAURICE.

Oui ; Thèbes, qu'Homère a appelée la première
ville du monde, en est encore la plus étonnante. A
l'aspect de cette cité célèbre, l'armée s'arrêta saisie
d'admiration. M. Parceval et les autres savants
croyaient rêver en contemplant l'immensité de ses
ruines, la majesté de ses temples, de ses palais, et les
restes innombrables de son antique magnificence.

VICTOR.

Savez-vous qui se carre à présent dans ces palais
du temps jadis ? Des serpents, des chacals et des hiboux. Dis donc, Maurice, et la colonne des pompiers
que nous avons vue à Alexandrie !

CHARLES.

Il veut dire la colonne de Pompée.

EMILE.

Assez de ruines et d'antiquaille : les lieux déserts
sont toujours tristes. Parlez-nous des villes de notre
temps, des édifices qui ne sont pas encore vermoulus.

MAURICE.

Pour les hommes instruits, les vieux monuments de l'Egypte sont autant de pages historiques qui en font la gloire et la beauté. Les villes modernes n'ont rien de bien remarquable ; les rues sont étroites et sans pavés ; les maisons sont basses et ont des terrasess ; on voit çà et là les flèches grêles des minarets, et des palmiers qui s'élèvent en parasol.

EDOUARD.

Et les habitants, comment sont-ils ?

MAURICE.

Les hommes ont des figures maigres et noirâtres d'un caractère étrange ; ils portent la barbe ; ils marchent nu-pieds, et leur langue a des sons barbares et un accent guttural qui effraie l'oreille.

(A partir de ce moment, Maurice paraît rêveur et inquiet.)

VICTOR.

On croirait entendre des crapauds. Tu as encore oublié de leur parler de cette belle aiguille de soixante-dix pieds qu'on voit à Alexandrie. On dit qu'elle appartenait à une reine : c'était une fameuse couturière que cette reine.

EMMANUEL.

C'est un obélisque qu'on appelle l'aiguille de Cléopâtre.

VICTOR.

Et les momies ! C'est ça qui est curieux. Figurez-vous des corps qui sont là depuis quarante mille ans, tout emmaillotés, avec la peau jaune et ratatinée comme du parchemin.

FRÉDÉRIC.

Quarante mille ans ! Tu donnes un fameux coup de pied à la chronologie.

VICTOR.

La crânogie ! Peut-être bien avaient-ils fait les crânes. Ça n'empêche pas qu'on les trouvait au fond des souterrains, ficelés dans des boîtes garnies de filasse.

MAURICE.

Nos savants ont expédié plusieurs de ces momies à Paris.

SCÈNE IV.

LES MÊMES, PAUL.

(Paul arrive en battant la caisse.)

VICTOR.

Tiens ! c'est mon tambour. Veux-tu le laisser, moutard ! Tu n'es pas digne de porter ça, toi. *(Il prend la caisse)*.

PAUL.

J'en ai un plus joli à la maison.

VICTOR.

Un tambour de deux sous apparemment.

PAUL.

Il m'a coûté trente sous, et il n'est pas si crasseux que le tien.

VICTOR, *d'un air mécontent.*

Qu'est-ce que tu dis ? Respect à mon vieux camarade ! *(Après avoir regardé sa caisse.)* Des avaries ! C'est toi qui as fait ça : tu vas me le payer !

PAUL, *inquiet.*

Non, ce n'est pas moi.

VICTOR.

Je vais le dire à mon capitaine : il te fera mettre en prison.

PAUL, *pleurant.*

Non, Coquerico, je t'assure que ce n'est pas moi.

VICTOR.

Je n'ai pas envie d'aller à la salle de police pour toi : ainsi, mon garçon, en avant ! Marche ! *(Il lui prend la main.)*

PAUL, *à genoux.*

Ce n'est pas moi : laisse-moi, je t'en prie !

VICTOR.

Relève-toi : c'est pour rire. *(Montrant la caisse.)* Voyez-vous cette estafilade, au bord ? Eh bien ! c'est un crocodile qui l'a faite.

CHARLES.

C'est un peu fort.

VICTOR.

Je vais vous conter l'aventure. Un jour, j'étais à me baigner dans le Nil avec d'autres soldats ; nous plongions, nous barbotions comme des canards. Voilà que tout-à-coup je vois un de ces animaux amphibiques...

ERNEST.

Dis donc amphibies.

VICTOR.

Qui s'élance vers le bord où j'avais laissé mon tambour, et l'emporte dans son énorme gueule.

LES ÉLÈVES.

Oh ! oh !

VICTOR.

Ça vous étonne ? Vous ne savez donc pas que le crocodile aime la peau d'âne ?

CHARLES.

En ce cas, tu devais avoir grand'peur.

EMILE.

Comment as-tu fait pour le reprendre ?

VICTOR.

J'ai couru au bord tirer de ma poche mon couteau
et une corde, j'ai nagé bravement vers le voleur, et
je lui ai enfoncé le couteau dans la gorge ; puis j'ai
jeté un nœud coulant sur le crocodile, et je l'ai traîné
sur le rivage. Voilà comment j'ai rattrapé mon tambour. *(On rit.)*

FRÉDÉRIC.

Coquerico, ce n'est pas un crocodile, c'est un
canard.

JULES.

On voit qu'il est du pays de M. de Crac.

VICTOR.

M. de Crac !..... Apprenez qu'il y en a partout des
crics et des cracs. Oui, je suis de la Gascogne, et je
m'en fais honneur. Quel pays a donné de meilleurs
soldats ? Je suis du pays du général Lannes. En voilà
un fameux général ; je vous réponds qu'il en a enfoncé
des Arabes et des Mamelucks.

EMMANUEL.

Oui, mais toutes les parties de la France ont fourni
leur contingent de braves. Parmi les officiers généraux comme dans les derniers rangs, nos armées ont
toujours des milliers de héros.

RAPHAEL.

Au lieu des plaisanteries de Coquerico, nous ai-
merions mieux d'autres récits de son compagnon.

CHARLES.

C'est Paul qui nous en a privés en apportant le tambour ; il aurait mieux fait de s'occuper de son pensum.

PAUL.

Oh ! je l'avais fini.

FRÉDÉRIC.

Nous avons du plaisir à t'entendre, Maurice ; ne pourrais-tu pas nous parler encore de l'Egypte, que tu aimes tant ?

MAURICE.

Je le voudrais, mes amis, mais le chagrin ne me le permet guère. Vous êtes bien heureux, vous autres, d'être sans inquiétude sur ceux que vous aimez.

EMMANUEL.

Nous comprenons ta peine, et nous désirons ardemment qu'elle soit bientôt dissipée. Nous allons bien prier avec toi pour que tu sois bientôt dans les bras de ton père.

BEAUMONT.

Les Egyptiens aiment-ils les Français ?

MAURICE.

Il y en a qui nous aiment, car ils ont compris que nous ne faisions la guerre qu'à leurs oppresseurs. Au Caire, le peuple a été émerveillé des établissements que nous y avons formés.

EDOUARD.

Quels sont ces établissements ?

MAURICE.

Des fonderies, des usines d'où sortirent des canons, des boulets, de la poudre, de l'acier et des sabres. On y éleva aussi des manufactures qui leur procurèrent des draps, des toiles, du papier, enfin presque tous les produits des arts européens.

VICTOR.

Et les moulins à vent ? Te souviens-tu de l'air des badauds Egyptiens quand ils les virent en mouvement ? Je ne peux y penser sans rire. *(A Maurice.)* Ris donc, toi aussi.

EUGÈNE.

Laisse-le donc tranquille.

MAURICE.

Oh ! quand recevrai-je cette lettre tant désirée !

PAUL.

Tu attends une lettre? Je vais voir. *(Il sort.)*

SCÈNE V.

LES PRÉCÉDENTS, excepté PAUL.

RAPHAEL.

Et toi, Coquerico, recevais-tu des nouvelles de tes parents en Egypte ?

VICTOR.

Je n'en ai jamais reçu : ils étaient trop en colère contre moi.

EMILE.

Pourquoi ?

VICTOR.

Je vas vous conter mon histoire. S'il y a quelque *faignant* parmi vous, ça lui servira de leçon. Figurez-vous qu'un jour je m'entêtai à ne plus aller à l'école. J'aimais mieux courir avec les drôles du village. Comme on voulut m'y ramener par force, je m'échappai de la maison. Je ne vous dirai pas mes aventures : ça serait

5

trop long. Bref, un commandant me fit entrer, comme enfant de troupe, dans un régiment qui partait pour l'Egypte, et bientôt l'on me fit tambour.

EDOUARD.

N'aurais-tu pas été plus heureux chez tes parents et à l'école ?

VICTOR.

Certainement ! Croyez-vous que je ne bisquais pas quand je mangeais de la vache enragée ?

ERNEST.

Comment ? de la vache enragée !

MAURICE.

Cela veut dire qu'il a eu beaucoup de privations et de souffrances. Marcher toute la journée, sous un ciel sans nuages, sur un sol sablonneux et brûlant ; être tourmenté par la faim, dévoré par la soif, sans trouver une seule maison, une seule source : oh ! que c'est triste !

VICTOR.

Je n'oublierai jamais cette affreuse marche dans le désert, en allant en Syrie et surtout au retour. Au village d'El-Houat, nous mourions de soif et il n'y avait qu'un puits : ces coquins de fellahs en avaient tiré l'eau et, pour en avoir, il fallait payer ; je donnai vingt sous pour un verre d'eau saumâtre, qu'un chien n'aurait pas bue.

BEAUMONT.

Pauvre Maurice, tu devais bien souffrir, toi aussi.

MAURICE.

Je n'étais pas avec eux. J'étais resté au Caire ; mais M. Parceval m'a parlé de leurs souffrances. Il m'a dit qu'au retour de cette malheureuse expédition de Syrie, l'armée avait tant de malades que tous les chevaux, même ceux de l'artillerie et du général en chef, furent employés pour les transporter. Bonaparte fit la route à pied.

VICTOR.

Il faut que je vous conte une affaire qui s'est passée au siége de Jaffa, et qui m'a bien touché. Vous saurez d'abord que les Turcs avaient coupé la tête à notre parlementaire. C'étaient des scélérats, de vrais sauvages, quoi!... Au moment où nos boulets venaient de *déquiller* leur plus grosse tour, voilà que nous voyons accourir à nous des hommes, des femmes et des enfants, qui nous tendent les bras en nous montrant un crucifix, et en criant: Chrétiens! Chrétiens! C'étaient comme des enfants qui se réfugiaient au sein de leur mère. Jugez comme ils furent bien reçus. Après cela, nous montâmes à l'assaut comme des lions, et les Turcs furent presque tous massacrés.

FRÉDÉRIC.

Tu dois te trouver bien heureux d'avoir échappé à tant de dangers. Iras-tu rejoindre ta famille?

VICTOR.

Je le voudrais bien, mais je n'ose pas. Mon père doit être en colère contre moi, et il a raison.

EMMANUEL.

Un père est toujours père : en te revoyant, il pleurera de joie, tu te jetteras à ses genoux ; il te serrera dans ses bras, et tout sera pardonné.

THÉOPHILE.

Tu seras reçu comme l'enfant prodigue de l'Evangile.

RAPHAEL.

Tu devrais écrire une lettre à ton père.

VICTOR.

Tu as raison. Oui, je veux écrire une lettre........
Mais il y a un petit empêchement. *(Il se prend aux
cheveux.)* Oh ! tête de Coquerico, va !

CHARLES.

Quel désespoir ! Qu'as-tu donc ?

VICTOR.

Tout-à-l'heure, en parlant du crocodile, tu m'as
lancé une pointe que j'ai sentie. C'est vrai ; Coquerico
est un âne, un imbécile, puisqu'il n'a pas voulu
apprendre à écrire.

EMILE.

Eh bien ! J'écrirai pour toi. Justement ! j'ai une
écritoire, de l'encre et du papier. Dis-moi ce que tu
veux écrire.

VICTOR.

Tu es un bon enfant. *(Il prend le tambour et le
met devant Emile.)* Voici la table, écris. *(Il dicte.)*
Ma chère mère... Voyez-vous, quand on veut gagner
le papa, il faut toujours s'adresser à la maman. *(Il
continue de dicter avec emphase.)* *Votre fils Victor
Jovial, dit Coquerico, (rire général).* Eh bien ! Qu'a-
vez-vous donc à rire ? Vous m'avez fait perdre le fil
de ma lettre.

ERNEST , *lui présentant un peloton.*

Tiens, en voilà du fil.

VICTOR *prend le peloton et continue à dicter.*

*Votre fils, il est arrivé d'Egypte. Le moineau
échappé du nid voudrait y rentrer... Vous serez bien
contente...... car j'étais votre toutou.* (On rit.) Oui ,
*toutou ; ça se dit comme ça dans mon pays. Mais papa,
aï ! aï !... Oh ! bonne chère mère ! il faudra beaucoup
de miel pour l'adoucir. Vous lui direz que son drôle de*

Victor a été à une bonne école, (Il dicte très-vite.) *et qu'à présent il sera mignon, qu'il travaillera, qu'il obéira, qu'il.....*

EMILE.

Tu vas trop vite : je ne peux pas te suivre.

SCÈNE VI.

LES PRÉCÉDENTS, PAUL.

PAUL.

Maurice, l'exprès qu'on avait envoyé à Toulon vient d'arriver.

MAURICE, *sortant de sa rêverie.*

Il est de retour ! A-t-il apporté une lettre ?

PAUL.

Oui, la voilà.

MAURICE, *transporté de joie.*

Merci. C'est l'écriture de mon père. *(Il ouvre la lettre.)* Il est arrivé ! *(Levant les yeux au ciel.)* Dieu Sauveur, je vous rends grâce !

PLUSIEURS ÉLÈVES.

Tant mieux ! Maurice, tant mieux !

RAPHAEL.

Nous en remercions le Ciel avec toi.

FRÉDÉRIC.

Où est-il ton père à présent ?

MAURICE.

Il vient de débarquer à Toulon, et il me dit que l'officier, notre ami, va me conduire tout de suite auprès de lui. Quel bonheur !

VICTOR.

Tu vois, j'avais raison ; ni les Anglais, ni les Russes

ne l'ont mangé, ton papa. Ah! bon Maurice, que tu es heureux, toi!

MAURICE.

N'auras-tu pas bientôt le même bonheur?

VICTOR.

Je l'espère; mais toi, tu n'as rien sur la conscience qui te.... qui te.... qui te chiffonne, quoi! Tu ne te présenteras pas à ton père, comme moi, l'oreille basse et.....

EMMANUEL.

Les larmes du repentir effaceront ta faute; ton père te rendra toute sa tendresse et tu n'affligeras plus son cœur.

VICTOR.

Oh! non! Je le promets au bon Dieu!

PAUL.

Mes amis, j'ai une autre commission qui me contrarie: c'est de vous dire que Monsieur l'officier vous attend pour partir avec lui.

MAURICE, *regardant Victor.*

Partons! tout de suite!

Adieu, charmants amis; nous vous remercions de votre gracieuse hospitalité. Comme votre digne chef, vous vous êtes efforcés de me rassurer, de me distraire; vous avez prié le Seigneur avec moi: qu'il vous en récompense! Nous serons toujours amis, n'est-ce pas?

TOUS LES ÉLÈVES.

Oui, oui!

EMMANUEL.

Nous vous voyons partir avec regret... Soyez sûrs que nous ferons toujours des vœux pour vous, et que nous n'oublierons jamais les deux enfants de l'expédition d'Egypte.

VICTOR.

Merci ! merci ! mes petits amis. *(Il fait le salut militaire.)* Salut ! Quand vous parlerez de Coquerico, chacun dira, j'en suis sûr : Je ne serai pas aussi fou que lui ; je veux étudier. Vous aurez raison : l'enfant qui n'est pas sage est malheureux.

EMMANUEL.

Le bonheur n'existe pour nous que dans notre famille et à l'école. C'est là que Dieu nous bénit ; c'est là que se prépare notre avenir, et que nous faisons provision des sentiments et des pensées qui seront le parfum de notre vie. *(Ils sortent tous).*

FIN DU SECOND ET DERNIER ACTE.

LE TRAVAIL EST UN TRÉSOR,

COMÉDIE EN DEUX ACTES.

PERSONNAGES.

ISIDORE CASTILLON,   } frères, élèves d'une   PAUL.
FERDINAND CASTILLON, } Institution de Paris.   ALEXANDRE.
AUGUSTIN DUFRÈNE, fils du garde forestier
   de leur père. . . . . PIERRE.
NORBERT. . . . . . ⎫
EMILE. . . . . ⎪
ACHILLE. . . . . . ⎪
CHARLES. . . . . . ⎬ Élèves de la même Institution.
ELIACIN. . . . . . . ⎪
FÉLIX. . . . . ⎪
ETIENNE. . . . . . ⎪
LUCIEN. . . . . . . ⎭
BAPTISTE, petit domestique. . . . . ERNEST.

La scène se passe dans le jardin de l'Institution.

ACTE PREMIER.

—

SCÈNE Ire.

ISIDORE, FERDINAND.

*(Ils sont assis sur un banc, sous un berceau
du jardin.)*

ISIDORE.

Quelle existence ! Toujours travailler et être puni !

FERDINAND.

Pour un devoir qu'on n'a pas compris, ou pour des
leçons qu'on n'a pu apprendre.

ISIDORE.

Nous qui étions si heureux à la maison !

FERDINAND.

Chaque jour, des visites, des promenades, des
parties de plaisir : c'est ce qui s'appelle vivre.

ISIDORE.

Ici, toujours des études, des classes d'une longueur !

FERDINAND.

Et des récréations qui ne signifient rien : à peine
sont-elles commencées, que la cloche vient vous dire :
assez, assez !

ISIDORE.

Je ne conçois pas que papa ait pu se décider à

nous envoyer si loin de lui ; pourtant il nous aime bien.

CENTER:**FERDINAND.**

Il veut que nous apprenions tout ce qu'il faut pour avoir un état, une profession. C'est bien nécessaire !

CENTER:**ISIDORE.**

Comme si nous avions besoin, nous, d'avoir une profession.

CENTER:**FERDINAND.**

Avec la fortune que nous avons.

CENTER:**ISIDORE.**

Les autres, à la bonne heure ; ils ne sont pas riches ; il faut bien qu'ils travaillent pour avoir un jour de quoi vivre.

———

SCÈNE II.

LES PRÉCÉDENTS, ETIENNE, NORBERT, FÉLIX, EMILE. ELIACIN, CHARLES, ACHILLE.

CENTER:**ETIENNE.**

Eh bien ! vous voilà donc encore dans votre ermitage !

CENTER:**FÉLIX.**

Ils sont tristes comme des hiboux.

CENTER:**CHARLES.**

Être tristes en récréation ! Moi, je m'amuse toujours. On travaille mieux quand on s'est bien amusé.

CENTER:**NORBERT.**

Dans les premiers temps, ils jouaient avec nous : à présent, ils nous fuient.

CENTER:**ELIACIN.**

Ils ont peut-être du chagrin.

EMILE.

Quelqu'un vous a-t-il fait des malices? Dites, il aura affaire à moi.

ISIDORE.

Non, aucun de vous n'est assez méchant pour nous faire de mal.

ETIENNE.

Est-ce que vous n'êtes pas contents d'avoir été envoyés en pension à Paris?

FÉLIX.

C'est pourtant bien agréable d'être en pension dans la capitale.

FERDINAND.

Paris est fort agréable, mais seulement pour ceux qui peuvent s'y promener quand il leur plaît.

NORBERT.

Ah! ça, écoutez. Vous savez qu'ici tout le monde vous aime.....

ELIACIN.

C'est vrai, ils ne sont pas taquins.

EMILE.

Ils ne nous font jamais punir.

FÉLIX.

Ils sont doux comme des agneaux.

NORBERT.

Voilà comme vous êtes; vous me chargez de porter la parole, et puis vous ne me laissez pas parler.

EMILE.

Eh bien! parle; nous ne dirons plus rien.

NORBERT.

Oui; à présent, j'ai oublié ce que je voulais dire.

ISIDORE.

Vous avez donc quelque chose de bien important à nous annoncer ?

NORBERT.

Oui, mon cher Isidore : nous venons vous dire que nous avons de la peine de vous voir si tristes, toi et ton frère Ferdinand.

ELIACIN.

Vous êtes souvent punis ; cela nous afflige.

FERDINAND.

On est si exigeant !

ACHILLE.

Mais vous travaillez si peu !

FÉLIX.

Peut-être qu'ils n'ont pas de moyens.

EMILE.

Au contraire ; nos maîtres disent qu'ils en ont beaucoup, et que s'ils voulaient...

LUCIEN.

Oui, je crois que s'ils n'écoutaient pas les conseils de Madame la paresse...

ACHILLE.

Le beau compliment que tu leur fais-là !

ISIDORE.

Toi, avec ton air malin, tu nous accuses de paresse, et pourtant il me semble que le travail ne t'amuse pas toujours.

LUCIEN.

Tu te trompes, il n'y a que les pensums qui m'ennuient.

CHARLES.

C'est le lot des paresseux.

FERDINAND.

Il me semble que les pensums ne vous manquent pas non plus.

EMILE.

C'est vrai ; mais au moins quand ces accès de paresse nous prennent, ils ne durent pas longtemps.

NORBERT.

Nous souffrons de vous voir toujours punis et tristes : il faut que cela finisse. En bons camarades, nous voudrions vous faire comprendre le tort que vous vous faites, et vous déterminer à changer.

FÉLIX.

Si vous continuez, toutes les dépenses qu'on fait pour votre éducation seront perdues.

ISIDORE.

Les dépenses ! Eh ! mon ami, quand on en ferait cent fois plus, cela ne diminuerait en rien notre fortune.

ELIACIN.

Vous êtes donc bien riches ?

FERDINAND.

Nous avons des maisons, un superbe château, des terres immenses, des coffres pleins d'or et d'argent.

EMILE.

Avec cela on peut se passer du latin et du grec.

LUCIEN.

Si mes parents étaient millionnaires, je serais bientôt brouillé avec les langues mortes.

ETIENNE.

Vous avez tort ; toutes ces richesses peuvent disparaître, comme les nuages quand le vent les pousse. L'instruction est un fonds plus solide.

ACHILLE.

Travaillez , prenez de la peine ;
C'est le fonds qui manque le moins.

ISIDORE.

L'argent peut se perdre ; mais les terres , les maisons , c'est solide , j'espère ; est-ce qu'on peut perdre
cela ?

ETIENNE.

Certainement ; cela est arrivé plus d'une fois.

EMILE.

Oui , il n'est pas rare de voir dans le monde des
personnes qui étaient riches devenir pauvres.

SCÈNE III.

LES PRÉCÉDENTS , AUGUSTIN.

AUGUSTIN , *avant d'entrer*.

A ramona chemina , du haut en bas !

TROIS ÉLÈVES.

Un petit ramoneur !

AUGUSTIN.

Vot' serviteur , mes biaux Messieurs ; y a-t-i des
chemina à ramona dans c'te maison ?

CHARLES.

Oui , oui , approche , petit négrillon.

AUGUSTIN.

Oh ! que j'sis content de trouver d'l'ouvrage ; j'sis
pas feignant du tout. J'ferai marcher ma raclette pus
vite que vous aut' vos plumes.

CHARLES.

Je le crois bien ; la suie vient plus vite que les idées.

ELIACIN.

Ça m'amuserait de grimper dans les cheminées.

AUGUSTIN.

Eh ben ! venez avec moi ; donnez-moi la main.

ELIACIN.

Veux-tu te sauver !... Voyez, il m'a rempli la main de suie.

AUGUSTIN.

Alle était déjà pleine d'encre. *(On rit.)* Ne vous fâchez pas, mon p'tit monsieur ; l'encre et la suie ça prouve que j'travaillons ben tous deux ; pas vrai ? Allons, encore une poignée de mains. *(Il veut lui prendre la main, Eliacin recule. Nouveaux rires.)* M'est avis qu'y a pas d'mélancolie dans c'te maison ; c'est bon signe : ousqu'on travaille d'bon cœur y a d'la joie. J'crois pourtant que v'là deux messieurs qui sont pas ben contents : ont-ils du chagrin ?

FERDINAND.

Je vous demande ce que ça lui fait.

AUGUSTIN.

Peut-êt' qu'i sont boudeurs ?

EMILE.

Tu te trompes : les frères Castillon ont un bon caractère.

AUGUSTIN.

Castillon ! Les Messieurs Castillon sont ici ? Sont-ils pas d'Issoire, en Auvergne ?

ACHILLE.

Précisément.

AUGUSTIN.

Ah ! j'sis pus surpris ; ils ont ben raison d'êt' tristes. Quel malheur !

ISIDORE.

Quel malheur ! Que veux-tu dire ?

AUGUSTIN.

Comment ! vous ne savez pas ?.....

FERDINAND, *inquiet.*

Nous ne savons rien ; qu'est-il donc arrivé ? parle !

ISIDORE.

Rassure-toi, mon frère ; est-ce que nous devons nous occuper des paroles d'un ramoneur, qui vient ici par hasard, et qui ne nous connaît pas ?

AUGUSTIN.

Oh ! j'vous connais ben ; j'sis né natif d'Issoire, et j'vous ai vus souvent monter en voiture, quand vous sortiez du châtiau, qu'est tout près d'Issoire.

ISIDORE, *vivement.*

Eh bien ! parle donc, malheureux ! Qu'est-il arrivé ?

AUGUSTIN.

D'abord, toute votre famille se porte ben.

ISIDORE et FERDINAND.

Le Ciel en soit béni !

AUGUSTIN.

Mais vot' biau châtiau, vos terres qui longeaient la rivière, depuis Issoire jusqu'à Brioude...

ISIDORE et FERDINAND.

Eh bien ?

AUGUSTIN.

Tout ça est flambé !

ISIDORE.

Ce n'est pas possible ; papa nous l'aurait écrit.

FERDINAND.

Qui t'a dit cela? D'où viens-tu?

AUGUSTIN.

J'viens de l'Auvargne, et j'ons vu c'te castatrophe. Tout le monde est désolé au pays; car vot' père, voyez-vous, c'est un brave homme, l'ami des pauvres gens.

ISIDORE.

Tu as beau dire, un château, des terres ne disparaissent pas comme ça.

FERDINAND.

Si c'était vrai, papa nous l'aurait écrit.

SCÈNE IV.

LES PRÉCÉDENTS, BAPTISTE.

BAPTISTE.

Une lettre pour Messieurs Castillon. *(Il remet la lettre à Isidore.)*

ISIDORE.

C'est de papa.

FERDINAND.

Ah! mon Dieu! Est-ce pour nous annoncer ce malheur?

ISIDORE, *après avoir parcouru la lettre.*

Ce n'est que trop vrai, mon frère, nous sommes ruinés!

FERDINAND.

Oh! mon Dieu! Lis tout haut, Isidore : nos camarades sont comme des frères.

ISIDORE *lit.*

«Quand je vous disais, chers enfants, que l'opu-

lence est une chose fragile, vous ne faisiez pas attention à mes paroles. La perte de notre grande fortune
paraissait impossible, et pourtant deux évènements
terribles viennent de la détruire. L'Allier a débordé,
et la vaste plaine que nous possédions a été remplacée
par un lac. La veille, notre château était devenu la
proie des flammes. Résignons-nous, chers enfants,
et adorons les décrets de la Providence. Il ne nous
reste plus que la maison d'Issoire, et quelques morceaux de terre échappés au désastre.

» Cela ne nous suffira pas pour vivre honorablement:
il devient donc plus nécessaire que jamais que vous
songiez à votre avenir par la plus grande application
à l'étude. Le travail seul vous procurera un bien qui
est à l'abri de toutes les vicissitudes; les débordements, les intempéries des saisons, les incendies,
les révolutions, les banqueroutes, rien ne pourra
vous le ravir. Les vrais, les seuls riches sont ceux
qui ont de l'instruction, ou une honnête industrie et
surtout l'amour du travail. Le croirez-vous maintenant?

» Chers enfants, vous comprenez ma douleur : elle
est profonde. Cependant j'en serai consolé, lorsque
j'aurai appris que vous avez renoncé à cette hon-
teuse paresse, qui a trop longtemps affligé votre malheureux père. »

ISIDORE.

Oh ! bon père ; quelle cruelle position !

FERDINAND.

Qu'allons-nous devenir ?

LUCIEN.

Les millions sont tombés dans l'eau.

CHARLES.

Plus de voitures : il faudra aller à pied.

NORBERT.

Finissez donc, vous autres; songez combien il est cruel de perdre une telle fortune.

ELIACIN.

Cela nous fait bien de la peine.

ISIDORE.

Eh! bien, amis, dans tout cela, nous avons à rendre grâces à Dieu.

ELIACIN.

De quoi donc?

FERDINAND.

Je te comprends, Isidore; c'est d'avoir conservé notre bon père, au milieu de tant de dangers.

ETIENNE.

Lui aussi, sans doute, remercie le Ciel, qui a voulu que vous fussiez ici à l'abri de tels évènements. A présent, vous n'avez plus qu'une chose à faire pour le consoler de ses malheurs: c'est de bien travailler.

EMILE.

Eux, travailler! Ils auront, je crois, bien de la peine.

LUCIEN.

La paresse! c'est difficile à vaincre; j'en sais quelque chose.

FÉLIX.

Avec une volonté ferme et la grâce de Dieu, on peut surmonter les plus mauvais penchants.

ISIDORE.

Ferdinand, il se passe en moi quelque chose que je n'avais jamais ressenti: j'ai honte du passé.

FERDINAND.

Et moi aussi ; la pensée du chagrin que j'ai causé à papa me tourmente.

(Ferdinand et Isidore se mettent à l'écart, et se parlent tout bas.)

CHARLES.

Ils ont l'air de faire un complot. Je parie qu'ils disent qu'ils veulent aller trouver leur père. N'est-ce pas ?

ISIDORE.

C'est notre secret.

AUGUSTIN, *à demi-voix.*

Les v'là convartis. *(Haut.)* Mes yeux sont toujours nègres, n'est-ce pas ? Eh ben ! à travers la suie, j'avons compris tout ça qu'ils ont babillé-z-ensemble.

LUCIEN.

Qu'as-tu compris ?

AUGUSTIN.

Ren du tout ; seulement qu'ils aimont ben leu bon chéri papa. A ramona chemina....... *(Il sort.)*

(Les élèves suivent Augustin, à l'exception de Norbert et d'Achille.)

SCÈNE V.

NORBERT , ACHILLE.

ACHILLE.

Eh bien ! les crois-tu *convartis,* comme a dit le ramoneur ?

NORBERT.

Oui , je n'en doute pas.

ACHILLE.

Tu penses qu'ils travailleront?

NORBERT.

Certainement : après ces leçons de la Providence , comment ne pas croire à leur conversion ?

ACHILLE.

Des enfants qui dans la maison paternelle étaient laissés à tous leurs caprices, qui passaient leurs journées dans les plaisirs et la dissipation, ne pourront jamais se mettre au travail. « *Le vase est imbibé, l'étoffe a pris son pli.* »

NORBERT.

Le repentir amène les résolutions fortes. Et puis n'ont-ils pas un excellent cœur ?

ACHILLE.

Je crois leurs résolutions sincères , mais quand il faudra se mettre à l'œuvre, le courage leur manquera.

NORBERT.

Selon toi, quand on a un défaut, il est impossible de le vaincre ! Ne sommes-nous pas en pension pour nous corriger ?

ACHILLE.

C'est très-difficile.

NORBERT.

Ne nous dit-on pas souvent qu'il n'y a rien de plus agréable à Dieu qu'un enfant qui veut se corriger , et que Dieu l'aide toujours?

ACHILLE.

Je le sais ; mais s'ils se décident à travailler , comme tu le dis, je les plains.

NORBERT.

Comment ! tu les plains d'une chose qui leur sera si avantageuse !

ACHILLE.

A quoi cela leur servira-t-il pour les prix ? L'année est trop avancée, et ce sera pour eux une grande peine de ne pas en avoir.

NORBERT.

Est-ce qu'on travaille seulement pour avoir des prix ?

ACHILLE.

Ah ! Monsieur le philosophe, sans les prix, vous ne seriez peut-être pas le premier de votre classe.

NORBERT.

Les prix encouragent, j'en conviens ; mais nous travaillons pour d'autres motifs : nous voulons aussi plaire à Dieu et à nos parents. Et puis n'est-ce pas de notre intérêt ?

ACHILLE.

Les prix ! Oh ! comme ça vous anime ! Mais ces pauvres Castillon n'en auront pas !

NORBERT.

Peut-être que si : tu connais la parabole de l'Evangile : les vignerons, qui étaient arrivés à la onzième heure, reçurent autant que ceux qui travaillaient depuis le commencement du jour.

ACHILLE.

Il n'en est pas ainsi chez nous ; tant pis pour ceux qui arrivent tard à l'ouvrage !

NORBERT.

Eh bien ! veux-tu faire un pari ? Cinq francs, au profit des pauvres, que les Castillon auront au moins un prix !

ACHILLE.

Je parie que non : tant mieux si je perds !

NORBERT.

C'est convenu; dans quatre mois, nous saurons
lequel de nous deux aura perdu.

(Baptiste crie en dehors: Messieurs, à la promenade!— *Ils sortent.)*

ACTE SECOND.

—

SCÈNE Iʳᵉ.

BAPTISTE , *portant le tableau d'honneur.*

Après quatre mois d'absence , v'là que je reprends
ma besogne. J'vas poser encore ce tableau d'honneur.
Il en faut à la classe , à l'étude , au parloir, partout.
Ces petits Messieurs , ça veut de l'honneur; ils ne
marcheraient pas sans l'*amilation*. Faut convenir que
c'est ben agréable de voir son nom là-dessus. Ah !
s'il y en avait eu z-un à l'école de not' village , Baptiste aurait voulu s'y faire inscrire, et Baptiste serait
z-un savant. Au lieu que..... suffit..... Allons mettre
celui-là pendant qu'ils sont à l'étude. C'est singulier
comme ils aiment à voir le nouveau tableau ; ils
courent comme des fous, et puis ils s'en vont , les
uns, en sautillant comme des cabris , les autres, d'un
air tout capot. Y en a pourtant deux qui n'avaient
pas l'air d'en faire cas: ces petits Castillon sont si
paresseux ! Ils ont peut-être changé pendant mon
absence. J'en serais bien aise, car, tout de même ,
ils sont de bons petits garçons, toujours prêts à

donner aux pauvres gens, et de grosses pièces encore. A présent, ils ne sont plus tristes comme autrefois ; ils s'amusent de bon cœur : c'est bon signe. Ils
sont peut-être sur le tableau. Voyons.... *(Il regarde
le tableau, puis le pose.)* Oh ! que j'sis bête ! Comme
si j'savais lire ! V'là pourtant ce que c'est que la paresse. Quand j'étais gamin, papa me disait comme
ça : Baptiste, va-t-en-z-à l'école. Ah ! ben oui,
j'allais tout dré courir et jouer sur le chemin ; je
connaissais ben l'école buissonnière. Imbécile, va !
Te v'là ben avancé à présent. Morguiène ! *(il porte
les mains à sa tête.)* je m'arracherais les cheveux....
si j'avais pas peur de me faire mal. *(Il se dispose à
partir. La cloche sonne la récréation.)*

SCÈNE II.

BAPTISTE , ERNEST ,EMILE , LUCIEN , ELIACIN , FÉLIX .
NORBERT.

ELIACIN.

Ah ! voilà le tableau d'honneur !

EMILE.

Il faut le voir, Messieurs !

TOUS.

Oui, voyons-le ! voyons-le !

BAPTISTE, *reprenant le tableau.*

Non, Messieurs, vous ne le verrez pas à présent.

ETIENNE.

Mon cher Baptiste, sois bon enfant, laisse-nous le
regarder un moment.

BAPTISTE.

Et ma consigne !

NORBERT.

Nous ne le dirons pas, sois tranquille.

ELIACIN.

Je te donnerai cinquante billes.

CHARLES.

Et moi ma plus belle toupie.

FÉLIX.

Et moi mon cerf-volant.

BAPTISTE.

Petits enjôleurs, vous voulez me tenter : ce n'est
pas bien.

EMILE.

Nous le verrons, c'est décidé ! *(Comme ils veulent
prendre le tableau, Baptiste le met derrière lui :
Lucien parvient à le voir, et lit tout haut) :*

LUCIEN.

Isidore Castillon, Ferdinand Castillon.

TOUS.

Bravo ! Bravo !

ACHILLE.

C'est ce que nous voulions savoir.

BAPTISTE.

Et moi aussi, je suis ben content de le savoir :
mais vous êtes de vilains curieux. N'allez pas dire au
moins.....

CHARLES.

Sois tranquille, Baptiste.

BAPTISTE.

Oui, oui, sois tranquille ; des langues pareilles !
ça garde le secret comme un canon qui part.......
V'là ce que c'est, Baptiste, d'être si lambin ; tu seras

grondé. Oh ! si j'avais pas peur de me faire mal !....
(Nouveau geste de s'arracher les cheveux.)

SCÈNE III.

LES PRÉCÉDENTS , ISIDORE , FERDINAND.

CHARLES.

Ah ! le voilà justement.

EMILE.

Vous êtes bien sérieux aujourd'hui , vous autres.
Qu'avez-vous ?

FERDINAND.

Nous n'avons rien.

ETIENNE.

Oh ! vous paraissez avoir quelque souci. Vous étiez
devenus gais comme nous , et depuis hier vous ne
riez plus.

ACHILLE.

Auriez-vous encore appris quelque malheur ?

ISIDORE.

Non , Dieu merci.

FÉLIX.

Vous prenez bien votre temps pour être tristes :
aujourd'hui la distribution des prix.

LUCIEN.

Et puis les vacances. Oh ! le joli mot, les vacances !

ISIDORE.

C'est précisément la pensée des prix qui nous
attriste.

ELIACIN.

C'est pourtant une belle fête.

FERDINAND.

Pour vous, mais non pas pour nous.

ACHILLE.

Pourquoi donc ?

ISIDORE.

Les prix sont la récompense du travail.

FERDINAND.

Nous n'avons rien fait pendant la plus grande partie de l'année.

NORBERT.

Mais comptez-vous pour rien quatre mois d'application ?

ISIDORE.

Ils ne peuvent effacer six mois de paresse.

EMILE.

Ces quatre mois valent mieux que dix de certains autres.

FERDINAND.

Quelle honte pour nous ! Quelle peine pour ce bon père !

ISIDORE.

Je n'oserai jamais paraître devant lui. (*Ils se tournent un peu en se couvrant la figure de leurs mains.)*

LUCIEN.

Mon Dieu ! de les voir pleurer, ça me met le cœur à l'envers.

FÉLIX.

Consolez-vous ; il faut espérer que vous aurez des prix.

FERDINAND.

Non, non ; c'est impossible.

EMILE.

Je dis, au contraire, que ce serait fort juste : celui

qui a vaincu un défaut, est comme un vaillant soldat qui mérite la croix pour un beau fait d'armes.

ETIENNE.

Et moi je vous assure que vous en aurez.

ISIDORE.

Comment peux-tu le savoir ?

ETIENNE.

J'en suis certain.

FERDINAND.

Il dit cela pour nous consoler.

ETIENNE.

Écoutez : hier, deux professeurs passaient sans me voir et l'un d'eux dit assez haut : Ils ont bien travaillé tous deux ; ils méritent une récompense ; et l'autre a dit : Vous avez raison.

ISIDORE.

Cela ne prouve rien ; ils parlaient sans doute d'autres élèves.

ETIENNE.

Moi, je crois qu'ils parlaient de vous.

FERDINAND.

Je n'ose pas m'en flatter.

ISIDORE.

D'ailleurs, ce serait faire tort à ceux qui n'ont rien à se reprocher.

CHARLES.

En attendant, vous êtes sur le tableau d'honneur.

LUCIEN.

Oh ! le bavard !

ISIDORE.

Comment ! sur le tableau d'honneur !

NORBERT.

Oui, nous venons de le voir, et vous y êtes tous deux les premiers !

ÉMILE.

Être sur le tableau d'honneur en ce moment, cela dit tout.

ISIDORE.

Quel bonheur si nous y étions !

FERDINAND.

Papa serait bien content ; mais il ne faut pas trop y compter.

SCÈNE IV.

LES PRÉCÉDENTS, AUGUSTIN, BAPTISTE.

AUGUSTIN, *avant d'entrer.*

Ramona chemina !...

BAPTISTE.

Je te dis qu'il n'y a pas de chemina à ramona.

AUGUSTIN.

C'est-z-égal, je veux voir les biaux petits messieurs.

FERDINAND.

Oui, oui, qu'il entre ! nous serons charmés de le revoir.

BAPTISTE.

Pas moi ; va-t-il pas encore vous annoncer quelque malheur ?

AUGUSTIN.

Apprenez que les enfants de l'Auvargne sont pas des chouettes. Quand nous entrons dans ine maison, nous portons bonheur.

ISIDORE.

Viens-tu du pays, ramoneur ?

FERDINAND.

As-tu vu papa ?

AUGUSTIN.

Oui, je l'ai vu. Il a-t-ine mine suparbe.

FERDINAND.

Il est bien triste, n'est-ce pas ?

AUGUSTIN.

Oh ! non ; il est plus content que jamais.

ISIDORE.

. Comment ! De quoi serait-il content ?

AUGUSTIN.

Il dit à tout le monde qu'il est heureux, parce que
ses enfants sont ben sages. Et puis, il a d'aut' raisons,
ma fine !

FERDINAND.

Quelles sont ces raisons ?

AUGUSTIN.

Est-ce que vous ne savez pas ?

LES DEUX FRÈRES.

Nous ne savons rien.

AUGUSTIN.

Vot' père ne vous a pas écrit ?

ISIDORE.

Il nous a écrit il y a quinze jours, mais il ne nous
dit rien de nouveau.

FERDINAND.

Il nous exhortait à nous occuper de notre avenir
comme la Providence s'en occupait.

AUGUSTIN.

C'est ben ça. Vous savez, Messieurs, qu'après la la pluie vient le beau temps.

ISIDORE.

Eh bien ! après ?

AUGUSTIN.

Nos montagnes ne sont pas toujours couvartes de nige.

FERDINAND.

Que veux-tu dire ? parle.

AUGUSTIN.

Les rivières qui sautaient par-dessus leurs bords ne sont pas toujours si méchantes.

ISIDORE.

As-tu juré de ne dire que des proverbes ?

AUGUSTIN.

Eh ben ! Messieurs, voici l'affaire : le maudit lac s'est retiré, et vos terres sont revenues.

FERDINAND.

Serait-il possible ?

AUGUSTIN.

Ce n'est pas tout : vot' châtiau.......

FERDINAND.

Eh bien ?

AUGUSTIN.

En le réparant, on a trouvé ine piarre et sur c'te piarre y a de grosses lettres qui parlent d'in trésor.

FERDINAND.

Mon Dieu ! nous vous rendons grâces.

ISIDORE.

Plus encore pour notre père que pour nous.

6.

AUGUSTIN.

Au pays, tout le monde est content, et surtout les pauvres. Au revoir, Messieurs. *(Il sort.)*

SCÈNE V.

LES PRÉCÉDENTS, excepté AUGUSTIN.

FÉLIX.

Il est charmant ce ramoneur.

EMILE.

Les ramoneurs sont presque tous aimables. J'ai lu dernièrement une fort jolie histoire sur un petit ramoneur, mais celui-ci était Savoyard.

CHARLES.

Il faut nous la raconter.

TOUS.

Oui ! oui !

EMILE.

Mais je ne pourrai vous la dire qu'en abrégé. La voici :

Un petit Savoyard avait été appelé dans un grand hôtel de Paris pour ramoner plusieurs cheminées. Il avait activé sa pénible besogne, et il ne lui en restait plus qu'une à ramoner, celle du cabinet du propriétaire en voyage, et qu'on n'attendait que le lendemain. Le concierge, appelé par d'autres soins, était sorti de l'appartement, après avoir vu l'enfant disparaître sous le manteau de marbre. Quelques moments après, le maître arriva et se dirigea immédiatement, suivi du concierge, vers son cabinet. La porte était entr'ouverte et il s'arrêta surpris. Qu'a-t-il vu ? Le petit ramoneur, immobile devant un tableau et tellement attentif qu'il est sourd au bruit de leurs pas.

Tout-à-coup un son métallique et comme lointain se fait entendre et l'enfant tombe à genoux ; les yeux toujours fixés sur ce talisman, il joint les mains et fond en larmes. Le maître s'approche de lui : Qu'avez-vous, pauvre enfant ? — Pardon, M'sieu, dit l'enfant en se relevant, c'est mon pays qu'est là et j'sis ben content. — Tu es donc né dans la vallée de Chamouny ? — Oui, M'sieu ; tenez, voyez-vous, voici not' église où j'ai été baptisé ; voici le courant ousque j'sis tombé l'aut' année en poursuivant ma bique ; voilà nos montagnes, et pis, M'sieu, voyez-vous ces misons : ma mère est là ; oh ! c'te bonne mère ! m'est avis que j'vas la voir toute triste ; oui triste, parce qu'elle pense à son pauv' Petit-Jean.

Le propriétaire de l'hôtel était un personnage qui joignait aux avantages de l'opulence les plus nobles qualités du cœur. Ému de cette scène où l'amour du pays et la tendresse filiale s'étaient si délicieusement révélés, il conçut pour cet enfant un intérêt affectueux et lui donna une bourse bien garnie qui lui permit de partir le lendemain pour aller revoir sa mère, et de pourvoir pendant un an à l'existence de sa famille. Aujourd'hui, si vous entriez dans cet hôtel splendide, vous y verriez un serviteur remarquable par ses bonnes manières et surtout par son ton poli et respectueux. S'il vous conduit dans le cabinet de son maître, il ne manquera pas de jeter un doux regard sur le tableau qui lui est cher à bien des titres, et vous direz : c'est l'ancien ramoneur, c'est Petit-Jean ; il est doublement heureux, car sa mère est heureuse.

ELIACIN.

Voilà une charmante histoire.

FÉLIX.

Oh ! si j'étais riche, je voudrais faire du bien à un petit ramoneur.

EMILE.

Isidore et Ferdinand auront ce bonheur, à présent qu'ils sont riches.

ETIENNE.

Cette fortune leur jouera peut-être un mauvais tour.

CHARLES.

Que veux-tu dire ?

ETIENNE.

La paresse reviendra, vous verrez.

FERDINAND.

La paresse ! nous lui avons dit adieu pour toujours.

ISIDORE.

Quand on connaît les jouissances que procure le travail, on a horreur de la paresse.

ELIACIN.

Mais enfin à quoi sert la science, quand on a tant d'argent ?

NORBERT.

Les voleurs peuvent le prendre.

ETIENNE.

La rivière peut déborder.

LUCIEN.

Le feu peut tout dévorer.

ISIDORE.

Tandis que rien ne pourra nous enlever les trésors de l'instruction.

CHARLES.

Ainsi, vous continuerez vos études ?

ISIDORE.

Avec plus d'ardeur que jamais. Quand nous perdions nos plus belles années dans de vaines dissipations ou dans l'indolence, étions-nous heureux, mon frère ?

 FERDINAND.

Non, certes; l'ennui nous dévorait. Nous n'avons été heureux que pendant ces quatre mois de travail.

ISIDORE.

Et puis, comme disait papa, quelle figure ferions-nous dans le monde si nous n'étions pas instruits ?

NORBERT.

Mon pauvre Achille, tes cinq francs sont aventurés.

ACHILLE.

C'est vrai ; mais j'en suis bien aise.

NORBERT.

Tu vois qu'on peut se corriger, quand on le veut bien.

ACHILLE.

Ils priaient Dieu de si bon cœur !

CHARLES.

Que voulez-vous dire, vous autres, avec vos cinq francs ? Expliquez-nous cette énigme.

NORBERT.

Il y a quatre mois, j'assurais qu'Isidore et Ferdinand auraient des prix ; lui, disait le contraire ; nous fîmes un pari au profit des pauvres, et c'est lui qui perdra.

ACHILLE.

On ne perd rien, quand ce sont les pauvres qui reçoivent.

NORBERT.

Je serais si content d'avoir gagné mon pari, que j'ajouterais pareille somme.

ISIDORE.

Et moi donc ! Tout ce que j'ai dans ma bourse serait pour les malheureux.

FERDINAND.

J'en dis autant : nous aurons la bourse vide et le cœur plein de joie.

TOUS.

Je veux donner, moi aussi.

ISIDORE.

Il est si doux de soulager ceux qui souffrent.

FERDINAND.

Messieurs, savez-vous à qui il faudra remettre notre argent ? Aux jeunes gens de la Société de Saint-Vincent de Paul : les pauvres n'ont pas de meilleurs amis.

SCÈNE VI.

LES PRÉCÉDENTS, BAPTISTE, AUGUSTIN.

BAPTISTE.

Messieurs Castillon, voici un petit Monsieur qui demande à vous parler.

AUGUSTIN.

Messieurs Castillon, je vous souhaite le bonjour.

FERDINAND.

Bonjour. Qui êtes-vous ? Que désirez-vous ?

AUGUSTIN.

Vous ne reconnaissez pas le fils de Dufrène, premier garde forestier de Monsieur votre père ?

ISIDORE.

Comment ! C'est toi, Augustin ?

FERDINAND.

Mais c'est le ramoneur de tout-à-l'heure !

AUGUSTIN.

C'était pour rire.

CHARLES.

A ramona chemina !

EMILE.

Il est fûté ce Monsieur Augustin : il nous a tous attrapés.

AUGUSTIN.

Je savais bien que ces Messieurs ne me reconnaîtraient pas.

FERDINAND.

Je le crois bien, sous un tel déguisement.

LUCIEN.

Avec ce baragouin et cette figure de négrillon.

ISIDORE.

Mais qu'es-tu venu faire à Paris ?

AUGUSTIN.

Voici : après son désastre, Monsieur Castillon envoya mon père à Paris, pour une affaire importante ; il désira que j'y vinsse avec lui pour vous voir, vous parler sans être reconnu, et être témoin de l'impression que cette nouvelle produirait sur vous : et voilà pourquoi je m'étais dit ramoneur.

FERDINAND.

Cher Augustin, tu as été notre bon Génie.

ACHILLE.

D'après cela, je vois que tu n'as pas usé la raclette dans les tuyaux des chemina.

AUGUSTIN.

Elle est encore toute neuve.

ISIDORE.

Est-ce que tu es chargé de nous conduire à la maison ?

AUGUSTIN.

Mon père est venu pour cela. Mais comme j'avais été le messager du malheur, j'ai supplié Monsieur Castillon de me permettre de venir aussi pour vous apprendre moi-même le bonheur. A propos, vous ne savez pas ? Oh ! que je suis content !

FERDINAND.

Quoi donc ?

AUGUSTIN.

Après les vacances, je reviendrai ici avec vous pour faire mes études : c'est votre respectable père qui le veut.

TOUS.

Tant mieux ! tant mieux !

ISIDORE.

Oh ! la bonne idée qu'a eue papa !

FERDINAND.

Ça ne m'étonne pas : l'année dernière, il me parlait souvent de tes progrès à l'école, et de ta sagesse.

ISIDORE.

Tu ne feras pas le paresseux, comme nous, toi ?

AUGUSTIN.

Ne parlons plus de paresse, Monsieur Isidore : la paresse est la plus grande ennemie des hommes ; et même les riches qui s'y abandonnent s'exposent à la perte de leur fortune et au mépris. Personne n'est exempt du travail : Monsieur votre père travaille toujours, ou pour ses affaires, ou pour faire du bien à la commune et aux malheureux.

ETIENNE.

La preuve qu'ils sont corrigés, c'est qu'ils auront des prix.

AUGUSTIN.

Ils auront des prix? Quelle fête! J'y serai avec mon père, et puis nous partirons.

ISIDORE et FERDINAND, *joyeux.*

Nous irons rejoindre notre bon père.

BAPTISTE *crie en dehors.*

Messieurs, on va vous conduire à la salle des prix.

(En ce moment, on voit paraître au fond du théâtre un tableau portant une inscription en grandes lettres d'or.)

AUGUSTIN.

Voilà justement l'inscription qu'on a trouvée sur une pierre, en réparant votre château :

Le travail est un trésor.

ACHILLE.

C'est vrai : à bas la paresse !

NORBERT.

Vivent les prix !

CHARLES.

Vivent les vacances !

(Ils se retirent tous en criant :)

Vivent les vacances !

FIN DU SECOND ET DERNIER ACTE.

L'ENFANT PERDU

ou

LES SUITES DE LA DÉSOBÉISSANCE,

DRAME EN DEUX ACTES.

———◦◦◦———

PERSONNAGES.

ISIDORE DE SÉNANGES. . . . . GABRIEL.
GASTON DE SÉNANGES, frère du précédent. . WILFRID·
STANISLAS FAURESKI. . . . . ALBERT.
CHARLES. . . . . ⎫
EMMANUEL. . . . . ⎪
THÉOPHILE. . . . . . . ⎪
RAPHAEL. . . . . ⎬ Élèves d'une Institution.
AMÉDÉE. . . . . ⎪
FRÉDÉRIC. . . . . ⎪
ALFRED. . . . . ⎪
GEORGES. . . . . ⎭
TONY , fils du jardinier de la Préfecture. . . . . PAUL.

L'action se passe dans le jardin d'une Institution à Tours,
pendant les heures consacrées à la récréation.

ACTE PREMIER.

—

SCÈNE Iʳᵉ.

EMMANUEL, CHARLES, THÉOPHILE, FRÉDÉRIC, AMÉDÉE,
ALFRED, GEORGES.

EMMANUEL.

Amis, savez-vous la nouvelle?

CHARLES.

Quelle nouvelle?

ALFRED.

Il nous est arrivé un nouveau camarade.

FRÉDÉRIC.

Un nouveau! tant mieux : nous allons rire.

EMMANUEL.

Tu penses déjà à lui faire des malices, n'est-ce pas?

FRÉDÉRIC.

Une petite taquinerie pour éprouver son caractère.

EMMANUEL.

En fait de malice, celui-là ne vous craindra pas, j'en suis
sûr.

ALFRED.

Il est donc bien fort?

EMMANUEL.

Il n'est ni grand ni fort, mais il paraît espiègle et rusé.

GEORGES.

Mais enfin quel est donc ce petit personnage? d'ou vient-il?

EMMANUEL.

Je n'en sais rien. Tout ce que je puis vous dire, c'est qu'il
est mis comme un prince; il a un bonnet superbe, un beau
panache; l'or et soie brillent sur ses vêtements.

AMÉDÉE.

Comme il doit être beau !

CHARLES.

Il est charmant, en vérité !

FRÉDÉRIC.

Tu l'as donc vu, toi aussi ?

CHARLES.

Oui, je l'ai vu, et je puis vous dire ce qu'il est.

GEORGES.

Eh bien ! parle donc !

TOUS.

Parle donc !

CHARLES.

Comme ils sont curieux ! Eh bien, Messieurs, vous allez avoir pour camarade un....... un petit comédien.

TOUS.

Un comédien !

CHARLES.

Oui, un petit comédien fort malheureux, qui est venu se réfugier ici.

FRÉDÉRIC.

Comment as-tu appris cela ?

CHARLES.

Vous savez que j'étais sorti hier avec mon oncle. Au moment où nous rentrions, ce petit garçon nous a suivis en criant : Sauvez-moi, Messieurs, sauvez-moi ! Nous l'avons conduit à M. Dalban. Alors il s'est jeté dans ses bras en disant : Recevez-moi dans votre pension, Monsieur. Je suis bien malheureux : sauvez-moi la vie ! M. Dalban l'a comblé d'amitiés, et lui a demandé d'où il venait, avec un tel costume ? Il a répondu qu'il était avec des comédiens qui le faisaient beaucoup souffrir, et qu'aussitôt après avoir joué, il s'était échappé. Alors M. Dalban l'a conduit dans sa chambre, et je n'ai plus vu son petit protégé.

THÉOPHILE.

Pauvre petit ! comme il devait souffrir avec ces méchants '

ALFRED.

Il a bien fait de s'échapper.

GEORGES.

Il sera mieux avec nous qu'avec ces vilains hommes.

EMMANUEL.

J'espère qu'on ne lui fera pas de malices.

CHARLES.

Si vous lui faites la moindre chose.......

FRÉDÉRIC.

Pour qui nous prenez-nous ?

GEORGES.

Au contraire, nous le rendrons bien heureux.

ALFRED.

Nous le comblerons d'amitiés.

CHARLES.

A la bonne heure ; quant à moi, qui l'ai vu le premier, je le prends sous ma protection.

SCÈNE II.

LES PRÉCÉDENTS, RAPHAEL.

RAPHAEL.

Charles, M. Dalban m'a chargé de te dire d'aller le trouver tout de suite, dans sa chambre.

CHARLES.

C'est bon ! je reverrai sans doute notre petit réfugié. J'y vais. *(Il sort.)*

SCÈNE III.

LES MÊMES.

RAPHAEL.

Eh bien ! Raphaël, tu sais ; il y a un nouveau : l'as-tu vu ?

RAPHAEL.

Oui, je l'ai même reconnu ; c'est le petit Isidore, de la troupe de Miraflor. A ma dernière sortie, j'ai vu ces comédiens qui se promenaient dans la ville. Isidore était sur un joli petit cheval, et tout le monde l'admirait ; on disait qu'il jouait à ravir.

THÉOPHILE.

Alors, c'est une perte pour les autres, et s'ils découvrent sa retraite.....

GEORGES.

Eh bien ! s'il ne veut plus être comédien ?

THÉOPHILE.

Mais le chef voudra qu'on lui rende son enfant.

EMMANUEL.

Est-ce qu'il peut forcer son enfant à être comédien ?

FRÉDÉRIC.

C'est un état bien agréable : on voyage, on voit beaucoup de pays et de belles villes.

ALFRED.

On a des habits superbes ; tout le monde vous regarde et vous admire.

AMÉDÉE.

Et puis on est battu, quand on ne sait pas son rôle.

EMMANUEL.

Moi, je dis que c'est un triste état : monter sur un théâtre pour de l'argent, devant un public qui se moque, crie, et siffle ! Oh ! que c'est pénible !

ALFRED.

Mais on applaudit souvent.

EMMANUEL.

Quand je devrais être toujours applaudi, je ne voudrais pas être comédien pour tout l'or du monde.

RAPHAEL.

Si encore l'on jouait de bonnes pièces, à la bonne heure : mais on m'a dit que souvent on représentait des choses très-mauvaises.

EMMANUEL.

Le fait est qu'un enfant doit être très-malheureux avec ces gens-là. Ce matin, j'ai été demander quelque chose à M. Dalban. Isidore était avec lui et pleurait. Comme on a sonné dans ce moment, il s'est écrié : Oh ! mon Dieu ! ils viennent me chercher !... A présent, je m'explique sa frayeur.

THÉOPHILE.

Il me tarde bien de le voir.

TOUS.

A moi aussi. Ah ! le voilà !

———

SCÈNE IV.

LES MÊMES, CHARLES, ISIDORE.

CHARLES, *tenant la main d'Isidore.*

Sois tranquille, Isidore, tu ne vois ici que des amis.

ISIDORE.

Vous serez mes amis ?

RAPHAEL.

Certainement ; nous t'aimons déjà.

ISIDORE.

Moi, je vous aimerai aussi ; mais avant tout, j'aime de tout mon cœur votre bon maître qui a bien voulu me recevoir : après Dieu, il est mon sauveur.

CHARLES.

M. Dalban m'a chargé de vous dire, Messieurs, qu'il regardait le petit Isidore comme l'un de ses enfants, et qu'il espérait que vous le traiteriez comme un frère. Je lui ai dit vos bonnes intentions à son égard ; il en est charmé.

FRÉDÉRIC.

A présent, il ne sera plus comédien.

THÉOPHILE.

Et si tes parents venaient te chercher ?

ISIDORE.

Je serais bien content.

RAPHAEL.

Comment ? les comédiens ! Alors pourquoi les as-tu laissés ?

CHARLES.

Les comédiens ne sont pas ses parents.

GEORGES.

Et ses parents où sont-ils ?

7

CHARLES.

Il n'en sait rien.

FRÉDÉRIC.

Voilà qui est extraordinaire; il sait au moins son nom de famille et dans quel pays il est né ?

CHARLES.

Pas davantage.

RAPHAEL.

C'est un enfant bien à plaindre.

CHARLES.

Voici son histoire, d'après ce qu'il a dit à M. Dalban, qui me l'a raconté. Le petit Isidore (car c'est le seul nom qu'il se connaisse), était élevé chez ses parents, à la campagne, dans un château. Il était capricieux, volontaire, désobéissant, un véritable enfant gâté; il suffisait de lui donner un ordre pour qu'il n'en fît rien; lui défendait-on une chose; il s'empressait de la faire. Un soir, sa bonne le conduisit sur la lisière d'un grand bois, où elle allait chercher des plantes aromatiques. Elle lui avait défendu d'y entrer; mais quelques moments après, il se glissa derrière des arbres et se mit à courir de toutes ses forces. La bonne, ne le voyant plus, l'appelle; il court encore plus vite pour l'inquiéter et lui jouer un tour. Elle le chercha sans doute dans une autre direction; mais lui, en courant toujours, rencontra une troupe de comédiens, qui le prirent et l'emmenèrent, malgré ses larmes et ses supplications; ils le forcèrent à apprendre différents rôles, et le conduisirent de ville en ville jusqu'à Tours, où la Providence lui a donné le moyen d'échapper à ses ravisseurs.

ISIDORE.

Oh! oui, c'est le bon Dieu qui m'a protégé, mais je serais bien plus content si mon ami s'était sauvé comme moi.

GEORGES.

Que veux-tu dire ?

ISIDORE.

Il y en avait un autre qu'ils avaient pris · il devait me suivre, et il n'est pas venu : cela me fait de la peine, car il était aussi bien malheureux, et je l'aime beaucoup.

RAPHAEL.

Oh! les scélérats! Voler les enfants pour les faire souffrir! C'est abominable !

THÉOPHILE.

Nous sommes charmés que tu sois venu ici ; mais comment as-tu connu cette maison ?

ISIDORE.

J'ai souvent passé à cheval dans cette rue, avec les comédiens ; j'entendais vos cris de joie pendant la récréation. Voilà des enfants bien heureux, me disais-je. Un jour, que nous nous étions arrêtés devant votre maison, je fis des questions à une dame, qui m'a dit que c'était la pension Dalban. Alors je résolus de venir m'y réfugier aussitôt que je le pourrais, et pour cela, je remarquai bien la maison et les rues qui y conduisaient.

ALFRED.

Tu as bien fait. Il paraît cependant que tu n'étais pas mal nourri chez ces Ostrogoths.

ISIDORE.

Oui, la soupe à l'ail tous les jours, et souvent des fricassées de pain sec.

AMÉDÉE.

Je parie qu'ils te battaient.

ISIDORE.

A coups de cravache, pour la moindre chose, et surtout quand je ne savais pas mon rôle. J'ai eu bien de la misère, j'ai versé bien des larmes. J'ai compris que Dieu me punissait d'avoir été si entêté, si désobéissant. Mon plus grand chagrin était de ne plus voir mes bons parents. Aussi dans toutes mes prières je demandais pardon à Dieu, et je le priais de conserver mon bon père, de me donner le moyen de me sauver ; et l'espérance me soutenait. *(Il lève les yeux au ciel.)* Mon Dieu, vous m'avez exaucé : je vous remercie. Faites maintenant que je retrouve ma famille, et que mon ami se sauve comme moi

RAPHAEL.

Il ne sera pas facile de retrouver ta famille, si tu ne sais ni ton nom, ni ton pays.

ISIDORE.

Je n'ai jamais pu m'en souvenir. Tout ce que j'ai retenu, c'est qu'on m'appelait Isidore, et que nous demeurions dans un château.

GEORGES.

Te voilà bien avancé.

ALFRED.

Sais-tu lire et écrire ?

ISIDORE.

Mon Dieu, non : quand mes parents voulaient me faire apprendre à lire, je jetais le livre ou je le déchirais ; je me mettais en colère. J'ai honte de ma folie. *(Il se cache la figure avec la main.)*

THÉOPHILE.

Ici, tu apprendras à lire et à écrire.

ISIDORE.

C'est ce que je désire. Oh ! comme je vais m'appliquer !

FRÉDÉRIC.

On t'enseignera la géographie ; tu connaîtras les cartes.

ISIDORE.

Les cartes ! Oh ! je connais les cartes ; j'y ai vu jouer souvent, et toujours on se fâchait, souvent on se battait ; mais ça n'apprenait pas la *jographie*.

FRÉDÉRIC, *riant.*

Ce ne sont pas des jeux de cartes, mais de grandes feuilles de papier où sont tracées les différentes parties du monde : la terre, la mer, les îles, les montagnes, les fleuves, les villes...

ISIDORE.

Comment ! on y voit tout cela ? Ces feuilles sont donc bien grandes ?

FRÉDÉRIC.

Pas si grandes. Il faudrait lui en montrer une.

ALFRED.

Justement ! J'ai la France dans ma poche. *(Il déploie la carte.)*

ISIDORE.

Je serais curieux de voir cela.

ALFRED.

Vois-tu ? C'est une carte de France : voici Paris.

ISIDORE.

Paris ! ça Paris ? On m'avait dit que c'était si grand !

FRÉDÉRIC.

Ce n'est pas l'image de la ville, mais la position où elle se trouve, aux bords de la Seine.

ISIDORE.

La Seine ! C'est une rivière, n'est-ce pas ? Il en passait une aussi devant notre château. Montre-la-moi donc.

FRÉDÉRIC.

Dis-moi le nom de cette rivière ou de ce fleuve, et je te le montrerai.

ISIDORE.

Je ne sais pas. Oh ! que je suis bête de n'avoir pas voulu apprendre la *jographie*.

EMMANUEL.

Dis-moi : voyais-tu passer des bateaux sur cette rivière ?

ISIDORE.

Oui , souvent.

EMMANUEL.

Ces bateaux étaient-ils grands ?

ISIDORE , *après un peu de réflexion*.

Il y en avait d'assez grands. Je me souviens d'en avoir vu qui avaient de longs tuyaux , d'où sortait une fumée noire.

GEORGES.

C'étaient des bateaux à vapeur.

ISIDORE.

On disait même qu'ils étaient en fer.

EMMANUEL.

Les inexplosibles : alors ce devait être la Loire. Dis-moi : allais-tu quelquefois dans une ville , près du château ?

ISIDORE.

J'allais quelquefois dans une ville, en voiture, avec mes parents ; mais j'étais bien petit.

EMMANUEL.

N'as-tu pas remarqué quelque chose dans cette ville ? Tâche de t'en souvenir ; c'est très-important.

ISIDORE , *réfléchissant*.

Il me semble qu'il y avait des promenades , des églises. Attendez : voilà que ça vient...... J'ai vu une église qui avait deux grandes tours, avec un portail dont les pierres étaient découpées comme de la dentelle ; c'était superbe.

EMMANUEL.

Cette ville était-elle sur le bord de la rivière ?

ISIDORE.

Oui, oui ; on la traversait sur un pont.

EMMANUEL.

C'est bien ; mais n'as-tu pas remarqué autre chose dans cette ville ? Fouille encore dans tes souvenirs.

ISIDORE, *après un moment de réflexion.*

Il me semble qu'une fois, je vis une grande quantité de personnes qui marchaient à la file ; on portait une grande bannière et on s'arrêta sur une place.

EMMANUEL.

N'y avait-il pas une statue sur cette place ?

ISIDORE.

Oui, oui : la statue d'une femme, et l'on disait que cette femme avait été général ou caporal.

THÉOPHILE.

Il y a un peu de différence.

EMMANUEL.

Je connais cette ville. Mais combien de temps mettiez-vous pour vous y rendre ?

ISIDORE.

Tout ce que je puis vous dire, c'est que nous n'étions pas longtemps en route, car nos chevaux allaient grand train.

EMMANUEL.

Eh bien ! mon ami, nous savons maintenant où est ton pays.

CHARLES.

C'est évident : la statue est celle de Jeanne d'Arc, à laquelle on va tous les ans en procession, et la ville est Orléans.

FRÉDÉRIC.

Et le château doit être sur les bords de la Loire, près de la ville *(Il regarde la carte.).*

ISIDORE.

Comment ! vous avez trouvé notre château !... Voyons, voyons.......

EMMANUEL.

Pas encore ; mais nous savons à peu près où il est : c'était le point essentiel.

FRÉDÉRIC.

Vois-tu ? ton pays doit être par là.

CHARLES.

Quel renseignement précieux ! Il faut aller en faire part à M. Dalban. Viens avec nous, Isidore.

ISIDORE.

Oui, oui ; je vais le prier d'écrire à papa tout de suite. Voilà pourtant ce que c'est de savoir la *jographie* !

RAPHAEL.

Comme tu vas vite ! Ecrire à ton père ! Il faudrait auparavant savoir son nom.

ISIDORE.

C'est vrai : je l'ai oublié. Oh ! mémoire de lièvre !

CHARLES.

On tâchera de la faire revenir au gîte. Viens avec moi.

SCÈNE V.

LES PRÉCÉDENTS, excepté CHARLES et ISIDORE.

AMÉDÉE.

Emmanuel a eu une bonne idée en lui faisant toutes ces questions.

ALFRED.

A quoi cela servira-t-il ? On ignore le nom de ses parents.

THÉOPHILE.

On écrira à Orléans, pour savoir quelle est la famille du département du Loiret qui perdit un enfant, il y a trois ans. On parviendra bien à la découvrir.

FRÉDÉRIC.

Tu as raison : c'est le meilleur moyen.

ALFRED.

En attendant, le petit comédien est cause que nous ne jouons pas : c'est fort désagréable.

GEORGES.

Et bientôt il faudra rentrer à l'étude.

RAPHAEL.

Depuis que ce petit est ici, je n'ai pas la moindre envie de jouer ; je ne pense qu'à lui.

FRÉDÉRIC.

Moi aussi ; je me figure la désolation des pauvres parents, lorsqu'ils ne virent plus leur petit Isidore.

AMÉDÉE.

Ils auront cru, comme Jacob, qu'une bête féroce l'avait dévoré. Oh ! que c'est triste !

ALFRED.

Et si ces vilains comédiens venaient le chercher ?

RAPHAEL.

Est-ce que nous serions assez lâches pour livrer Isidore ?

TOUS.

Non, non !

THÉOPHILE.

Soyez tranquilles : ils n'oseront pas le réclamer.

FRÉDÉRIC.

On devrait les mettre en prison.

RAPHAEL.

Ils doivent s'y attendre : j'ai ouï dire que c'est un grand crime d'enlever un enfant à ses parents.

THÉOPHILE.

Isidore est le premier coupable. Sa désobéissance lui a coûté cher, et elle a peut-être été bien funeste à ses parents.

AMÉDÉE.

Si les parents d'Isidore ne l'avaient pas gâté, il aurait été plus docile, et il serait encore auprès d'eux.

RAPHAEL.

Mon cher, si on enlevait tous les enfants gâtés, combien serions-nous ici ?....

ALFRED, *riant.*

Nous ne serions pas nombreux.

AMÉDÉE.

Messieurs, à présent, nous aurons des récréations charmantes : Isidore nous apprendra des scènes de comédie.

RAPHAEL.

C'est vrai ; moi je serai Pierrot.

FRÉDÉRIC.

Et moi, Croquemitaine.

GEORGES.

Les voici qui reviennent.

SCÈNE VI.

LES MÊMES, CHARLES.

THÉOPHILE.

Eh bien ! Qu'a dit M. Dalban ?

CHARLES.

Il est très-content ; il devait justement lui faire les mêmes questions que nous ; mais il lui en a aussi fait d'autres.

RAPHAEL.

Espère-t-il trouver les parents ?

EMMANUEL.

Certainement : il a écrit au Préfet du Loiret.

RAPHAEL.

Quand aura-t-on la réponse ?

CHARLES.

Peut-être dès ce soir.

THÉOPHILE.

Ce soir ! ce n'est pas possible, même par le chemin de fer.

EMMANUEL.

Mais c'est par le télégraphe.

GEORGES.

Alors, ce soir nous saurons le nom et le pays d'Isidore.

RAPHAEL.

Comme tout ça va vite à présent ! Les bateaux à vapeur, les chemins de fer, le télégraphe...

(*La cloche sonne pour l'étude.*

FRÉDÉRIC.

La cloche va vite aussi : drin, drin, drin... A l'étude !

ACTE SECOND.

—

SCÈNE Ire.

FRÉDÉRIC, AMÉDÉE, RAPHAEL, ALFRED, GEORGES.

FRÉDÉRIC.

Je trouve les classes et les études plus longues que jamais.

RAPHAEL.

Moi aussi ; je n'ai jamais tant désiré la récréation.

AMÉDÉE.

Je ne pensais qu'à Isidore : aussi je répondais mal aux questions les plus faciles.

ALFRED.

Et moi, qui n'ai pas su mes leçons.

FRÉDÉRIC.

J'avais dans ma version : *Legi rosas in hortis meis*, et j'étais si distrait qu'au lieu de dire : *J'ai cueilli des roses dans mes jardins* ; j'ai traduit ainsi : *J'ai lu des roses dans mes orties*. (On rit.)

RAPHAEL.

Moi, j'avais à traduire : *Cæsar maximâ diligentiâ profectus est* ; et j'ai mis : *César partit par la plus grande diligence*.

GEORGES.

J'ai fait le portrait d'Isidore. Voyez comme il est ressemblant ! *(Il montre un croquis à la plume.)*

AMÉDÉE.

Cache donc cette caricature. *(On rit.)*

FRÉDÉRIC.

Je vous avoue que jusqu'à ce qu'il ait retrouvé ses parents, je ne pourrai guères penser à autre chose.

RAPHAEL.

Ni moi : c'est comme une histoire dont il me tarde de savoir la fin.

AMÉDÉE.

Mettons-nous à la place de ce pauvre enfant.

ALFRED.

Comme il doit être inquiet!

FRÉDÉRIC.

Où est-il donc à présent?

AMÉDÉE.

On l'a envoyé s'amuser avec le petit Gaston, qui est convalescent.

RAPHAEL.

A propos, tout-à-l'heure j'ai vu Joseph qui allait chercher Isidore, parce qu'on le demandait au cabinet de M. Dalban.

ALFRED.

Oh! si c'était Miraflor!

FRÉDÉRIC.

Rassurez-vous : voici Isidore qui nous arrive.

GEORGES.

Ah! voici un autre comédien avec lui.

SCÈNE II.

FRÉDÉRIC, EMMANUEL, RAPHAEL, ALFRED, GEORGES, ISIDORE, STANISLAS, THÉOPHILE, CHARLES.

ISIDORE.

Messieurs, je suis bien content : voici mon ami Stanislas.

STANISLAS.

Cher Isidore, quelle peine j'ai eue à te rejoindre!

ISIDORE.

Mais pourquoi n'es-tu pas venu hier? Nous étions convenus de nous enfuir aussitôt après la représentation. Je devais sortir le premier; je n'y ai pas manqué, et tu ne m'as pas suivi.

STANISLAS.

Au moment où j'allais te suivre, Guillaume m'ordonna quelque chose; cela me retarda, et, quand je sortis, je ne pus te retrouver.

ISIDORE.

Il fallait demander la maison de M. Dalban.

STANISLAS.

Je la demandai à des personnes qui ne surent pas me l'indiquer. J'allais m'informer à d'autres, lorsque j'entendis de loin des pas précipités. J'eus peur, et j'entrai dans une grande maison, où le propriétaire voulut bien me donner asile pendant la nuit. Ma position l'a tellement intéressé, qu'il a voulu lui-même me conduire ici en voiture. Je t'ai rejoint, mon ami ; j'en remercie le Ciel.

ISIDORE.

Il a eu pitié de nous.

EMMANUEL.

Ces coquins t'avaient donc enlevé aussi ?

ISIDORE.

Oui : conte-leur donc ton histoire.

CHARLES.

Nous en serions charmés. Ah ! ça , tu connais ton pays , toi ?

STANISLAS.

Oui : je suis né dans la Pologne.

THÉOPHILE.

Tu es Polonais ! Nous t'en aimerons davantage : les Français et les Polonais sont frères.

FRÉDÉRIC.

Mais tu parles bien français pour un Polonais.

STANISLAS.

Mon père, ancien officier de la garde de l'Empereur Napoléon, m'a appris votre langue, dès le berceau. Ayant été compromis dans la dernière conspiration, il fut obligé de s'expatrier au plus vite, et chargea un Français de ses amis de me conduire à Lyon, où son frère, réfugié depuis longtemps, est professeur d'allemand. Notre voyage fut heureux jusqu'à Colmar. Mais comme nous venions de sortir de cette ville dans un cabriolet qui devait nous transporter à Belfort, cet ami, ayant eu affaire dans une maison peu éloignée de la route, attacha le cheval à un arbre. Au lieu de l'attendre, comme il me l'avait recommandé, je détachai le cheval pour me donner le plaisir de le conduire moi-même. Au bout de deux ou trois minutes, une détonation d'arme à feu se fait entendre, et le cheval effrayé prend le mors aux dents. Après avoir parcouru un assez long espace de chemin, il passe trop près d'un canal ; la voiture y tombe et l'entraîne. J'allais périr, quand un homme s'élance dans l'eau et m'enlève. J'étais évanoui et couvert de sang. Lorsque je revins à moi, je me trouvai dans un lit, près de celui qui m'avait sauvé, et d'un enfant que j'aimai tout de suite : c'était Isidore.

AMÉDÉE.

Quel est donc ce brave homme qui t'a sauvé ?

STANISLAS.

C'est Miraflor, chef de comédiens ambulants, qui passait avec ses fourgons, au moment de ma chûte. Je fus bientôt remis, et je le priai de me conduire à Lyon. Il me répondit : Mon ami, je t'ai sauvé ; tu me dois la vie. A présent, je serai ton père ; tu m'appartiens, et je veux te former dans l'art dramatique ; tu seras le frère d'Isidore ; vous jouerez tous deux la comédie.

ISIDORE.

Il disait au public que nous étions ses enfants.

STANISLAS.

Voilà ce que me valut ma désobéissance ; sans Miraflor j'étais perdu. Il fallut donc me résigner pour le moment à cette position ; mais j'espérais ne pas y rester longtemps. Cependant je m'attachai de plus en plus à mon jeune ami, qui, dans les courts instants où on nous laissait seuls, m'avait appris son malheur, et je lui fis partager mon espérance.

ISIDORE.

Oui, tu me disais toujours : Prions notre Père des Cieux : il nous sauvera. Tu avais bien raison.

STANISLAS.

A présent, il ne me sera pas difficile d'aller auprès de mon oncle, et j'espère revoir bientôt mon père. Mais toi, pauvre Isidore, où trouver ta famille ? Sois tranquille : tu viendras avec moi ; tu seras toujours mon frère.

ISIDORE.

Oh ! merci, mon ami ! A propos, tu ne sais pas ? Ces petits Messieurs sont si savants, qu'ils ont trouvé mon pays.

STANISLAS.

Comment ! tu t'en es donc souvenu ?

ISIDORE.

Non ; mais ils lisent dans les cartes, ils savent la *jogra-phie*, et.....

STANISLAS.

Mais enfin, comment ont-ils pu trouver ton pays, que tu ne connais pas ?

ISIDORE.

Ils m'ont fait des questions, j'ai répondu, et ils ont deviné.

STANISLAS.

Eh bien ! Quel est donc ton pays ?

ISIDORE.

Mon pays ?... Encore ma mémoire de lièvre... Oran.

FRÉDÉRIC.

Eh non : c'est Orléans.

ISIDORE.

Oui, Orléans. Et puis on a écrit par le té..., le *tégraphe*.

RAPHAEL.

Dis donc le télégraphe.

EMMANUEL.

On attend une dépêche télégraphique.

ISIDORE.

Eh bien ! qu'elle se dépêche donc ! Elle ne va pas plus vite qu'une tortue. (¹)

THÉOPHILE.

Messieurs, en attendant la dépêche, savez-vous ce qu'il faut faire ?

ALFRED.

Quoi donc ?

THÉOPHILE.

Nous allons dire aux petits comédiens de nous jouer quelques scènes de comédie.

FRÉDÉRIC.

Excellente idée !

TOUS.

Bravo ! bravo ! vous jouerez la comédie.

STANISLAS.

Il paraît, Messieurs, que vous nous prenez réellement pour des comédiens.

(1) La télégraphie électrique n'était pas encore inventée.

ISIDORE, *d'un air mécontent.*

Non, nous ne sommes pas des comédiens. Je ne veux pas, moi !

EMMANUEL.

Ils ont raison : vous avez l'air de leur donner des ordres ; c'est une prière que nous devons leur faire.

Si cela ne vous contrariait pas, chers amis, nous serions charmés de vous voir en scène ; ce serait une gracieuseté de votre part. Vous n'êtes pas à nos yeux des comédiens ; vous êtes des amis.

TOUS.

C'est vrai.

STANISLAS.

Puisque cela vous fait plaisir, si mon ami y consent, je le veux bien. Autrefois, nous étions artistes dramatiques par force ; à présent, nous le serons par amitié : n'est-ce pas, Isidore ?

ISIDORE.

Non, non ; je ne suis pas en train ; ça m'ennuie.

AMÉDÉE.

Cher Isidore, sois bon enfant.

CHARLES.

Dites-nous ce que vous voudrez : vous devez savoir beaucoup de rôles.

STANISLAS.

Il fallait bien les apprendre : la maudite cravache était là.

RAPHAEL.

C'était un peu plus dur que les pensums. Quels rôles jouais-tu, toi ?

ISIDORE.

Les rôles de gamin. Quelquefois j'étais page, comme mon ami. Voici le costume que nous avions.

RAPHAEL.

J'ai entendu dire en ville que vous vous en acquittiez à merveille.

STANISLAS.

On était indulgent pour notre âge.

ISIDORE.

Il fallait bien remplir notre tâche : ce vilain Miraflor me

disait (*Il grossit sa voix.*) : Isidore, si tu ne fais pas rire, je te ferai pleurer. Jugez si je faisais mes petites farces pour amuser le public !

CHARLES.

Une petite scène, Messieurs, s'il vous plaît.

STANISLAS.

Allons, Isidore, soyons complaisants pour nos petits amis. Si tu veux, nous redirons la scène de la pièce de Charles VIII, que nous avons jouée l'autre soir : elle nous a porté bonheur.

ISIDORE.

J'y consens pour vous faire plaisir.

STANISLAS.

Messieurs, ne convient-il pas de demander à M. Dalban s'il veut le permettre?

CHARLES.

Tu as raison : allons le lui demander. *(Il sort avec Isidore et Stanislas.)*

SCÈNE III.

LES PRÉCÉDENTS, excepté CHARLES, ISIDORE et STANISLAS.

THÉOPHILE.

Il faut convenir que, dans la situation où ils se trouvent, cela ne doit pas les amuser.

GEORGES.

Ils feront preuve de complaisance.

FRÉDÉRIC.

C'est vrai : l'un est fort loin de sa patrie et de sa famille : l'autre ne sait où trouver la sienne.

AMÉDÉE.

Oui ; mais Isidore a maintenant l'espoir de la retrouver.

ALFRED.

Et puis, ils sont contents d'avoir pu se rejoindre.

RAPHAEL.

Comptez-vous pour rien la joie de n'être plus esclaves de Miraflor? Les oiseaux chantent de bon cœur quand ils se sont échappés de leur cage.

THÉOPHILE.

Peut-être M. Dalban ne leur permettra pas de jouer.

AMÉDÉE.

Moi, j'espère que si.

RAPHAEL.

Et moi aussi, parce qu il aime beaucoup à nous faire plaisir.

FRÉDÉRIC.

C'est vrai : aussi, quand il me prend des accès de paresse, un regard de lui me fait rentrer en moi-même.

GEORGES.

Nous serions bien ingrats si nous lui faisions de la peine.

THÉOPHILE.

Malgré cela, j'ai peur.

GEORGES.

Pourquoi?

THÉOPHILE.

Parce que les pièces du théâtre de Miraflor ne doivent pas être du goût de M. Dalban.

EMMANUEL.

Je suis de ton avis : un voleur d'enfants ne doit pas être un honnête homme.

AMÉDÉE.

Qui sait ? Ils ont peut-être des scènes de brigands.

ALFRED.

Des brigands! Oh! j'aime beaucoup les histoires de brigands.

RAPHAEL.

Messieurs, comme nous serons spectateurs, il faudra nous asseoir.

FRÉDÉRIC.

Voilà Charles qui revient seul. Notre scène est flambée.

SCÈNE IV.

LES PRÉCÉDENTS, CHARLES.

CHARLES.

Rassurez-vous, Messieurs : ils vont venir. M. Dalban était

à dix pas d'ici avec un Monsieur. Comme il avait tout entendu, il a seulement fait quelques questions à nos amis sur la scène qu'ils allaient dire, et il y a consenti.

EMMANUEL.

Sais-tu le sujet de la pièce?

CHARLES.

Stanislas m'a dit qu'elle a pour titre: *La cour de Charles VIII.* L'action se passe, en 1495, au château de Plessis-les-Tours, après la bataille de Fornoue. Vous savez que ce siècle est un des plus remarquables de l'histoire; que Charles VIII, après avoir réuni la Bretagne à la France, par son mariage avec la duchesse Anne de Bretagne, avait conquis le royaume de Naples avec une rapidité extraordinaire; mais que bientôt l'Allemagne, l'Espagne et divers princes d'Italie se liguèrent contre lui et le déterminèrent à reprendre le chemin de la France, avec une faible partie de son armée. Vous n'avez pas oublié la brillante victoire de Fornoue, qui n'empêcha pas la perte du royaume de Naples. Eh bien! nos aimables pages vont nous rappeler une partie de ces évènements, ainsi que diverses coutumes et découvertes de cette époque si intéressante, qui suivit de près le moyen-âge. Les voici, écoutons.

SCÈNE V,

(Dites de deux Pages.)

LES PRÉCÉDENTS, LUDOVIC (Stanislas), RENÉ (Isidore.)

LUDOVIC.

Mon cher René, je t'annonce une grande victoire !

RENÉ.

Une victoire ! On disait hier que nous avions perdu le royaume de Naples, et que notre armée était en déroute.

LUDOVIC.

Oui: ces démons d'Espagnols, d'Estradiots et de Tudesques, jaloux de nos succès, irrités de notre brillante conquête, avaient juré d'exterminer notre armée avec son Roi. Les Italiens eux-mêmes, qui nous avaient salués avec tant de joie, dans notre marche triomphale jusqu'à Naples, se sont ligués avec nos ennemis. Il a bien fallu abandonner notre conquête et se mettre en route pour la France. Le Roi n'avait que huit mille soldats, mais des plus braves ; quarante mille ennemis sont allés l'attendre à l'entrée des plaines de la Lombardie, au village de Fornovo. Le premier choc a été terrible ; le prince Mathieu de Bourbon a été pris à côté du Roi, qui s'est trouvé un moment enveloppé et assailli de toutes parts ; il n'a dû son salut qu'à la vigueur de son beau cheval noir. Pendant ce temps, notre artillerie faisait d'horribles brèches. Tout-à-coup le combat change de face, et Charles s'élance sur les ennemis avec sa garde intrépide ; il les a culbutés, hachés, mis en pièces, et la victoire a couronné la vaillance.

RENÉ.

Vive le Roi ! Vive la France ! Oh ! les belles fêtes que nous allons avoir !

LUDOVIC.

Toujours ami des fêtes et des plaisirs.

RENÉ.

C'est plus agréable que la vie monotone que nous menons ici. Te souviens-tu des belles fêtes que nous eûmes à Lyon, quand la Reine accompagna le Roi ?

LUDOVIC.

Oui ; il paraît qu'il y en aura d'autres pour le retour de Sa Majesté.

RENÉ.

Tant-mieux ! Mais, dis-moi, cette nouvelle est-elle bien certaine ?

LUDOVIC.

Très-certaine : j'étais dans la salle des gardes lorsqu'un courrier est venu apporter une lettre du Roi, et le rapport de son ministre, messire Philippe de Comines. La Reine, transportée de joie, a elle-même annoncé la nouvelle et notre prochain départ pour Paris.

RENÉ.

Quel bonheur ! Nous allons sortir de cette triste prison de Plessis-les-Tours. La ville de Paris donnera des fêtes magnifiques ; on jouera des mystères ; un petit garçon, descendant des airs comme un ange, posera une couronne sur la tête du Roi et de la Reine. Nous verrons des tournois, des joûtes ; l'air sera embaumé par des jets d'eau de senteur ; le vin et le lait couleront des fontaines, et il y aura de grands repas, où l'on régalera Messieurs les pages de confitures et de pâtisseries. Victoire ! Victoire !

LUDOVIC.

Oh! le bon Français qui aime les victoires, à cause des confitures et des pâtisseries!

RENÉ.

Vous m'insultez, M. Ludovic : apprenez que le page René de Précy est aussi bon Français que vous.

LUDOVIC.

Oh! ne vous fâchez pas, beau page, comme ce jour où vous fûtes grondé par Messire Bartholus, notre gouverneur.

RENÉ.

J'avais bien raison : ne voulait-il pas m'empêcher de rire, de folâtrer, parce que la Reine était inquiète?

LUDOVIC.

Quand notre bonne Reine est triste, ses pages ne doivent pas rire.

RENÉ.

Eh bien! moi, je ne peux pas vivre sans rire Quand le sire de Précy me plaça chez la Reine, je lui dis : Mon oncle, pourrai-je rire? Il me répondit : Oui, mon garçon, tant que tu voudras. Ainsi je ris toujours. Vive la joie!

LUDOVIC.

Cette joie est souvent de la folie. Hier, par exemple, n'as-tu pas éclaté en présence de Sa Majesté et des Dames de la cour? C'était fort mal. Tu es heureux qu'elle t'ait pardonné.

RENÉ.

La Reine souriait elle-même. C'était si comique de voir le docteur Uranomagus, avec sa grande robe noire, son bonnet pointu et sa longue baguette, faire mille gestes, mille grimaces, en disant d'un ton solennel : J'ai lu dans les étoiles un grand et joyeux événement!

LUDOVIC.

Il y a des moments où cette gaîté ne brille pas sur ton visage : quand il faut lire et écrire, par exemple.

RENÉ.

C'est vrai : alors je ne ris plus, je bâille, et même je dormirais sur ces maudits livres sans la grosse voix du docteur Bartholus. Oh! si je tenais ceux qui ont inventé ces vilains caractères de fer, qui barbouillent des chiffons en bouillie qu'on appelle papier, pour tourmenter les pauvres enfants!...

LUDOVIC.

Y penses-tu ? Maudire l'imprimerie, cette inspiration du
Ciel, ce flambeau de la société! Sais-tu quel est le premier
livre qui a été imprimé ?

RENÉ.

Je parie que c'est un livre sur la chasse ou la pâtisserie.

LUDOVIC.

Le génie porte plus haut ses pensées. Le premier livre imprimé est la Bible ; il parut à Mayence, en 1455, appelant,
pour ainsi dire, la bénédiction divine sur cet art sublime,
en consacrant ses prémices au service du Ciel.

RENÉ.

J'ai entendu dire que ton imprimerie était une comète de
mauvais augure. D'ailleurs, n'avions-nous pas auparavant de
jolis livres avec de belles images ?

LUDOVIC.

Oui, des manuscrits en parchemin. Je sais pourquoi tu les
préfères : comme ils étaient rares et précieux (¹), on ne les
laissait pas longtemps entre les mains des enfants. Cela t'ar-
rangerait mieux, n'est-ce pas ?

RENÉ.

Tu as deviné, mon cher Ludovic.

LUDOVIC.

N'as-tu pas honte de préférer l'ignorance à l'instruction ?

RENÉ.

Les gentilshommes comme nous ne doivent pas savoir
tant de choses inutiles; c'est bon pour les bourgeois.

LUDOVIC.

Le Roi ne pense pas ainsi.

RENÉ, *à demi-voix.*

Le Roi ! on dit qu'il est fort ignorant.

LUDOVIC.

Faut-il s'en étonner ? Le Roi Louis XI, son père, ne voulut pas qu'il reçût de l'instruction ; mais Charles VIII veut
que ses pages soient instruits ; il favorise les sciences et les

(1) Les manuscrits se vendaient pour ainsi dire au poids de l'or. La biblio-
thèque du Roi Jean-le-Bon ne se composait que de vingt volumes.

lettres, car il sait que notre siècle leur doit ses précieuses découvertes. Elles comptent déjà plusieurs gentilshommes parmi ses adeptes. Ignores-tu la gloire dont vient de se couvrir le jeune Pic de la Mirandole ? Il n'a que dix-huit ans et il sait tout ; il parle vingt-deux langues.

RENÉ.

Vingt-deux langues ! Et bien ! moi, je n'en sais qu'une, et je parle autant que lui.

LUDOVIC.

Beaucoup trop des choses auxquelles tu n'entends rien ; par exemple, des arbalètes, des arquebuses, de la poudre et des canons.

RENÉ.

Les canons ! Oh ! j'aime beaucoup les canons. Il me semble que je viserais très-bien. *(Il fait le geste.)* Pon, pata pon !

LUDOVIC.

L'habile artilleur ! Comme il viserait bien un gâteau de Savoie !

RENÉ.

C'est vrai : donne-m'en un, il sera bientôt démoli. Il y a aussi une autre chose qui me plaît, ce sont les cartes : roi, dame et valet ! c'est très-amusant. L'inventeur était un homme d'esprit.

LUDOVIC.

C'est pour un roi malade et fou qu'il les a imaginées. Les cartes causent d'autres folies ; elles sont dangereuses.

RENÉ.

Il faut avouer qu'on a fait de belles découvertes dans notre siècle.

LUDOVIC.

Cites-en moi de plus importantes que l'imprimerie.

RENÉ.

Ce n'est pas difficile : l'art de polir les diamants, les chariots suspendus, et puis une autre chose qui me fait rire.

LUDOVIC.

Quelle est donc cette invention si risible ?

RENÉ.

Tu ne devines pas ?

LUDOVIC.

Je ne suis pas devin.

RENÉ *met des lunettes sur son nez et crie en nazillant :*
La voilà !

LUDOVIC.

Les lunettes.

RENÉ.

Quand je les vois sur le nez de la vieille baronne d'Aubigny,
je ris, je ris..... Ce matin, je lui ai joué un tour. Je mourais
d'envie de connaître ça ; elle les avait laissées dans son livre
sur une console, et je les ai prises. Regarde comme elles me
vont bien. (*Même jeu.*) Oh ! je te vois gros, gros à faire peur.

LUDOVIC.

Tu es fou ; c'est mal de se moquer d'une dame aussi respectable. Je vois avec peine, mon cher René, que tu ne comprends pas encore les qualités qui doivent distinguer un page.

RENÉ.

Un page doit être gai, alerte, intelligent, et surtout espiègle et hardi.

LUDOVIC.

Il faut qu'un page soit souvent grave, réfléchi, toujours
gracieux, poli, discret ; il doit aussi acquérir l'instruction et
les vertus qui le rendront de plus en plus digne de servir un
grand Roi et une auguste Reine.

RENÉ.

Où as-tu donc pris ces belles phrases ?

LUDOVIC.

Dans le livre qu'on nous a donné hier. Tu devrais le lire.

RENÉ.

Oui, je le lirai avec ces lunettes avant de les rendre ;
elles m'aideront beaucoup. (*Il les met sur son nez.*) Oh ! la
belle invention que les lunettes !

LUDOVIC.

Revenons aux découvertes. Il y en a d'autres dont tu n'as
rien dit et qui sont fort importantes : la peinture à l'huile, la
gravure en taille douce, et enfin la plus merveilleuse de
toutes, celle qui immortalisera notre siècle.

RENÉ.

Qu'est-ce donc ?

LUDOVIC.

La découverte du Nouveau-Monde, en 1492.

RENÉ.

Ah! oui, par Christophe Colomb. Je ne comprends pas comment cet homme a pu trouver ce nouveau monde : il est donc sorcier ?

LUDOVIC.

Non ; Colomb est un homme de génie.

RENÉ.

Dieu lui a donc révélé qu'il venait de créer ce monde ?

LUDOVIC, *riant*.

Voilà qui est plaisant : tu t'imagines que ce continent a été créé après l'autre ?

RENÉ.

Mais certainement, puisqu'on l'appelle le Nouveau Monde.

LUDOVIC.

Eh bien, mon cher, si tu n'avais pas tant d'horreur pour les livres, tu saurais, comme moi, que ce continent fait partie de notre globe, comme les autres terres, et qu'on ne l'appelle le Nouveau Monde que parce qu'on vient de le découvrir.

RENÉ.

Quelle bévue je faisais-là !..... Ainsi, à présent, au lieu de trois parties du monde, on en compte quatre. Et cette quatrième partie comment l'appelle-t-on ?

LUDOVIC.

Elle n'a pas encore de nom. *(Il chante.)*

> Antique Europe, ah ! rends grâce au génie
> Qui t'illustra d'un magnifique don,
> Pour ton honneur, appelle Colombie
> Ce nouveau monde *inventé* par Colomb !.....
> Mais le génie en tout temps fut victime :
> Déjà la fraude, en ses rapports menteurs,
> Veut lui ravir la gloire légitime
> Que méritaient ses sublimes labeurs.

RENÉ.

Colombie ! oui, ce serait un beau nom. J'espère que le nouveau monde s'appellera Colombie. Puisque tu es en train de faire le poète-astrologue, tu devrais bien me prédire de nouvelles découvertes : j'en suis très-friand.

LUDOVIC.

Eh bien ! écoute mes rêves de l'autre nuit. *(Il chante.)*

Nos découvertes sans pareilles
Soudain à mes yeux s'éclipsaient,
J'apercevais d'autres merveilles
Qui tour-à-tour m'éblouissaient.
La science, puissante fée,
Triomphait de nos ennemis ;
A sa voix volait la pensée,
Les éléments étaient soumis.

Dans la région des étoiles,
Quelques hommes fendaient les airs,
D'autres, sans coursiers et sans voiles,
Parcouraient l'immense univers.
Si bien que dans l'autre hémisphère
Ils arrivaient le lendemain ;
Un jour, ils déjeûnaient au Caire,
Et l'autre, ils dinaient à Pékin.

RENÉ.

Tu n'as pas vu tout ; écoute : *(Il chante.)*

Quand ils arrivaient dans la Chine,
On les portait en palenquin ;
Voyait-on un homme-machine ;
On en faisait un mandarin.
Puis, sur l'aile de la Fortune,
Nos voyageurs prenant l'essor,
Ils se dirigeaient vers la lune.....

LUDOVIC.

La lune ! Et pourquoi donc ?

RENÉ.

Pour y chercher des lingots d'or.

STANISLAS.

En ce moment, on entendait le son de cor qui appelait les pages ; et la scène était finie.

Vous voyez, Messieurs, que nous ne sommes pas de fameux artistes.

CHARLES.

Vous nous avez donné une charmante récréation, et nous vous remercions de votre complaisance.

8

TOUS.

Oui, merci.

EMMANUEL.

Vous nous avez rappelé une époque célèbre par ses grandes découvertes.

THÉOPHILE.

Elles ne sont pas comparables à celles de notre siècle, si bien prédites par le page troubadour.

FRÉDÉRIC.

C'est vrai : la vapeur, les chemins de fer, le Daguerréotype.

AMÉDÉE.

Les ballons.

RAPHAEL.

Et le télégraphe?

ISIDORE.

Le télégraphe! Eh bien! la réponse n'arrive donc pas?

CHARLES.

Patience, mon cher ami; elle ne tardera pas à venir.

ISIDORE.

Oh! que je suis inquiet! Mon Dieu, ceux que j'ai tant affligés existent-ils encore?

STANISLAS.

Cher Isidore, espère.

SCÈNE VI.

LES PRÉCÉDENTS, GASTON.

ISIDORE.

Ah! te voilà, cher petit! où étais-tu donc?

GASTON.

J'étais à l'infirmerie. Ce vilain médecin ne veut pas que je m'amuse long-temps : c'est fort désagréable. Je m'ennuyais de ne pas te voir, car je t'aime beaucoup.

ISIDORE.

Et moi aussi.

GASTON.

A propos, M. Dalban m'a chargé de te dire que le télégraphe parlait.

ISIDORE.

Le télégraphe? Eh bien! qu'est-ce qu'il dit?

GASTON.

J'ai écouté tant que j'ai pu, je n'ai rien entendu. Je le voyais seulement remuer ses grands bras et ses grandes jambes.

STANISLAS.

C'est la réponse sans doute. Isidore, tu vas bientôt savoir...

ISIDORE.

Allons tout de suite trouver M. Dalban.

GASTON.

Monsieur Dalban? Il est sorti; on est venu le chercher de la part de M. le Préfet.

EMMANUEL.

C'est cela; la réponse est arrivée.

RAPHAEL.

Je ne comprends pas comment le télégraphe, avec ses perches qui vont par-ci, par-là, à gauche, à droite, en haut, en bas, peut dire les choses comme une lettre. Elles sont donc sorcières ces perches?

EMMANUEL.

On forme avec le télégraphe des mots, comme nous en formons sur le papier.

GASTON.

Viens donc t'amuser avec moi, Isidore.

ISIDORE.

Non, non; je ne veux pas.

GASTON.

Oh! comme tu es de mauvaise humeur! Qu'as-tu donc

ISIDORE.

Laisse-moi tranquille!

GASTON.

Je vois bien que tu ne m'aimes plus.

ISIDORE.

Si, si, je t'aime.

ALFRED.

Tu aimes ce petit lutin?

AMÉDÉE.

Gaston est bien aimable, quand il n'a pas de caprices.

ISIDORE.

Tu t'appelles Gaston?

GASTON.

Oui.

ISIDORE.

Quel est ton autre nom?

GASTON.

Je m'appelle Gaston de Sénanges.

ISIDORE, *vivement.*

Gaston de Sénanges *(Il lui prend la main.)*, où demeurais-tu avant de venir ici?

GASTON.

Avec papa, grand-père et grand'maman, au château de Sénanges.

ISIDORE.

Cher Gaston! *(Il l'embrasse avec transport.)*

FRÉDÉRIC.

Comme il l'embrasse! Qu'est-ce que cela veut dire?

ISIDORE, *vivement.*

Mes amis, j'avais oublié mon nom, et celui du pays où je suis né : il vient de me les rappeler. Je m'appelle Isidore de Sénanges, et Gaston est mon frère.

GASTON.

Tu es mon frère? Oh! je que suis content!

ISIDORE.

Tu étais bien petit quand j'étais à la maison, et je t'aimais beaucoup.

RAPHAEL.

Mais tu avais oublié ton nom?

ISIDORE.

Oui, je ne sais comment cela s'est fait. Sénanges... Sénanges... Il y avait si longtemps que je n'entendais plus ce nom. A présent *(se touchant le front)*, il est là; il n'en sortira plus. Cher Gaston, parle-moi de nos bons parents.

GASTON.

Grand-père et grand'mère se portent bien, ainsi que papa

ISIDORE.

Mon Dieu, je vous remercie.

GASTON.

Moi aussi, je remercie le bon Dieu. Nous t'avions perdu et te voilà retrouvé. Il y aura bien de la joie à la maison.

SCÈNE VII.

LES PRÉCÉDENTS, TONY.

TONY.

Messieurs, je suis vot'serviteur. V'la-t-ine lettre de la part de M. le Préfet.

CHARLES.

Pour qui est cette lettre?

TONY.

Alle est pour M. Isidore. Ous qu'il est ce M. Isidore?

ISIDORE.

C'est moi: donne-la donc vite!

TONY.

Tiens! c'est le petit page de Miraflor, et v'la son camarade! C'est drôle. Est-ce qu'ils veniont jouer la comédie devant ces biaux petits Messieurs?

ISIDORE.

Tu m'impatientes: donne-moi cette lettre! *(Tony la prend et la remet à Isidore qui l'ouvre et dit d'un air confus)* :
Je ne sais pas lire...

STANISLAS.

Donne, je vais t'en donner lecture. *(Il la prend et regarde la signature.)* Cette lettre n'est pas de M. le Préfet, mais de M. Dalban. Voici ce qu'il écrit : « Livre ton cœur à la joie, » mon cher Isidore : ta famille est connue; ton père est » l'honorable M. de Sénanges. »

ISIDORE.

Vous voyez bien; ah! quel bonheur!

STANISLAS *(reprenant)*.

« M. de Sénanges, maire de la commune de Meun, de-
» meurant au château de Sénanges, à trois lieues d'Orléans.

» M. le Préfet veut lui-même lui annoncer la bonne nouvelle,
« et je vais aussi, par la même occasion, parler de toi à ton
» bon père. Mais il me tardait de te rendre heureux en t'in-
» formant sur-le-champ d'une découverte qui te prouve de
» nouveau la bonté de Dieu à ton égard; ne l'oublie jamais,
« cher enfant, aime-le toujours. »

> » Ton ami : DALBAN.

ISIDORE.

Mon Dieu, je vous rends grâce!

GASTON.

Comment! c'est le télégraphe qui a dit tout cela?

STANISLAS.

Cher Isidore, que je suis heureux de ton bonheur!

TONY.

Si M'sieu le Préfet avai-z-eu l'honneur de me conter ça, il
n'aurait pas fait jouer le télégriffe.

EMMANUEL.

Toi! petit jardinier. Que veux-tu dire?

TONY.

Oui, je savions ben que M. de Sénanges avait perdu son
petit bonhomme Isidore.

ISIDORE.

Est-ce que tu connais mon père?

TONY.

Oui; et vous aussi, M. Isidore : j'vous ons vu tout petiot au
château de Sénanges. Vous ne me reconnaissez pas?

ISIDORE.

Non; qui es-tu donc?

TONY.

J'sis Tony, le fils de Mariette, vot'nourrice, qui vous portait des galettes au beurre toutes chaudes.

ISIDORE.

C'est vrai; je n'ai pas oublié les galettes.

TONY.

Et vous avez oublié Tony?

ISIDORE.

Non, non; je me souviens de toi à présent; mais alors tu
n'avais pas des habits si propres.

TONY.

Ni vous non plus, M. Isidore. Vos habits étiont sales et
déchirés; vous vous rouliez par terre, vous grimpiez sur les
arbres, vous poursuiviez les oies et les dindons, vous jetiez
des piarres aux pauv'chiens; enfin vous fasiez mille malices.

ISIDORE.

C'est vrai.

CHARLES.

Pourquoi parler de ses vieux péchés?

TONY.

Vous souviant-il qu'in jour vous tombîtes dans ine mare
ousque le père Mathurin vous pêcha?... Oh! oh!... oh!... Je
peux pas y penser sans rire... Oh! oh!.. Tous les chiens ja-
piont comme s'il aviont vu in loup-garou. Sans Mathurin, vous
étiez pardu.

ISIDORE.

Oh! j'étais bien méchant alors; je ne voulais jamais obéir.
Dieu m'a puni. Y a-t-il longtemps que tu as vu mon bon père?

TONY.

J'sommes parti du village y a six mois, pour venir avec
mon père qu'est jardinier de M. le Préfet. J'ons pas vu vot'
papa depuis ce temps-là.

ISIDORE.

Se portait-il bien?

TONY.

Il a-z-u ine fière maladie, le cher homme; son pauv'cœur
était si tarabusté! mais le bon Dieu l'a guari.

GASTON.

C'est vrai.

TONY.

Tiens, vous v'la aussi, M. Gaston? On a ben fait de vous
mettre en cage, car vous commenciez à être in... in... in
gamin, quoi!

GASTON.

C'est pas vrai, Toniche; c'est toi qu'es malin comme in
singe.

TONY.

Marci du compliment, M. Gaston. A présent, vous serez ben
gentil, ben mignon, comme M. Isidore.

GASTON.

Ça ne te regarde pas.

CHARLES.

Voilà un sapajou bien hardi. M. Toniche, on a besoin de vous pour tirer des carottes au jardin de la Préfecture.

TONY.

Apprenez qui gnia ni carottes, ni cornichons, M'sieu, dans c'te belle appartenance. C'est pas vous qui m'empêcherez de regarder le fils de not'bienfaiteur, M. Isidore, qu'est sage comme in angelot. Et dire que je l'ons pas reconnu au théâtre de Miraflor !

ISIDORE.

Oui ; reste encore auprès de moi, bon Tony ; tu es le premier, depuis tant d'années, qui me parles de mon père.

TONY.

Oh ! M. de Sénanges ! c'est ça in homme ! La crême des hommes, quoi ! Aussi j'l'aimons tous au pays. Quand j'lons vu si triste, si malade, j'avions trejou la larme à l'œil. Oh ! queu belle fête à Meung ! Y aura-z-un beau feu de joie... Ah ! ça, M. Isidore, j'vous ons dit tout plein de bêtises... Voulez-vous me pardonner ?

ISIDORE.

Certainement ; ta franchise me plaît.

TONY.

Et vous, M. Gaston, vous n'êtes plus fâché contre Tony ?

GASTON.

Si, si, je dirai à papa que tu es venu ici pour nous vexer.

ISIDORE.

Mon frère, il ne faut pas avoir de rancune envers ceux qui nous disent nos défauts ; ce sont nos meilleurs amis. Allons, pardonne au bon Tony.

GASTON.

Puisque tu le veux, je lui pardonne.

TONY.

Oh ! que j'sis content ! Baillez-me donc vot'petite menotte, que je la bise. *(Il lui baise la main.)*

THÉOPHILE.

Le bon père viendra bientôt revoir l'enfant perdu.

AMÉDÉE.

Et retrouvé.

RAPHAEL.

Il est possible qu'il vienne demain.

ISIDORE.

Quel bonheur! O mes amis, je ne puis vous dire toute ma joie. Tu la comprends, cher Stanislas?

STANISLAS.

Qui la partage plus que moi, cher Isidore? Nous souffrions ensemble, nous avons eu même espérance, même secours, et nous aurons le même bonheur.

ISIDORE.

Ce bonheur, mes amis, c'est à M. Dalban et à vous que je le dois. Cela, par exemple, je ne l'oublierai jamais; c'est un souvenir qui restera toujours là. *(Il met la main sur son cœur.)*

CHARLES.

C'est Dieu qui est venu à ton secours.

ISIDORE.

Oui; j'en rendrai grâce à Dieu chaque jour, et à présent, je promets devant vous de ne plus causer de peine à mes bons parents, de les rendre bien heureux.

THÉOPHILE.

Que feras-tu pour les rendre heureux?

ISIDORE.

Je serai sage; j'étudierai; je ne désobéirai plus; au contraire, je serai soumis à toutes leurs volontés; je préviendrai même leurs désirs.

EMMANUEL.

C'est très-bien, cher Isidore. L'obéissance est la première loi que Dieu a donnée à l'homme, et la première vertu qu'il a voulu lui-même pratiquer sur la terre. Tu n'as que trop éprouvé combien la désobéissance cause de malheurs aux enfants et aux parents, et tu comprendras de plus en plus que la soumission à Dieu, et à ceux qui le représentent sur la terre, attire les bénédictions du Ciel sur les enfants et sur les familles.

FIN DU SECOND ET DERNIER ACTE.

LA FÊTE DES DEUX MÈRES,

SCÈNE DE FAMILLE,

EN TROIS ACTES.

PERSONNAGES.

GEORGES FRANCASTEL. ⎫
GABRIEL FRANCASTEL. ⎬ Frères. . . . . . .
JULES FRANCASTEL. . . ⎭

⎧ GEORGES.
⎨ GABRIEL.
⎩ JULES.

RAPHAEL BELMONT. . . ⎫
CHARLES BELMONT. . . ⎬ Frères. . . . . . .
LOUIS BELMONT. . . . . ⎭

⎧ RAPHAEL.
⎨ CHARLES.
⎩ LOUIS.

FRÉDÉRIC DE St ALBAN. ⎫
ANTONY DE St ALBAN. . ⎭ Amis des deux familles

⎧ FRÉDÉRIC.
⎨ ANTONY.

BAPTISTE, fils du jardinier. . . . . PAUL.

La scène se passe le 24 Août 1809, dans une maison de campagne, près de Fontainebleau.

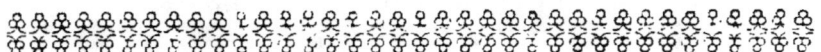

ACTE PREMIER.

—

SCÈNE Ire.

GEORGES, GABRIEL, JULES.

GEORGES.

Il faut convenir que c'est fort désagréable.

GABRIEL.

Oh! oui, c'est vexant.

JULES.

Qu'avez-vous donc, vous autres, avec vos lamentations?

GABRIEL.

Nous pensions que maman serait venue nous chercher au
Lycée, comme l'année dernière; mais non, c'est un ami de la
famille, et, pour comble de bonheur, nous ne la trouvons pas
à la maison; on nous dit qu'elle est en voyage: voilà un beau
commencement de vacances.

GEORGES.

Ce voyage nous inquiète. Que devons-nous penser? Tu ne
sais pas où elle est allée?

JULES.

Maman ne me l'a pas dit.

GEORGES.

A-t-elle reçu une autre lettre de papa?

JULES.

Oui, et elle est partie le lendemain.

GABRIEL.

Ah! bon! papa revient sans doute, et maman sera allée à
sa rencontre.

GEORGES.

Ce serait bien heureux pour nous; mais pour cela il aurait
fallu la paix, après la magnifique bataille de Wagram.

JULES.

Maman a dit qu'on ne se battait plus.

GEORGES.

C'est vrai, il y a eu un armistice... Mais que signifie ce départ précipité?

GABRIEL.

Allons voir notre bonne tante Augustine : elle nous en dira peut-être la cause.

GEORGES.

Tu as raison.

JULES.

Comment! vous ne savez donc pas?

GEORGES.

Mais nous ne savons rien : nous arrivons.

GABRIEL.

Est-ce qu'elle est partie aussi?

JULES.

Oui, elle est partie avec maman.

GEORGES.

En effet, elle n'est pas venue non plus chercher ses enfants ; ainsi Raphaël et Charles ont eu le même désappointement que nous.

JULES.

Tante Augustine paraissait bien inquiète; maman s'efforçait de la tranquilliser. Eh bien! croiriez-vous que le cousin Louis folâtrait comme à l'ordinaire?

GABRIEL.

Il est si étourdi! Justement, le voilà.

SCÈNE II.

LES PRÉCÉDENTS, RAPHAEL, CHARLES, LOUIS.

LOUIS.

Messieurs, je vous annonce mes chers frères arrivant du Lycée, sans prix ni couronnes.

JULES.

Comme mes chers frères.

RAPHAEL.

Eh bien! amis, nous voilà tous bien désappointés au premier jour de vacances.

GEORGES.

Il faut convenir que c'est triste.

CHARLES.

Nous qui nous venions avec tant de joie.

GABRIEL.

Nous descendons vite de voiture, nous cherchons maman partout, et l'on nous dit : Elle est partie !

JULES.

M. Derval ne vous avait donc pas prévenus ?

RAPHAEL.

Non ; nos mères lui avaient sans doute fait le mot.

CHARLES.

Je ne les aurais pas crues capables de nous jouer un pareil tour. Oh! ce n'est pas bien.

GEORGES.

Ne pensez pas que nos mères aient agi ainsi pour nous contrarier, elles qui aiment tant à nous faire plaisir ; il faut qu'elles aient eu un motif extraordinaire. *(On entend sonner.)*

JULES, *à Louis.*

On sonne; allons voir.

SCÈNE III.

LES PRÉCÉDENTS, excepté JULES et LOUIS.

GEORGES.

Nous espérions, chacun de nous, voir notre bon père dans les vacances : ce départ ferait croire que nous n'aurons pas ce bonheur.

RAPHAEL.

A quoi sert d'avoir remporté une si grande victoire, si de braves officiers ne peuvent aller se reposer dans leurs familles ?

GEORGES.

N'avons-nous pas toujours à lutter contre des nations rivales ?

SCÈNE IV.

LES PRÉCÉDENTS, LOUIS, JULES.

(Ce dernier montre une lettre à Messieurs Georges et Gabriel Francastel).

GEORGES, *prenant la lettre.*

C'est de maman! A la bonne heure! *(Gabriel s'approche.)*

« Lyon, le 23 Août.

» Mes chers enfants, quelle a dû être votre surprise en
» ne me voyant pas à la Distribution des Prix, et en ne me
» trouvant pas à la maison! Vous connaissez trop votre mère
» pour ne pas penser qu'il y a eu pour cela de bonnes rai-
» sons. La première, c'est que je redoutais de vous voir au
» nombre de ces élèves qui, par leur faute, ne rapportent
» que de la honte de cette solennité. Que dis-je? J'en étais
» certaine d'après votre paresse de toute l'année. Combien
» cela eût été pénible pour moi, que vos succès de l'année
» dernière avaient rendue si heureuse! Mais j'avais une autre
» raison : votre père a été nommé Colonel, en récompense
» de sa brillante conduite à Wagram; il a reçu l'ordre d'aller
» rejoindre son régiment en Espagne, et je l'ai vu à son pas-
» sage à Lyon. Il faut donc nous résigner à la privation d'un
» bonheur dont nous avions si grand besoin, pour nous dé-
» dommager du chagrin que nous causent nos enfants. »

JULES.

Quel bonheur! Papa est colonel!

GABRIEL.

Oui; mais il est fâché contre nous, ainsi que maman; c'est
toi qui en es cause; tu n'as pas voulu...

GEORGES, *à demi-voix.*

Chut! ne parlons pas de cela à présent.

LOUIS.

Et moi aussi j'ai une lettre *(Il lit l'adresse.)* : A Messieurs
Raphaël et Charles Belmont.

RAPHAEL.

Donne, donne! C'est de maman; elles sont ensemble. *(Il
ouvre la lettre et Charles s'approche de lui.)* Même mécontentement, mêmes reproches... Elles se sont entendues contre

nous... Ah! papa a été nommé Chef d'Escadron. Mais voici qui est triste...

CHARLES.

Qu'est-ce donc ? Qu'est-il arrivé ?

RAPHAEL.

Papa a été blessé d'une balle à la jambe.

CHARLES.

Papa est blessé! Il n'en parlait pas dans ses lettres.

RAPHAEL.

Il n'avait pas voulu nous inquiéter; mais cette blessure était légère ; il est guéri, grâce à Dieu.

GEORGES.

Oui, nous avons tous à rendre grâce à Dieu, car notre bon père et le vôtre auraient pu périr au champ d'honneur.

RAPHAEL.

Messieurs, je n'avais pas fini de vous lire la lettre de maman. Ecoutez. *(Il lit.)*

« Allons, chers enfants, employez les premiers jours de
» vos vacances à d'utiles réflexions sur le passé, à de sé-
» rieuses résolutions pour l'avenir. Dans quelques jours, je
» serai auprès de vous et j'oublierai le passé, à la condition
» qu'une partie de vos vacances sera employée à réparer le
» temps perdu. »

GABRIEL.

C'est ça ; des réflexions, des résolutions, du travail. Oh! les belles vacances!

CHARLES.

Maman nous dit à peu près la même chose. Avec ces mamans, il ne faut pas s'amuser..., mais travailler, toujours travailler!

RAPHAEL.

Nos mères parlent ainsi parce qu'elles ne savent pas...

JULES.

Eh bien! quoi?

RAPHAEL. *(A part.)*

Qu'allais-je dire... *(Haut.)* Rien, mon cher.

JULES.

Elles ne savent pas que... quand on vient de passer dix mois au Lycée, on ne doit pas travailler beaucoup.

RAPHAEL.

Et qu'on doit toujours se divertir.

JULES.

C'est ça ! et pour bien faire, il faut commencer tout de suite.

LOUIS.

Il a raison : amusons-nous vite !

JULES.

Ils ne bougent pas. Mais qu'avez-vous donc ? Moi qui vous attendais avec tant d'impatience pour ces parties de plaisir que vous aimez tant ! Point du tout : vous bavardez, et vous perdez le premier jour des vacances.

CHARLES.

Tête folle que tu es ! Quel courage veux-tu que nous ayons à nous amuser, à présent ?

GABRIEL.

Et dans l'absence de nos mères ? Oh ! qu'il me tarde d'embrasser maman !

GEORGES.

Tout notre désir maintenant est de les revoir.

JULES.

C'est-à-dire que, pendant trois jours, nous resterons ici tranquilles comme des momies. Ça ne me va pas. Oh ! mes bons frères, mes chers cousins, arrangeons donc une partie de plaisir.

GABRIEL.

Nous pourrions faire une promenade en bateau sur le canal.

LOUIS.

Allons tendre des pièges aux oiseaux.

RAPHAEL.

Nous pourrions aller surprendre l'ami Frédéric, que nous n'avons pas vu depuis quatre mois.

GEORGES.

A propos, comment va-t-il Frédéric ?

JULES.

Bien ; sa fièvre est passée depuis plusieurs jours ; si l'on n'avait pas été si près des vacances, il serait retourné au Lycée.

CHARLES.

Eh bien! allons le voir : ça nous distraira.

GABRIEL.

Nous ferons une promenade avec lui.

GEORGES.

Messieurs, j'ai une partie de plaisir à vous proposer.

RAPHAEL.

Qu'est-ce donc? voyons!

JULES.

Sera-t-elle bien amusante?

GEORGES.

Elle pourra être intéressante.

LOUIS.

Ferons-nous beaucoup de bruit?

GEORGES.

Non; ce sera calme, paisible.

RAPHAEL.

Tu appelles cela une partie de plaisir?

JULES.

Je parie qu'il va vous proposer quelque lecture. Oh! par exemple, Monsieur l'Etudiant, si vous voulez lire, nous allons vous planter là; bonjour!

GEORGES.

Est-ce que j'ai parlé de lire?

CHARLES.

Eh bien! qu'as-tu à nous proposer? Explique-toi.

GEORGES, à demi-voix.

Ces petits me gênent...

GABRIEL.

Il faut les faire partir.

RAPHAEL.

C'est bien facile, attendez : Jules, Louis, vous ne savez pas? Baptiste a tendu des lacets. Allez donc voir s'il y a des oiseaux de pris.

LOUIS.

C'est vrai. Allons voir.

JULES.

Il dit ça pour nous faire partir. Nous gênons ces Messieurs. Eh bien! oui, nous partirons; car tous vos secrets m'impatientent; mais à une condition : c'est qu'il n'y aura pas de partie de plaisir sans nous.

GEORGES.

Je vous le promets.

JULES.

A la bonne heure. A présent, bavardez tant que vous voudrez.

LOUIS.

Nous allons nous amuser avec Baptiste.

GEORGES.

Dites donc au jardinier de venir me parler : j'ai quelque chose à lui demander.

LOUIS.

Ça suffit, Monsieur le mystérieux.

SCÈNE V.

LES MÊMES, excepté JULES et LOUIS.

GABRIEL.

Eh bien ! quelle est donc cette partie de plaisir ?

GEORGES.

Nos mères y seront : vous ne devinez pas ?

CHARLES.

Non.

GEORGES.

Quelle fête célèbre-t-on le 25 Août?

GABRIEL.

La Saint-Louis. Ah! c'est la fête de maman !

GEORGES.

Et le 28 Août?

RAPHAEL.

Saint-Augustin. Eh! c'est la fête de maman !

GEORGES.

Louise, Augustine. Il faut que nous célébrions le même

jour ces deux fêtes de nos mères chéries, et que nous y mettions tout l'appareil possible. Elles doivent arriver le 27... Ainsi...

CHARLES.

Oh! l'excellente idée!

GABRIEL.

Mais nous n'aurons pas le temps de faire nos préparatifs.

RAPHAEL, *vivement.*

Tout est possible quand on a la volonté. Commençons d'abord : vite ! vite !

GEORGES.

Tu as donc un plan?

RAPHAEL.

Est-ce qu'il faut un plan pour faire des bouquets, pour préparer nos dessins ?...

GEORGES.

Mais encore faut-il s'entendre. Tu te contenterais donc d'embrasser maman en lui disant : Maman, bonne fête !

CHARLES.

Ce serait trop simple.

RAPHAEL.

C'est vrai. Eh bien! qu'as-tu imaginé, toi qui es un jeune homme réfléchi, un philosophe?

GEORGES.

J'ai pensé d'abord que nous aurions une grande ressource dans le génie de M. Raphaël, le poète de la famille.

RAPHAEL.

Bien riposté.

CHARLES.

C'est vrai : Raphaël nous fera des compliments.

GABRIEL.

Moi j'en trouverai bien dans un livre.

RAPHAEL.

Dans un livre ! Tu trouveras du vieux, du rococo. Quoi qu'en dise Monsieur Georges, je ne suis pas poète. Cela n'empêche pas que maman sera plus contente de m'entendre dire quelque chose de ma tête que ce que j'aurais pris dans un livre.

GABRIEL.

Oui, elle aura une nouvelle preuve du génie de son Raphaël.

RAPHAEL.

Tes moqueries commencent à m'ennuyer, entends-tu ?

GEORGES.

Allons donc ! une dispute pour rien. Le temps presse, et nous le perdons à des paroles inutiles.

SCÈNE VI.

LES PRÉCÉDENTS, JULES, LOUIS, BAPTISTE.

LOUIS.

Messieurs, j'ai l'honneur de vous présenter le petit Baptiste, fils du père Mathurin, jardinier de Messieurs Francastel et Belmont.

GEORGES.

Mais ce n'est pas à lui que nous avons affaire, c'est à son père.

BAPTISTE.

Papa a dit comme ça : Baptiste, tu diras à ces petits Messieurs que j'pouvons pas y aller, et que s'ils aviont affaire z-à moi, qu'ils veniont me trouver.

RAPHAEL.

Qu'ils veniont me trouver... Et depuis quand sommes-nous aux ordres du père Mathurin ?

CHARLES.

Pourquoi ton père ne vient-il pas ?

BAPTISTE.

Pace que papa il est-z-à ratisser les allées, à mettre le jardin en ordre. Ça presse qui dit.

GEORGES.

Et nous aussi nous sommes très-pressés.

RAPHAEL.

Va lui dire qu'il faut qu'il vienne tout de suite !

BAPTISTE.

Oh ! papa il vindra pas.

RAPHAEL.

C'est un peu fort ; ton père ne sait donc pas qu'il doit nous obéir, que nous sommes les maîtres ?

BAPTISTE.

Oh! les biaux maîtres!

RAPHAEL.

Ah! tu me manques de respect? Attends! *(Il va à lui; Baptiste s'éloigne un peu.)*

JULES.

Veux-tu le laisser, ce bon Baptiste!

LOUIS.

Je ne veux pas que tu fasses mal à Baptiste.

RAPHAEL.

Pourquoi est-il insolent?

BAPTISTE.

Moi, j'suis pas-t-insolent, M. Raphaël; je vous disions seulement que c'est vos mamans que sont les maîtresses au logis.

GEORGES.

Il a raison; maman a donné des ordres au père Mathurin; c'est à lui de les exécuter, et à nous de les respecter.

CHARLES.

C'est vrai; mais il faudra bien que le jardinier nous donne des fleurs.

LOUIS.

Des fleurs! Que voulez-vous en faire?

GABRIEL.

Tu sais que nous aimons les fleurs.

JULES.

Ah! je comprends, la fête de maman approche.

LOUIS.

C'est vrai; nous n'y pensions pas.

JULES.

Georges a bonne mémoire, lui; mais pourquoi nous cachait-il cela? Ce n'est pas bien.

GEORGES.

Je ne me pressais pas de vous le dire, parce que vous avez la manie de nous contrarier; vous touchez à tout, vous dérangez tout.

JULES.

Pourtant nous voudrions bien faire quelque chose pour maman.

LOUIS.

Je veux en être, moi aussi.

JULES.

Je vous assure que nous serons bien sages.

RAPHAEL.

Eh bien ! oui, vous nous aiderez.

GEORGES.

Nous allons parler au père Mathurin et puis nous nous mettrons tous à la besogne. Baptiste, tu nous donneras aussi un coup de main.

BAPTISTE.

Oh ! non, Monsieur Georges, je voulons pas vous donner de coups.

GEORGES, *riant.*

Eh ! non, cela veut dire que tu nous aideras.

BAPTISTE.

C'est différent. A vot'service ; que faut-il que j'fassions ?

GEORGES.

Tu nous aideras à couper des feuillages, de la verdure.

BAPTISTE.

Et à quoi que faire tout ça ?

GEORGES.

D'abord, nous voulons dresser un arc de triomphe.

BAPTISTE.

Une aque de trionfle ! Queu que c'est que ça une aque de trionfle ?

CHARLES, *haut.*

Un arc de triomphe, entends-tu ?

BAPTISTE.

Oh ! je sommes pas sourd, M. Charles ; vous me direz comment que ça se fait une aque de trionfle.

GEORGES.

Oui ; c'est pour cela surtout que nous avons besoin du

père Mathurin. Allons le trouver. Nous lui ferons part de notre projet, et ce brave homme sera enchanté de nous aider, car depuis vingt ans qu'il est au service de la famille, il mérite, par son dévouement, l'attachement qu'on a pour lui. Mais tous ces apprêts ne sont pas l'essentiel : il faut que notre cœur cherche d'autres moyens de surprendre nos excellentes mères, de leur donner de la joie, du bonheur, et de leur prouver que leurs enfants sont dignes de leur tendresse.

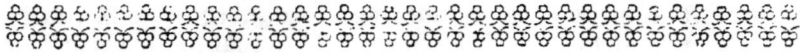

ACTE SECOND.

——

SCÈNE Ire.

GEORGES, CHARLES, RAPHAEL, GABRIEL, FRÉDÉRIC.

GEORGES.

Tu es bien aimable, cher Frédéric, de nous avoir prévenus.

RAPHAEL.

Nous devions aller te surprendre.

FRÉDÉRIC.

Il me tardait beaucoup de vous revoir ; et puis je vous proposer une partie de chasse dans le parc.

GEORGES.

Aujourd'hui? C'est impossible.

FRÉDÉRIC.

Comment ! Pendant l'absence de vos mères? C'est le moment le plus favorable : après leur retour, j'aurai de la peine à vous avoir.

GEORGES.

C'est précisément à cause d'elles que nous serons privés de ce plaisir.

FRÉDÉRIC.

C'est une véritable énigme.

9

GEORGES.

En voici le mot : ma mère s'appelle Louise.

CHARLES.

Et ma mère, Augustine.

FRÉDÉRIC.

Est-ce que leurs patrons ont défendu la chasse?

GEORGES.

Nos mères seront ici dans deux jours, et comme ce sera le 28 la fête de notre bonne tante Augustine, nous voulons réunir ces deux fêtes, et causer une agréable surprise à nos mères.

FRÉDÉRIC.

Alors vous avez des préparatifs à faire. C'est différent : je ne veux pas vous gêner; au contraire, si je puis vous être utile, j'en serai charmé. Vos mères nous montrent tant d'amitié !

RAPHAEL.

Et elles seront bien aises, comme nous, de vous voir à la fête. Ainsi te voilà invité, l'ami Frédéric. *(Il lui donne une poignée de mains.)*

GEORGES.

Nous serons contents de t'avoir.

FRÉDÉRIC.

J'y viendrai avec plaisir.

GABRIEL.

Et son petit frère Antony ?

CHARLES.

C'est vrai ; il faut qu'il soit aussi de la fête.

GEORGES.

Oui, oui ; il nous faut le charmant Antony ; justement il me vient une idée... Il nous sera très-utile.

FRÉDÉRIC.

J'en doute. Puisque cela vous fait plaisir, je l'amènerai. Mais je vous ai offert mes faibles services : voyons, que faut-il faire? Je suis prêt.

GABRIEL.

Des guirlandes, des bouquets.

CHARLES.

Un arc-de-triomphe en verdure et en fleurs.

FRÉDÉRIC.

Quel dommage que les deux pères de famille ne puissent pas être de la fête!

GEORGES.

Oh! oui : ce serait un grand bonheur pour nous et nos mères.

FRÉDÉRIC.

Vous auriez un autre arc-de-triomphe à faire; mais celui-là serait en lauriers.

RAPHAEL.

Tu sais donc cela?

FRÉDÉRIC.

Tout le monde sait que nos pères viennent encore de s'illustrer au champ d'honneur. Rien n'est plus beau que cette bataille de Wagram.

CHARLES.

Oui ; mais papa a été blessé.

FRÉDÉRIC.

Je le sais ; on dit que c'est fort peu de chose.

RAPHAEL.

On connaît donc les détails de la bataille?

FRÉDÉRIC.

Oui , par le 24ᵉ bulletin de la Grande Armée. Justement! Je l'ai apporté.

GABRIEL.

Est-ce que tu vas nous lire tout ce journal?

FRÉDÉRIC.

Oh! non; je passe de longs détails sur les marches, les mouvements, les attaques et les évolutions des deux armées, et j'arrive au dénoûment. *(Il lit.)*

« Il n'était que dix heures du matin, et il était aisé de voir que la journée était décidée et que la victoire était à nous.

« A midi, le comte Oudinot marcha sur Wagram et enleva cette importante position. L'ennemi fuyait en désordre. A cette bataille décisive et à jamais célèbre 3 à 400,000 hommes, 12 à 1,500 pièces de canon se battaient pour de grands intérêts sur un champ de bataille étudié, médité, fortifié par l'ennnemi depuis plusieurs mois. Dix drapeaux, 40 pièces de canon, 20,000 prisonniers, dont 3,400 officiers et bon nombre de généraux, furent les trophées de cette victoire. Les champs de bataille sont couverts de morts.

« L'armée autrichienne est réduite à moins de 60,000 hommes. Notre perte a été considérable ; on l'évalue à 1,500 hommes tués et à 3 ou 4,000 blessés.

« Une circonstance particulière de cette grande bataille, c'est que les colonnes les plus rapprochées de Vienne n'en étaient pas à 1,200 toises. La nombreuse population de cette capitale couvrait les tours, les clochers, les toits, les monticules, pour être témoin de ce grand spectacle.

« L'empereur d'Autriche était monté sur un belvéder d'où il voyait le champ de bataille. A midi, il est parti en toute hâte. »

GEORGES.

Quelles actions de grâces nous avons à rendre au Ciel qui a bien voulu épargner nos pères !

FRÉDÉRIC.

Vous les reverrez bientôt, il faut l'espérer.

GABRIEL.

Oh ! que nous serons heureux !

FRÉDÉRIC.

Et alors nous aurons à faire une ample coupe de lauriers.

CHARLES.

Occupons-nous d'abord de notre moisson de fleurs.

GABRIEL.

Nous avons déjà fait quelques guirlandes de verdure.

GEORGES.

Ce sera bientôt prêt, quand nous nous y mettrons tous ; mais il faudrait préparer autre chose. Y avez-vous pensé ? Voyons ; c'est le moment de nous entendre. *(On voit paraître Jules qui écoute.)*

GABRIEL.

Il faudrait faire un transparent.

CHARLES.

Avec un sujet allégorique.

RAPHAEL.

Le temps est trop court. Oh ! si nous avions pu avoir des fusées, un feu d'artifice !

GEORGES.

Non, point d'artifice. Nous irons attendre nos mères au bout de l'avenue, et quand nous les aurons embrassées, nous les ferons passer sous l'arc-de-triomphe; puis nous les conduirons en chantant à la maison. On verra onduler d'arbre en arbre des guirlandes de verdure et de fleurs.

RAPHAEL.

C'est bien; mais qui fera les couplets?

GEORGES.

Je m'en charge. Toi, Raphaël, tu composeras un discours que tu prononceras, avant que chacun de nous présente son bouquet. Ce discours exprimera, comme mes couplets, nos sentiments et nos vœux. Jules et Louis porteront la corbeille qui contiendra nos dessins, nos petits tableaux et les bouquets.

FRÉDÉRIC.

Quel dommage, amis, que vous n'ayez pas mieux que cela à présenter à vos mères !

GABRIEL.

Quoi donc?

FRÉDÉRIC.

Des prix.

SCÈNE II.

LES PRÉCÉDENTS, JULES, LOUIS.

JULES.

Des prix! Oh! mon cher Frédéric, ils étaient trop verts : ces Messieurs n'en ont pas voulu.

RAPHAEL.

Oh! les vilains curieux! Je parie qu'il nous écoutaient.

JULES.

Pourquoi vous cachez-vous toujours de nous?

LOUIS.

Est-ce que nous ne sommes pas les enfants de maman comme vous?

RAPHAEL.

Qui vous dit le contraire?

JULES.

Eh bien! alors, pourquoi n'avez-vous pas voulu nous admettre à votre complot? Nous aurions dit aussi notre idée. Croyez-vous qu'il n'y a pas quelque chose dans cette tête?

GEORGES.

Oh! nous savons ce qu'il y a dans cette tête.

CHARLES.

De l'espièglerie, par exemple. Fais-nous part de tes grandes idées; voyons!

JULES.

Il faut jouer à la petite guerre devant nos mères.

GABRIEL.

Les mères détestent la guerre.

RAPHAEL.

Jules a raison; nous prendrons nos sabres, nos fusils. Il y aura d'un côté les Français, de l'autre les Autrichiens. Les Français s'embusqueront dans le bois; ils sortiront en tirailleurs, puis l'armée fondra sur l'ennemi, qui se sauvera sur un monticule; il se défendra avec les petits canons. Nous monterons à l'assaut, nous nous emparerons de la redoute, et nous crierons: Victoire! Vive la France! Vive l'Empereur!

JULES.

Ce sera charmant!

GABRIEL.

Il y aura de la musique, des tambours, ran, plan plan!

RAPHAEL.

Mon ami Jules, tu as eu là une excellente idée.

JULES.

Je savais bien qu'elle était bonne.

GABRIEL.

Mais, pour faire la guerre, il faut préparer ses armes. Tu vas aller tirer de notre petit arsenal les gibernes, les sabres, les fusils, les petits canons, et puis il faudra nettoyer tout cela; que ce soit luisant comme pour une parade. Entends-tu?

JULES.

J'y vais tout de suite; viens avec moi, Louis.

SCÈNE III.

LES PRÉCÉDENTS, excepté JULES et LOUIS.

CHARLES.

Il le croit sérieusement.

RAPHAEL.

C'est une ruse de guerre pour les faire partir.

FRÉDÉRIC.

Elle a un plein succès : l'ennemi court à toutes jambes.

GEORGES.

Reprenons notre conversation, Frédéric. Tu parais croire
que nous n'avons pas eu de prix.

FRÉDÉRIC.

J'ai de bonnes raisons pour cela : jusqu'au moment où la
maladie me força à me séparer de vous, vous n'aviez pas les
premières places ; vous étiez fort paresseux, convenez-en ;
vos mères en étaient désolées.

GEORGES.

C'est vrai ; mais maman nous a écrit.

RAPHAEL.

Et la nôtre aussi.

GABRIEL.

Elle nous a fait des reproches.

CHARLES.

Et des exhortations.

GEORGES.

Nous avons bien pleuré.

CHARLES.

Il aurait fallu avoir un cœur de bronze pour y tenir. C'é-
taient des paroles si douces, si tendres !

GEORGES.

Quand une mère parle, quel fils peut résister ?

RAPHAEL.

Oh ! ce que mère veut, Dieu le veut !

FRÉDÉRIC.

Alors vous avez repris votre ancienne ardeur ? Je vous en

félicite ; mais vous n'aviez plus que quatre mois, et il vous était difficile de regagner le terrain que vous aviez perdu.

RAPHAEL.

Mais songe donc que, depuis cette lettre, qui nous arriva après ton départ, nous avons toujours eu tous les quatre les premières et les secondes places.

FRÉDÉRIC.

Ainsi, vous avez eu des prix ?

LES QUATRE.

Oui, oui !

FRÉDÉRIC.

Quel plaisir vous me faites ! Que vos mères seront heureuses !

CHARLES.

Il ne faut pas le dire à nos frères, parce qu'ils en parleraient à maman.

GABRIEL.

Les voilà encore.

SCÈNE IV.

LES PRÉCÉDENTS, JULES, LOUIS, BAPTISTE.

JULES.

Messieurs, les armes sont prêtes.

RAPHAEL.

Déjà ! Elles doivent être en bon état !

JULES.

Il faut bien du temps, en effet, pour préparer les armes de sept ou huit combattants !

GEORGES.

Ah ça! Messieurs, à présent, occupons-nous de nos compositions. Viens avec nous, Frédéric, nous avons quelque chose à te montrer.

FRÉDÉRIC.

Oui, oui, je comprends. *(Ils sortent.)*

SCÈNE V.

JULES, LOUIS, BAPTISTE.

JULES.

Et moi aussi, je comprends. Ah! ah! Messieurs les mystérieux, je le tiens enfin votre fameux secret; il a fallu que je
l'attrape à la volée. Ah! vous avez eu des prix, et vous ne
vouliez pas nous le dire!

LOUIS.

Ils ont peur que nous le disions à maman.

JULES.

Comme si nous n'étions pas capables de garder un secret!

BAPTISTE.

J'savons ben pourquoi.

LOUIS.

Tu sais pourquoi?

JULES.

Dis-le donc!

BAPTISTE.

Oh! j'n'osons pas vous dire ça.

LOUIS.

Dis-le toujours.

BAPTISTE.

Ces Messieurs disiont des fois com'ça que vous étiez bavards comme des ajasses.

JULES.

Ah! par exemple! C'est plutôt eux qui sont des ajasses :
depuis qu'ils sont là, ils ne font que bavarder.

BAPTISTE.

M'sieurs, z-avec votre permission, j'allons à présent trouver papa au jardin.

JULES.

Non, attends, Baptiste : j'ai quelque chose à te dire.

BAPTISTE.

Disez donc vite, M'sieu Jules, papa m'attend.

JULES.

Tu sais que mes frères ont eu des prix?

9.

BAPTISTE.

Tiens, mais gnia ren d'étonnant à ça; vos frères, ils en avont toujours des prix.

JULES.

Eh bien! cette année, ils me les cachent et j'ai grande envie de les voir.

BAPTISTE.

M'sieu Jules, faut faire comme moi. Quand je voyons ine belle pêche su in abre, oh! i me prend ine envie!... ça me tarabuste; mais j'sens là quéque chose qui me dit tout bas : Baptiste, c'te pêche n'est pa-t-à toi, alle ez-à Madame. Alors j'courons comme si j'voyons ine serpent, et j'disons de loin à la pêche : je n'voulons pas même te toucher.

JULES.

Mais je ne veux pas manger leurs livres, moi!

BAPTISTE.

Je l'crais ben; il avont la peau trop dure.

JULES, *riant.*

Je voudrais seulement leur jouer un tour. N'est-ce pas, Louis? il faut les attraper; seulement une petite farce.

LOUIS.

Je veux bien; mais que faut-il faire?

JULES.

Je crois qu'ils ont renfermé ces livres dans une boîte; je sais où est cette boîte; je la prendrai, et j'irai la cacher dans la chambre où couche Baptiste, sous son lit.

LOUIS.

Oh! ça leur fera trop de chagrin.

JULES.

Mais ce n'est que pour les faire bisquer un peu à mon tour. Je la remettrai ensuite à la même place.

BAPTISTE.

Oh! comme vous êtes malin, M'sieu Jules! Non, non, j'voulons pas être vot' associé.

JULES.

Pourquoi donc?

BAPTISTE.

Parce que, voyez-vous, moi, j'aimons pas à faire d'la peine

aux aut'; et pis, sipposé que vous aïez ascamoté c'te boîte,
si alle est farmé-z-à clé, vous pourrez pas voir les prix.

BAPTISTE.

C'est vrai; mais nous tâcherons bien de l'ouvrir.

BAPTISTE.

M'sieu Jules, ce que vous venez de me dire me fait d'la
peine. C'est le vilain démon qui vous pousse : faut le bous-
culer. J'sommes sûr que vot' bon ange vous dit à l'oreille :
Jules, mon petit ami, ne fais pas ça !... Et vot' bonne mère !..
Oh ! comme alle vous parlerait ! J'allons trouver papa.

SCÈNE VI.

JULES, LOUIS.

JULES.

Il a raison, ce bon Baptiste. Oh ! quelle mauvaise pensée
j'avais là ! *(Il se couvre la figure).*

LOUIS.

Moi, je trouvais comme lui que ce n'était pas bien.

JULES.

Baptiste m'a donné une bonne leçon... Ah ! ça, Louis, je
t'en prie, tu ne parleras de cela à personne.

LOUIS.

Non, je te l'assure; mais à la condition que tu ne feras
plus tant de malices à tes frères et aux miens.

JULES.

Je ne leur ferai pas de mauvais tours; mais des niches, de
petites farces ne font pas de mal : moi, j'aime ça.

SCÈNE VII.

LES PRÉCÉDENTS, RAPHAEL, *(il arrive tout pensif et rêveur).*

JULES.

Ah ! voilà notre poète dans ses rêveries.

RAPHAEL.

Les voilà encore !

JULES.

Est-ce que nous gênons Monsieur Raphael?

RAPHAEL.

Oui ; j'ai un ouvrage à terminer : j'ai besoin d'être seul ici

JULES.

As-tu peur qu'on te vole ton esprit ?

RAPHAEL.

Tu m'impatientes ; tu m'as fait perdre le fil de mes idées. Allez-vous-en !

JULES.

Est-ce que tu vas déjà faire ton devoir des vacances?

RAPHAËL.

Non ; j'ai un discours à composer pour nos mères.

JULES.

Oh ! tu vas nous faire quelque chose de superbe ! Un étudiant qui sait des livres par cœur, un poète qui...

RAPHAEL.

Oh ! le bavard ! Laisse-moi tranquille.... Allez-vous-en !

LOUIS.

Ne te fâche pas, bon frère : nous partons. *(Il entraîne Jules)*.

JULES, *élevant la voix.*

Allons chercher le fil de ses idées.

SCÈNE VIII.

RAPHAEL, JULES. (*Ce dernier montre parfois la tête à la coulisse.*)

RAPHAEL, *se promenant à pas lents.*

Me voilà enfin seul et tranquille!... *Silentium amant Camœnœ.* Le silence plaît aux Muses. Je suis chargé du discours ; Georges a pris pour lui la cantate. Des couplets ! Rien de plus facile. Un discours, c'est autre chose. Georges s'imagine sans doute que ce sera de la prose, où j'aurai tout simplement exprimé les sentiments de la famille. Oh ! ce n'est pas ainsi que je l'entends ; il faut de grandes pensées, des idées neuves, des expressions riches, sonores, harmo-

nieuses, de belles images, enfin le style de la poésie. La fête
des mères ! c'est un beau sujet : mettons-nous à l'œuvre.

*(Il va chercher une table, la met en avant de la scène et
s'assied.)*

Il ne me reste plus à faire que les derniers vers ; c'est le
plus difficile... Voici les idées qui viennent. *(Il écrit, puis
appuie sa tête sur sa main gauche, se lève, se promène en réfléchissant. — Pendant ce temps, Jules se cache sous la table.
Raphaël se rassoit.)*
J'ai trouvé... *(Il écrit.)* C'est ça ! Oh ! l'excellente idée !...
pensée hardie ! expression heureuse !... rimes parfaites !...
Oh ! les vers ! vivent les vers !... Ça coule ! ça coule !... La !...
Voilà ma pièce finie ; j'espère qu'ils seront contents. Lisons :

> Quand à la célèbre bataille
> Pleuvaient boulets, bombes, mitraille...

*(Il se lève, pose le papier sur la table et s'en éloigne un
peu ; alors Jules prend le papier, et se sauve à quatre pattes.)*

Voilà un début superbe ! Je suis sûr qu'ils vont d'abord se
récrier : parler de bataille à une fête ! Ils auront peine à comprendre que tout le charme de la poésie vient des contrastes,
des images ; qu'elle a d'autres allures que la prose ; mais
quand ils auront entendu la suite, ils changeront d'avis.
Continuons. *(Il cherche le papier sur la table et dessous.)*
C'est singulier, je viens de le poser là, et je ne le trouve
plus. *(Il cherche encore et regarde en l'air.)* Se serait-il en-
volé ! Quelque oiseau friand est-il venu dévorer mes vers ?
Moi qui en étais si content ! Une si jolie pièce ! Mais c'est
inconcevable... Ils étaient là !... Ah ça ! y a-t-il quelque sorcier par ici ? Est-ce un lutin ou une vieille fée ? *(Il gesticule,
il menace.)* Oh ! si je la tenais !...

SCÈNE IX.

RAPHAEL., GEORGES, CHARLES, GABRIEL., FRÉDÉRIC.

CHARLES.

Oh ! oh ! Qu'a-t-il donc Raphaël ?

GABRIEL.

On dirait qu'il se bat avec quelqu'un.

RAPHAEL.

Oh ! si je la tenais !...

GEORGES.

Qui donc ?

RAPHAEL.

Cette vieille fée qui vient de m'enlever ma pièce de vers.

FRÉDÉRIC.

Es-tu fou ?

RAPHAEL.

Il vient de m'arriver une chose extraordinaire, incompré-
hensible, mystérieuse, désolante.

CHARLES.

Ah ! mon Dieu, que t'est-il donc arrivé ?

RAPHAEL.

(*Il prend Georges et Frédéric par la main et les conduit
près de la table.*) Figurez-vous que je m'étais mis là pour
composer le petit discours. Je l'avais achevé. C'étaient des
vers, des vers...

GABRIEL.

Des vers luisants, n'est-ce pas ?

RAPHAEL.

Je crois qu'ils vous auraient fait plaisir. Cette pièce com-
mençait ainsi :

       Quand à la célèbre bataille
       Pleuvaient boulets, bombes, mitraille...

FRÉDÉRIC.

La bataille, la mitraille... voilà des rimes ronflantes !

GEORGES.

Eh bien ! cette pièce de vers où est-elle donc ?

RAPHAEL.

Je la pose sur la table, je fais quelques pas, je reviens
prendre mon papier; il n'y était plus. N'est-ce pas vexant ?
N'est-ce pas ?...

CHARLES.

Elle sera peut-être tombée. Cherchons.

FRÉDÉRIC.

Le vent l'a peut-être emportée...

CHARLES.

La fée l'aura changée en vole-au-vent.

RAPHAEL.

Moi, ça ne me fait pas rire.

GABRIEL.

C'est un malheur facile à réparer.

GEORGES.

Tu auras bientôt fait la seconde édition.

RAPHAEL.

Pas si facile que vous croyez; tout-à-l'heure j'étais en verve; à présent...

FRÉDÉRIC.

Tu penseras à la bataille, à la mitraille, le reste partira comme une fusée.

RAPHAEL.

Et ta cantate?

GEORGES.

Je l'ai terminée, pendant que les autres tressaient des guirlandes.

RAPHAEL.

Et l'arc de triomphe?

GABRIEL.

Père Mathurin s'en occupe.

RAPHAEL.

Bon! c'est que j'en parle dans mes vers.

GEORGES.

A présent, nous aurons à nous entendre.

CHARLES.

Messieurs, nous devrions faire la répétition.

GEORGES.

Oui, oui; la répétition est indispensable.

SCÈNE X.

LES PRÉCÉDENTS, JULES, LOUIS, BAPTISTE.

(Ces trois derniers arrivent chargés de verdure.)

JULES.

Voici la verdure.

LOUIS.

Voici les fleurs.

GEORGES.

Oh ! les vilains touche-à-tout ! Qui vous a dit de porter cela ici ?

GABRIEL.

Ça n'aura plus la même fraîcheur.

RAPHAEL.

Ces marmousets veulent se mêler de tout.

JULES.

Oh ! pas de tout ; est-ce que nous pourrions faire des vers comme Monsieur Raphaël ?

GEORGES.

Allez rapporter ça au caveau, vite !

LOUIS.

Tout de suite, mon bon Georges, ne te fâche pas.

BAPTISTE.

Voyez chellès pauvres fleurs ; alles sont tout ambarliticotées, j'leu-z-avions ben dit.

LOUIS.

Mon bon Raphaël, j'ai quelque chose à te demander : fais-moi donc un joli compliment.

RAPHAEL.

Je n'ai guères le temps. C'est égal : je t'en ferai un.

JULES.

Mon cher poète, tu m'en composeras un, j'espère, aussi beau que ton discours. Quand tu t'y mets, ça part, ça ronfle... c'est magnifique !

RAPHAEL.

Tes railleries m'impatientent. Laisse-moi tranquille.

JULES.

Allons ! je crois qu'il a encore perdu le fil de ses idées.

GEORGES.

Messieurs, allons préparer les divers objets que nous devons offrir à nos mères.

JULES.

N'oubliez pas vos prix toujours.

GABRIEL.

Que veux-tu dire ?

JULES.

Vous avez eu beau me le cacher votre fameux secret, je l'ai découvert. Je sais tout à présent.

CHARLES.

En venant furtivement nous écouter, suivant ton habitude : et tu oses t'en vanter ?

FRÉDÉRIC.

Jules croit savoir tout ; il y a pourtant quelque chose qu'il ne saura qu'à la fin.

JULES.

Et moi aussi, j'ai quelque chose que vous ne verrez qu'à la fin.

GEORGES.

C'est peut-être un compliment de sa façon ; c'est bien ! A présent, il s'agit de nous concerter pour tout ce que nous avons à faire et à dire. Raphaël, tu referas ton discours, et dans une heure nous commencerons la répétition.

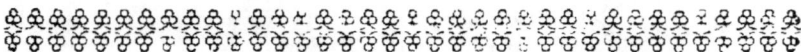

ACTE TROISIÈME.

—

SCÈNE Ire.

GEORGES, GABRIEL, JULES, RAPHAEL, CHARLES, LOUIS, FRÉDÉRIC.

(Ils arrivent en chantant; deux Élèves portent une corbeille garnie de feuillages et de fleurs.)

CHŒUR.

C'est l'amour qui nous conduit,
C'est l'amour qui nous inspire ;
Par l'amour le cœur instruit,
A ses lois docile obéit.

GEORGES.

O mères chéries,
Nos voix attendries,
Ici réunies,
Chantent vos bienfaits,
Et de nos âmes ravies
S'exhalent mille souhaits.

C'est l'amour qui nous conduit, etc.

RAPHAEL.

Anges de la terre,
Par votre prière,
L'enfance prospère,
Echappe au danger.
Le grand Dieu que l'on révère
Vous apprenez à l'aimer.

C'est l'amour qui nous conduit, etc.

CHARLES.

Par votre caresse
Pleine de tendresse,
La noire tristesse
S'évanouira ;
Sous vos lèvres l'allégresse
Soudain lui succédera.

C'est l'amour qui nous conduit, etc.

GABRIEL.

Votre voix si tendre
Se fait-elle entendre ;
Qui peut se défendre
De vous obéir ?
Tout bon fils aime à se rendre
A votre moindre désir.

C'est l'amour qui nous conduit, etc.

(*Les deux enfants qui portent la corbeille la déposent
dans la coulisse.*)

GEORGES.

Nos mères s'assiéront là, et nous nous placerons ainsi.

CHARLES.

C'est entendu. Pour bien faire, il faut supposer qu'elles y
sont et nous tourner de ce côté.

JULES.

Messieurs, j'ai trouvé pour cela un excellent moyen; attendez. *(Il va dans la coulisse).*

GABRIEL.

Quel est donc ce moyen ?

JULES, *apportant une poupée de modiste.*

Voici ; ça vous représentera une maman.

TOUS.

Oh ! oh ! *(Rire général.)*

RAPHAEL.

Plaisante idée !

JULES. *(Il la pose sur un fauteuil.)*

La voilà ! Voyez comme elle est contente !

LOUIS.

Moi, je ne veux pas voir cette poupée à la place de maman.

GEORGES, *enlevant la poupée.*

Allons donc ! tu as toujours des idées baroques.

FRÉDÉRIC.

Voici un moyen bien simple : je vais occuper en ce moment
la place d'une de nos mères. *(Il s'asseoit.)*

LES AUTRES.

Oui, oui ; c'est cela.

LOUIS.

A la bonne heure.

JULES.

Tu vaux un peu mieux que la poupée, toi.

GEORGES.

Et maintenant, que chacun soit à son affaire ! Monsieur
Raphaël, vous avez la parole.

RAPHAEL.

Ah ! je n'ai pas encore fini ; je n'étais pas en verve. je
vous l'avais dit.

FRÉDÉRIC.

Pour toi, Phébus est sourd.....

RAPHAEL.

Et Pégase est rétif.

CHARLES.

Il faudra lui donner de bons coups d'éperon.

RAPHAEL.

Soyez tranquilles, mes vers seront présents à l'appel.

GABRIEL.

Nous qui étions si impatients de les entendre!

JULES.

Puisque Raphaël ne peut pas dire son discours, je vais dire le mien.

GEORGES.

Toi! un discours?..... Dis-le, voyons!

JULES. *(Il lit.)*

« Quand à la célèbre bataille......

RAPHAEL, *vivement.*

C'est ma pièce de vers! Où l'as-tu trouvée? *(Il la prend.)*

JULES.

Je viens de la trouver..... dans ma poche.

RAPHAEL.

Les voilà donc mes vers!... Oh! que je suis content!

GEORGES.

Eh! bien, il faut les lire... Allons, nous écoutons.

RAPHAEL.

Tout de suite: hum! hum!...... Ah! ça, Jules, dis-moi où tu as trouvé ce papier?

JULES.

Oh! je ne l'ai pas trouvé..... Je l'ai pris.

RAPHAEL.

Comment! c'est toi qui me l'as pris sur la table?

JULES.

Justement, aussitôt que tu l'as eu posé.

RAPHAEL.

Mais j'étais là, et je ne t'ai pas vu; tu avais donc l'anneau de Gigès?

JULES.

Apparemment. Ah ! ah ! c'est à mon tour de faire le mystérieux.

LOUIS.

Mais comment as-tu fait ? Je voudrais bien le savoir, moi aussi.

JULES.

Quand tu as eu placé la table, n'as-tu pas fait quelques pas pour réfléchir ?

RAPHAEL.

Oui.

JULES.

Eh ! bien, au moment où tu tournais le dos, je me suis glissé sous la table. J'ai entendu l'explosion de la mitraille, et quand tu t'es levé pour dire tes belles phrases sur la poésie, j'ai passé ma main sur la table et crac !... le tour était fait..... Puis je me suis sauvé.

RAPHAEL.

Espiègle ! Lutin ! tu m'as joliment vexé ! Une autre fois je regarderai sous la table.

GEORGES.

Avec ses espiègleries, Jules nous dérange toujours.

FRÉDÉRIC.

Lis-nous donc tes vers, Raphaël.

RAPHAEL.

      Quand à la célèbre bataille,

JULES.

Pleuvaient boulets, bombes, mitraille..... Ça ronfle, n'est-ce pas ?

RAPHAEL.

Veux - tu finir !

JULES.

Oh ! je n'en sais pas davantage.

RAPHAEL.

      On vit deux illustres guerriers
      Couverts de poussière et de gloire,
      Aux nobles champs de la victoire
      Faire leur moisson de lauriers ;

Tandis qu'en ce séjour tranquille,
Des vertus humble domicile,
Deux anges au front gracieux,
Que nous appelons notre mère,
Par leur douce et tendre prière,
Sur nous versaient les dons des cieux.
Leurs bienfaits, qui pourrait les dire ?
Du plus grand poëte la lyre
Serait insuffisante encor;
Qui pourrait même les inscrire
Sur un beau marbre, en lettres d'or ?
Guerriers, défenseurs de la France,
L'histoire, en disant vos travaux,
Illustrera la récompense
Que l'on décerne à nos héros ;
Mais un arc-de-triomphe antique,
Une colonne magnifique
Sont moins que des arceaux fleuris
Qu'érigent des enfants chéris.
Mères, vos vertus adorables,
Du ciel précieuses faveurs,
Sont inscrites ineffaçables,
Comme vos bontés, dans nos cœurs.

FRÉDÉRIC, *avec ironie.*

C'est superbe !... Allons, mon fils, je vois que vos études...
(*Rire général.*)

JULES.

Dis donc, Louis, as-tu compris quelque chose ?

LOUIS.

Non.

JULES.

Ni moi non plus.

RAPHAEL.

Je le crois bien ; de pareils esprits !

GEORGES.

A toi, Gabriel.

GABRIEL.

Mère chérie, Mère chérie... Je n'en sais pas davantage.

GEORGES.

Louis, ton compliment ?

LOUIS.

Je n'ai pas eu le temps de l'étudier.

GEORGES.

Tâchez de les savoir, pour faire plaisir à nos mères.....

GABRIEL.

Oui, oui.

FRÉDÉRIC, *se levant.*

Me serait-il permis, Raphaël, puisque nous ne sommes ici qu'à la répétition, de te faire part de quelques observations sur tes vers? (*Il prend la pièce de vers.*)

RAPHAEL, *d'un air menaçant.*

Si tu dis du mal de mes vers, tu es un homme perdu !.... (*Il rit.*) Allons ! parle, j'écoute.

FRÉDÉRIC.

Il y a trop d'emphase ; ce n'est pas naturel. Bataille, mitraille, gloire, victoire : pourquoi donc, à une fête, emboucher ainsi la trompette héroïque?

GEORGES.

Moi, je te demande la permission de critiquer un vers : *Couverts de poussière et de gloire,* ces deux mots vont-ils bien ensemble?

RAPHAEL.

Alors le grand poëte latin, Horace, a eu tort de dire : *Non indecoro pulvere sordidos. Souillés d'une glorieuse poussière* (*).

FRÉDÉRIC.

Tu as visé au sublime quand il ne fallait que des idées douces et gracieuses....

RAPHAEL, *vivement.*

Vous n'entendez rien à la poésie.

GEORGES.

Tu as beau dire, tu n'as pas exprimé comme il convenait la tendresse de nos mères et notre amour.

(*Baptiste crie en dehors :* Monsieur Jules ! Monsieur Louis !)

JULES, *à Louis.*

Baptiste nous appelle. Allons voir !

(*) Liv. II. Ode Ire.

SCÈNE II.

LES PRÉCÉDENTS, excepté JULES et LOUIS.

GABRIEL.

Qu'il est ennuyeux ce Baptiste !

CHARLES.

Il s'ennuie tout seul, et il appelle les compagnons de ses amusements.

FRÉDÉRIC.

Ils sont presque toujours ensemble. Ils viennent souvent au parc *pécher* des oiseaux, comme dit Baptiste.

GABRIEL.

Ils s'aiment beaucoup.

RAPHAEL.

En attendant, nous ne finissons rien ; je vais les chercher, et je parlerai à ce petit drôle de Baptiste.

GEORGES.

Ne le gronde pas ; il n'a pas fait cela par malice.

CHARLES.

Il sait pourtant que c'est la répétition.

SCÈNE III.

LES PRÉCÉDENTS, JULES, LOUIS, BAPTISTE.

JULES.

Voici Baptiste qui demande à dire son compliment à nos bonnes mères.

LOUIS.

Avance donc, Baptiste.

BAPTISTE.

Messieurs, vot' serviteur. Ous qu'alles sont donc ces bonnes madames ? M'a-z-été dit qu'alles étiont là.

JULES.

Oui, les voilà.

BAPTISTE.

Et non ! c'est Monsieur Frédéric.

FRÉDÉRIC.

Oui, mon cher Baptiste; c'est moi qui ai l'honneur de les représenter.

BAPTISTE.

Les représenter! Pourquoi ça? Est-ce qu'alles viendront pas?

GABRIEL.

Si, si! elles viendront.

CHARLES.

Tu vas dire ton compliment.

BAPTISTE.

M'sieu Frédéric est un bon petit M'sieu, mais c'est-z-à nos Madames que j'voulons dire ça.

GEORGES.

C'est égal, il faut le dire à présent; cela t'exercera. Voyons si tu le sais.

BAPTISTE.

Oh! oui, je l'savons! Ecoutez : j'voudrions ben vous faire entendre...

GEORGES.

Tourne-toi du côté de Monsieur Frédéric, puisque c'est lui qui représente nos mères.

BAPTISTE.

C'est ben drôle tout de même, oh! oh!...

GEORGES.

Allons, Baptiste, ton compliment. Suppose que nos mères sont là.

BAPTISTE.

Eh! ben, oui.

    Nos bonnes Madames,

J'voudrions ben vous faire entendre
In compliment de not' façon;
Mais je n'savons comment m'y prendre,
Car je n'sommes qu'un pauv' garçon.
Après l'esprit j'courons com' in lièvre
Sans jamais pouvoir l'attraper;
Mais not' cœur est sur not' lèvre,
J'parlerons ben sans nous tromper.

Oh ! j'vous aimons, nos cher' Madames,
Drès le jour où j'vous connaissons ;
Car j'voyons vos deux belles âmes
A toutes les fois que j'pâtissons.
J'aurions désiré-z-à vot' fête
Vous présenter mille bouquets,
Pour dire la somme complète
De vos bontés, de vos bienfaits. *(Il salue.)*

GEORGES.

Très-bien! Baptiste. Nos bonnes mères seront charmées de tes sentiments.

FRÉDÉRIC.

C'est une douce chose que la reconnaissance !

JULES.

Maman t'embrassera, j'en suis sûr.

LOUIS.

Et maman aussi.

BAPTISTE.

Les Madames m'embrasseront! Oh! que j'serons content !

FRÉDÉRIC.

Raphaël, comment trouves-tu le compliment de Baptiste ?

RAPHAEL.

Je le trouve risible.

FRÉDÉRIC.

Cette simplicité naïve plaira à ces dames, parce qu'elle est naturelle, parce que le cœur y parle plus que l'esprit.

RAPHAEL.

Si le cœur seul doit parler, comment suffira-t-il pour dire les vertus de nos bonnes mères, les soins qu'elles nous ont donnés au berceau, leurs douces paroles, leurs bienfaits de tous les instants.

GEORGES.

Mères chéries, vous êtes nos anges sur la terre.

RAPHAEL.

Votre cœur est le chef-d'œuvre de Dieu.

GEORGES.

Oui, Dieu a rempli votre cœur de toute sa tendresse.

RAPHAEL.

De toute sa sollicitude, de sa miséricorde, de sa douceur.

GABRIEL.

Votre existence n'est que dévouement et sacrifice.

GEORGES.

Vous consacrer la nôtre sera le plus doux de nos devoirs.

RAPHAEL.

Notre amour devrait surpasser le vôtre, ô mères chéries, mais c'est impossible.

CHARLES.

Si du moins vous pouviez lire dans nos cœurs.

GEORGES.

Elles savent y lire depuis longtemps nos sentiments et nos pensées.

RAPHAEL.

Elles savent qu'après Dieu, nos pères et nos mères y tiennent la première place.

GEORGES.

Saint Louis, saint Augustin, n'aimaient pas plus que nous leurs illustres mères.

CHARLES.

Blanche de Castille n'avait pas plus de tendresse pour son auguste fils.

RAPHAEL.

Saint Louis n'a jamais affligé sa mère, tandis que nous...

GEORGES.

S'il en eût été capable, le repentir lui aurait bientôt mérité son pardon.

CHARLES.

En voyant notre regret du passé, mères chéries, vous comprendrez nos résolutions pour l'avenir. (*En ce moment on met le petit Antony dans la corbeille* (¹).

FRÉDÉRIC, *affectant un air sérieux.*

N'accusez pas le passé; car l'année dernière il y avait ici,

---

(1) Cette corbeille doit être ronde, et assez haute pour qu'un enfant de quatre ou cinq ans puisse s'y accroupir; elle sera surmontée d'un couvercle mobile qui aura la forme d'une coupole.

à pareille époque, des prix obtenus par des enfants studieux, et, cette année, votre mère a la douleur...

GEORGES.

L'amour va répondre.

(On approche la corbeille.)

Voici le tribut de l'amour.

ANTONY (¹) *se levant fait tomber le couvercle et présente les
prix en disant :*

L'amour gagna ces prix
Et l'amour vous les donne.
De vos enfants chéris
Recevez la couronne.

*(A chaque prix qu'Antony sortira de la corbeille, il dira : En
voilà un autre !)*

JULES, *embrassant Antony.*

Le voilà donc le grand secret ! Je n'ai pas pu le découvrir.

GEORGES.

Alors nous nous jetterons dans les bras de nos mères, et
la fête se terminera dans leurs tendres embrassements.

FRÉDÉRIC.

Et vos mères vous diront sans doute : C'est bien, mes
enfants ; mais j'espère que, l'année prochaine, ce sera mieux
encore.

RAPHAEL.

Oui ; nous le promettons : dans un an, la gloire et le bonheur se donneront rendez-vous à la fête des mères.

JULES.

Ah ! voici le moment ; la petite guerre terminera bien la
fête. Tenez, j'ai apporté tout ce qu'il faut. *(Il prend le paquet
d'armes et le présente.)*

GABRIEL.

Allons donc !

LES AUTRES.

Non, non.

JULES.

Mais vous l'aviez dit.

_____

(1) Le costume du petit Antony, qui représente l'amour filial, doit être conforme à son rôle : une tunique de soie rose, etc. Son apparition imprévue a produit beaucoup d'effet à la représentation.

RAPHAEL.

C'était une ruse de guerre pour te faire partir. Emporte
tes fusils et tes canons.

JULES.

Alors tu ne pourras pas lancer ta mitraille.

GEORGES *et tous les enfants chantent.*

C'est l'amour qui nous conduit, etc.

FRÉDÉRIC.

Quand l'amour ordonne,
Les prix, la couronne,
Que le travail donne
En sont les doux fruits;
Et votre mère si bonne
Est heureuse de vos prix.

C'est l'amour qui nous conduit, etc.

BAPTISTE.

Disez donc, Messieurs, ça ferait-il plaisir à vos mamans
si j'disions in couplet de not' façon.

GABRIEL.

Mais oui, certainement.

JULES.

Oui, oui, Baptiste, chante.

LOUIS.

Il chante bien Baptiste. Vous allez voir.

BAPTISTE.

Oh! je n'chantons pas comme in rossignol; c'est-z égal.
Voyons si j'avons ben attrapé vot' air de musique.

Avec Baptiste vos aimab' garçons
S'sont ben tremoussés pour vot' fête,
Dans l'jardrin il alliont et veniont
Pour vous fair' voir comme ils vous aimiont.

Mais dans vot' parterre,
Et même à vot' serre
Y a pus ren qu' la terre;
Ils avont tout rafflé;
Ils disiont qu'à leur boun' mère
Toutes ces fleurs deviont parler.

FRÉDÉRIC.

C'est vrai ; les fleurs servent très-bien à l'expresssion des sentiments. Il y a des contrées où l'on se dit beaucoup de choses avec des bouquets.

BAPTISTE.

Ah ! par exemple, je serions ben aise de les entendre. Allons, Mesdemoiselles, parlez !... Alles ne disont ren.

CHARLES.

Maman entendra leur langage.

GABRIEL.

Et le Ciel entendra nos vœux.

GEORGES.

Notre cœur t'en prie,
Grand Dieu, que leur vie
S'écoule embellie
Grâce à ta faveur !
A notre mère chérie
Accorde un parfait bonheur !

C'est l'amour qui nous conduit,
C'est l'amour qui nous inspire ;
Par l'amour, le cœur instruit,
A ses lois docile obéit.

FIN DU TROISIÈME ET DERNIER ACTE.

DISCOURS EN VERS.

LES ÉTUDES ÉLÉMENTAIRES.

I.

En ce jour solennel où les palmes classiques
Attendent le vainqueur des jeux académiques,
Messieurs, votre présence embellira nos prix ;
Nos fronts sont radieux et nos cœurs sont ravis.
Qu'il est doux et flatteur pour nous, à notre aurore,
De voir les Magistrats dont la cité s'honore,
Les Prêtres du Seigneur, tant d'hommes respectés
Qui daignent prendre part à nos solennités !
Ici, tout réjouit nos âmes attendries ;
Vos regards attentifs, ô familles chéries,
Nous disent votre espoir, ainsi que votre amour
Pour les étudiants qui fêtent ce beau jour.
Après un long travail, sous vos tendres auspices,
Heureux qui, sous vos yeux, en cueille les prémices !
Dans cet humble séjour, en ce riant jardin,
Qu'embaumèrent longtemps la rose et le jasmin,
Toujours joyeux ébats, nouvelle jouissance ;
Puis, après le plaisir, l'arbre de la science,
De ses plus bas rameaux, sous son ombrage frais,
Nous présenta les fruits qui ne nuisent jamais ;
Mais, pour y parvenir, nos lèvres enfantines
Sentirent, dès l'abord, de piquantes épines ;
On sut les élaguer ; alors avec ardeur

Nous cueillîmes ces fruits toujours pleins de saveur,
De notre esprit avide heureuse nourriture,
Qui nous dédommageaient des soins de la culture.
Ces fruits vous sont connus : c'est par eux qu'autrefois,
Comme dans notre temps, des hommes furent rois,
Rois de l'intelligence, et que leurs doctes veilles
Dotèrent l'univers d'immortelles merveilles.

Eh quoi ! Nous direz-vous, petits Étudiants,
Que l'on distingue à peine élevés sur vos bancs,
Vous croyez savourer les fruits de la science ?
Qui peut d'être savants vous donner l'espérance ?
Quand vous n'avez encor fait qu'un pas incertain
Dans la carrière immense où le terme est lointain ?

Messieurs, ne croyez pas qu'un fol espoir nous guide,
Qu'à nos faibles essais l'ambition préside ;
Mais à ce grand trésor, où l'on puise toujours,
Nous désirons ravir quelques pièces de cours.
L'étude est une mine ; elle est riche et profonde,
Mine de diamants, ouverte à tout le monde ;
Elle offre, à ce qu'on dit, un plus facile accès
A l'enfant généreux, avide du succès ;
Dès lors, avec espoir nous entrons dans la mine,
Dirigés par la Foi, qui sur nos cœurs domine,
Et lorsque, par bonheur, nous trouvons en chemin
L'émeraude, l'opale ou quelque rubis fin,
Nous sommes tout ravis d'un premier avantage ;
A de nouveaux efforts chacun nous encourage :
Avancez, nous dit-on, ne vous rebutez pas ;
Cherchez un diamant qui pèse cent carats.
Trouvez-le, vous aurez la solide opulence :
Le plus noble trésor, enfants, c'est la science.
Eh bien ! pour l'obtenir, ce trésor si vanté,
Nous avons, sans relâche, écrit, lu, récité
Tantôt l'histoire sainte, et tantôt la grammaire :
Combien de fois aussi, dans le dictionnaire,
N'avons-nous pas plongé nos doigts et nos regards,
Pour chercher mille mots dans cent feuillets épars ?
Avant de réussir, combien de solécismes,
De tristes contre-sens, de honteux barbarismes,
Fourmillaient dans le thème ou dans la version,
Et de rires malins étaient l'occasion!
Vous comprenez, Messieurs, le profit qu'on retire
De cette hilarité dont notre orgueil soupire.

Aussi, promettons-nous de bannir à jamais
Le latin de cuisine et le mauvais français,
Pour bien parler un jour la langue de Virgile,
Et de nos écrivains imiter le beau style.

Vous qui si dignement nous avez devancés
Dans la belle carrière où vos pas sont tracés,
Protecteurs de l'enfance avide de s'instruire,
Toujours à nos succès vous daignâtes sourire,
Et vous comblez encor ces flatteuses faveurs
En venant couronner nos chers triomphateurs.
Un prix reçu de vous est un précieux gage :
De la reconnaissance agréez l'humble hommage.

Et vous qu'avec bonheur nous voyons en ce lieu,
Où brille sur vos fronts un doux rayon de Dieu,
O parents bien-aimés, mères, dont l'existence
Est tout entière en nous, votre unique espérance.
Cette fête est la vôtre, et vous devez jouir :
Car dans tous nos travaux nous n'avons qu'un désir,
Celui de vous payer de tant de sacrifices,
De faire chaque jour vos plus chères délices,
De mériter enfin ces prix d'autant plus doux
Qu'ils vaudront des baisers reçus sur vos genoux.

LES ÉTUDES ÉLÉMENTAIRES.

II.

L'heureux navigateur, sur le natal rivage,
Raconte avec plaisir les faits de son voyage ;
Le guerrier, que la paix soumet au doux repos,
Redit à ses amis ses glorieux travaux.
Nous, athlètes joyeux d'une autre gymnastique,
Avant de recevoir la couronne classique,
Qui donne le signal des plaisirs et des jeux,
Nous dirons les travaux du peuple studieux,
A vous dont la bonté daigne honorer l'enfance,
Et qui nous accordez votre douce indulgence.

Des sciences, des arts, ce modeste séjour
N'est que le vestibule, et nous devons un jour
Entrer dans le palais où l'heureuse jeunesse
Gagne par le travail la solide richesse.
Mais, comme ces petits que l'on voit assis là,
Les savants qu'on admire ont dit leur B-A ba ;
Comme eux, ils ont appris la céleste origine
De l'homme, que frappa la justice divine
Quand il désobéit aux lois du Créateur ;
Comme eux, dans l'âge tendre, ils aimaient le Sauveur.
A ce précoce amour tant d'hommes de génie
Doivent le vif éclat dont resplendit leur vie !
La doctrine chrétienne est un lait savoureux
Qui fait le cœur robuste en le rendant heureux.

A d'autres notions l'élève encor s'applique ;
Il cherche avec ardeur un nom géographique ;
Sur la carte déjà plus d'un futur marin,
Parti de Rochefort, se rend droit à Pékin,
Enchanté de savoir que cette terre est ronde,
Et qu'il est sous nos pieds un autre nouveau monde.

Sa mémoire s'exerce, et son petit cerveau
De fables et de vers se meublera bientôt.
On l'initie ensuite aux mots de la grammaire,
Il écrit ce qu'on dicte et sans vocabulaire,
Et quand à l'analyse il a pu mordre enfin,
On le conduit joyeux dans le pays latin.

C'est un vaste jardin où l'on cueille des roses,
Où, pour nous attirer, d'autres fleurs sont écloses ;
Mais l'épine bientôt nous dit en nous piquant :
La peine est le chemin qui conduit au talent.
Croira-t-on, pour cela, que cette belle étude
Soit pour notre jeune âge une tâche trop rude ?
Si l'enfant au berceau répète en bégayant
Les mots que sa nourrice a dits en le berçant,
S'il sait bientôt parler la langue maternelle,
Ne peut-il pas apprendre une langue nouvelle,
Quand un père, plus tard, par l'exemple averti,
Parle comme la mère à son enfant chéri ?
Non ; le latin n'est pas trop pénible à notre âge ;
Mais le plus difficile est d'avoir le courage
De savoir écouter ce qu'il faut retenir,
A l'austère devoir d'immoler le plaisir,
De rejeter surtout la lâche négligence
Qui dédaigne les fruits de la noble science.

Ainsi, me direz-vous, petit Étudiant,
Vous fûtes au travail toujours ferme et constant ?
— Toujours, c'est dire trop ; parfois, je le confesse.
J'eus à me reprocher des accès de paresse ;
Du séduisant plaisir le puissant aiguillon
Précipitait le thème ou bien la version ;
Que de fautes alors ! Mon pitoyable style
Aurait fort indigné Cicéron et Virgile ;
Mais, malgré ces péchés, cause de mes chagrins,
J'aime le beau parler de mes auteurs latins ;
Sans peine, chaque jour, j'y fouille, cherche et puise :
Que dis-je ? A mon esprit chaque phrase comprise
Donne un plaisir nouveau ; je me crois un Romain
Du siècle du poëte ou de l'historien ;
Phèdre et le *De Viris* extrait de Tite-Live
Me transportent soudain sur la célèbre rive
Où tant d'évènements, tristes ou glorieux,
Jetèrent sur ce peuple un éclat radieux.

J'admire ces héros, toujours pour la patrie
Prêts à verser leur sang, à dévouer leur vie ;
Mais je préfère à tous l'aimable Scipion,
Si terrible au combat, victorieux, si bon.

Heureux, en parcourant les faits de notre histoire,
D'y trouver des héros rivaux de tant de gloire.
Et, pour n'en citer qu'un, le célèbre Bayard,
Qui longtemps de nos rois défendit l'étendard,
Mort sur le champ d'honneur en plaignant un rebelle,
Est toujours des guerriers le plus parfait modèle.
Les contes de Perrault nous plaisaient autrefois ;
A présent, nous aimons les récits des exploits ;
Laissant les fictions des ridicules fées,
Nos yeux, avec orgueil, contemplent les trophées
Des Français d'autrefois, des Français de nos jours,
Quelquefois malheureux, magnanimes toujours.
Dans l'étude, on le sait, tout se lie et s'enchaîne :
Jusqu'aux faits du pays le latin nous amène ;
Des sciences, des arts, il est le promoteur ;
Il aide le poëte, il forme l'orateur,
Il orne notre esprit, il éclaire notre âme ;
Harmonieux et pur, il anime, il enflamme ;
De la solide gloire il enseigne le prix
Au jeune homme jaloux de servir son pays.

Pourtant, dira quelqu'un, c'est une langue morte....
Non ; elle vit toujours, et sa parole forte
Du haut du Capitole, à l'univers chrétien,
Porte encore les vœux du Pontife romain.
Elle vit dans nos chants, même au saint sacrifice ;
Elle invoque le Ciel et nous le rend propice ;
Elle vit parmi nous, jeunes écoliers,
Qui prétendons un jour devenir bacheliers.
Avant de mériter ce titre nécessaire,
Il faudra parcourir une longue carrière.
Courage ! mes amis, ne nous effrayons pas !
La couronne est au bout : elle a bien des appas,
Quand devant nos parents, en nos joyeuses fêtes,
L'Honneur et la Vertu la posent sur nos têtes.

INFLUENCE DES ÉTUDES CLASSIQUES

SUR L'ÉDUCATION.

—

Puisque votre bonté l'encourage et l'honore,
Le petit orateur veut vous parler encore.
Sur ses cours favoris laissez-le revenir :
A vous en rendre compte il trouve du plaisir.

L'an passé, je disais qu'aux études classiques
La mémoire s'ornait des scènes historiques ;
Un plus grand avantage encore s'est offert:
Un réglement de vie à nos cœurs s'est ouvert.
Dans les doctes écrits de la célèbre Rome
Si je trouve un héros, si j'admire un grand homme.
Je vois qu'à ses penchants il sut dicter des lois,
Que de la vertu seule il écouta la voix.
A l'imiter un jour son exemple m'anime;
Plus j'aime la vertu, plus j'abhorre le crime.
Ainsi, quand mon esprit se forme en s'éclairant,
Mon âme a sa culture avec son aliment :
Dans l'antique parfum que chaque livre exhale,
L'étude du Latin est un cours de morale.
Vous le savez, Messieurs, car c'est là qu'à longs traits
Vous avez su puiser avec tant de succès.
A cette source encor notre naïve enfance
Boit l'immortel nectar de paix et d'innocence.
Là, mon esprit comprend que le bon et le beau
Sont, comme l'existence, un présent du Très-Haut :
Que son souffle divin anime le génie;
Que sans lui rien de grand, d'utile dans la vie.
Là, de l'instruction se gagne le trésor
Que rien ne peut ravir, comme l'argent et l'or;
Là, tout est sage et vrai; chaque livre est un maître
Qui nous enseigne tout, et même à nous connaître.
Et dit, en nous montrant la raison et sa loi:
Homme, rentre en toi-même et perfectionne-toi!

O mes auteurs chéris! c'est par vous que du vice
Je connais la laideur; par vous, de la justice
J'apprends tous les devoirs, et je sais que mon cœur.
En les accomplissant, trouvera le bonheur.
Devoirs! Ce mot sacré dit tout, et dans le monde
La vertu régnerait dans une paix profonde,
Si chacun en tout lieu, le matin et le soir,
Pouvait dire : C'est bien; j'ai rempli mon devoir.
Au Dieu qui m'a créé rendant fidèle hommage,
A ses lois, avant tout, j'ai souscrit sans partage;
Par aucun artifice, aucun fait déloyal,
A mes concitoyens jamais je ne fis mal;
Au pauvre, à l'orphelin, humain et charitable,
On me vit toujours tendre une main secourable;
Au malheur du prochain jamais indifférent;
Sévère pour moi seul et pour tous indulgent.
Mon zèle pour le bien, mon active industrie
Ont aidé mon semblable, et servi la patrie.
Bon fils, à mes parents j'ai montré chaque jour
Respect, soumission, reconnaissance, amour;
Maître, de l'ouvrier, du serviteur fidèle,
Ma bonté, ma douceur récompensait le zèle,
Et quand je me plaignais de sa fragilité,
Jamais il ne souffrit de ma sévérité.

A ce sujet, Messieurs, il me vient en mémoire,
Traduite du, Latin une petite histoire.
Au jeune Etudiant voulez-vous accorder
L'honneur et le plaisir de vous la raconter?

« Un jour, dit Galénus, en revenant de Rome,
Un quidam vint à moi. C'était un fort brave homme.
Bienfaisant, généreux; il n'avait qu'un défaut :
Au valet négligent fallait-il dire un mot
Pour blâmer le délit ou gourmander le drôle?
C'était avec la main qu'il portait la parole.
Un esclave grondé pour un vase perdu,
Ce jour-là même, avait sottement répondu :
Alors, ajouta-t-il, ma colère s'allume;
Mon bras tombe sur lui comme sur une enclume!
En m'avouant ce fait, mon homme tout confus
Jura, mais un peu tard, qu'il ne frapperait plus.
Ce n'était pas assez; son humble conscience,
Pour punir ce méfait, veut une pénitence.

Il me conduit soudain dans un appartement,
Me présente une corde, ôte son vêtement,
Et, d'un air sérieux, demande, ordonne, exige,
Comme un coupable enfant, que ma main le fustige.
Moi, d'éclater de rire, et lui de me prier
Mains jointes, à genoux, de le supplicier :
Frappez-moi, disait-il!... Prière si risible,
Que j'éclatai soudain d'un rire inextinguible.
Puis, feignant de céder à son ardent désir,
Je promis, mais pourvu qu'il voulût consentir
A me récompenser de ma condescendance,
En laisant, à son tour, acte de complaisance.
Il accepte; je dis : Soyez mon auditeur,
Et moi, quelques instants, je serai l'orateur.
Parlez, dit-il! — Alors, professeur de morale,
Sur la mansuétude et sur l'humeur égale
Je fis un long discours, et j'exposai comment
L'homme pouvait dompter son fol emportement,
Se châtier enfin de sa propre colère,
Non par l'ignoble fouet, mais en voyant un frère
Dans l'homme infortuné, dont un combat fatal
Avait fait un esclave et non un animal.

Dès lors, dit Galénus, grâce à mon éloquence,
Cet homme a su dompter sa triste violence :
A l'esclave depuis ne donnant plus de coups,
L'emporté d'autrefois est patient et doux. »

Nos auteurs sont surtout amis de la jeunesse.
Conseillant le travail, l'un flétrit la paresse,
Peint les vices honteux, fils de l'oisiveté;
L'autre raille à bon droit la sotte vanité.
Celui-là de nos jeux bannit la tromperie,
Défend l'amour du gain, l'humeur, la bouderie,
Prescrit l'affection et dit : Vivez unis,
Enfants, soyez toujours des frères, des amis.

Ainsi dans notre cœur, par la langue latine,
S'infiltre en amusant la science divine,
La morale, qui fait l'homme laborieux,
Juste, humain, tempérant, intrépide et pieux.
Mais que seraient hélas! pour l'homme si fragile,
Ces austères leçons sans le saint Evangile,

Ce code des vertus, que Dieu nous a porté
Pour nous montrer la route à la félicité?
Je l'entends en latin proclamer par le Prêtre;
Alors, en adorant le Sauveur, notre maître,
J'implore sa faveur pour mériter les prix
Qu'ici-bas, comme au ciel, sa voix nous a promis.

SUR L'ÉMULATION.

—

De mes jeunes amis trop heureux interprète,
Qu'il m'est doux de parler encore, à cette fête,
A vous dont tant de fois l'indulgente bonté
Rassura l'orateur, confus d'être écouté !
Vénérables amis de la naïve enfance,
Agréez le tribut de sa reconnaissance :
Présider à nos Prix ajoute à vos bienfaits ;
Et quand vous couronnez nos classiques succès,
A de nouveaux efforts cet honneur nous invite :
L'Emulation naît lorsque la gloire excite.

Oui, la gloire déjà ait, de sa noble ardeur,
En ce jour solennel, palpiter notre cœur ;
Car, comme la vertu, *dans les âmes bien nées,*
La gloire n'attend pas le nombre des années ;
Et si notre couronne est tressée en laurier,
C'est que chaque vainqueur est un jeune guerrier,
Qui fut plein de courage au combat pacifique,
Qui sans cesse apprenant la savante tactique,
Au mot d'ordre attentif, toujours prêt aux assauts,
Eût rougi de céder le pas à ses rivaux.
Que d'obstacles pourtant il trouva dans sa course,
Prêts à paralyser son ardeur à sa source !
D'abord la passion des jeux et des plaisirs
Mêle à tous nos devoirs de riants souvenirs ;
Puis les distractions nous poursuivent en classe:
Un sourire, un regard, un geste, une grimace,
Tout nous tente, et parfois certains joujoux vivants
Nous trouvent attentifs à tous leurs mouvements.
Tantôt le hanneton, dans sa prison de roses,
Nous attire ; tantôt, en ses métamorphoses,
Nous contemplons le ver dont le fil précieux
Nous fait perdre celui d'un travail sérieux ;
La mouche au corset d'or, l'arachné filandière
Tout est amusement pour la gent écolière.
Mais qu'en arrive-t-il ? A ces plaisirs furtifs
Ont succédé bientôt des repentirs tardifs,

Et le pauvre amateur de la simple nature,
Sous le poids des pensums, se tourmente et murmure,
Et, tandis qu'il gémit, ses heureux compagnons
S'élancent avec joie après les papillons.

Un plus grave danger, redoutable à tout âge,
Du jeune étudiant menace le courage :
Une lâche apathie, une molle langueur,
Vient-elle l'accabler, énerver sa vigueur ;
Toute énergie expire en cette âme qu'oppresse
Sous son joug dégradant la hideuse paresse.
Mais de la conscience un utile remords
A ranimé soudain ses généreux efforts,
Et l'émulation, le désir de la gloire,
Ces deux puissants leviers qui donnent la victoire,
Lui montrent le grand jour du triomphe brillant,
Qui pose la couronne au front du plus vaillant.
Le signal est donné, le courageux athlète
Sent renaître sa force ; il tressaille, il s'apprête,
Il aiguise ses traits pour des combats nouveaux ;
Il veut être invincible et vaincre ses rivaux.

Eh ! quoi ! nous dira-t-on, dans une âme enfantine,
A côté de l'orgueil, l'ambition domine !
L'orgueil ! Et de quoi donc serons-nous orgueilleux ?
Quand vous donnez au pauvre, en est-il glorieux ?
Le mortel qui reçut des talents en partage
Doit en porter plus haut et la gloire et l'hommage.
Quel accès peut avoir chez nous l'ambition ?
Des places, des honneurs la belle passion
Nous trouve indifférents, car nos lois politiques
Nous refusent l'entrée aux séances publiques,
Et quand l'égalité donne à chacun des droits,
Des jeunes citoyens on dédaigne les voix.
Pourtant, comme tous ceux qu'on appelle aux comices,
Nous voulons au pays rendre aussi des services.
Pour être utile il est tant de moyens divers !
Combattre pour sa gloire, à terre et sur les mers,
Défendre l'accusé, condamner le coupable,
Tendre au pauvre malade une main secourable,
Des sciences, des arts, explorer les secrets,
Du bienfaisant commerce étendre les progrès ;
Ou bien, appréciant les dons de la nature,
Aux champs avec amour prodiguer la culture ;

Unir enfin aux dons de l'esprit et du cœur
Les titres d'honnête homme et d'habile orateur :
Voilà comment on sert dignement la patrie.

    Sainte Emulation, des Français si chérie,
Par toi l'enfance même a formé le désir
De lui faire un brillant, un heureux avenir :
Brillant par le savoir que procure l'étude
A celui qui s'en fait une douce habitude,
Par ces rares talents, dont le splendide éclat
Glorifie, illumine et dirige l'Etat ;
Heureux par les vertus, dont l'homme, à son bas âge.
Doit faire chaque jour l'utile apprentissage,
Qu'il reçoit de sa mère avec la sainte foi,
Par la crainte de Dieu, le respect de sa loi,
Par l'amour du prochain, agissant et sincère,
Qui, dans le malheureux nous montrant notre frère.
Nous fait aller à lui, comme notre Sauveur,
Pour soulager ses maux et calmer sa douleur.

    De l'Émulation si le bien est immense,
L'honneur qui l'excita devient sa récompense ;
La Gloire, d'un sourire, enfante les exploits,
Les œuvres du génie éclosent à sa voix ;
Elle est sa récompense, et l'enfant qu'elle inspire
Avec enthousiasme à sa couronne aspire.
L'obtient-il ; quel bonheur ! Un jour, sous les drapeaux,
S'il se voit décerner des triomphes plus beaux,
Comme un grand général, il dira : La vaillance
A des prix bien moins doux que ceux de mon enfance.

    Toutefois, dans notre âme, un autre sentiment
Fait germer, entretient ce généreux élan.
Vous à qui le Seigneur confia notre aurore,
Vous qui tenez de lui sa bonté qu'on adore,
Qui nous comblez de soins, de bienfaits et d'amour.
Vos fils reconnaissants vous doivent, en retour,
Un cœur plein de tendresse, un cœur plein d'énergie.
Prêt à se dévouer, pour charmer votre vie,
A la peine, au travail, sources de tout progrès,
Prêt à vous rendre heureux par de brillants succès :
Et si le Ciel bénit les efforts qu'il ordonne,
Vous verrez sur nos fronts déposer la couronne ;
La joie éclatera dans vos yeux attendris,
Et vos embrassements seront nos plus doux prix.

DIALOGUES EN VERS.

L'ÉCOLE.

—

ÉDOUARD, CHARLES.

—

CHARLES.

Où vas-tu, cher ami ?

ÉDOUARD.

Je me rends à l'école.

CHARLES.

Et moi je n'y vais pas, c'est ce qui me console.
A l'école, à notre âge ! Oh ! que c'est ennuyeux !

ÉDOUARD.

Non ; depuis que j'y vais, je suis bien plus joyeux.

CHARLES.

Quel bonheur d'être assis longtemps près d'une table,
Pour lire une leçon, pour apprendre une fable !
Moi, je passe mon temps à jouer, à courir ;
Le travail est ton lot, et moi j'ai le plaisir.

ÉDOUARD.

C'est donc bien amusant de n'avoir rien à faire ?
Je ne sais pas en quoi l'oisiveté peut plaire.

CHARLES.

Quand on n'a pas d'ouvrage, on peut jouer toujours.
Puisqu'on dit que l'enfance est l'âge des beaux jours.
Il faut sauter, courir et folâtrer sans cesse.

ÉDOUARD.

Ainsi donc tu prétends approuver la paresse ?

CHARLES.

Qu'appelles-tu paresse ? Est-ce que, dans mon lit,
Tu m'as vu sommeiller et le jour et la nuit ?
Dans les plus doux ébats mon corps se fortifie.....

ÉDOUARD.

Oui, mais à ton esprit rien ne donne la vie ;
Il languit et s'éteint sans les doux aliments
Que l'étude prodigue à ses jeunes amants ;
Quand on peut surmonter les dégoûts, les caprices,
A cette nourriture on trouve des délices.

CHARLES.

Est-ce que dans l'école on donne des bonbons,
Des tartes, des dragées avec des macarons ?
En ce cas-là, j'irai.

ÉDOUARD.

Ami, quoi que tu dises,
L'école a cent fois mieux que telles friandises,
Qui depuis quelque temps ne sont plus mes désirs.

CHARLES.

Eh bien ! parle ; voyons : quels sont donc tes plaisirs ?
Toujours étudier ! Cela me paraît rude.

EDOUARD.

Ah ! si tu connaissais tout le prix de l'étude !
Par elle l'on acquiert ce qui vaut mieux que l'or,
La science, qu'on dit un si riche trésor.
Réciter, lire, écrire, et parler comme un livre,
C'est par là, mon ami, que l'on commence à vivre.

CHARLES.

Je crois, en vérité, que tu deviens savant.

EDOUARD.

Non ; mais je ne veux pas qu'on m'appelle ignorant,
Et si je parvenais à devenir habile,
Un jour à mon pays je pourrais être utile.

CHARLES.

Mais ce ne sera pas sans peine et sans douleurs.

EDOUARD.

Je te dis que l'étude est un chemin de fleurs.
Entres-y, tu verras le travers qui t'abuse ;
Tu diras comme moi que le travail amuse.
On joue avec plaisir quand on a bien appris ;
Et puis, n'est-ce donc rien que de gagner des prix ?
Que d'être couronné par les mains d'un bon père,
Et d'être caressé par une tendre mère ?
Alors, à la maison, tout le monde est joyeux.
Oh ! qu'il est doux, ami, de faire des heureux !
A l'école, crois-moi, viens vite prendre place.

CHARLES.

Oui, mon cher, dès demain je veux aller en classe.

LA NÉCESSITÉ DE L'INSTRUCTION.

JULES, ERNEST, MÉDÉRIC, EDOUARD, GABRIEL.

EDOUARD.

Enfin voici le jour de gloire et de bonheur !

GABRIEL.

Pour celui que la classe a vu souvent vainqueur.
Quant à moi, qui n'attends aucune récompense,
Je n'ai pour ce grand jour que de l'indifférence.

MÉDÉRIC.

Tu montres pour l'étude un dégoût souverain :
Je ne puis concevoir cet étrange dédain.

GABRIEL.

Déjà de ma froideur je vous ai dit la cause :
Je ne puis retenir ni les vers, ni la prose.

ERNEST.

Mais on t'a dit aussi que, par la volonté,
Tu vaincrais l'indolence et la difficulté.

GABRIEL.

Calcul, géographie, analyse, grammaire,
De soucis et de pleurs source toujours amère !

JULES.

La racine est amère, et les fruits en sont doux.
Ami, quand voudras-tu les goûter avec nous ?

GABRIEL.

Le travail, à notre âge, est difficile et rude.

MÉDÉRIC.

Moi, je trouve toujours du plaisir à l'étude.

GABRIEL.

Quand tu m'auras prouvé comment le substantif,
L'article, le pronom, le verbe, l'adjectif,
Et tous ces mots enfin qu'inventa la science,
Peuvent me procurer la moindre jouissance,
J'irai vite chercher ce plaisir avec toi.

MÉDÉRIC.

Mon ami, je suis prêt. Tu ris... écoute-moi.
La Grammaire, à mes yeux, est une comédie
Dont je peux, à mon gré, faire une parodie.
Chaque espèce de mots, servant à l'action,
Joue un rôle important dans cette fiction.
Petit Article, viens, comme un page, précède
Monsieur le Substantif qui veut que tout lui cède.
Adjectif, précieux par tant de qualités,
Orne le Substantif, toujours à ses côtés.
Pronom, si de paraître il faut qu'on le dispense,
Tu le remplaceras avec obéissance.
Verbe, le Substantif sans toi ne ferait rien :
Quoiqu'il soit ton sujet, accompagne-le bien;
Obéis en tout temps : cette humble déférence
Ne t'enlèvera pas ton antique excellence.
Adverbe, viens aussi : le Verbe et l'Adjectif
Ont besoin de t'avoir pour qualificatif.
Participe, souvent tu prendras la parole;
De Verbe, d'Adjectif tu rempliras le rôle,
Tantôt obéissant et tantôt sans accord.
Toi, Préposition, sers à chaque rapport.
Si jamais sur la scène éclate la discorde,
Par la Conjonction régnera la concorde.
Enfin, pour exprimer la joie et la douleur,
Pour marquer la surprise ou la subite horreur,
A l'Interjection nous donnons une place;
Elle servira même à faire la grimace.
Ainsi, dans tous ces mots qui faisaient ton tourment,
Tu vois qu'on peut trouver un divertissement.
La Grammaire fournit des acteurs à Thalie.

GABRIEL.

Moi je ne comprends rien à cette comédie.

MÉDÉRIC.

Quoi, tu ne comprends pas?

GABRIEL.

Je t'assure, mon cher,
Qu'à cette fiction je ne vois pas bien clair.

ERNEST.

Il faut en convenir, c'est comme un vrai grimoire.
A la Grammaire, moi, je préfère l'Histoire.

GABRIEL.

L'Histoire! Tant de faits! Comment s'en souvenir?

ERNEST.

Qui sait étudier saura bien retenir.
N'as-tu pas récité des contes et des fables?

GABRIEL.

Parce qu'à mon esprit ils étaient agréables.
Le bon petit Poucet toujours me divertit.

ERNEST.

Cela plaît un moment, mais quel en est le fruit?
Dans l'Histoire, l'on voit Dieu créateur et juge...

GABRIEL.

Allons, tu vas bientôt arriver au déluge.

ERNEST.

Non, je passe à Joseph, que des frères méchants
Vendirent par envie à d'avides marchands.
Vous savez cette histoire. Est-il un plus beau drame?
En est-il de plus pur, qui parle mieux à l'âme?
Qui n'aime de Joseph la céleste douceur?
Qui n'admire dans lui le frère et le sauveur?
Modèle de tout âge, il instruit notre enfance.
Et réciter sa vie est une jouissance.
Elle nous dit comment on rend un peuple heureux.
Bientôt, après Joseph, nous voyons les Hébreux
Opprimés par les rois; puis l'illustre Moïse
Les venge et les conduit vers la terre promise.
L'Histoire Sainte abonde en récits merveilleux
Qui paraissent dictés par un Ange des cieux.
On est ravi de voir Booz l'Israélite
Payer le dévoûment de Ruth la Moabite;
Près de l'arche grandit le jeune Samuel,
Prophète qui fut juge et sauveur d'Israël.
David et Salomon tour à tour intéressent,
Et quels enseignements leurs actions nous laissent!

11

On aime et puis l'on hait le prince ingrat Joas ;
On suit au fond des flots le prophète Jonas ;
Avec l'Ange on conduit jusques dans la Médie
Le fils si vertueux du généreux Tobie ;
Dans la fosse aux lions si l'on suit Daniel,
Avec lui dans la flamme on chante l'Eternel ;
Quand Balthasar pâlit dans son festin horrible,
On lit en traits de feu la sentence terrible ;
Avec la jeune Esther nous accusons Aman,
Et quand Assuérus, de ce vil courtisan
Qui veut être adoré, commande le supplice,
Nous voyons du Très-Haut l'infaillible justice...

MÉDÉRIC.

Dans l'Histoire, en effet, tout est grand et divin ;
Mais pourquoi t'arrêter dans un si beau chemin?

ERNEST.

Il reste à parcourir une carrière immense.

EDOUARD.

Oh! d'y rentrer encor, certes, je te dispense.
L'Histoire est belle, oui ; mais parlons de sa sœur,
Que nous rappelle encor maint savant voyageur.

JULES.

Ah ! tu vas nous parler de la Géographie.

GABRIEL.

Cette étude me donne une peine infinie.

EDOUARD.

De la peine! D'abord, c'est un secours puissant
Pour apprendre l'Histoire, et puis c'est amusant,
Sans sortir de chez soi, sans argent, sans boussole,
De courir l'univers de l'un à l'autre pôle,
Et du Nord au Midi, de l'Est à l'Occident,
De voir le nouveau monde et le vieux continent.
Je vogue sans danger sur la mer Atlantique,
Sur le grand Océan qui baigne l'Amérique,
Je passe les détroits, et contre les courants
Je laisse ma nacelle aller au gré des vents.
Je vois les archipels, les golfes et les îles,
Les isthmes et les caps, les volcans, les presqu'îles ;
Je brave la tempête et tous les ouragans,
Puis j'aborde la terre en dépit des autans.

Touriste, je parcours les fertiles campagnes,
Je descends aux vallons, je gravis les montagnes,
Je franchis d'un seul bond les pics aériens,
Des monts Ourals je vole aux monts Ibériens,
Des Alpes au Liban, du Bolor au Causase,
Et sur le Sinaï je demeure en extase...
Puis, pour me rafraîchir, quand je veux prendre un bain,
Je nage dans les eaux du Tibre ou du Jourdain,
Dans l'Oder, dans le Nil, ou même dans le Gange...
A nos yeux étonnés soudain la scène change.
Comme un panorama, les hameaux, les cités
M'apparaissent; j'en vois les sites, les beautés,
Les toits couverts de chaume ou les châteaux antiques,
Les palais fastueux, les temples magnifiques.
Dans ma course souvent je trouve des déserts,
Et des sables brûlants obscurcissent les airs;
Je me sauve à Memphis, et ses superbes restes
M'offrent le souvenir des vengeances célestes;
Enfin, pour terminer ma course en pèlerin,
Je m'arrête à Sion, près du tombeau divin.

JULES.

L'imagination est une fée agile,
Qui ne fait trop souvent qu'un voyage inutile.

EDOUARD.

Inutile! On verra. Le plaisir que j'ai pris
M'en promet un plus grand, car j'espère le prix.

JULES.

Moi, qui par le calcul veux tenter la fortune,
Je ne la cherche pas jusqu'aux monts de la Lune.
On gagne peu de chose à voyager en l'air;
L'Arithmétique, à terre, offre un profit plus clair.
Comptant les unités, j'ajoute les dizaines,
Enchanté de pouvoir aller jusqu'aux centaines,
A mille, à cent fois mille, et puis aux billions,
De trouver les rapports et les proportions.

ERNEST.

Il est aisé de voir que notre ami se pique
De recevoir bientôt le prix d'Arithmétique.

JULES.

Le calcul, à mes yeux, est le premier des arts;
Il aide l'industrie et les travaux de Mars;

Artisans, ouvriers, commerçants et notaires,
Des chiffres ont besoin pour toutes leurs affaires.
Quel soin chacun apporte à l'opération !
Aucun d'eux ne se trompe à la division ;
Toujours le quotient, fidèle au dividende,
Montre la juste part que l'intérêt demande.
Heureux qui peut ainsi compter facilement !
Pour moi, dans le début, c'était un vrai tourment ;
A présent, sans livret et sans Monsieur Barême,
Je me fais un plaisir de résoudre un problême.

GABRIEL.

Tu vas devenir riche avec ce beau talent ;
Tu seras armateur, banquier, négociant ?

LOUIS.

Oh ! non : fidèle ami de la simple nature,
J'habiterai les champs, et dans l'agriculture,
Ajoutant, divisant, multipliant toujours,
Le calcul me sera d'un utile secours.
Les superbes moissons d'un champ rendu fertile
Se changeront en or aux marchés de la ville.

EDOUARD.

Ainsi l'or a pour toi le plus puissant attrait ;
Tu rappelles Perrette avec son pot au lait.

JULES.

Oh! je ne ferai point de saut comme Perrette.
Ma joie à gagner l'or sera pure et parfaite,
Car je veux le verser dans le sein du malheur,
Pour goûter ici-bas le suprême bonheur.

GABRIEL.

Quoi ! par l'Arithmétique on arrive à l'aisance ?

MÉDÉRIC.

Oui ; c'est en cultivant l'esprit, l'intelligence,
En cela comme en tout, que nous pourrons un jour
Au bonheur du pays servir à notre tour.
A nos concitoyens pour devenir utiles,
Acquérons des talents qui nous rendent habiles.

GABRIEL.

On connaît bien des gens qui servent le pays,
Sans avoir ces talents, si chèrement acquis.

JULES.

Quel état veux-tu donc ?

GABRIEL.

      Moi ? l'état militaire.

Ai-je besoin d'étude ?

JULES.

      Oh ! la belle carrière !

Mais tu seras soldat, peut-être caporal.

GABRIEL.

J'espère bien un jour devenir général,
Et même maréchal, car, dans le temps moderne,
Tout soldat a ce titre inscrit dans sa giberne.

JULES.

Eh bien ! je te prédis que, sans l'instruction,
Tu seras vieux soldat longtemps en faction.

GABRIEL.

Parce qu'on ne sait pas la Grammaire ou l'Histoire,
On ne peut se frayer un chemin à la gloire ?

ERNEST.

Dans l'Histoire on apprend par quels rudes sentiers
Ont marché noblement nos illustres guerriers.

GABRIEL.

La Grammaire ?...

MÉDÉRIC.

      Monsieur le Maréchal en herbe,
Le bâton d'or en main, oh ! vous serez superbe ;
Mais si, de la Grammaire ignorant les arrêts,
Vous prodiguiez les cuirs à des soldats français,
Certes, cela ferait une triste couronne :
On vous appellerait cuirassier de Bellone...

GABRIEL.

On est toujours compris quand on parle aux-z-éros.

MÉDÉRIC.

Oui, mais il ne faut pas défigurer les mots,
Et changer en zéros les héros de la France.

GABRIEL.

Allons, plus de zéros ; mais cette autre science
De la Géographie, illustres écoliers,
Dites, en quoi peut-elle être utile aux guerriers ?

ÉDOUARD.

Que ferait le guerrier sans la Géographie ?
Pour se rendre en Pologne ou bien en Italie,

Il conduirait l'armée à l'Ouest, vers l'Océan;
Pour aller à Bayonne, il marcherait vers Caen.
Si jamais l'ennemi survenait par derrière,
Il irait sans savoir au bord d'une rivière.

GABRIEL.

Il ne serait pas mis du moins entre deux feux.

ÉDOUARD.

Et ses soldats dans l'eau seraient-ils plus heureux
Pour conduire une armée il faut savoir sa route,
Sans cela, l'on s'expose à plus d'une déroute.

GABRIEL.

C'est vrai; mais le calcul, en aurai-je besoin?

JULES.

Qui ne sait pas compter ne saurait aller loin.
En cent occasions il faut, dans la milice,
Aux chiffres recourir pour le bien du service,
Et si tu n'apprends pas le calcul décimal,
Pour toi point de galons, même de caporal,
Et jamais l'épaulette!

GABRIEL.

       Arrêt par trop sévère!
O graines d'épinards, que j'aime et que j'espère,
Quoi! pour vous conquérir il faut étudier!
A pâlir sur un livre il faut se résigner!

ERNEST.

Nos parents avant nous ont rempli cette tâche :
Ne pas les imiter ce serait être lâche.
Combien rougiraient-ils, si leur indigne enfant
Passait aux yeux de tous pour un être ignorant!
De nos parents chéris méritons la tendresse;
Allons, ami, courage! abjure la paresse!

GABRIEL.

C'en est fait, j'y renonce! Il va bien m'en coûter :
C'est égal; grâce à Dieu, je saurai le dompter.
Soyons amis, Grammaire, Histoire, Arithmétique.
A vous étudier il faut que je m'applique :
Eh bien! j'étudirai, puis, sous les étendards,
J'atteindrai l'épaulette aux graines d'épinards.

L'UTILITÉ DES FABLES.

RAPHAEL, ÉDOUARD, ALFRED, CHARLES.

RAPHAEL.

Il est donc arrivé, mes amis, ce beau jour !

ÉDOUARD.

Après un long travail, les prix auront leur tour.

ALFRED.

Nous allons recevoir la douce récompense.

CHARLES.

Heureux qui dans son cœur sent battre l'espérance !
Pour moi qui, comme vous, n'ai jamais bien appris,
Le cœur me bat de crainte à l'aspect de ces prix.

ÉDOUARD.

Il est vrai que jamais tu ne savais l'histoire.

CHARLES.

Pourtant j'étudiais : je n'ai point de mémoire.

RAPHAEL.

Le calcul t'ennuyait; pour trouver six fois dix,
Tu disais trente-quatre ou bien soixante-six.

CHARLES.

Quand je veux calculer, dans ma tête je fouille,
Je compte, je recompte et toujours je m'embrouille.

ALFRED.

Quand il faut réciter une fable ou des vers,
Tu manques plusieurs mots ou tu dis de travers.

CHARLES.

Je n'ai jamais compris la mesure ou la rime.
Un pied de plus, de moins, est-ce donc un grand crime,
Quand de la chose même on conserve le sens?

ÉDOUARD.

Mais les mots que tu dis forment des contre-sens.

CHARLES.

A ces mots cadencés je préfère la prose.

RAPHAEL.

Ne pas aimer les vers, c'est dédaigner la rose
Qui pare nos jardins de bouquets odorants.

CHARLES.

Humble enfant du hameau, j'aime la fleur des champs.

ALFRED.

La fleur des champs, ami, rien n'est plus poétique;
Souvent plus que les vers la prose est romantique.
Une foule d'auteurs, chers à l'étudiant,
Prouvent que sans la rime on peut être élégant;
Mais, comme toi, toujours altérer ce beau style,
C'est d'un vase d'argent faire un vase d'argile.

CHARLES.

D'argent!... Je sais un mot plus poétique encor :
Il n'en coûtait pas plus de dire un vase d'or.

ALFRED.

C'est vrai : l'or plus que tout a de la poésie;
Il verse le nectar, il contient l'ambroisie;
L'or donne de l'esprit, des amis, des honneurs...

RAPHAEL.

Oui, mais au roi Midas il causa des douleurs.

CHARLES.

Toi, tu cites toujours quelque trait de la Fable.

RAPHAEL.

La fiction me plaît; rien n'est plus agréable
Et plus ingénieux.

CHARLES.

Est-ce toujours moral?
Souvent on fait parler un être, un animal,

Pour choquer la raison ou la bonne doctrine.
La Fable, à mon avis, n'est pas toujours très-fine;
On y trouve des mots qui ne sont pas français.

ÉDOUARD.

Au fabuliste ainsi tu veux faire un procès?
Cite-nous les morceaux qui t'échauffent la bile.

CHARLES.

Je vais te les montrer : ce n'est pas difficile.
La première, d'abord, où l'avare fourmi
Refuse à la cigale assistance d'ami :
Pourquoi? C'est qu'au temps chaud sa joyeuse voisine
Chantait sans travailler. Dans les temps de famine,
Si les riches ainsi traitaient les malheureux,
Combien de gens mourraient auprès de l'homme heureux!
Ce n'est pas tout. Pourquoi Monsieur de Lafontaine,
Dont chaque fable hélas! me cause tant de peine,
Ose-t-il comparer, en nous parlant des chats,
Chapitre de chanoine à chapitre de rats?

RAPHAEL.

Tu prends au sérieux une plaisanterie.

CHARLES.

Le malin fabuliste y met de l'ironie.
N'a-t-il pas attaqué, dans ses vers singuliers,
Les femmes, les vieillards, les pauvres écoliers?

ALFRED.

Les écoliers! Où donc vois-tu chose semblable?

CHARLES.

Avez-vous oublié cette drôle de fable
Qui commence, je crois, par ces mots : *Sur le bord ?*

ÉDOUARD.

La Fortune et l'Enfant qui près d'un puits s'endort.

CHARLES.

Justement. Dis-la donc : tu verras si j'ai tort.

ÉDOUARD.

« *Sur le bord d'un puits très-profond ,*
Dormait, étendu de son long,
Un enfant alors dans ses classes.
Tout est aux écoliers couchette et matelas.
Un honnête homme, en pareil cas,
Aurait fait un saut de vingt brasses... »

11.

CHARLES.

Voyez-vous! N'est-ce pas dire qu'un écolier
Est un malhonnête homme? Et cet auteur grossier,
Lorsqu'il parle de nous, c'est toujours pour médire,
Pour lancer aux enfants quelques traits de satire.

ALFRED.

Que dis-tu? Lafontaine est l'ami des enfants.

CHARLES.

Un ami qui nous fait de jolis compliments;
Un ami qui souvent dénigre le jeune âge.
Regarde ce qu'il dit dans un autre passage.
Il s'agit d'un enfant que surprit un voisin
Pillant les plus beaux fruits de son vaste jardin.

(Il lit.)

« Certain enfant qui sentait son collège,
Doublement sot et doublement fripon...

Vois tu? C'est un enfant, et plus bas c'est l'enfance
Que *notre cher ami* nomme maudite engeance;
Et pour mettre le comble à ce trait si malin,
Voici comme il finit son amical refrain:

« Je ne sais bête au monde pire
Que l'écolier, si ce n'est le pédant.
Le meilleur de ces deux pour voisin, à vrai dire,
Ne me plairait aucunement. »

Eh bien! Voilà pourtant l'auteur plein de malice
Que l'on met dans nos mains comme notre supplice!

RAPHAEL.

Ta colère est risible, et je ne sais comment
Tu t'irrites si fort d'un simple amusement.
Lafontaine a parlé de nous dans maintes fables,
Car, malgré nos défauts, il nous trouvait aimables
Si parfois son esprit a pensé de travers,
Faut-il pour cela seul exclure tous ses vers?
Quand tu trouves, mon cher, des cerises flétries,
Jettes-tu le panier dans la boîte aux oublies?
Tu choisis tout d'abord, puis tu prends jusqu'au fond;
A peine cinq ou six échappent au fripon.

CHARLES.

Si je pouvais changer chaque fable en cerise,
Sans peine, en peu de temps, elle serait apprise.

RAPHAEL.

A nourrir ton esprit sois un peu plus ardent,
Et, comme ton palais, il deviendra friand.
Apologues charmants, fines allégories,
Spirituel babil, naïves rêveries,
Miroir où chacun voit en riant ses travers,
Voilà ce qu'on admire en apprenant ces vers.
Aime donc avec nous notre bon Lafontaine :
L'apprendre est un plaisir et non pas une peine ;
Et puis si l'on venait, comme à maître corbeau,
Te dire : Mon ami, que vous me semblez beau !
Je comprends, dirais-tu ; vous louez mon plumage,
Parce que vous voulez obtenir mon fromage.

ALFRED.

Si tu refusais d'acquérir,
Par une triste négligence,
Les trésors du savoir, comptant sur l'opulence
Que te donnera l'avenir,
Pense aux deux bourgeois d'une ville :
L'un était pauvre, mais habile ;
L'autre riche, mais ignorant :
Le sort des deux fut différent,
Quand chacun perdit son asile.

ÉDOUARD.

J'aime beaucoup le rat délivrant le lion
Qui l'avait épargné : dans toute occasion,
Cela prouve qu'il faut obliger tout le monde.

RAPHAEL.

En esprit, en raison, toujours la fable abonde.
Pour moi, je suis charmé du comique sermon
De compère renard au bouc son compagnon,
Pour l'exhorter à patience,
Et prouver à Son Excellence
Que lorsque l'on forme un dessein,
En toute chose il faut considérer la fin.

ÉDOUARD.

A chaque fable, une maxime
Nous donne d'utiles leçons :
Lafontaine flétrit le crime,
Les tyrans et les fanfarons.

CHARLES.

A propos de maxime, oh! j'en sais une belle ;
Cela décidera peut-être la querelle.
Votre auteur, en ses vers, que vous trouvez charmants.
Ose dire : *Soyons bien buvants, bien mangeants!*

ALFRED.

Il voulait dire : Enfants, mangez bien des cerises.
Tu prends tout à la lettre. Eh bien! quoi que tu dises.
Une fable souvent me porte à réfléchir
Sur le bien à connaître et sur le mal à fuir.
   Quand mon esprit bat la campagne,
   Et qu'il fait châteaux en Espagne,
   Perrette m'instruit et me plaît,
   Dans la fable du *Pot au Lait.*

ÉDOUARD.

   Quand le démon de la paresse
   Voudra m'inspirer sa mollesse,
   Une fable aussi me dira :
   Aide-toi, le ciel t'aidera.

ALFRED.

   Travaillez, prenez de la peine :
   C'est la recette souveraine
   Qu'une fable me donne encor :
   Car le travail est un trésor.

RAPHAEL.

Ainsi, puisque la fable, en son aimable style,
Nous présente avec art l'agréable et l'utile,
Il faut l'étudier : chacune est un gâteau
Contenant un remède à purger d'un défaut.
La fable orne l'esprit, forme le goût, l'épure,
Nous apprend à juger l'homme dans sa nature...
S'il fallait dire tout, je n'en finirais pas.

CHARLES.

La fable est un gâteau! Pour moi quels doux appas!...
Amis, je vous comprends : ainsi ma bonne mère
Sait me faire avaler la médecine amère;
Elle dit, comme vous, que c'est pour me guérir;
Comme elle, vous dorez la pilule à ravir.

ALFRED.

N'entends-tu pas aussi cette voix douce et tendre
Qui sans cesse te dit : Mon fils, il faut apprendre?

CHARLES.

Oui ; même en ce moment elle parle à mon cœur (¹)
Et son regard me dit ses vœux pour mon bonheur.
Plus que vous ce regard et m'exhorte et me presse :
Il faut donc lui céder : je vaincrai la paresse !...

Oh ! qu'il me sera doux de plaire à mes parents
En récitant les vers qu'ils apprirent, enfants !
Et puis, en leur présence, au jour de la victoire,
Je recevrai les prix qu'on donne à la mémoire.

(¹) L'élève dirige ses regards vers sa mère et lui sourit.

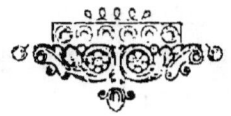

LES AMIS DES CHAMPS.

ALBERT, JULES, CHARLES.

ALBERT.

Ah ! je vous trouve enfin. Quoi ! de votre demeure
Vous sortez pour courir dans les champs, à cette heure,
Et par un temps si chaud ! Amis, je ne vois pas
Ce qui dans la campagne a pour vous tant d'appas.

CHARLES.

Être libre et courir, c'est le bonheur suprême.

JULES.

Loin de la case, ami, notre joie est extrême.

ALBERT.

Mais qu'allez-vous chercher aux prés, dans les sillons ?

CHARLES.

Moi, je cherche des nids.

JULES.

            Et moi des papillons.

ALBERT.

Des nids, des papillons ! Quoi ! pour si peu de chose !...
De vos courses, amis, je devine la cause :
A l'étude, au travail préférant le plaisir,
Vous allez où vous mène un caprice, un désir.
Et puis vous resterez.....

JULES.

         Où donc ?

ALBERT.

                Dans l'ignorance.

CHARLES.

Nous voulons, au contraire, aller à la science ;
Oui, de l'instruction les champs sont le chemin.

ALBERT.

Si vous prouvez cela, je vous suivrai demain.

CHARLES.

C'est facile. D'abord l'histoire naturelle
S'apprend bien mieux aux champs.

JULES.
      Cette école est si belle !
On n'y bâille jamais.

CHARLES.
     Des plantes et des fleurs
On connait le parfum, les formes, les couleurs.

JULES.

On prend les papillons, le hanneton qui vole :
Ces plaisirs valent bien les leçons de l'école.

ALBERT.

L'école a des plaisirs qui nous rendront heureux ;
Ils sont moins fatigants, surtout moins dangereux.

CHARLES.

Quand je suis fatigué, je m'étends sur la mousse,
A l'ombre d'un bosquet. (Il tousse.)

ALBERT.
    Voyez-vous comme il tousse ?...
Vite de la tisane !

CHARLES.
     Oh ! non ; le clair ruisseau
Qui coule ici tout près me donnera son eau ;
Dans le creux de ma main je bois avec délice.

ALBERT.

Amis, que je vous plains d'un si triste caprice !

JULES.

Tu ne comprends donc pas comme on jouit aux champs ?

CHARLES.

De mille oiseaux divers on écoute les chants.

JULES.

Fauvettes, rossignols y charment nos oreilles.

CHARLES.

La guêpe, la cigale et même les abeilles,
La caille, l'alouette et le gentil grillon
Sur nos pas, à l'envi, sonnent leur carillon.

JULES.

Quel plaisir, dans son vol, de suivre l'hirondelle,
Sur le tranquille étang glissant à tire-d'aile !

CHARLES.

Moi, je m'amuse à voir voyager les fourmis.

JULES.

Moi, j'aime dans les blés à trouver des perdrix.

CHARLES.

La bonne mère marche, et sa chère famille
La suit en voletant et sur elle sautille.

JULES.

Ce qui me plaît beaucoup, c'est de voir un troupeau :
Je touche la brebis, je caresse l'agneau.

ALBERT.

Ces dociles enfants sont tout près de leur mère,
Et vous fuyez la vôtre.

CHARLES.

Oh ! je fais ma prière
Avec maman toujours, le matin et le soir.

JULES.

Plus j'ai pris de plaisir, plus j'aime à la revoir.

ALBERT.

Ah ! vous n'entendez pas sa voix qui vous appelle.
L'agneau, du moins, accourt lorsque sa mère bêle.
Il obéit ; le loup ne le dévore pas.

JULES.

Notre mère du ciel accompagne nos pas.

ALBERT.

Oh ! je sais que Marie est notre protectrice ;
Elle peut nous sauver de plus d'un précipice ;

Mais, malgré son secours, vous serez ignorants.
Si vous voulez toujours folâtrer dans les champs.

CHARLES.

Mais on t'a déjà dit qu aux champs on peut s'instruire.

ALBERT.

Je ne l'ignore pas, même je puis vous dire
Que divers animaux, à nous, petits garçons,
Donnent le bon exemple et d'utiles leçons.
Regardez cette abeille; est-elle paresseuse ?
On l'a trouve toujours active, industrieuse.
Est-ce un amusement ? Non, c'est pour se nourrir
Du suc des fleurs qu'en miel elle sait convertir.

JULES.

Du miel ! maman m'en donne aussi quand je suis sage.

CHARLES.

Eh ! quoi ! ce miel si doux d'une mouche est l'ouvrage ?

ALBERT.

Oui; regardez encore à vos pieds, mes amis,
Sans relâche avancer de nombreuses fourmis.
Voyez comme au travail chacune est empressée,
Emportant son fardeau sur la route tracée !
De vivres pour l'hiver elle emplit le grenier.
Pour mériter la vie il faut donc travailler.
Dans la nature aussi tout agit, tout travaille,
Le fainéant sans cœur, on le fuit, on le raille.
L'homme, même l'enfant, au travail courageux,
Trouvent partout l'estime et leur sort est heureux.

LE TRAVAIL ET LES PRIX.

CAMILLE, LOUIS, MAXIME, GABRIEL.

GABRIEL.

Vous m'avez invité : du fond de sa retraite,
Votre ami du village accourt à votre fête.

CAMILLE.

T'y voir depuis longtemps était notre désir :
Quand un ami partage notre joie,
Les biens que le Ciel nous envoie
Donnent au cœur plus de plaisir.

GABRIEL.

Quels biens attendez-vous ? Est-ce quelque richesse ;
Ou des joujoux, ou des gâteaux ?

MAXIME.

Ils donneraient moins d'allégresse ;
Nous en espérons de plus beaux.

LOUIS.

Quand on posera la couronne
Sur la tête de tes amis,
Tu sauras l'ivresse que donne
La distribution des prix.

CAMILLE.

Quand tu verras les amis de l'enfance,
Les magistrats, les prêtres du Seigneur
Nous sourire avec indulgence,
Tu comprendras notre bonheur.

GABRIEL.

Amis, que dites-vous ? Des prix et des couronnes
Vous seront donnés en ce jour ?

Est-ce que vous serez élevés sur des trônes?
    Chacun vous fera-t-il sa cour ?

MAXIME.

Oh ! ce n'est pas un diadême ;
C'est la parure des guerriers
Qui nous cause un plaisir extrême,
Une couronne de lauriers.

GABRIEL.

Expliquez-moi , je vous prie ,
Ce que tout cela signifie ;
Pourquoi cette solennité
Qui verse dans vos cœurs tant de félicité ?

LOUIS.

Ami, dans ce beau jour, si cher à notre enfance ,
On donne à nos travaux la douce récompense.

GABRIEL.

Vous êtes bien heureux ! Moi, je travaille aussi ,
Et personne jamais ne m'a dit : grand merci!

MAXIME.

Quel travail fais-tu donc ?

GABRIEL.

              J'aide ma bonne mère
A cultiver les fleurs de son petit parterre ;
Je grimpe sur un arbre et je cueille les fruits.....

MAXIME.

Et ta bouche aussitôt... en reçoit le doux prix.

GABRIEL.

C'est vrai. N'est-ce pas juste? Il faut bien que ma peine
Ait l'encouragement de cette bonne aubaine ;
Cela profite au moins ; mais tous vos lauriers verts
Seront bientôt flétris, de poussière couverts.

CAMILLE.

Tu comptes donc pour rien la gloire
D'avoir mérité tant d'honneur ?

LOUIS.

D'avoir lutté pour la victoire,
D'être proclamé le vainqueur ?

GABRIEL.

Quoi ! dans cette maison, dont vous vantez les charmes,
On connaît les combats, les luttes et les armes ?

CAMILLE.

Oui, chaque jour est un nouveau combat,
     Pour nous, enfantine milice ;
On s'aime et pourtant l'on se bat,
     On brûle d'entrer dans la lice.

GABRIEL.

     Alors je ne suis pas jaloux
     De servir dans votre cohorte :
     Je gagnerais bientôt la porte
     S'il fallait recevoir des coups.

MAXIME.

Nous n'avons ni coups, ni blessures,
Par la langue nous agissons.

GABRIEL.

Ah ! vous vous dites des injures,
Comme les petits polissons ?

CAMILLE.

Non ; du bienfait de la parole,
Faisant un usage meilleur,
Nous ne l'employons à l'école
Qu'à former l'esprit et le cœur.

LOUIS.

Nos combats sont calmes, paisibles ;
Point de tumulte, point de bruit ;
Pour être vainqueurs, invincibles,
Bien parler, bien dire suffit.

GABRIEL.

Ah ! je comprends : pour vaincre un adversaire
Il faut parler beaucoup ?

LOUIS.

         Mais c'est tout le contraire ;
Les bavards sottement parlent à tout propos :
Et jamais un bavard n'a vaincu ses rivaux.

GABRIEL.

Puisque, sans coups et sans disputes,
Vous obtenez tant de succès,

En quoi consistent donc ces luttes
Dont vous êtes si satisfaits ?

CAMILLE.

Ici, tous nos travaux tendent à la science.
Pour gagner ce trésor la raison nous unit,
Et l'émulation applique notre esprit
    Aux luttes de l'intelligence.

GABRIEL.

Et quels sont ces travaux pour lesquels, chaque jour,
Vous vous réunissez dans ce triste séjour ?

MAXIME.

Pour nous il est riant. D'abord de la lecture
Nous sommes occupés; ensuite à l'écriture,
Art que l'homme inventa par le secours divin,
Déjà nous exerçons notre petite main.

GABRIEL.

    Que gagne-t-on à savoir lire ?
    A quoi vous servira d'écrire ?

LOUIS.

    Ce que l'on gagne ? Du plaisir
    Pour le présent, pour l'avenir.
Un bon livre à l'esprit donne la nourriture.

MAXIME.

    Oh ! mon ami, sans l'écriture,
    L'homme serait encore enfant,
    Sauvage, grossier, ignorant ;
C'est elle qui montra la céleste lumière ;
Par elle de l'absence on calme la rigueur :
Parler à ce qu'on aime adoucit la douleur.

CAMILLE.

On se parle de loin, n'est-ce pas admirable ?

GABRIEL.

    Oh ! c'est aussi fort agréable.
    Se parler de loin est bien doux ;
    Je voudrais bien l'apprendre comme vous.
Mais ce sera peut-être une ingrate culture,
Car j'ai la main trop lourde et la tête trop dure.
J'aurai beau m'appliquer, je n'aurai pas de prix.

LOUIS.

Eh bien ! de tes efforts tes bons parents ravis
Te récompenseront ; d'ailleurs, sur d'autres choses
Il faudra, mon ami, qu'avec nous tu composes.

GABRIEL.

Et quoi ! L'on vous impose encor d'autres travaux ?

MAXIME.

Plus on a travaillé, plus est doux le repos.

GABRIEL.

En vérité, moi je ne puis comprendre
Qu'un bambin doive tout apprendre.

LOUIS.

Moi, je suis curieux, j'aime beaucoup à voir ;
L'histoire me plait fort et je veux la savoir.

GABRIEL.

Des histoires ! j'en sais et des plus amusantes.

CAMILLE.

Celles qu'on nous apprend sont plus intéressantes.
Un sublime récit, par Dieu même dicté,
Se grave en notre esprit, car c'est la vérité.
D'Abraham, de Jacob, de Joseph, de Tobie,
Il montre simplement la merveilleuse vie ;
Il dit que nous avons un père dans les cieux,
Prêt à nous accorder des biens délicieux,
Si vers lui notre cœur avec amour s'élance
Comme l'encens pieux de l'urne qu'on balance.

GABRIEL.

Oh ! j'aime Dieu de tout mon cœur.
A genoux, auprès de ma mère,
Je fais chaque jour ma prière
Pour qu'il lui donne le bonheur.

CAMILLE.

Ce n'est pas tout : à cette mère tendre
Il faut toujours faire plaisir,
Et quand elle te dit d'apprendre,
Tu dois t'empresser d'obéir.

GABRIEL.

O mes savants amis! que faut-il faire encore ?

MAXIME.

Parcourir l'univers du couchant à l'aurore.

GABRIEL.

Vous fait-on voyager sur les chemins de fer ?

LOUIS.

Notre voyage, à nous, est un voyage *en l'air*.
Nous prenons une carte, et sur terre et sur l'onde
Nos yeux dans un instant ont fait le tour du monde.
Nous avons vu les caps, les îles et les mers,
Les anciens continents, ceux qu'on a découverts.

GABRIEL.

A votre place, amis, pour faire ma fortune,
Je voudrais voyager ainsi jusqu'à la lune...

MAXIME.

Le siècle est en progrès : oh! nous y parviendrons.

CAMILLE.

La fortune est au ciel, où nous arriverons,
Si, dociles aux lois d'un Dieu plein de tendresse,
Nous méritons les prix qu'il donne à la sagesse.

GABRIEL.

Est-ce que ce bonheur ne se trouve qu'au ciel ?

CAMILLE.

La paix du cœur est le partage
De l'enfant studieux et sage ;
Sa vie est ici-bas douce comme le miel.

MAXIME.

Pour lui, dans ce beau jour, la couronne s'apprête,
Et sa félicité commence à cette fête.

LOUIS.

Nous voudrions, ami, que tu fusses tenté
De goûter avec nous cette félicité.

GABRIEL.

Mais il faudra quitter ma famille chérie.

CAMILLE.

Ici tu trouveras une nouvelle vie,
Près de frères, d'amis, enchantés de te voir
Compagnons de leurs jeux, soumis à leur devoir.

GABRIEL.

Devoir ! Oh ! ce mot m'épouvante.

CAMILLE.

La récompense en est glorieuse, attrayante.
Si l'on ne sème pas, pourra-t-on recueillir ?
Le travail du printemps, l'été, devient plaisir.

MAXIME.

Sans cultiver l'intelligence,
On ne peut du savoir goûter la jouissance.

GABRIEL.

Allons ! Je veux semer : moissonner est si doux !
L'étude me sera plus facile avec vous.
Mais un autre motif m'encourage et me presse :
Je veux de mes parents mériter la tendresse,
Les rendre bien heureux, quand, à leurs yeux ravis,
Dans ce jour solennel je recevrai des prix.

LES DEUX ANGES DE L'ENFANT.

ALPHONSE , ANDRÉ.

ALPHONSE.

Quel air triste et rêveur
Je vois sur ton visage!

ANDRÉ.

Ami, depuis quand le bonheur
Semble-t-il être ton partage?

ALPHONSE.

Oh! oui, je suis toujours content
Depuis que j'ai compris le bonheur de l'étude.

ANDRÉ.

L'étude, c'est, hélas! ce qui fait mon tourment.
Toi-même n'as-tu pas trouvé la tâche rude?
Naguères, comme moi, je t'ai vu soucieux;
Que de larmes surtout s'échappaient de tes yeux.
Quand, au lieu du plaisir, venait la pénitence!

ALPHONSE.

Oui, je souffrais alors : quelle triste existence!
A présent, je m'amuse bien :
J'ai trouvé pour jouer un excellent moyen.

ANDRÉ.

Ce moyen, dis-le moi.

ALPHONSE.

Mon cher, c'est d'être sage
Et de bien s'appliquer.

ANDRÉ.

Oh qu'il faut de courage
Pour se mettre au travail ! Mais comment as-tu fait?

ALPHONSE.

Tu veux connaître mon secret ?

ANDRÉ.

Oui, dis-le moi, je t'en supplie ;
Car je mène une triste vie,
Et je voudrais apprendre à vivre comme toi.

ALPHONSE.

Voici, mon cher; écoute-moi.
Un soir, où mieux qu'à l'ordinaire
J'avais récité ma prière,
A peine le sommeil avait fermé mes yeux,
Qu'en songe m'apparut un enfant gracieux.
A son regard, à son sourire,
Aux mots qu'il voulut bien me dire,
Je reconnus mon ami, mon soutien,
Mon conseiller, mon Ange gardien.

ANDRÉ.

Ton Ange! Oh! quel bonheur !

ALPHONSE.

Mon âme fut ravie,
Quand de sa voix la douce mélodie
Me parla du bonheur que Dieu donne à l'enfant
Sincère, studieux, pieux, obéissant.

ANDRÉ.

Redis-moi quelques mots de ce discours étrange.

ALPHONSE.

Comment te répéter les paroles d'un Ange?
Mais il me semble encore entendre ses avis.
D'un regard, pénétrant aux célestes parvis,
Il disait: Aime Dieu d'un cœur pur et sincère,
Respecte tes parents, chéris ta bonne mère.

ANDRÉ.

Voilà justement le conseil
Que chaque jour, à mon réveil,
Me donne une voix douce et tendre.

ALPHONSE.

Ton Ange à toi se fait entendre ?

ANDRÉ.

Oui, je l'entends cet Ange bien-aimé :
Près de moi lorsque je sommeille,
Il me protège, il prie, il veille,
Et de tous mes périls il paraît alarmé ;
Ma moindre douleur le désole,
Quand je m'afflige, il me console ;
Il devine tous mes désirs,
Et sous mes pas fait naître les plaisirs.

ALPHONSE.

De baisers, n'est-ce pas, il couvre ton visage ?

ANDRÉ.

Je les lui rends sur ses genoux.

ALPHONSE.

Mais que fait-il lorsque tu n'es pas sage ?

ANDRÉ.

Alors son regard est moins doux.
Est-ce que tu connais mon Ange tutélaire ?

ALPHONSE.

Oui, mon cher, c'est ta bonne mère.

ANDRÉ.

Justement ! Tu sais donc son amour, ses bontés ?

ALPHONSE.

Eh ! n'ai-je pas aussi ma mère à mes côtés ?
Oui, Dieu nous a donné deux Anges :
L'un, descendu des célestes phalanges,
A sur nous un pouvoir saint et mystérieux ;
L'autre du cœur divin reçut une pareille
Pour garder le trésor de notre âme immortelle,
Et tous deux par la main nous conduisent aux cieux.

ANDRÉ.

Qu'il est bon le Seigneur qui nous donna deux Anges !

ALPHONSE.

Mais ce n'est pas assez de chanter ses louanges.

ANDRÉ.

Que faut-il faire ? Dis-le moi.

ALPHONSE.

Il faut obéir à sa loi,
Aimer l'étude et la prière;
A nos Anges chéris c'est le moyen de plaire.

ANDRÉ.

Et de les rendre heureux. Oui, je veux, dès ce jour,
A mes Anges chéris rendre amour pour amour.

ALPHONSE.

Heureux l'enfant qui sait, par un juste retour,
A ses parents, à Dieu rendre amour pour amour!

UN VOYAGE AUX PYRÉNÉES (¹)

‹ ⁕ ›

MÉDÉRIC, LOUIS.

—

MÉDÉRIC.

Je te revois enfin après ta longue absence.
Quoi! deux mois sans venir!

LOUIS.

Deux mois de jouissance.

MÉDÉRIC.

Mais, pendant ce temps-là, tu n'auras rien appris :
Doit-on quitter la classe à l'approche des prix?

LOUIS.

J'ai trouvé le moyen d'apprendre davantage.

MÉDÉRIC.

Et que faisais-tu donc?

LOUIS.

J'ai fait un grand voyage.

MÉDÉRIC.

Oh! tu veux plaisanter?

LOUIS.

Ma parole d'honneur!
On m'appelait partout le petit voyageur.

MÉDÉRIC.

Quand, au fort de l'été, ce séjour était triste,
Monsieur courait la poste et faisait le touriste.

(1) Ce dialogue a été composé à l'occasion d'un voyage que le jeune Louis
venait de faire aux Pyrénées avec sa famille. Cet élève, charmé de parler des
belles choses qu'il avait vues, fit partager son enthousiasme à son interlocuteur,
et le dialogue fut débité avec le plus agréable entrain.

LOUIS.

Oui, j'étais fort heureux : les vallons, les côteaux,
Mille sites charmants, les fleuves, les châteaux,
Etalaient à mes yeux des beautés sans pareilles,
Et je m'extasiais devant tant de merveilles.
On souriait alors au petit compagnon,
Et les dames disaient : Oh! comme il est mignon !

MÉDÉRIC.

Quand tu veux, en effet, chacun te trouve aimable ;
Mais que faisais-tu donc pour leur être agréable ?

LOUIS.

Presque rien, mon ami; quelquefois, en chemin,
Je leur offrais mon bras, je leur donnais la main ;
A l'une je montrais mes jolis coquillages,
A l'autre d'un album j'expliquais les images ;
Pour toutes plein d'égards, empressé, gracieux,
Quand elles conversaient, j'étais silencieux.

MÉDÉRIC.

Alliez-vous par hasard aux Iles Fortunées ?

LOUIS.

Oh! nous allions par terre.

MÉDÉRIC.

Où donc ?

LOUIS.

Aux Pyrénées.

MÉDÉRIC.

Cette chaîne de monts, où Dieu, pour les humains,
Verse dans sa bonté des baumes souverains?
On y trouve, dit-on, des roches caverneuses,
D'où jaillissent des eaux chaudes et sulfureuses.
Est-ce que tu buvais cet amer élixir ?

LOUIS.

Non, je n'avais qu'un but, et c'était le plaisir.

MÉDÉRIC.

Quel plaisir trouve-t-on dans ces tristes montagnes?

LOUIS.

Tristes ! ô mon ami, dans toutes nos campagnes
On ne voit pas un seul des ravissants tableaux
Qui charmaient nos regards dans ces pays si beaux.
Des pics aériens, des gorges, des vallées...

MÉDÉRIC.

Cela vaut-il le Mail (¹) et ses vastes allées,
Nos jolis Bains de Mer, où l'on trouve à la fois
Bosquets, escarpolette et pavillons chinois ?

LOUIS.

Allons donc ! Comme moi si jamais tu voyages,
Tu verras que la mer et tous nos paysages
N'ont rien de comparable à ces monts ondoyants,
Tantôt couverts de neige et tantôt verdoyants.
De leurs flancs entr'ouverts la cascade écumante
Comme un fleuve d'argent, bondit, tombe et serpente
Au milieu des rochers ; puis le torrent fougueux...

MÉDÉRIC.

Fait au milieu des rocs un tintamarre affreux.

LOUIS.

Ce bruit pour mon oreille était plein d'harmonie.

MÉDÉRIC.

C'est que tu l'écoutais en homme de génie...
Dis-moi, sur ces hauteurs, si rudes à gravir,
Montais-tu par hasard ?

LOUIS.

                    C'était mon grand plaisir.

MÉDÉRIC.

Quelle fatigue ! ô ciel !

LOUIS.

                    Mais non, je te l'assure.

MÉDÉRIC.

Ah ! c'est qu'apparemment tu n'allais qu'en voiture ?

LOUIS.

J'y montais à cheval, par un étroit sentier,
Que suivait prudemment mon docile coursier.
Prudemment, c'est le mot, car le moindre caprice
Nous eût lancés tous deux au fond d'un précipice.

(1) Le Mail est une belle promenade, au bord de la mer, près de l'une des
portes de La Rochelle. A côté et à l'extrémité, se trouvent les deux établissements de Bains de Mer, où se rendent en foule les habitants de la ville et les
étrangers. On y voit aussi les restes de la digue célèbre que fit construire, en 1628,
le Cardinal de Richelieu. Du Mail, ainsi que des Bains, on jouit d'un magnifique
point de vue, quand les flots de l'Océan sont agités par la tempête, ou lorsque le
calme de la mer permet d'apercevoir les îles de Ré, d'Oléron, d'Aix, et l'embouchure de la Charente.

MÉDÉRIC.

Je frémis d'y penser... Et tu n'avais pas peur?

LOUIS.

Je suis brave : devant l'immense profondeur,
Je fermais bien les yeux... Mais qu'as-tu donc à rire?

MÉDÉRIC.

Un brave aux yeux fermés! C'est rare et je l'admire.

LOUIS.

J'aurais voulu t'y voir, toi que le moindre flot
Fait crier sur le bord, comme un simple marmot.
Eh bien! on m'a parlé d'un accident terrible :
Un jeune homme tomba près d'une gorge horrible,
Que d'un bond franchissait un intrépide izard.

MÉDÉRIC.

Tu te trompes, mon cher, ce n'était qu'un canard...
Tu voudrais m'en conter, mais je te le pardonne,
Car tu viens, *cadédis!* des bords de la Garonne;
Tu buvais à la source, et ta sincérité
S'en altère déjà.

LOUIS.

            Je dis la vérité.

Nos braves montagnards sont tous, quoi que l'on dise
De la fraude ennemis, fiers, mais pleins de franchise.

MÉDÉRIC.

Au sommet de ces monts que vis-tu de si beau?

LOUIS.

Puis-je te dessiner ce magique tableau!
Tantôt roches à pic auprès des pentes douces,
Tantôt gouffres profonds, bordés de fleurs, de mousses.
Là, le velours des prés; ici, les moissons d'or;
Partout petits ruisseaux dont le murmure endort.
Je gravissais un mont, déployant avec grâce
Sa robe de verdure et son manteau de glace;
D'un nuage bientôt les mobiles flocons
Cachèrent sous nos pieds la plaine et les vallons;
Mais au-dessus parut une belle naïade,
Qui versait dans un lac son immense cascade (¹).

___

(1) Les personnes qui ont visité les Pyrénées comprendront qu'on a eu principalement en vue la vallée de Luchon, où est la petite ville de Bagnères, si renom-

MÉDÉRIC.

Une belle naïade ! Allons, c'est trop païen :
Un si pompeux tableau veut un peintre chrétien.

LOUIS.

Pardonne-moi les mots et ne vois que les choses.
Sois sûr qu'en contemplant ces lieux si grandioses,
Leurs abîmes fleuris , leurs sublimes horreurs,
Mon âme s'élevait aux célestes splendeurs.
N'entendais-je pas dire à ma mère chérie :
Quand l'exil est si beau, que sera la patrie ?

MÉDÉRIC.

Au ciel nous entendrons d'ineffables concerts :
Mais prier seul est triste en ces vastes déserts.

LOUIS.

Ces déserts sont semés d'innombrables chaumières ,
Où de cœurs simples, purs, s'exhalent les prières ;
Sur les crêtes, aux flancs, près des torrents, des bois,
On trouve, pour prier, des chapelles, des croix.
Là, ceux à qui le Ciel confia l'opulence,
Peuvent de ce dépôt goûter la jouissance :
Des femmes, des vieillards, des enfants presque nus,
Leur demandent l'aumône au nom du bon Jésus (¹).

Un jour, que je rêvais à l'ombre d'un bocage,
Promenant mes regards sur un site sauvage,
Un enfant vint à moi, qui, me tendant la main,
Demanda quelques sous pour acheter du pain

mée par ses thermes et ses promenades. Cette vallée, et toutes celles qui l'entourent, est remarquable par une foule de cascades, but des excursions des étrangers, telles que la cascade de Juzet , de Montauban , de Sydonie, des Demoiselles , du Parisien , d'Enfer, du Cœur, de la Magdeleine et de Séculéja. Cette dernière, de 265 mètres de chute, se jette dans un immense bassin, qui forme le lac d'Oo , à 1,197 mètres au-dessus du niveau de la mer. Plus haut se trouvent cinq autres lacs, entourés de neiges qui ne fondent jamais, et dont l'un est toujours glacé. Des pics voisins de Bagnères , dont l'ascension est sans danger, quoique quelques-uns aient 2,000 et 3,000 mètres de hauteur, on voit les hauts sommets de la Maladetta, du Vignemale, du Mont-Perdu , le pic du Midi, les glaciers qui les entourent , enfin toute la chaîne des Pyrénées.

(1) Les dames qui ne se sentent pas la force de faire, à cheval, en élégantes amazones , de longues excursions, peuvent facilement se dédommager par une promenade à la cascade de Montauban , village à une petite distance de Bagnères , où M. le Curé a créé un fort joli jardin , sur les flancs de la montagne. Une légère rétribution leur donne le moyen de contribuer au soulagement des habitants, si malheureux dans la mauvaise saison. La charité ingénieuse de ce digne pasteur lui suggère , tous les ans , de nouvelles idées pour des travaux d'embellissement, qui ont le double avantage d'occuper ses paroissiens, et de faire de ce site une des plus délicieuses promenades de la vallée.

A sa mère malade, à sa vieille grand'mère :
Voyez-vous, reprit-il, cette pauvre chaumière,
Là haut, sous ces rochers? Là, coulent bien des pleurs.
Car la faim dévorante ajoute à nos douleurs.
— Et ton père?— Oh! Monsieur, l'autre hiver, dans la plaine,
Il mourut écrasé par un énorme chêne,
Et Baptiste, tout seul, sans force à travailler,
Pour celles qu'il laissa ne peut que mendier...
Parlez d'elles pour moi, parlez aux belles dames,
A vos riches amis : ce sont de bonnes âmes,
Aimant les Montagnards, leur donnant des secours.
Quand vous serez partis, adieu tous nos beaux jours !
Lorsque neige et glaçons couvrent notre vallée,
Oh ! comme la montagne est triste et désolée!
Mon Dieu! que ferons-nous?— Je comprends vos douleurs.
Lui dis-je tout ému... Vois-tu ces belles fleurs?
Je voudrais en cueillir : tu m'aideras, j'espère !
Le charmant orphelin de la pauvre chaumière
Devina ma pensée, et d'un rapide élan
Gravit de grands rochers; aux fissures du flanc
Il arracha des fleurs, dont la seule nature
Faisait de ce désert la plus riche parure.
Moi je cueillais au pied, sans danger, sans effort.
Baptiste descendit avec sa moisson d'or,
D'incarnat et d'azur, véritable merveille,
Qui d'un parfum suave emplit une corbeille.
Vers la ville aussitôt nous marchons tout joyeux :
De ce fardeau léger nous étions orgueilleux;
Ce n'était pas à tort, car dans la grande allée,
Où la foule brillante était toute assemblée,
Mille regards flatteurs, présages du succès,
Disaient : Oh ! quel parfum et quels jolis bouquets !...
Nous courûmes d'abord droit à ma bonne mère;
De la plus belle fleur je l'ornai la première,
Puis d'un signe expressif, d'un sourire bien doux : —
Mesdames, sur ces monts elles naissent pour vous :
Prenez ; c'est leur tribut que vous offre Baptiste.

MÉDÉRIC.

Comme on dut l'applaudir, charitable touriste !
Chaque dame de dire : Oh! comme il est mignon!...

LOUIS.

On ne s'occupa plus que de mon compagnon,
Et des pièces d'argent pleuvant dans sa corbeille
Le son délicieux vint charmer mon oreille.

MÉDÉRIC.

En effet, c'est charmant. Je vois qu'en vérité
Le bonheur sur la terre est dans la charité.
Cette bonne action m'émeut : je te l'envie;
Sans doute elle sera le parfum de ta vie;
Si Baptiste toujours reste en ton souvenir,
Combien son cœur devra t'aimer et te bénir!

LOUIS.

Tu vois qu'à voyager on gagne quelque chose?

MÉDÉRIC.

On y gagne beaucoup : aussi je me propose
De dire à nos amis que le pauvre écolier
A pâli trop longtemps sur l'encre et le papier;
Qu'il est dans la nature un magnifique livre
Où l'on doit, au grand air, lui faire apprendre à vivre :
Que la meilleure école est au milieu des monts,
Où l'on trouve torrents, lacs, cascades, vallons:
Que, pour étudier dans ces sublimes pages,
Il faut quitter la classe et faire des voyages.

LOUIS.

Et puis l'on te dira : Vous n'avez rien appris,
Monsieur le voyageur; d'autres auront les prix!...

MÉDÉRIC.

Je le croyais avant; mais ton récit rappelle
Ce que le fabuliste a dit de l'hirondelle.

LOUIS.

« *Une hirondelle, en ses voyages,*
» *Avait beaucoup appris. Quiconque a beaucoup vu*
    » *Peut avoir beaucoup retenu.* »

MÉDÉRIC.

C'est cela justement. Il me vient dans la tête
Une excellente idée : il faut qu'une requête
Demande qu'on prescrive à chaque étudiant
De faire désormais un voyage par an.
Au Baccalauréat pour qu'on puisse l'admettre,
Une attestation devra faire connaître
Que de la capitale et des grandes cités
De nos départements il a vu les beautés;
Et puisque l'on exige une langue étrangère,
Qu'il a, pour la savoir, traversé la frontière :
Quiconque, au pays même, aura pu s'exercer,
Mieux qu'un autre saura l'écrire et converser.

LOUIS.

N'ai-je pas un beau jour traversé la montagne,
Puis, par le Pont-du-Roi, pénétré dans l'Espagne ?
Viella, Castel-Léon, Aran et ses hameaux,
Du langage espagnol m'ont appris bien des mots ;
Mais le lièvre, en courant, a perdu la mémoire.

MÉDÉRIC.

Un voyage est un cours, le meilleur cours d'histoire.
Nous trouverons partout des monuments épars,
Restes des vieux Gaulois, des Romains, des Césars.
Nous irons visiter Sparte, Corinthe, Athènes,
Ravis de faire entendre aux cités des Hellènes,
Aux champs de Salamine, aux bords de l'Eurotas,
Les noms de Thémistocle et d'Epaminondas.
Nous verrons l'Italie et la célèbre Rome ;
La Corse nous dira l'enfance du grand homme ;
Puis, des bords de l'Adige aux créneaux du Kremlin,
Nous suivrons les drapeaux du héros souverain.
Quand enfin, de retour dans la chère patrie,
Nous parlerons d'histoire et de géographie,
On dira : Quels progrès ont faits nos écoliers !
Voilà sans contredit nos meilleurs bacheliers.

LOUIS.

Pour l'amateur du Mail quelle fameuse course !
Avant de l'entreprendre, ami, sonde ta bourse.

MÉDÉRIC.

Quand on a la vapeur et les chemins de fer,
Le voyage est rapide et ne coûte pas cher...
Tu ris : n'est-ce pas vrai ?

LOUIS.

                    Ton grand projet m'étonne.
Contentons-nous, crois-moi, des bords de la Garonne.
Nous y verrons Bordeaux, Toulouse, qui toujours
Donne les prix d'Isaure aux nouveaux troubadours.
Visitons le Béarn, province dont l'histoire
A deux noms *dont le peuple a gardé la mémoire*,
Qui montre les berceaux de Vincent, de Henri,
Car du pauvre toujours chacun sera chéri.
A d'autres tous ces lieux de guerres, de campagnes :
Nous jouirons bien plus au milieu des montagnes ;
Pour nos bonnes mamans nous cueillerons des fleurs,
Qui vaudront des baisers aux petits voyageurs.

LES PROJETS DE VOYAGE.

ALEXANDRE, FERDINAND, HENRI.

FERDINAND.

Voici venir enfin nos aimables vacances !

HENRI.

Demain, plus de travail !

FERDINAND.

       Et plus de pénitences !

HENRI.

Adieu livres, cahiers, leçons,
Vrais tourments des petits garçons !

FERDINAND.

J'ai caché dans un coin mon Histoire et ma Fable.

ALEXANDRE.

N'avoir plus rien à faire est donc bien agréable ?

HENRI.

Quoi ! rien à faire, ami ? Les jeux et le plaisir
Ne nous laisseront pas un moment de loisir.

FERDINAND.

Oh ! que nous saurons bien employer nos journées !

HENRI.

Comme elles passeront douces et fortunées !

ALEXANDRE.

Toujours jouer, courir, cela deviendra lassant.

FERDINAND.

Toujours étudier, c'est peu divertissant.

HENRI.

L'étude nous rendait souvent tristes, maussades.

ALEXANDRE.

Trop de plaisir aussi peut vous rendre malades.

FERDINAND.

Malades de plaisir! Oh! Monsieur le docteur,
On va vous appeler le petit radoteur.

ALEXANDRE.

Je ne radote pas, mais j'ai bonne mémoire.
Ami, te souvient-il qu'un certain jour de foire,
Tu courus si longtemps que la fièvre te prit?

HENRI.

C'est vrai : pendant un mois il resta dans son lit.

FERDINAND.

Ainsi, durant ces jours, si doux à notre enfance,
Il faudrait, selon toi, rester en pénitence?

HENRI.

Vivre comme un ermite, au fond de sa maison?

FERDINAND.

Ou comme un criminel dans sa triste prison?

ALEXANDRE.

Je ne dis pas cela; moi, je veux, au contraire,
Avoir bien du plaisir.

FERDINAND.

          Et que veux-tu donc faire?

ALEXANDRE.

Un voyage d'abord, un voyage charmant,
Pour mon instruction et pour mon agrément.

FERDINAND.

Monsieur le philosophe, on vous verra, sans doute,
Un livre dans la main, étudiant en route.
Chaque pas servira pour votre instruction;
La halte fournira la récréation.

HENRI.

Et puis, pour se livrer plus à l'aise à l'étude,
Il ira s'enfoncer dans quelque solitude.

ALEXANDRE.

Non, je ne me sens pas d'attrait pour le désert ;
J'aime beaucoup le monde, et surtout le grand air.
Aussi, dans peu de jours, je monte en diligence :
Je vais faire un grand tour.

HENRI.

Comment ! le tour de France ?

ALEXANDRE.

Précisément ! Ainsi, quand j'aurai vu les lieux
Dont nous parle Meissas, je les retiendrai mieux.
Je saurai si Gaultier n'a pas dit des mensonges,
Si la Géographie est un recueil de songes ;
Je verrai si Bayonne a de bons chocolats,
Soissons, des haricots qui font d'excellents plats ;
Dieppe me montrera ses bons-hommes d'ivoire,
Rouen sa confiture et son sucre de poire...

FERDINAND.

Dis donc sucre de pomme.

ALEXANDRE.

Oh ! la poire, je crois,
Est plus sucrée encor : du reste, on a le choix.

HENRI.

Tes malles de douceurs seront bientôt chargées.

ALEXANDRE.

Ce n'est pas tout : Verdun m'offrira ses dragées,
La Bretagne son beurre ; ô volailles du Mans !
Je vous savourerai...

FERDINAND.

Paroles de gourmands.
Courir tant de pays ! et pour la friandise !
Ce serait imiter l'animal qu'on méprise,
Qui sans cesse parcourt les bois et les guérets,
Cherchant le végétal si chéri des gourmets.
Ces objets valent-ils qu'on fasse des voyages ?

ALEXANDRE.

Puisque Monsieur Gaultier les cite dans ses pages...
Non ; sois sûr que d'objets beaucoup plus sérieux
J'espère contenter mes regards curieux.
Je verrai les beaux forts qui gardent nos frontières,
Les ponts aériens pendus sur les rivières,

Les gares, les tunnels de nos chemins de fer,
Les vaisseaux à trois ponts et les grands ports de mer.
Je verrai des châteaux les antiques tourelles,
J'irai prier Marie à ses saintes chapelles.

FERDINAND.

Et la grande cité? Je suis vraiment surpris
Que tu n'en parles pas.

ALEXANDRE.

            Oh! je connais Paris.
L'an dernier, je la vis cette ville admirable,
Mais comme une visite encor plus agréable
Nous pressait d'en sortir, nous dîmes : au revoir!

FERDINAND.

Mais comment, en courant, gagne-t-on le savoir?

ALEXANDRE.

Oh ! certes, je n'ai pas une assez forte tête
Pour faire en voyageant une si belle emplette;
Je ne suis pas grand'chose : un petit amateur ;
Mais naturellement je suis observateur ;
Je regarde, j'écoute, et dans les divers rôles
J'entends de bons propos et d'absurdes paroles;
Je retiens les premiers ; les stupides discours
Fatiguent tout le monde, et moi j'en ris toujours.

HENRI.

Je ne vois pas comment, dans ce qui te fait rire,
Tu trouves le moyen d'apprendre, de t'instruire.

ALEXANDRE.

J'apprends, lorsque j'entends certains originaux .
A garder le silence, à parler à-propos.

FERDINAND.

Se taire, à mon avis, est un triste partage.
Si tu trouvais encor des enfants de notre âge !
On est heureux d'avoir de petits compagnons,
Quand ils sont complaisants, bien élevés, mignons

ALEXANDRE.

Comme vous, par exemple : oh! ma bonne fortune
M'en a fait rencontrer de Paris à Béthune.
D'autres, à mon retour, étaient capricieux,
D'un mauvais caractère, entêtés, ennuyeux;
Ils ne savaient enfin dire que des bêtises.

HENRI.

Tu devais être las de toutes leurs sottises!

ALEXANDRE.

Je vous l'ai déjà dit : ça me met en gaîté :
Rien n'est divertissant comme un enfant gâté.
Un jour, un marmouset de cette triste engeance
Donna la comédie en pleine diligence.
Chaque fois qu'il voyait un marchand de bonbons,
Monsieur criait : Papa, je veux des macarons!
Quand j'avais un joujou, Monsieur voulait le prendre :
A chaque fantaisie il pleurait pour descendre :
Arrêtez, disait-il, arrêtez, conducteur !
Comme on marchait toujours, il se mit en fureur,
Et son père, confus, pour finir le scandale,
Le transporta soudain jusqu'à l'impériale.

FERDINAND.

Bon ! Il va châtier sans doute son marmot.

ALEXANDRE.

Il gronda seulement ; mais notre petit sot
Reçut son châtiment d'un oiseau, dans sa cage :
C'était un perroquet, qui, par son bavardage,
Amusa quelque temps son stupide voisin.
Celui-ci l'agaça ; l'oiseau bavard enfin
S'agite impatient dans sa prison mobile,
Et l'appelle sans cesse : imbécile! imbécile !
De l'injure irrité, notre pauvre garçon
Veut battre l'insolent jusques dans sa prison ;
Il y plonge la main ; l'animal en colère
De son bec recourbé si fortement le serre,
Que le sang en jaillit... L'enfant d'abord cria,
Mais il se tut, confus, quand chacun le railla.

HENRI.

La mordante leçon dut le rendre plus sage.

FERDINAND.

Si l'on ne doit trouver toujours, dans un voyage,
Que d'importuns bavards et des enfants gâtés,
Ni moi ni mes amis ne serons pas tentés...

ALEXANDRE.

Oh ! j'ai trouvé parfois des personnes aimables,
Des officiers charmants, des prêtres vénérables.

J'étais fort attentif à leurs jolis discours ;
Dans mon esprit avide ils se gravaient toujours.
L'officier m'apprenait à faire l'exercice,
Me nommait général dans la grande milice.
Le prêtre avec douceur me disait : Mon enfant,
Je vous bénis ; soyez pieux, obéissant.
Ce n'est pas tout encor. Vous savez que Tobie
Fut conduit par un Ange au fond de la Médie ;
Nous en avons aussi des Anges, dont la main
Nous conduit, nous dirige au milieu du chemin ;
Avec eux point d'ennui ; nuls cris, nulles malices ;
De la paix, de la joie on goûte les délices ;
Par eux de l'existence on connaît la douceur ;
Qui les a près de soi voyage avec bonheur.

HENRI.

Les Anges gardiens.

ALEXANDRE.

Je parle d'autres Anges,
Qui méritent aussi notre amour, nos louanges ;
Leur tendresse toujours agit, veille pour nous ;
De leurs agneaux chéris ils écartent les loups.
Vous ne devinez pas ?

FERDINAND.

Ces Anges tutélaires,
Je les connais : ce sont nos sœurs, nos bonnes mères.
Ce sont elles aussi qui calment nos douleurs,
Qui par leurs doux baisers savent tarir nos pleurs.
Afin qu'à mon esprit le travail soit moins rude,
Bonne mère avec moi se remet à l'étude.

HENRI.

Quand la leçon m'ennuie et que je veux courir,
Maman, pour m'arrêter, me promet un plaisir.

ALEXANDRE.

Il faut lui dire alors : Maman, ma jouissance
Serait de voyager : faisons le tour de France.

FERDINAND.

Nous suivrons ton avis : c'est un moyen charmant
D'avoir l'instruction unie à l'agrément.

Pièces Diverses.

L'ABEILLE.

—

Un jour, je voyais une abeille
Qui voltigeait dans mon jardin ;
Longtemps, sur chaque fleur vermeille,
Elle moissonna son butin.
— Qui t'apprit, aimable ouvrière,
Lui dis-je, à composer pour nous,
Avec ce suc ton miel si doux ?
Elle répondit : C'est ma mère,
Et ta mère te dit aussi :
Cher enfant, vite apprends à lire...
Un livre cause ton souci.
Pourtant le miel que je retire
Des fleurs, pour faire un rayon d'or,
Est moins doux que ce que tu cueilles
Dans ces beaux livres dont les feuilles
Renferment un riche trésor.

LE PAPILLON.

—

Beau papillon qui, sur mes roses,
Viens chaque jour et te reposes,
Et puis t'envoles vers les cieux,
Sais-tu, petit capricieux,
Que j'aimerais ton existence,
Et ton heureuse insouciance ?
Comme toi, je voudrais dans l'air,
Aussi rapide que l'éclair,
Fuir, m'envoler à tire-d'aile,
Lorsque pour lire l'on m'appelle.

Tu n'as rien à faire... ô bonheur !
Toujours tu suis ta moindre envie,
Et moi je dois passer ma vie
Sur des livres qui me font peur...
Mais que vois-je ? Un oiseau qui passe
T'emporte dans son bec vorace !
Pauvre papillon, à la mort,
En folâtrant, ainsi tu voles :
De mon destin tu me consoles ;
Je ne désire plus ton sort.

De tant d'enfants que l'on renomme
L'exemple me sert d'aiguillon ;
Oui, je veux vivre comme un homme,
Et non pas comme un papillon.

◊

L'AGNEAU.

—

L'agneau sur la mousse
S'en va folâtrant ;
Pour lui l'herbe pousse
Au bosquet riant ;
Pour lui la prairie
Est toujours fleurie,
Et le clair ruisseau,
Qui toujours murmure,
De son onde pure
Abreuve l'agneau.
Mais dans le bocage,
Par humeur volage,
S'il va trop avant,
Sa mère craintive,
Errante et plaintive,
Le cherche en bêlant.
A sa voix si tendre,
Le fils court se rendre
Près d'elle aussitôt,
Et la dent cruelle
Du loup qui l'appelle
N'atteint pas l'agneau.

Toi que ma tendresse
Voit avec effroi
Folâtrer sans cesse
Et fuir loin de moi,
Cher fils, des victimes
Sont dans les abîmes,
Voisins du hameau!...

— Maman, sois tranquille :
Je serai docile
Comme cet agneau.

AVANT LES PRIX.

—

Voici les Prix ! Oh! quelle fête !
Depuis longtemps, jour enchanteur,
Je te désirais, et ma tête
Faisait des rêves de bonheur.
Et je disais avec ivresse :
O vous, dont la douce tendresse
Veille sur moi, parents chéris,
A l'heure de la récompense,
Que vous aurez de jouissance !...
Mais hélas ! aurai-je des prix ?

Oui, j'en aurai, car en lecture
Je fus premier pendant six mois;
J'étais moins fort en écriture,
Mais je fus second bien des fois;
Mon âme a conservé l'empreinte
Des leçons de notre foi sainte,
Que sans difficulté j'appris;
J'étais assez fort sur l'histoire,
Souvent des premiers en mémoire :
Certainement j'aurai des prix.

Mais peut-être que je m'abuse.
Une voix me parle tout bas,
La conscience; elle m'accuse,
Et me dit : tu n'en auras pas;

Car hélas! une enchanteresse,
Un démon qu'on nomme paresse,
Dans ses filets souvent t'a pris ;
Le dégoût et l'indifférence
Te plongèrent dans l'indolence...
Oh ! non, tu n'auras pas de prix.

C'est vrai: trop souvent à l'ouvrage
Je fus inappliqué, distrait ;
Je perdais même le courage,
Le jeu faisait mon seul attrait.
J'aimais à bavarder, à rire,
Au lieu d'écouter pour bien dire :
Aussi n'avais-je pas compris ;
Par des niches ou des grimaces,
Que de fois j'ai troublé les classes !...
Oh ! non, je n'aurai pas de prix.

Quelle pénible incertitude!
Sans doute, vous la comprenez,
Vous, constants amis de l'étude,
Qu'on verra bientôt couronnés.
Vous vous réjouissez d'avance :
Eh bien! cette heureuse assurance
Qui brille sur vos fronts ravis,
Est une étincelle électrique
Qui jusqu'à moi se communique...
Oui, je le crois, j'aurai des prix.

Si je me trompais! Quel dommage !
Pour mon esprit quel désarroi !
Mais je ne perdrais pas courage,
Et je dirais : pardonnez-moi,
Tendres parents ; que ma souffrance
Soit pour vous gage d'espérance !
Dans un an, vos yeux réjouis
Sur mon front verront la couronne :
A votre bonté qui pardonne
Je le promets, j'aurai des prix !

LES PRIX.

—

(Ces couplets doivent être chantés alternativement par cinq élèves de la classe de musique).

I.

Après de longs travaux
Et sa noble victoire,
Le guerrier au repos
Se livre plein de gloire.
Des studieux combats
Pour nous la fin arrive,
Que ce jour a d'appas
Pour notre âme expansive !

O mes amis, célébrons ce beau jour,
Qui des plaisirs amène le retour.
Célébrons ce beau jour,
Ce mémorable jour.

LE CHŒUR *répète* : O mes amis, etc.

II.

Le laboureur content
Voit les fruits que la terre
A son labeur constant
Prodigue, en bonne mère.
L'étude, par ses fruits,
Donne même allégresse ;
A l'aspect de ces prix,
Chantons avec ivresse :

LE CHŒUR.

O mes amis, célébrons ce beau jour, etc.

III.

Allez, heureux vainqueurs,
Recevoir la couronne,

13

Et que vos jeunes cœurs
Bénissent qui la donne !
De travaux plus hardis
Elle est le doux présage :
Un jour, de nobles prix
Seront votre partage.

LE CHŒUR.

O mes amis, célébrons ce beau jour, etc.

IV.

De vos tendres parents
Remplissez l'espérance ;
Par des efforts plus grands
Doublez leur jouissance.
Estimés et chéris
Du ciel qui vous l'ordonne,
Vous aurez plus doux prix,
Et plus belle couronne.

LE CHŒUR.

O mes amis, célébrons ce beau jour, etc.

Le plus petit élève chante le couplet suivant :

V.

Quand j'étais tout petit,
J'avais bien des caprices,
J'appliquais mon esprit
A faire des malices ;
A présent écolier,
Je ne puis guère rire ;
Le futur bachelier
Doit savoir lire, écrire.

LE CHŒUR.

O mes amis, célébrons ce beau jour,
Qui des plaisirs amène le retour.
Célébrons ce beau jour,
Ce mémorable jour.

Q.

A MON BON ANGE.

—

Angelus meus vobiscum est.
Mon Ange est avec vous.

(Baruch, C. 6. V. 6)

O mon bon Ange, ami fidèle,
Messager du divin secours,
Toi qui m'abrites sous ton aile,
Qui près de moi veilles toujours,
Tuteur de ma fragile enfance,
Mon cœur, ravi de ta présence,
T'aime comme un rayon des cieux ;
Tendre compagnon de ma vie,
Dont l'âme à la mienne est unie,
Bon Ange, parais à mes yeux !

Oh ! montre-moi ton beau visage,
Quand je te sens à mon côté,
Lorsque ton caressant langage
Me donne la félicité ;
Montre ton gracieux sourire :
A mon oreille, de ta lyre
Vibrent les suaves accords ;
Tes paroles mystérieuses
Viennent à moi mélodieuses,
Bon Ange, à la couche où je dors.

Lorsque je me livre à l'étude,
Je te dois toute mon ardeur,
Si je trouve la tâche rude,
Tu sais réchauffer ma froideur ;
Si quelquefois je me désole,
A ta douce voix qui console
Mon visage devient serein ;
Près du torrent où je me penche,
Devant la terrible avalanche,
Bon Ange, tu me tiens la main.

Pourrais-je rester insensible
A tant d'affectueux bienfaits ?
Oh ! non ; à mes yeux invisible,
A mon cœur tu ne l'es jamais.

J'aime à chanter, dans le silence,
L'hymne de la reconnaissance,
Qui monte à la céleste cour ;
Quand vers le Père que j'adore,
Mon cœur s'élève dès l'aurore,
A toi, bon Ange, il dit amour !

L'ANGE DE LA FÊTE-DIEU,

C'était une brillante fête,
Un bien beau jour, la Fête-Dieu ;
De fleurs on couronna ma tête,
On me conduisit au saint lieu.

Là, décoré de blanches ailes,
Paré d'une tunique d'or,
On dit qu'aux voûtes éternelles
Je semblais prendre mon essor.

J'étais comme un des petits Anges
De la cour du céleste Agneau,
Je chantais avec leurs phalanges :
Gloire, amour au Fils du Très-Haut !

Soudain une voix douce et pure,
Comme une voix du Paradis,
Bas à mon oreille murmure
Ces mots, mystérieux avis :

O cher enfant, qu'à ma tendresse
Daigna confier l'Eternel,
Je suis content de ta sagesse,
A genoux près du saint autel.

Avec amour adore, prie
Le Dieu que contemple ta foi,
Le Fils de l'auguste Marie,
Qui fut un enfant comme toi.

De sa sainte et sublime enfance
Suis le modèle précieux :
La vertu de l'obéissance
Avec Jésus nous vint des cieux.

Comme lui, docile, sincère,
Joyeusement suis le chemin
Où te conduit ta bonne mère ;
Garde-toi de quitter sa main.

A cette mère douce et tendre,
Dis-je à mon Ange, dès ce jour,
Je veux obéir, et lui rendre,
Pour ses bienfaits, beaucoup d'amour.

LA PROCESSION DE LA FÊTE-DIEU.

Quel beau jour ! Quelle belle fête !
C'est la fête du Roi des cieux.
Après la pluie et la tempête,
Le soleil brille radieux.
Jésus, le Sauveur adorable,
Par le Pontife vénérable
En triomphe nous est porté ;
Il voile à nos yeux sa puissance,
Mais à sa divine présence
Nous croyons comme à sa bonté.

C'était charmant : sur le passage
De l'immortel triomphateur,
Chacun venait offrir l'hommage
De sa demeure et de son cœur.
Partout on foulait la verdure ;
Les murs étalaient leur parure
De tapis, de festons brillants ;
Les bluets, les lis et les roses,
Et mille fleurs à peine écloses
Tombaient au milieu de l'encens.

13.

J'entends encore l'harmonie
De l'airain qui frappe les airs,
S'unissant à la mélodie
Des hymnes, des pieux concerts ;
Je vois les élégants portiques
Et les chapelles magnifiques
Où s'est reposé ce bon Roi ;
Le son de la cloche argentine
M'annonce que sa main divine
Répand ses doux bienfaits sur moi.

Quel calme ! Quel profond silence !
Quel suave parfum d'amour
S'exhale de la foule immense,
Qui prie et chante tour à tour !
O Jésus, que la terre adore,
Entends notre voix qui t'implore
Dans cet hommage solennel !
Dissipe toujours la tempête ;
Que tous les ans ta grande fête
Nous rassemble à ton saint autel !

L'ANGE ET L'ENFANT.

L'ANGE.

Enfant, je suis ton Ange ;
Quand tu reçus le jour,
Je quittai la phalange
De la céleste cour.

Sais-tu pourquoi sans cesse
Je suis auprès de toi ;
Sais-tu quelle tendresse
M'en fit la douce loi ?

L'ENFANT.

Du Père que j'adore
Ange fidèle et bon,
Je bégayais encore
Quand j'appris votre nom.

L'ANGE.

Sur la route fleurie
Sais-tu qui te conduit,
Qui préserve ta vie
De ce qui blesse et nuit?

L'ENFANT.

Souvent ma bonne mère
Me dit que votre main
Me mène, sur la terre,
Toujours au bon chemin.

L'ANGE.

Sais-tu, quand l'avalanche
Vint menacer tes jours,
Qui, de son aile blanche,
En détourna le cours?

L'ENFANT.

Oui, bon Ange, ma mère
M'assure que c'est vous,
Quand je fais ma prière,
Auprès d'elle, à genoux.

L'ANGE.

Quand la pierre lancée
Sur toi tombait d'aplomb,
Dis-moi qui l'a forcée
A respecter ton front?

L'ENFANT.

Toujours, lorsque ma mère
Tremble pour son enfant,
Votre aile tutélaire
Me couvre et me défend.

L'ANGE.

Quand l'ignoble paresse
T'inspire sa froideur,
Qui t'exhorte, te presse,
Et te rend ton ardeur?

L'ENFANT.

C'est vous, ami fidèle,
Dont les sages avis
M'animent du beau zèle
Qui fait gagner les prix.

L'ANGE.

Mais, cher enfant, écoute :
D'autres dangers encor
T'attendent sur la route :
N'as-tu pas un trésor?

L'ENFANT.

Maman me dit encore
Que notre bon Jésus
Enrichit qui l'adore
De toutes les vertus.

L'ANGE.

De mes conseils avide,
Enfant, suis-les toujours;
Comme un ruisseau limpide,
S'écouleront tes jours.

Vois sa paisible rive
S'émailler d'or, d'azur :
C'est l'image naïve
D'un cœur pieux et pur.

Mais quelquefois l'orage
Gronde sur le ruisseau;
Un noir limon ravage
Le cristal de son eau.

Ainsi la peine amère
Désolera ton cœur...
Je saurai te distraire
Et calmer ta douleur.

Car ta douleur m'afflige,
Et, pour sécher tes yeux,
Jusqu'à toi je dirige
Un doux rayon des cieux.

Le vois-tu là qui brille?
C'est par ce beau chemin,
Vers la sainte famille,
Que te conduit ma main.

Heureux si de mon zèle
J'obtiens l'unique prix,
Te portant sur mon aile
Aux célestes parvis!

L'ENFANT.

Recevez mon hommage,
Esprit pur, immortel;
Merci, je serai sage
Pour mériter le ciel.

Si l'ennemi me tente,
O céleste soutien,
Soyez, dans la tourmente,
Mon Ange gardien!

♀

ÉLANS DE PIÉTÉ FILIALE (¹).

—

CHŒUR.

Que de nos cœurs s'exhale
La piété filiale!
Célébrons en ce jour
Les bienfaits d'un bon père
Et d'une tendre mère,
Et chantons notre amour.

(1) Ces couplets ont été chantés à une Distribution de Prix, sur l'air d'un Cantique, intitulé : *Les Bienfaits de Marie*, pris dans un recueil de Cantiques à 3 et 4 voix, composés par M. P.-M. Rideau, Prêtre, Maître de Chapelle à la Cathédrale de La Rochelle.

I.

De notre faible enfance
Ils calment la souffrance,
En tarissant nos pleurs,
Et leur âme ravie,
Sans cesse à notre vie
Fait un chemin de fleurs.

CHŒUR.

Que de nos cœurs s'exhale, etc.

II.

Du céleste modèle
Représentant fidèle,
Bon père, avec douceur,
Chaque jour, tu me guides
Vers les sources limpides
Qui donnent le bonheur.

CHŒUR.

Que de nos cœurs s'exhale, etc.

III.

Recevez nos louanges,
Mères, aimables anges :
Vous chérir est si doux,
Lorsque votre tendresse
Nous parle et nous caresse,
Assis sur vos genoux !

CHŒUR.

Que de nos cœurs s'exhale, etc.

IV.

Cet amour, Dieu l'ordonne,
Réservant la couronne
Au fils tendre et soumis ;

Et même sur la terre
Tout lui sera prospère.....
Enfants, Dieu l'a promis.

CHŒUR.

Que de nos cœurs s'exhale, etc.

V.

Seigneur, l'enfant vous prie,
Ah ! veillez sur leur vie !
Je leur voue en ce jour
Respect, obéissance,
Et ma reconnaissance
Rend amour pour amour.

CHŒUR.

Que de nos cœurs s'exhale, etc.

ERRATA.

Page	135, ligne 27, *et soie*,	lisez *et la soie*.
—	137, — 15, *je prends*,	— *je le prends*.
—	141, — 9, *m'a dit*,	— *me dit*.
—	156, *Scène dites de deux*,	— *dite des deux*.
—	177, ligne 7, *nous qui nous*,	— *nous qui venions*.
—	178, — 57, *Jules*,	— *Gabriel*.
—	189, — 15, *nos pères*,	— *vos pères*.
—	189, — 56, *12 à 1500*,	— *avec 1200 à 1500*.
—	234, — 24, *qualificatif*,	— *modificatif*.

TABLE.

—

JCOSAMERON

OU

HISTOIRE

D'EDOUARD,

ET

D'ELISABETH

qui paſſèrent quatre vingts un ans chez les
Mégamicres habitans aborigènes du Protocosme
dans l'intérieur de notre globe, traduite
de l'anglois par

JACQUES CASANOVA

DE SEINGALT VÉNITIEN

Docteur ès loix Bibliothécaire de Monſieur le comte
de Waldſtein ſeigneur de Dux Chambellan
de S. M. J. R. A.

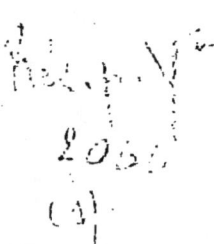

A Prague à l'imprimerie de l'école normale.

Altera nunc rerum facies, me quero, nec adsum:
Non sum qui fueram, non putor esse : sui.

O prima infelix fingenti terra Prometheo!

Ille parum cauti pectoris egit opus.

Corpora disponens, mentem non vidit in arte;

Recta animi primùm debuit esse via.

Propert L. 3. E 5.

A Monsieur

Monsieur le Comte de

WALDSTEIN

Seigneur de Dux, et d'autres seigneuries
Chambellan de S. M. I. R. A.

Monsieur le Comte

*P*ersonne au monde n'est en état de
décider si cet ouvrage est une histoire, ou un roman, pas même celui qui l'auroit
inventé, car il n'est pas impossible, qu'une
plume judicieuse écrive un fait vrai dans
le même tems qu'elle croit l'inventer, tout
comme elle peut en écrire un faux étant
persuadée de ne dire que la vérité. De
cet antécédent on peut faire une induction.
On ne pourra sans preuve évidente ni nier
un fait quelconque, ni y ajouter foi.
L'homme qui lit doit se mettre à son aise,
& croire vrai tout ce qu'il trouve vraisemblable, & faux tout ce qui choque sa rai-

fon. Ainsi, Monsieur le Comte, fi vous trouvez que ce que ce livre contient n'est pas impliquant, croyez-le hardiment, & vous n'y perdrez rien, d'autant plus que ce qu'il dit de bon ne dépend pas de l'historique. Tel par exemple est un livre anglois nommé Vie de Robinson Crusoë: on ne le regarde comme un roman que parcequ'on n'a pas des preuves convaincantes qui constatent fa réalité en qualité d'histoire; mais en qualité de roman il est encore plus estimé. Il y a trente cinq ans que Monsieur du Clo historiographe de France me dit, que l'histoire de la conjuration de Venise écrite par l'abbé de S. Real ne pouvoit être regardée que comme une fable, car personne ne favoit d'où il pouvoit l'avoir tirée: je lui répondis, que la maxime pouvoit être bonne, mais que tout de même la conjuration en question n'étoit pas moins histoire; &, qui plus est, très exacte.

Si l'Icosameron, monsieur le comte, que je vous présente, est une histoire, vous apprendrez que le monde intérieur est le Paradis terrestre, ce même jardin d'Eden, dont nous ne pouvons pas révoquer en doute l'existence réelle, malgré que son local nous soit inconnu. Quelques favans ont déjà

dit qu'il pourroit se trouver dans l'intérieur de nôtre globe, mais personne n'est
allé le chercher ; & les juifs, & les chrétiens
dûrent chasser toujours loin d'eux le projet
de le découvrir, puisqu'ils sûrent, & savent, que Dieu mit à sa garde des chéru-
bins armés de feu pour en défendre l'entrée   Genèse C. III.
à qui que ce soit.   Pour ce qui regarde la   V. 24.
curiosité d'aller le chercher dans l'intérieur
de la terre, il se peut qu'on ait eu peur de
trouver, au lieu du paradis, l'enfer ; car
plusieurs prétendent que c'est là sa place :
Tertullien n'en doute pas, & S. Augustin
est du même avis, & ajoute que le feu central existe par un miracle de Dieu : de
cette façon il rend vaine l'objection de
Swinden, qui dit, que dans le centre de
la terre il est impossible que la quantité
de nitre nécessaire à entretenir ce feu se trouve : il décide avec une science profonde que
l'enfer ne peut être que dans la vaste concavité du Soleil, malgrè que le roi David
ait dit tout le contraire.   En quelque façon que ce soit nous pouvons avec cette histoire à la main raisonner là-dessus, & dire
hardiment sans faire aucun tort à nôtre
religion, tout ce que la raison, & le bon
sens nous suggèrent.   Les clairvoyans, fiez-

vous à moi, ne fe moqueront pas de nous, & le bourdonnement de ceux, que Pétrarque appelle gente cui fi fa notte avanti fera, n'aura pas la force d'interrompre nos discours. Nous ne prétendrons pas, fottement orgueilleux, de parvenir à la certitude, mais nous parviendrons à douter : vous favez que les plus favans entre tous les hommes font ceux qui font en état de bien douter : l'homme qui doute ne fait rien, mais en revanche il ne fe trompe jamais : une exiftence penfante circonfcrite de matière ne peut se dire fûre de rien. Nous pouvons néanmoins raifonner. Heureux ceux auxquels la raifon peut fervir d'amufement.

Si Dieu a créé notre terre pourqu'elle fût habitée, eft-il vraifemblable qu'il ait voulu que fa partie habitable fût fa furface extérieure, & qu'il l'ait préférée à fa concavité intérieure ? Non. La ruche n'eft pas faite pour que les mouches à miel foient logées fur fa fuperficie extérieure : la coquille teftacée contient l'animal dans fa partie interne ; & l'ame, l'efprit, les fiéges des paffions, & des vertus ne furent pas placées par le créateur fur l'homme, mais dans l'homme ; excepté les Sarmates, dont la vertu étoit felon Tacite veluti extra ipfos. *Le fameux noyau de la terre, dont tant de philofophes ont parlé à tâton, eft une exiftence néceffaire, & ne peut être que fa partie habitable, faite par Dieu pour que nous y habitions à perpétuité : c'eft le jardin d'Eden d'où Dieu défobéi nous a chaffés. S'il eft écrit qu'il nous a mis dehors, nous étions donc dedans : & le dehors de tout dedans ne peut être que fes murailles, fon écorce, fa circonférence extérieure. Devenus donc indignes d'habiter là dedans, tombés en fufpicion d'ofer auffi gouter de* Genèse C. III. *l'arbre de la vie, pour nous rendre par* V. 22. *là immortels, Dieu condamna notre race réfractaire à fe loger fur les murailles du beau jardin. Nous y voilà. Ce qui me furprend eft que nous nous foyons toujours appellés habitans de ce monde pendant qu' effectivement le terme d'habitans ne nous convient pas : il ne peut pas appartenir à des êtres expulfés : nous ne fommes que les légitimes, & vrais colons de la furface extérieure du globe terreftre, qui étant, comme de raifon, convèxe, vous me permettrez de dire que nous y rampons. Il eft vrai que nous nous fommes diftingués, nous avons fu tirer parti de tout, & faire d'affez belles chofes fur cette ingrate* terre qui semble faite plus pour être inondée, & habitée par des poissons que pour loger des hommes. Nous nous sommes signalès par des superbes travaux : nous avons labourè des terroirs fort indociles, serrè entre des bornes plusieurs rivières, ecartè des mers par des digues, dessèchè des marais, percè, & applani des montagnes, fait des chemins, bâti des villes, mis en honneur, & en grande majestè l'architecture, visitè des terres dans leur profondeur respective pour en extraire des métaux, nous les avons, pour ainsi dire, éventrèes : nous avons inventè la chymie, les arts, & jusqu'aux sciences ; nous avons fait des loix, mis en horreur le crime, & en triomphe la vertu : nous nous sommes mis en état d'être convaincus par nous mêmes de la divinitè de notre gènie, & d'aller par là, par le plus court, par le plus droit de tous les chemins, à la contemplation de la toutepuissance, & de l'inconcevable grandeur du Créateur. Dieu doit s'être, pour ainsi dire, réjoüi en voyant le bon usage que nous avons su faire de l'informe présent qu'il nous a fait en nous punissant. Dans le même moment qu'en considérant notre terre nous la trouvons belle, pouvons-nous

nous empêcher de réfléchir, que si elle est
belle, c'est nous qui l'avons rendue telle ?
Oui, c'est nous ; mais cette pensée, au lieu de
nous énorgueillir, doit nous exciter à remercier celui qui nous a fait capables de
briller au milieu de tant de misères.

Au milieu de tout ceci, en prenant
toujours nôtre parti, nous nous sommes faits
à toutes les misères de cette vie dans nôtre
habitation, qui effectivement n'est qu'un
exil, & nous nous y sommes accoutumés au
point, que la plus grande partie de nous
autres ne trouve pas étrangères à son
bonheur ni les maladies auxquelles nous
sommes sujets, ni les pestes, ni les guerres,
ni les famines, ni les inondations, ni les
tremblemens de terre, ni la puanteur des
brouillards, ni les foudres du ciel, ni la
violence des vents, ni les influences pestilen-
tielles de la canicule, ni les grandes cha-
leurs, ni les froids excessifs, ni les bêtes
féroces prêtes à nous dévorer, ni les insectes dont l'air fourmille, & qui, s'il est vrai
qu'ils naissent de nous comme les puces, les
poux, & les punaises, n'ont pas tort de
nous piquer les nerfs, & les artères pour
tirer de nous la nourriture que nous leur
devons. Il faut avouer que nous sommes

des bonnes gens, & de très facile compofition : presque tout le monde est fâché de
mourir, & plufieurs fouſcriroient volontiers à renaitre à ces mêmes conditions.

Ces malheurs, monfieur le comte, n'
exiſtent pas chez les mégamicres. Mais
vous me demanderez comment, s'il eſt vrai
que ce monde-là foit le Paradis terreſtre.
Edouard, & fa foeur ont pu y entrer,
malgré les chérubins gardiens, & la divine fentence de l'exil. Je peux vous fatisfaire là-deſſus en théologien philofophe.
Je vous dirai premièrement que Dieu ne
peut pas donner une fentence irrévocable,
& en ſecond lieu que le Créateur peut à
fa plus grande gloire, avoir permis qu'un
couple de nos mortels y aille & retourne
pour nous en porter des nouvelles, & pour
aider ainfi à l'affermiſſement de notre foi
toujours foible, & chancellante. Réflé-
chiſſez auſſi que le divin ouvrage de la
rédemption doit avoir détruit toute la mauvaife influence de l'odieux crime originel,
& que l'abfolution de la faute ne peut aller qu'avec la ceſſation de la peine. Edouard a laiſſé là cinq millions d'enfans, qu'en
quatre vingts ans il n'a jamais vu ni tomber malades, ni vieillir. Dieu a peut être

Anges qui, fe-
lon la ſignifi-
cation du mot,
doivent ref-
fembler à des
boeufs.

voulu leur reſtituer l'immortalité. Que ſavons-nous !

Venons à préſent aux mégamicres qu'Edouard a trouvé maitres de ce monde-là. Qu'eſt-ce que ce nouveau genre humain, dont nous n'avons jamais rien ſu, que perſonne n'a jamais ſoupçonné, qui ne peut pas être deſcendu d'Adam, qui n'entre pour rien dans la faute originelle, & qui par conſéquent n'a rien de commun avec l'incarnation divine ? Nous ſeroit-il permis de croire que ce pourroit être le genre deſcendant du premier couple que nous trouvons créé dans le verſet vingt ſixième du premier chapitre de l'infaillible Genéſe ? Le ſaint Eſprit ne nous en dit pas le nom : il nous fait ſeulement ſavoir dans le ſuivant, vingt ſeptième, que cet homme étoit diviſé en deux individus, dont chacun étoit mâle, & femelle marem, & fœminam fecit eos. Dans le verſet vingt-huitième, il leur dit : rempliſſez la terre, implete : vous ſemble-t-il que le mot remplir puiſſe ſignifier couvrir ? Appellerez-vous un œuf teint en verd, rempli de couleur verte ? Vous l'appellerez couvert. Dieu a créé les mégamicres, & nous auſſi, non pour que nous couvriſſions la terre, mais pour que nous

la rempliſſions, les premiers crées y reſtèrent, & nous fumes mis à la porte, Dieu
créa nôtre premier pére Adam après que
la première ſemaine s'etoit dèjà écoulèe.

Mais avant, monſieur le comte, que
je paſſe plus loin avec mes raiſonnemens, je
vous ſupplie d'obſerver, que malgrè mon
ſtyle affirmatif je ne prètens vous donner
que des conjectures. Je vous aſſure en même tems que quand même mes diſcours per-
ceroient au vrai, le plus ſévère examen ne
parviendra jamais à y trouver la moindre
aſſertion qui pourroit porter atteinte à la
foi dépendante des myſtéres qui forment la
ſubſtance de notre religion. Dieu donna
à Adam le précepte de s'abſtenir de manger du fruit de l'arbre de la ſcience du bien,
& du mal, & après cette défenſe il l'endormit, & par un magiſtère ſupérieur à
notre entendement il fit Eve, à laquelle il
faut ſuppoſer qu'Adam communiqua le précepte d'abſtinence qu'il avoit reçu de Dieu.
Cette création que nous trouvons dans le
ſeptième verſet du ſecond chapitre n'a rien
de commun avec la première qui nous eſt
annoncèe dans le vingtſixième du premier
par manière d'acquit; & dans tout le ſaint
livre il n'en eſt plus queſtion: l'hiſtoire du

péché originel eft la matière de tout le troifième chapitre. On ne doit pas trouver
étrange que la bible ne faffe plus mention,
nulle part du couple premier créé, puisqu'
elle eft le livre de notre religion, dont la
perfection ne dépend d'aucune néceffité que
nous fachions la moindre particularité fur
la première race : nous n'avons abfolument
rien à dèmêler avec elle. Je vous dirai au
furplus qu'il me femble ni convenable, ni
vraifemblable, que Dieu ait voulu faire la
partie intérieure de ce monde pour qu'elle
reftât vuide, & que nous pouvons fans le
moindre fcrupule la croire habitée.

Difpofez-vous en attendant à trouver dans le monde des mégamicres plufieurs erreurs vulgaires, car ils font hommes ; mais en revanche vous trouverez du
fublime dans toutes leurs doctrines qui regardent Dieu, fpiritualité, création, immortalité d'ame, dont vous trouverez in-
foutenable par fa nature même, la métemp-
ficofe, après laquelle tant de philofophes
errèrent. Vous y trouverez nos dogmes de
l'éternité, des récompenfes, des punitions
très bien raifonnées, l'homme jufte heureux
pendant fa vie, & après, & l'injufte toujours
malheureux. Vous y verrez la mort des mé-

gamicres *délicieuse*, *précédée de dixhuit mois de joye non interrompue*, *& la longueur de la carrière de leur vie fixée, connue, & égale à chacun. Vous y verrez souveraineté, & dépendance, & les loix en petit nombre*, *car il n'y a que les néceffaires au bonheur de l'homme*, *toutes non fufceptibles de gloses*, *qui ne fervent chez nous*, *qu'à les rendre plus obfcures. Vous y admirerez presque trois cens fouverains tous heureux en grace de l'éducation*, *dans laquelle ils apprennent qu'ils ne peuvent l'être qu'étant aimés de leurs fujets*; *& vous direz avec Térence* & errat longe —— qui imperium credat effe gravius, aut ftabilius vi quod fit quam illud quod amicitia adjungitur. *Vous y trouverez un genre humain*, *qui pour être parfait*, *& digne d'envie n'a pas befoin d'être divifé en deux fèxes*, *qui pour fe remettre en force*, *n'a pas befoin de dormir*, *qui fe nourrit de fon propre lait*, *& qui pour manger n'a pas befoin que la nature lui ait fourni des dents*, *os fans une certaine confiftence*, *& fouvent inégaux*, *qui*, *fur la fuperficie de notre globe*, *quittent les deux tiers des vivans avant même qu'ils parviennent à l'âge de la miférable vieilleffe. Vous trouverez là un jour perpétuel, un printems* très doux, jamais diſcontinuè. L'amour chez les mégamicres ne peut pas proprement être appellè paſſion, car c'eſt un ſentiment qui n'eſt ſujet ni à altération, ni à diminution, on peut l'appeller la vèritable ſubſtance de leur vie ; car toute leur vie n'eſt qu'un ſeul amour qui dure toujours avec le même feu quarante cinq de nos années, après en avoir employè trois pour s'allumer. Les deux individus qui forment un couple inſéparable, naiſſent pour s'aimer & meurent en s'aimant, & en s'entredonnant les marques de la plus vive tendreſſe jusqu' au dernier inſtant de leur exiſtence. Leur extinction ne peut pas s'appeller mort, mais un doux paſſage du même amour qui va devenir immortel dans l'éternitè. Nous devons être, ſelon les mots de l'ècriture, deux dans une ſeule chair : les mégamicres ſont un dans deux corps Vous y verrez avec quelque ſurpriſe des arbres, ſur lesquels ſe tenoit une innombrable quantitè de ſerpens, que notre héros, aidé de ſes nombreux enfans, détruiſit, en confondant la ſuperſtition, quoiqu'ils ne lui ayent pas donné motif de croire qu'ils fuſſent de la race de celui qui a trompè Eve, puisqu'ils ne parloient pas.

*Vous ferez grande attention, mon-
sieur le comte, à la langue des mégamicres, & vous la trouverez bien supérieu-
rieure à toutes celles que vous savez, car
c'est une vraie musique en prose, dont la
moelleuse harmonie n'est pas interrompue
par des consonnes : c'est une paraphonie continuelle, où l'intervalle d'un ton à l'autre
est le paradiazeuxis, mais avec une nuance
qui ne le laisse appercevoir qu'à l'ouïe la plus
délicate. La haute musique dépendante du
vaste contrepoint est leur poésie qui n'est
pas faite à des paroles comme chez nous :
elle n'entre pas dans le mégamicre par le
seul organe des oreilles, mais elle va en droit
chemin à l'ame, en passant par un sixième
sens que nous n'avons pas, & que Dieu a
voulu placer sur tout leur épiderme : elle
ne peut être produite que par des vrais
poètes, qui sont, comme chez nous, fort rares ; & elle dit à l'ame des mégamicres
des histoires entières qu'il n'est pas possible
de traduire par des paroles. Notre héros
Edouard, & Elisabeth sa sœur, & femme,
& ses descendans ne ressentoient en l'écou-
tant que la sensation, que la matière de sa
composition devoit exciter : joie, douleur,
étonnement, indignation, horreur, pitié, &*

attendriſſement, ſans qu'ils puſſent ſavoir
de quoi il s'agiſſoit. On dit que celle des
grecs excitoit le courage, une autre cal-
moit la colère, & une autre inſpiroit l'a-
mour; & je le crois puiſque la nôtre auſſi
égaie, attendrit, & fait pleurer, mais elle
endort lorſqu'elle eſt mauvaiſe, & elle l'eſt
ſouvent; car nos maitres de Muſique ne
ſont pas poètes, & nos poètes ſont des miſérables verſificateurs, qui ne ſavent pas
ſeulement ce que le beau nom qu'ils ſe donnent ſignifie. La danſe eſt chez les mégamicres dans la plus haute perfection: on
ne fait des complimens qu'en danſant; &
elle a la force de décéler la penſée de celui
qui les fait; & voilà le moyen ſimple par
lequel on eſt là à l'abri de l'adulation, du
menſonge, & de cette maudite diſſimulati-
on, que nous pourſuivons à croire louable,
& à la mettre même dans la catégorie des
vertus, pendant qu'elle n'eſt pour ceux qui
l'examinent bien que pure perfidie. Ci-
ceron nous dit, quò quis verſutior, & cal-
lidior eſt, hoc inviſior, & ſuſpectior de-
tracta opinione probitátis. Les mégamicres donnent tous leurs ſoins à la culture des beaux arts ; & les belles études
de ces heureux mortels ſont la Phyſique,

la Gèometrie sublime, les Mécaniques, &
la Jurisprudence : ils sont tous géogra-
phes, & musiciens : outre cela une ètud
exacte procure à ceux qui s'y adonnen
toutes les connoissances nécessaires au plu.
sûr progrès du commerce, bonheur de tou.
les peuples sociables, & source de l'indus.
trie qui ne peut être excitèe que par se
plus grande prosperitè.

   Etant impossible, monsieur le comte.
qu'un genre humain existe sans qu'il ait
besoin de se divertir en se procurant des
plaisirs, je vous dirai que ceux des mégamicres font la chasse sans tuer le gibier,
la pêche sans priver de leur libertè les
poissons, la nage qu'ils exercent avec des
privilèges qui nous sont inconnus, puisque
la nature les a douès d'une organisation intérieure qui leur donne comme aux poissons la facultè de respirer l'eau : les riches
ont des loges dans les rivières, que mon
original anglois appelle catiches, où ils
conversent ensemble en parlant par des
gestes un langage très éloquent avec une
rapiditè étonnante. Les courses à cheval
font l'amusement qu'ils préfèrent à tous
les autres, & le plus noble exercice des
grands dans les heures où ils vaquent : ils

domptent les chevaux, & les dreſſent, &
ils en poſſèdent de cent diffèrentes espèces,
entre lesquelles des volans, qui ne ſeront
cependant pas ceux qui vous plairont plus
que les autres, car ils n'ont autre intelligence que celle qui leur eſt fournie par leur
nature. Extaſiè enfin en examinant les
innocens plaiſirs des mégamicres vous
vous ècrierez o miſeri quorum gaudia
crimen habent! Vous trouverez là que
tous les ſavans en hiſtoire naturelle ſont
chymiſtes, tous les chymiſtes ſont apoticaires, & tous les apoticaires ſont cuiſiniers.
Vous verrez un Soleil central immobile,
cauſe de toute la nature de ce monde là,
une mèthode inaltèrable dans toutes ſes
productions, & dans ſes bienfaits: dont le
moindre eſt une pluye rouge comme l'eau de
toutes leurs rivières, qui quatre fois par
an mégamicrique, précédée d'un vent doux
humecte l'atmoſphère, non en deſcendant du
ciel, comme chez nous, mais en ſortant de
la terre en guiſe de jets d'eau: vous n
reſpirerez pas là un air envenimè de mau
vaiſes vapeurs ou agitè par des vents vio
lens, & ne marcherez pas ſur une terr
ſujète à des inondations qui détruiſent le
dons de Cèrès, & de Flore, & altèren

l'ordre qui rend riantes les fertiles campagnes,& délicieux objets de tous nos sens les arbres, les fleurs, & les herbes colorées des jardins.

On plaide, monsieur le comte, dans ce monde là, car les hommes diffèrent d'opinion, & aspirent à avoir raison par tout, mais vous n'y trouverez pas de guerre: vous n'en verrez qu'une purement accidentelle, que vous ne reconnoitrez pas pour naturelle à ce monde là, comme elle le seroit au nôtre, où ses preparatifs semblent concerner le premier devoir des souverains, qui cependant ont le rare talent inconnu aux mégamicres de la combiner avec une amitié réciproque dans le moment même qu'ils s'entrégorgent. Edouard qui chez les mégamicres fut l'auteur de cette guerre avoit raison: il seroit devenu en ne la faisant pas, la victime de la violence, & un anglois fait périr, mais non pas céder. Vous verrez ce que c'est qu'une véritable noblesse incontestable, & exempte de chicane, qui ne peut être que fille de la nature. Dans la punition du mensonge vous verrez le triomphe de la vérité, celui de la pudeur dans la nudité, & celui de la science dans la condamnation de la curiosité indiscrète, lorsqu' une interrogation impudente la décèle. La beauté de ce monde là vous fera connoitre que la belle Europe que vous avez vu n'est qu'une bigarrure, un habit informe composé de plusieurs morceaux d'étoffes magnifiques, dont l'un est incohérant à l'autre.

Ces heureux mégamicres, dont je vous ai fait une description assez imposante, sont, ne vous en déplaise, d'une fort petite taille : ils ne sont pas plus grands qu'une de vos jambes, aussi sont-ils appellés mégamicres, grands-petits, mais ils grandiront sous vos yeux, & vous vous ferez si bien à leur petit volume de matière, que vous finirez par trouver qu'ils sont plus grands que nous, & que leurs rois sont beaucoup plus majestueux que ceux des nôtres qui ont une taille de quatre coudées, si pourtant il y en a, car je n'en sais rien, & je ne vise à personne : ce qui fait la majesté d'un roi quelconque sont les vertus, la magnificence, & la justice alliée à la clémence : Qui piger ad pœnas princeps, ad præmia velox, quique dolet quoties cogitur esse ferox. La petite taille des mégamicres peut exciter vos réflexions sur la taille d'Adam, & d'Eve, qui selon

plusieurs anciens rabins étoient géans : remarquez qu' ils l' étoient effectivement relativement au couple premier créé. Vous
pouvez auffi avec le faint texte à la main
faire des réflexions fur une langue mufi-
cale qui parle à l'ame. Nous lifons qu'
Adam donna leurs vrais noms à tous les
animaux, noms qui ne dépendoient pas d'une
convention, mais qui les indiquoient précifément : or ces noms, & cette langue primitive font perdus : Noé même les ignoroit, car ils les auroit communiqués aux
poftdiluviens. Cette belle langue ne pouvoit être qu' une mufique, car nous ne
pouvons pas comprendre qu' un mot prononcé, comme nous le prononçons, ait la
force de nous faire concevoir la forme d'
un objet dont nous n'avons point d' idée ;
mais je conçois quoique par abftraction qu' un
chant peut avoir cette force, moyennant
cependant le fixième fens qu' Adam avoit
peut-être, & qu' il n' a pas transmis à fes
descendans parceque Dieu le voulut ainfi.

Genèse C. II.
V. 19.

Les mégamicres, monfieur le comte,
ont des vices, qui naiffent de l'abus des paffions ; mais vous verrez que ce ne font pas
des taches ; ce n' eft que de la pouffière.
Toutes les paffions des mégamicres font

faites pour les rendre heureux : elles font
comme les plantes venimeuses chez nous,
que l'art fait devenir médecines : il ne s'
agit que de bonne éducation, & l'homme
parvient à tirer bon parti de toutes : ni
fi parent imperant. Quelques riches mégamicres se laissent dominer par l'ambition, mais ils ne se trouvent pas condam-
nès à l'ennui dans leur vieil âge comme nous les voyons à Venise, à Rome, à
Naples, à Vienne. L'amour illégitime
aussi en rend malheureux quelqu'un, mais
il s'en corrige à force de voir que tout le
monde se moque de lui. Chez les mégamicres il n'y a qu'un sexe : étant tous
mâle & femelle, il est de fait qu'ils ne sont
ni mâles, ni femelles, & l'écriture les appelle ainsi pour nous faire comprendre que la
propagation ne dépend pas plus de l'un des
deux individus que de l'autre : ils sont
tous égaux, & tels sont chez eux tous les
animaux, & gardez-vous bien de les appeller hermaphrodites, car vous y attache-
riez une idée fort sale, & vous leur feriez
injure, puisqu'en vérité ils ne le sont pas,
& malgré que vous ne le verrez pas, vous
pourrez facilement vous le figurer, car
quoiqu' Edouard soit très chatiè dans son

ſtile, & qu' il ménage avec toute la dé-
cence la pudeur du lecteur il n' empêche
pourtant pas l'intelligent de comprendre
tout ce qu' il lui eſt néceſſaire de ſavoir.
La ſtructure d'un mégamicre préſente à
l' oeil un objet beau par conſentement uni-
verſel, & fait pour nourrir l'amour le plus
tendre: la propagation de l'eſpèce en eſt
une conſéquence agréable, mais elle n' entre
pour rien dans ce qui en fait les charmes.
Vous trouverez dans le monde intérieur la
pauvreté, mais point ſordide, & vous la ſouf-
frirez en paix lorsque vous verrez qu' elle
doit ſe trouver par tout où il y a richeſſe,
& vous ne condamnerez pas la richeſſe, lorsque vous la reconnoîtrez récompenſe de la
vertu, & du vrai mérite. Les mégamicres ont une ame, & une raiſon égale à la
nôtre, & ils ſont comme nous empatès de
chair ; ce n'eſt que leur nature qui nous les
rend ſupérieurs, & leurs moeurs dépendantes de leur éducation. Je vous préviens
que l'exceſſivement nombreuſe famille de
nôtre héros ne doit pas vous rebuter : Vous
n' y trouverez rien d' incroyable, ou d'ab-
ſurde, ſi vous liſez tout tranquillement,
& écartant de vôtre eſprit toute prévention, car la prévention corrompt la raiſon.

Actuellement, Monsieur le comte, il faut que je vous parle de la qualité du don que je vous fais dans le même tems que je le donne au public. C'est la traduction d'un manuscrit anglois, & je vous prie de me dispenser de vous faire voir l'original; car comme je ne suis pas bien fort dans la langue angloise, je crains trop la critique. Je vous fais présent de cet ouvrage, non pas en vous le dédiant, mais en vous le re-mettant comme un effet sur lequel vous avez un droit, car pour l'écrire j'ai em-ployé un tems, qui après l'honorable titre que vous m'avez donné chez vous, pouvoit être employé différemment. La ferme croy-ance où j'étois que la lecture de cet ou-vrage vous amuseroit, fut l'aiguillon qui dans l'espace de seize mois me fit parvenir à son terme.

En vous faisant un présent de cette espèce j'ai clairement vu que je ne pouvois m'exempter de le soumettre au jugement de tout le monde : je le livre ainsi à la merci, aux humeurs, aux caprices, & aux gouts fins, & baroques de tout l'univers; car je ne peux savoir si ce que je vous donne en vaut la peine, sans auparavant entendre ce qu'on en dira : pro captu lectoris habent sua fata libelli. *Un Curion dira avec l'ancien Térence* Nè iste magno conatu magnas nugas dixerit; *un autre soutiendra que je ne lui ai donnè le nom de traduction, que pour me ménager un fauxfuiant, un échapatoire à la critique des Aristarques, que je voudrois bien mériter ; mais pourvu que ce ne soit pas vous qui me disiez ce que le Cardinal Hippolite d'Este dit à l'Arioste, je souscris à tout. Vous êtes l'homme unique au monde qui ait pensè à arrêter mes courses au commencement de Septembre de l'annèe 1785 en me confiant votre belle bibliotèque. Je me suis fait dans toute ma vie un plaisir de ne jamais déterminer le lieu dans lequel mes os doivent devenir poussière, car ce me fut toujours un objet d'indignation, & vous avez su me faire envisager ma dissolution agréable dans le Chantilly de la Bohème, dans votre château de Dux.*

Je n'ai pas voulu, monsieur le comte, vous addresser mon livre par une fade dédicace que vous auriez méprisèe, car qu'est ce qu'une dédicace? Elles me déplaisent toutes plus encore que les oraisons funèbres, car celles-cy ont du moins le privilège de ne pas ennuyer leurs héros. Par

une dédicace formelle vous aurois-je honorè d'
avantage? Aurois-je par là procurè plus de réputation à mon livre, & un plus grand débit?
Ni l'un ni l'autre. Les hommes lisent les sa-
tires plus volontiers que les éloges : ils ont
raison : les meilleurs livres du monde sont
ceux qui sont les moins lûs, & qui se débiten_t
le moins : je ne voudrois cependant pas juge_r
par - là de la bontè du mien. En vous faisant une dédicace conforme à l'usage ordinaire j'aurois dû faire parade de vos illustres a-
yeux, & sans m'éloigner de la vérité j' aurois
dû parler particulièrement du célèbre duc de
Friedlande. Je n'aurois pas eu des difficultés
à faire l'apologie de sa conduite avec des docu-
mens très respectables, & à dèmontrer dans sa
fin tragique l'héroïsme de ses vertus, mais qu'
aurois-je fait par - là ? je n'aurois rien dit de
nouveau en ècrivant que son sang circule dans
vos veines, & que son portrait est le seul objet
cher à vos yeux, tableau unique que tous
ceux qui vous approchent voyent dans la
chambre où vous dormez. En vous rappellant
les funestes consèquences de sa valeur, je vous
aurois peut être dèplu, car sans l'héroïque
grandeur de son ame vous auriez un demi million de rente de plus, que le droit du plus fort a
enlevè à votre famille assez illustre même sans
lui.

Aurois-je dans ma dédicace parlé de vous ? Oui certainement. Comment s'en dispenser ? J'aurois dû dire que vous possèdez toutes les vertus, & vous m'auriez ri au nez, car vous en avez bien le germe dans l'ame, & dans le sang, mais vous savez que vous ne vous piquez pas de paroître au monde ni un exemple de chasteté, ni un modéle de modestie, ni un type d'humilité, & de patience. Vous n'avez pas la vocation de distribuer votre bien aux pauvres, ni la disposition de mourir par zèle de religion, ou par enthousiasme de patrie. Si j'eusse dû célébrer les vertus, que vous exercez effectivement, vous auriez dédaigné mon encensoir, car je n'aurois pu dire, si non que vos sentimens sont tous analogues à l'honneur, qui est vôtre idole, & dont vous êtes pètri : que vôtre maison appartient plus à vos amis qu'à vous même ; que la gayeté regne par tout où vous êtes, que votre esprit sait s'élever à la plus haute littérature, que les auteurs les plus difficiles occupent une grande partie de vos loisirs, & que vos plaisirs sont ceux qui ont mérité les éloges des plus grands gènies de l'antiquité. J'aurois loué à bonnes enseignes votre noble penchant qui vous déclare grand amateur de chevaux, & j'aurois célébré vos connoissances sur la nature de ce généreux a-

nimal ami de l'homme, & bouclier en guerre
des plus fameux héros. Il n'auroit tenu qu'à
moi de parler de Castor,& de son frère Pollux,
qui furent Déifiés unis plus encore par l'amitié que par le sang Castor gaudet equis, ovo
prognatus eodem pugnis. J'aurois pu dire
que l'antiquité en faisant leur éloge ne fut ré-
vérer en Castor une vertu supérieure à celle qui
le déclaroit le dompteur de chevaux par excellence, & qu'il fut placé à ce titre entre les
Dieux avec Pollux qui jouissoit du bonheur de
se voir le premier des athlètes Palmaque nobi-
lis terrarum dominos evehit ad Deos.

Telle étoit, monsieur le comte, il y a trois
mille ans la vertu : on la faisoit consister dans
le courage, dans la force, & dans la valeur
guerrière. Ce qui fait l'apothéose des
hommes aujourd'hui est tout autre chose,
& vous n'enviez certainement pas le sort des
Dioscures. Vous aimez les enfans d'Appollon
pour la gloire de la littérature, dans le même
tems que vous évitez l'harmonie séduisante de
leurs éloges, & vous méritez des panègyristes
en chérissant des amis, comme Auguste,& Mé-
cénas chérissoient Horace. Je vous honore,
comme je dois,& je vous supplie de ne pas croire que j'aie pensé à augmenter votre lustre
en vous adressant cette lettre: je n'ai pensé

qu'à vous donner un essai des sentimens que vous m'avez inspirés. Un nom comme le vôtre, connu de toute l'Europe doit être tout ce qu'il faut pour rendre mon livre respectable aujourd'hui : ce qui peut lui mériter une place dans la postérité ne dépend pas de vous : s'il n'y parvient pas, je me rendrai justice sans mendier des lâches excuses.

Vivez heureux, & pour l'être parfaitement suivez la plus sévère, la plus austère de toutes les écoles, les préceptes d'Epicure, le plus sage, le plus vertueux de tous les maîtres de l'antiquité : il vous instruira que vous ne pouvez l'être qu'en vous procurant des plaisirs, en excluant tous ceux qui n'en ont que l'apparence, & les autres qui portent avec eux des conséquences molestes *nocet empta dolore voluptas*; *la véritable volupté ne doit jamais devenir nuisible* : en même tems vous ne rejetterez pas quelque molestie passagère, lorsque vous l'appercevrez source d'un bonheur réel, car nous jouissons du présent, mais ayant toujours devant nos yeux l'avenir, quand même nous marcherions en reculant. Telle étoit la morale de ce grand philosophe, qui seroit arrivé au *non plus ultra de toute la* science s'il eut pu comprendre que les plaisirs des Dieux peuvent être indépendans de la ma-

tiére. Il ne put se figurer la substance spiri-
tuelle, parcequ'il ne put pas la concevoir capable de ressentir du plaisir : il ne put concevoir autres plaisirs que ceux qui dépendent des
sens, & il fit Dieu sensuel. Cette faute quoique
capitale n'empêche pas que sa morale ne soit
pure, & uniquement faite pour rendre l'
homme heureux

Pour ce qui regarde les moyens particuliers que vous devez employer pour acquérir toute la félicité, dont la vie mortelle est
susceptible, il n'y a personne qui puisse vous
les suggérer : vous devez vous en rapporter
à vous même, puisqu' il est impossible que quelqu'un connoisse ce qu' il vous faut plus que
vous même : procurez - vous donc le plaisir de
bien examiner : c' en est un, & bien grand.
La gayeté, que vous avez eu en partage de la
nature même, est quelque chose de si important, que vous devez employer tous vos soins,
pour la maintenir dans sa vigueur , puisque
je crois que vôtre santé en dépend. Ceux qui
diroient que vous êtes toujours gai parceque
vous vous portez bien, se tromperoient : il
faut considérer vôtre santé, non comme cause,
mais comme effet de vôtre hilarité, car l' hilarité est de l' esprit, qui a beaucoup plus d'influence sur les corps que le corps n'en a sur lui.

Tout vôtre bien-être dépend donc de vous même; vous êtes le maitre de vous élever au comble du bonheur, & de vous maintenir en état d'en jouir; & de rire de tous ceux qui en révoqueront en doute la réalitè. J'ai l'honneur d'être avec toute la soumiſſion, & avec les ſentimens du plus tendre, & du plus reſpectueux attachement

Monſieur le Comte

Dux ce 20 Sept. 1787.

Vôtre très humble, & très obèiſſant ſerviteur
Jacques Caſanova de Seingalt.

COMMENTAIRE LITTERAL

SUR LES

TROIS PREMIERS CHAPITRES DE LA GENESE.

Gloria Dei est celare verbum, & gloria regis investigare sermonem. *Salomon.*

AU BON LECTEUR.

Tout est vrai dans la sainte écriture ; mais toutes les vérités qu'elle nous dit ne regardent pas la foi. Celles qui regardent la foi nous furent confirmées par l'église, & elles sont sacrées ; on ne peut y toucher sans crime. Celles qui regardent l'histoire, & la raison sont sujétes à interprètation, & ceux qui pensent être parvenus à les concevoir mieux qu'elles ne furent conçues par differens commentateurs peuvent sans nul scrupule les exposer au jugement des lecteurs chrétiens, mais toujours modestement , car il me semble impossible qu'on puisse réussir à bien traduire le moindre fait du saint livre, sans auparavant se dépouiller de toute espèce d'orgueil. St. Augustin dit : *Nonnulla verba scripturarum obscuritate sua hoc profuerunt, quod multas intelligentias pepererunt.*

Λ

La différence du génie de la langue de Moïfe au génie de toutes les autres langues, rend la Bible le plus difficile de tous les livres à la traduction. Il eſt inconteſtable que le meilleur de ſes commentateurs ſera le plus littéral, car la parole eſt le fondement de tous les ſens que nous pouvons trouver à tous les faits, dont laBible veut nous inſtruire. Il ne faut jamais s'en éloigner lorsque le moindre arbitre pourroit porter quelque altération à la matière, ou au ſujet que le ſage, & fidel interprète doit rendre toujours plus clair, & plus facile à l'intelligence du lecteur : il ne doit jamais faire devenir prodigieux, ou merveilleux ce qui eſt naturel, ni difficile ce qui eſt facile; & il doit ſur tout être exact dans la fidèle répétition du même terme lorsque l'original le répète, car le ſynonime eſt dangereux.

Apoc. XXII. 18.

Je ne ſuis point théologien de profeſſion, auſſi j'écris ſans prétention, & avec toute la tranquilité qu'on doit avoir lorsqu'on veut diſcuter une queſtion pour établir une vérité théologique. Je ſuis un philoſophe, & en m'appellant tel, je prétens m'humilier comme le prétendoient Pythagore, & Platon. Je ſuis catholique romain, & malgré *inſaniente ſa-pientia* ie veux mourir tel : je ſuis par conſé

quent de l'avis de mon églife fur tout ce qui
fe trouve dans l'écriture concernant nos myftères , fans ceffer de me croire maitre de
fuivre les lumières de ma raifon fur les autres
vérités dont la parole de Dieu nous rend
compte en les abandonnant à notre intelligence. Le troifième chapitre de l'Ecclefiafte
contient ma doctrine, & fait non feulement
mon apologie, mais celle de tous les chrétiens
honnètes gens qui ne font ni rancuniers, ni
fuperftitieux , ni *ægroti veteres*. S. Jérome
ècrit à St. Auguftin *& in commentariis fecun-*
dum omnium confuetudinem varias ponere expla-
nationes, ut ex multis fequatur unusquifque, quod
vult. La vérité en fait d'hiftoire eft une
feule : plufieurs parmi ceux qui la cherchent
meurent fans l'avoir trouvèe, & ceux qui
croyent l'avoir découverte peuvent s'en fé-
ïiciter, mais fans prétendre triompher : c'eft
une divinitè qui pour ètre égale à un Dieu n'a
pas befoin d'être adorée : heureux ceux qui
après l'avoir apperçue la reconnoiffent , &
malheureux ceux qui adoptent l'erreur; mais
il n'eft donné ni aux uns, ni aux autres de
jouir de la certitude, tant que l'efprit fe trouve
enveloppè dans l'épaiffe matière qui l'hébéte,
et opprime.

J'ai écrit ce commentaire, non pas pour
prouver que l'histoire du monde intérieur,
est vraie; mais pour convaincre les chrétiens
qu'elle peut l'être à l'égard de l'écriture
sainte. Pour ce qui regarde les objections que
pourront me faire plusieurs savans physiciens,
je ne m'en mets pas en peine, & je les attens
de pied ferme. Voici ce dont il s'agit. Un
jeune anglois avec sa soeur tombèrent dans l'
intérieur de notre globe distant de notre surface de 92 milles, & demi d'Angleterre en
distance moyenne, car la rotondité de la terre n'étant pas juste, cette distance doit varier
par rapport au monde intérieur dont la sphé-
ricité est parfaite. Ces deux personnes y trouvèrent un monde éclairé par un astre, monde bien digne d'être préféré à cette pauvre
surface, exil d'Adam où nous rampons héri-
tiers de sa faute, & de ses peines. Ils trouvèrent ce monde là habité par une race d'
hommes entièrement différente de la nôtre
en nature, en forme, en moeurs; mais hommes, car doués de la faculté appellée raison,
qui seule distingue l'homme de la bête. Mon
projet donc est celui de démontrer qu'il n'
y a rien dans l'écriture sainte qui puisse prouver l'improbabilité de ce monde, ni de ce
genre humain là: mais cela ne me suffit pas.

Pareil à un guerrier qui las de s'être tenu long tems fur la défenfe, veut à fon tour obliger fon adverfaire à fe défendre, je veux prouver, que dans la Genéfe même on lit des paffages, qui peuvent perfuader plufieurs bons lecteurs que notre globe fut créé par Dieu principalement habitable dans fa belle concavité intèrieure, et que fes heureux habitans, que l'ouvrage appelle *mégamicres*, peuvent être les defcendans du couple homme que Dieu créa en même tems mâle, et femelle le fixième jour de la crèation ; lequel homme ne fut pas Adam.

Lecteur ne vous allarmez pas. Difpofez-vous, de grace, à lire mon commentaire avec un esprit de paix, et impartial. Ce monde intérieur fera peut-être le paradis terreftre, et les *mégamicres* ne feront point les préadamites, que S. Clement d'Alexandrie a cru qu'on pouvoit admettre, ni ceux du Peirera que l'églife a fagement profcrits. Ne vous attendez pas à des fophiftiqueries, à des altèrations de texte, & encore moins à des fauffes citations, car je fuis honnète homme par caractère, & par la grace de Dieu chrètien foumis à l'églife romaine : je fuis vieux, imbibé de la doctrine des deux teftamens, et faoul de la lecture des commentateurs, comme je vais vous en donner un petit eſſai.

Soyez indulgent vis-à-vis de mon ſtyle; mais n'ayez aucune pitié de mon jugement ni de ma dialectique: rejettez moi avec indignation ſi vous me trouvez captieux, ou de mauvaiſe foi. Souvenez vous, je le répète, que je ne prétens pas prouver la vérité, mais la vraiſemblance des propoſitions que j'avance, et que bien loin d'aſpirer à la vaine gloire d'en impoſer aux ſavans j'oſe mettre mes lumières à leurs mêmes pieds, ſûr que je ne m'attirerai ni les cenſures de l'égliſe, de laquelle je veux toujours dépendre, ni la réprobation d'aucun collège de théologie reſpectable. La nouveauté de mes interprétations ne fera rire perſonne, car ce que j'écris n'eſt pas fait pour aller ſous les yeux de l'ignorance.

Je prie ceux qui font la cauſe que j'expoſe ce commentaire au public d'être perſuadès, que ce qui m'excite n'eſt ni un esprit de vengeance, ni une fumée d'orgueil, mais un déſir ſincère de voir mes très chers frères en Dieu, délivrés de certaines entraves, qui mettent par un faux zèle de Religion, des bornes nuiſibles à la belle lumière de leur raiſon.

CHAPITRE PREMIER.

Versets 1. 2. 3. 4. 5.

"Au commencement Dieu créa les cieux ;
"& la terre. La terre étoit informe, & de
"nulle importance, & les ténébres étoient fur
"la fuperficié de l' abyme , & l' esprit de
"Dieu couvoit fur la furface des eaux. Alors
"Dieu dit : Lumière parois : & la Lumière pa-
"rut. Et Dieu vit que cette lumière étoit
"bonne ; & il fépara cette lumière des ténè-
"bres. Et Dieu appella la lumière jour, &
"les ténébres nuit : & du foir, & du matin
"fut fait le premier jour.,,

Le mot *créa* veut dire que Dieu a donné à notre univers une forme qu' il n' avoit
pas. On peut même dire qu' il n' en avoit
aucune. Telle eft la fignification du mot hébraïque *bara* & pour que nous l' entendions
dans cette acceffion , le Saint-Esprit nous dit
dans le verfet fuivant, que cette terre que Dieu
créa étoit avant cette création informe , & de
nulle valeur, ou importance. L' hebreu dit

Tohu-bohu : les anciens poëtes ont dit fort bien Cahos. Le prophete Jérémie se sert de ces mêmes paroles pour dénoter une province que les ennemis ont détruite. La matière étoit donc avant la création. St. Ambroise, & St. Basile dans leurs Hexaemeron, & presque tous les saints pères disent que Dieu a créé tout dans un instant. Cette assertion ne donne pas un démenti à la création successive détaillée par Moïse, qui la narre par degré pour donner à son peuple grossier une idée d'ordre, & pour lui insinuer le respect qu'on devoit au septième jour.

Pour traduire à la lettre la version hébraïque de ce premier verset, il faudroit écrire *les Dieux créa* את ברא אלהים, mais tout le monde a sû, et sait que c'est une faute ordinaire du style hébraïque. Aucun des saints pères interprètes ne s'est jamais avisé de se servir de ce barbarisme pour donner un argument en faveur de la croyance du mystère de la très sainte Trinité. Les preuves que nous en avons viennent de sources pures. Ceux qui pour démontrer la vérité de ce grand mystère ont fait dire à la Genèse *Dieu créèrent*, avancèrent un mensonge, et il est absurde de vouloir prouver la vérité, qui est toute Dieu, par le témoignage du mensonge.

La fageffe de la plus grande partie des faints pères, trouva la Trinité de Dieu dans les deux premiers verfets *Dieux*, *Commencement*, *Esprit de Dieu*: c'eft une interprétation pieufe, à laquelle la vénération ne permet pas aux critiques de trouver à redire. *Tout l'univers étoit rempli de ténébres, et l'Esprit de Dieu couvoit fur la furface des eaux.* Couvoit eft la traduction littérale: elle eft métaphorique comme celle de la Vulgate qui dit qu' il étoit porté: l'entendement conçoit ce que le faint legislateur veut dire, et c'eft affez. Dieu étant immenfe, et par efprit devoit être également par tout; mais Moïfe parloit à des têtes, qui avoient toujours befoin d'images matèrielles. *Dieu ordonna à la lumière de paroitre, et elle parut.* Cette ordre eft un acte de la volonté du tout puiffant. Le fublime de ces paroles fut obfervè de tout le monde: il donne la véritable idée de la toutepuiffance; il nous la fait voir dans fon divin laconifme: il nous fait appercevoir l'inftant dans lequel tout peut avoir été créè. D'abord que Moïfe nous a dit que la lumière parut, il femble craindre que nous n'imaginions qu'il l'ait crèéè de *rien*; et bon phyficien il ne veut pas nous induire en erreur; car *de rien on ne fait rien*: il nous dit clairement qu'il fepara la lumière des ténébres, et qu'il l'appella jour, et les ténébres nuit, et qu'ainsi du soir, & du matin fut composé le premier jour. Si les ténébres ont précédé la lumière, le sage écrivain a raison de faire commencer le jour par la nuit.

Moïse en nous communiquant que Dieu fit la lumière en la faisant sortir des ténébres, qu'il nous présente, comme de raison, incréés, veut nous faire connoitre qu'il ne parle pas de la lumière du Soleil, puisque Dieu ne le créa que le quatrième jour, et nous ne pouvons supposer dans le divin législateur une inadvertence si grossière. Nous pouvons croire que Moïse selon son systême de physique croyoit que la lumière étoit dans l'air; mais qu'il ne falloit pas moins qu'un ordre de la toutepuissance pour l'en séparer. S'il est vrai que l'ordre de la création successive soit du génie de Moïse, je ne trouve pas invraisemblable qu'il ait eu ce systême, car quoique je ne me sente pas porté à l'adopter, il ne me semble nullement absurde. Remarquons que le saint prophète avoue tacitement que s'il est vrai que la lumière puisse être séparée des ténébres, il lui faut le magistère d'un Dieu. Pourrions nous concevoir la chose possible, si Moïse eut dit que Dieu

commença par créer les ténèbres ? Je crois
que non ; car une création de ténèbres nous
obligeroit à imaginer qu'avant leur création
la lumière exiftoit, ou qu'il n'y avoit *rien* ;
et *rien* en phyfique ne peut pas être préfup-
pofé, car il ne peut pas être conçu.

    Univers, matière, mouvement, et vuide
font quatre idées progreffives comme les quatre premiers chainons d'une grande chaine qui
embraffe toute la nature : elles viennent de
la première de toutes les idées néceffaires : cette idée eft *exiftence.* Ce n'eft pas le vuide
que la nature abhorre, comme les péripaté-
ticiens difoient, mais le *rien.* Le *rien* eft
impoffible : il eft impoffible d'en avoir une
idée pas même abftraite ; on ne peut pas le
concevoir ; il ne peut jamais avoir éxiftè ; et
Dieu même ne peut faire le *rien*, car le mot
faire importe quelque chofe, & *rien* n'eft
autre chofe que *rien.* Lorfque la fainte écriture dit *rien*, elle entend la privation de forme, et d'activité. Moïfe ne nous repréfente jamais Dieu créant, que fe fervant de quelque matière informe. Il prit de la pouffière pour créer Adam, et quelque chofe du
corps d'Adam pour créer Eve.

    Nous pouvons donc dire hardimen,
fans crainte d'offenfer ni Dieu, ni les hom-

nies, ni d' être cenfurés par l' églife, que Dieu feroit bien le maitre de réduire l' univers dans le chaos où il ètoit avant la crèation, mais non pas en *rien*. Nous pouvons défier la philofophie la plus profonde à nous définir le *rien* de façon à nous faire comprendre qu' il pouvoit exifter, car d' abord que nous avons admis fon éxiftence il ceffera d' ètre *rien*. Un bon philofophe a dit qu' on peut comparer le *rien* à la vifibilitè des ténébres fuppofèes univerfelles; les ténèbres préexiftentes univerfelles, dit il, dûrent ètre la privation totale de lumière: la raifon, et l' entendement les conçoivent, mais non pas vifibles, puifque comment pourroit-on les voir fans lumière? A fa préfence elles de-vroient difparoitre. Le *rien* également difpa-roit à l' examen que l' entendement de l' homme veut faire de la poffibilitè de fon éxiftence. Le moyen de fa difparition eft celui de refter *impoffibilitè d' inéxiftence.*

Dans cette démonftration de la pure raifon, de cette divine raifon qui nous qua-lifie d' hommes reffemblans à Dieu, nou nous trouvons frappés par une conféquence qui a un afpect étonnant. La voici. *La ma-tière eft donc infinie, & coèternelle à Dieu?* Il faut paffer par là : elle l' eft, & elle ne cef-fera jamais de l' ètre: elle n' a jamais eu de

commencement, & elle n' aura jamais de fin.
Cette vérité frappante n' eſt cependant qu' un
vain épouvantail, car elle ne doit, ni ne
peut diminuer en aucun point la gloire du
créateur ni le moindre de ſes divins attributs.
Dieu dans toute la grandeur de ſa nature, et
de toutes ſes qualités ſouveraines n' a pas beſoin que nous ayons recours à un impoſſible
pour le contempler, & lui Prêter l' hommage d' adoration qu' il exige. La coéternité de
la matière ne peut pas le dégrader; il eſt
impoſſible d' en ſuppoſer la création ſans pré-
ſuppoſer le rien; le rien ne peut pas être
imaginé, donc la matière eſt incréé. Mais,
diſent certains théologiens, comment peut on
donner à Dieu un compagnon, un co-princi-
pe, que Dieu lui même ne pourroit pas définir, puisqu' il n' eſt pas poſſible de bien définir quelque choſe ſans la comprendre parfaitement, et pour la comprendre parfaitement, il faut en connoitre le principe; et ſi
la matière eſt coéternelle à Dieu, elle n' a
pas eu un commencement, et par conſéquent
elle devroit être incompréhenſible, et indé-
finiſſable à Dieu même; et cela borneroit la
ſcience divine, qui ne pourroit plus être ſou-
tenue infinie. Fauſſe conſéquence, répon-
dons nous, qui vient d' un raiſonnement pré-

occupé par des fauffes fuppofitions. Pour
bien définir un fujet, il faut en favoir le commencement; je l'accorde, fi le fujet en a eu
un; mais la matière n'en a point eu, et elle
devra donc être définie fans commencement;
et quoiqu' indéfiniffable pour nous, elle ne le
fera pas pour Dieu, qui ne pouvant pas connoître fon propre commencement doit avoir
connu la matière dès l'éternité. Les mots
deux principes préfentent un phantome qui ne
peut allarmer que l'entendement d'un mauvais philofophe, car c'eft un menfonge.

Il n'y a qu'un feul principe; et ce
principe eft un Dieu immatériel, intelligent,
toutpuiffant; toujours agiffant, tout en lui
même, et la matière ne peut pas être appellée principe, car elle n'a pas de volonté. La
matière quoiqu' indépendante à l'égard de
fes qualités; et de fa propre nature n'a autre activité que celle que la toutepuiffance
de l'esprit intelligent veut lui accorder. Elle
n'eft autre chofe que le *rien* qui exiftoit
avant la création. Peut on donner le nom
de principe au *rien* ? L'exiftence du chaos
fut-elle une difficulté pour Moïfe? La matière n'a commencé à pouvoir être confidé-
rée comme quelque chofe qu'à la création;
et le créateur eft Dieu. *Omnia fimul erant,*

accessit mens, eaque composuit. . . . Ce *mens* d' Anaxagore n'est pas une de ses *homœome-* *ries*, elle est Dieu. St. Augustin même cite ce grand philosophe. Aristote aussi dit que la matiére ne peut rien sans la cause effici- ente. Si la matière universelle avant la créa- tion existoit sans aucun mouvement, ce ne pouvoit être qu' un effet de la toutepuissan- ce de Dieu. Selon Platon la création n' est autre chose que l' ordre que le créateur mit à l' irrégularité du mouvement. Tertullien, St. Clément d' Alexandrie, St. Augustin, Teo- doret, & plusieurs autres sont partagés là dessus, mais aucun d' eux n' assigne un com- mencement à la matiére.

Toute matière en bonne physique est dépendante de son esprit naturel : cet esprit est agissant par lui même ; mais on ne peut pas l' appeller intelligence, car intelligence suppose volonté. L' esprit de la matière donc ne peut avoir eu que des effets nécessaires, dans lesquels la philosophie ne pourroit re- marquer aucun ordre, qui pût faire juger que la cause de ces effets ait dû être intelligente. Parmi ces effets de la matière, que l' hom- me contemple, il se trouve lui même : il s' examine, et se reconnoit intelligent. Il dit dans l' instant : je suis un effet de la matiére, et je me trouve intelligent, quoique l'intelligence ne soit pas une qualité de la matière: je suis donc une production de la matière sortie d'elle par l'ordre d'une volonté intelligente séparée de la matière par essence, et par nature, car *nemo dat, quod non habet*. Ce n'est pas la foi, mais la raison qui me fait trouver une preuve de l'existence de Dieu dans le moment où je ne cherche qu'à prouver l'incréation de la matière. L'univers infini est la maison d'un Dieu infini, comme mon corps chétif est la maison de mon esprit fini. Dieu ne peut pas sortir de l'infini, car l'infini n'a pas des bornes. Mon ame à la dissolution de mon corps restera dans sa parfaite essence, incorruptible par sa nature, et sujette à la loi du créateur. L'homme qui veut se maintenir fidel à sa religion ne doit faire des efforts que pour bien établir les objets qui regardent la foi; car celui, qui prend la foi pour guide dans les matières où la seule raison suffit, doit l'avoir moins vigoureuse dans celles qui sont au dessus de l'entendement, et sur lesquelles il ne faut pas raisonner, mais croire.

On me fit une question captieuse. On me demanda si je croiois que Dieu puisse se séparer de la matière. Je répondis que sé-

paration fuppofe union, et Dieu n'eft ni
uni à la matiére, ni ame de la matiére: il
eft par-tout; & même dans l'impénétrabi-
lité, fans ceffer de n'être que dans lui même,
étant pur esprit, fans nulle étendue, il eft
phyfiquement impoffible qu'il foit attaché
à la matière, comme l'ame l'eft à la bête.
Il ne s'agit donc pas de favoir fi Dieu peut
fe féparer de la matière, mais s'il peut n'-
être pas par-tout; & je répons qu'il ne le
peut pas; & tout comme il ne peut pas faire un autre être égal à lui même, il ne peut
pas non plus diminuer fes qualités effentielles.

Les trois premiers jours de la création
ne peuvent être que jours mefurés avec l'imagination dans l'idée que nous avons du jour
ordinaire, car le foir, & le matin n'a pu
réellement exifter fur notre furface avant la
création du Soleil.

On trouve dans les péres, & dans plufieurs interprétes, des avis fur la faifon dans
laquelle Dieu créa la terre. Tant d'inep-
tie eft incroyable, car Dieu doit avoir créé
la terre toute entière, & par conféquent dans
toutes les faifons. Plufieurs difent que ce fut
dans le printems, d'autres dans l'automne,
& ces deux faifons font favorables à ces ré-

veurs, parceque dans les équinoxes le jour
eſt de douze heures dans tous les coins du
monde, mais ſi on ne détermine pas le lieu,
il eſt impoſſible de décider la ſaiſon. Dans
quel ſigne du Zodiaque étoit le Soleil quand
Dieu l' a créé? c' eſt une queſtion qu' ils ne
font pas. Ces recherches viennent d' un fond
de frivolité. Le docte Petau après nous
avoir dit que Dieu créa le m̄ ͣ la nuit précédente un Dimanche, nous dit le quantième
du mois. Il me ſemble qu' il auroit pu dire qu' a coup ſûr c' etoit le premier de l'
année. On auroit ri, mais on n' y auroit
trouvé rien à redire. S' ils euſſent pu ſavoir
où Dieu créa Adam, ils auroient ſû où eſt
la porte du Paradis terreſtre.

SECONDE JOURNEE DE LA CREATION.

Verſets 6. 7. 8.

"D' abord Dieu dit: qu' une voute ſoit
"faite entre les eaux pour qu' elle ſépare
"ces mêmes eaux les unes des autres. Dieu
"fit donc cette voute qui diſtingue ces eaux
"qui ſont ſur la ſurface intérieure de cette
"voute, & les eaux qui ſont dans la région
"ſupérieure de la *voute*; & ce fut ainſi. Dieu
"donna à cette voute le nom de ciel; & ainſi
"du ſoir, & du matin ſe fit le ſecond jour.„

Dans ce second jour Dieu ne fit que cette *vonte*, à laquelle la vulgate, & presque toutes les traductions donnèrent le nom de firmament : le terme hébreu indique une étendue, & je l'appelle *vonte*, d'autant plus fidel au texte qui dit, qu'il plut à Dieu de donner à cette *vonte* le nom de ciel. Ce n'etoit donc pas le ciel proprement dit : lequel ciel avoit été déjà créé dans la journée précédente. Cette étendue donc à laquelle un arbitre absolu des interprétes donne le nom de firmament est appellée par moi *vonte* non seulement parceque le mot hébraïque peut le signifier, mais parceque je trouve ici la création de la partie interiéure habitable de notre terre, dont cette *vonte*, qui a une épaisseur moyenne de 92 milles anglois fépare les fleuves des eaux des mers, & des fleuves qui se trouvent sur notre surface. Une vonte qui fépare des eaux doit avoir des eaux péfantes sur la furface de desfus, & sur celle du desfous, car sans cela la voute ne pourroit féparer que les eaux du desfus ; la furface du desfous seroit couverte d'air : il faut donc inférer que non seulement la voute étoit folide, mais que dans l'intérieur de notre terre la gravitation est oppofée à la nôtre, comme il faut néceffairement qu'elle le foit

d'abord que Dieu l'a faite pour qu' elle foit
la partie principalement habitable de notre
globe. Nous aprenons de l'hiftoire des *mé-*
gamicres qu' elle eft telle, car les *mégamicres*
habitans du monde intérieur fe tiennent de
bout, & marchent fur leur furface concave
ut aquis rerum fimulacra videmus, comme nous
marchons fur notre convéxe. Il faut donc
croire que cette voute qu' on veut appeller
firmament malgré l'écriture, a deux forces
d'attraction, une deffus, & l'autre deffous
& cette fuppofition eft trés réguliére en phyfique, car ce qui nous fait graviter fur notre
terre, n' eft que la force dont nos philofophes placent la fource dans le célébre noyau
de la terre que perfonne n' a jamais vu, que
la raifon a démontré néceffaire, & dont l'
anglois Edouard nous donne des notices bien
amples. Selon ces notices l' attraction qui
nous fait pefer fur la terre, ne vient pas de
ce prétendu noyau, mais de cette même crou-
te, ou voute qui ne peut pas être le firmament. Cette double attraction ne part pas
de la force de la moitié de l' épaiffeur de la
voute qui feroit de quarante fix milles deffus,
& l' autre de quarante fix deffous, comme
nous pourrions nous figurer fans les notices
que l' anglois Edouard nous donne. L'at-

traction des *mégamicres* git dans une furface,
dont l'épaiffeur folide n'eft que de cent toifes: la nôtre doit fe trouver dans toute l'é-
paiffeur de la voute cent toifes rabattues. Je
dois avertir quelques-uns de mes lecteurs, que
lorsque j'allégue des circonftances tirées de l'
hiftoire des *mégamicres*, je ne prétens pas
augmenter par elles le poids des vérités que
je reléve dans l'hiftoire facrée; mais que c'
eft tout le contraire. Je me plais à trouver
dans la Genéfe des vérités, qui peuvent convaincre les bons lecteurs que l'hiftoire des
mégamicres peut, je le répéte, ne pas être un
roman.

St. Auguftin qui certainement n'avoit
pas d'idée du monde intérieur, dit abfolument que les cieux font tous couverts d'eaux,
& qu'il n'eft pas permis d'en douter : *Major
eft fcripturæ hujus auctoritas, quam omnis hu-
mani ingenii capacitas*, & St. Bafile eft de la
même opinion. Origéne fe diftingue & dit
que ces eaux font les anges. St. Cyrille les
croit eaux véritables, & bien pourvu de piété, & pauvre en connoiffance phyfique, il dit
que fans ces eaux que Dieu tient dans des
réfervoirs dans les cieux nous n'aurions jamais de pluye: d'autres difent que le créateur fe fervit de ces mêmes eaux pour en-

voyer le déluge. Laiffons en paix les péres,
& parlons, uniffant les lumiéres que nous avons
gagné par nos études à celles que nous pouvons inférer de ce qui nous eft communiqué,
quoique fous un voile fort épais, par le livre
de la vérité. Tout le monde verra que fi l'
hiftoire des *mégamicres* eft vraie, nous trouvons
la création du méchanifme de notre globe dé
taillée dans la feconde journée de Moïfe, &
que fi c' eft un roman, l'hiftoire indubitable
que le Saint-Efprit nous communique par la
plume du même Moïfe, nous démontre la
probabilité de ce même monde intérieur quand
même Edouard ne nous en auroit jamais donné aucune nouvelle.

TROISIEME JOURNEE DE LA CREATION.

Verfets 9. 10. 11. 12. 13.

"Aprés, Dieu dit : que ces eaux cou-
"lent fous les cieux dans un feul lieu ; & que
"l' aride foit vue; & ainfi fut fait. C' eft la
"terre que Dieu appella aride; & il appel-
"la mers, l' une, & l' autre de ces eaux : il
"vit que c' etoit bon. Dieu dit encore : que
"la terre pouffe des petites herbes, & des
"herbes portantes femence, & des arbres
"fruitiers qui portent des fruits de plufieurs
"efpéces, dont chacun aura fa femence fur la

"terre , & ce fut ainfi ; parceque la terre
"produifit des petites herbes , & des herbes
"ayant femence de plufieurs efpéces, & ar-
"bres qui portoient des fruits dans lesquels il
"y avoit femence chacun de fon efpéce ; &
"Dieu vit que c'étoit bon : & ainfi fut fait
"le foir , & le matin du troifième jour.,,

Moïfe dit que les eaux couvroient toute
la terre. Pourque cela réfifte en phyfique,
il faut s'imaginer la terre toute ronde, égale,
fans montagnes , & fans les concavités, qui
contiennent aujourd'hui les eaux de toutes
les mers. Il fe peut donc qu'à cet ordre
du créateur, les montagnes, & les concavités
fe foient formiées ; mais nous ne pouvons
pas paffer par-deffus les paroles fort claires
par lesquelles Moïfe nous fait favoir que
Dieu appella mers, les lieux où il a ordonné
que les unes , & les autres de ces eaux ail-
lent couler. Les eaux ne peuvent être que
les mêmes ; dont ce faint législateur nous
parle dans la création de la journée précédente. Il ne s'agit donc plus des eaux que
Dieu tient dans les réfervoirs du ciel , puisqu'on nous dit clairement dans le verfet
10me, que Dieu appella mers, les deux endroits où ces deux eaux allèrent fe réduire ; dans
l'hyppothéfe du monde intérieur, je deman-

de s' il refte encore quelque doute fur fa
pleine vraifemblance ; & je demande comment les interprétes n' ont pas compris par
cette révélation que la concavité intérieure
de notre globe eft habitable, & heureufe ;
je me veux du mal de ce que je ne l' ai pas
du moins foupçonnée avant que de lire l' hiftoire des *mégamicres* pendant que j' avois tant
de fois lû avec bien plus d' attention la Genéfe. C' eft l' orgueil des descendans d' A-
dam qui fut apparemment la caufe qu' on ne
s' eft jamais arrété à bien examiner ce paffage, qui ne peut qu' indiquer deux mers,
dont l' une, ou l' autre nous eft inconnue.
A-t-on placé l'inconnue dans le ciel qui couvre notre furface ? L' écriture ne l' auroit
pas appellée mer. Quel befoin avoit le créateur de faire couler les eaux du ciel dans un
feul lieu, pendant que Moyfe nous dit qu'
il ne les à raffemblées dans un endroit que
pour rendre la terre féche ? Ont-ils fuppofé
une autre terre dans le ciel ? Cette feconde
mer que nous ne connoiffons pas, & dont
l' écriture nous parle, ne peut être que dans
l' intérieur de la terre fur la voute qu' on
à mal appellé firmament ; & cela ne peut
être qu' ainfi, quand même l' hiftoire des
mégamicres feroit un roman. Les verfets

11. 12. & 13me parlent des herbes, & des fruitiers du monde intérieur, la chose est évidente.

Quand je pense que rien n' est plus facile à une tête qui a quelque teinture de physique, que d' imaginer que la terre étant ronde, l' existence des antipodes n' est pas sujète à doute, & que cependant on n' a commencé à les croire possibles que douze à quatorze siècles après le déluge, je dois pardonner aux interprétes s' ils n' ont jamais fait l' attention qu' ils devoient faire à des paroles qui indiquent un monde intérieur, & un genre humain, qui ne nous ressemble pas. Il faut ajouter que, sans certaines connoissances, qui ne sont pas communes, on est tenté de croire l' intérieur de la terre inhabitable par des hommes. Je démontrerai à sa place que cette terre que Dieu a orné d' abord d' herbes, & d' arbres fruitiers ne peut pas être celle où Dieu créa Adam, & où nous nous trouvons avec tous ses descendans.

QUATRIEME JOURNEE DE LA CREATION.

Versets 14. 15. 16. 17. 18. 19.

"Aprés, Dieu dit : Paroissez lumiéres "dans la voute du ciel pour faire distinction

"entre le jour, & la nuit, & pourqu' ils fo-
"ient fignes des tems, des jours, & des an-
"nées, & que ces lumiéres foient dans la voûte
"du ciel pour porter la lumiére fur la terre;
"& ce fut ainfi. Dieu a fait ces deux grandes
"lumiéres, la majeure, pourqu' elle préfide
"au jour, & la mineure, pourqu' elle pré-
"fide à la nuit, & les étoiles: & Dieu les a
"placées dans la voute du ciel pourqu' elles
"apportent la lumiére fur la terre, & pour-
"qu' elles préfident au jour, & à la nuit, &
"pourqu' elles faffent diftinction entre cette
"lumiere, & les ténèbres; & Dieu vit que
"c' etoit bien. Ainfi fut fait le foir, & le ma-
"tin du quatriéme jour. „

Ces fix verfets tous enfemble ne difent que ce qui fut dit dans le premier, avec
la feule différence que le premier parle de
toutes les fources de lumiére que Dieu a
crée, qui doivent être les aftres, & dans les
fuivans on ne parle que du Soleil, & de la
Lune. Il n' y aucune apparence que dans
cette création Moïfe prétende nous inftruire de ce Soleil qui, immobile dans le centre du monde intérieur, l' éclaire. Il a peut-
être entendu parler de cet aftre lorfqu' il
nous a annoncé la création de la lumiére.
Moïfe favoit certainement que le monde in-

térieur exiftoit , & il n' en ignoroit pas les principales circonftances : il ne faut pas en douter : ce ne pouvoit être que le jardin délicieux dont il lui fuffit d' avoir annoncé l' exiftence : il ne lui importoit guéres d' en communiquer les particularités aux defcendans d' Adam qui ne devoient pas y mettre les pieds. Il n' en auroit pas dit un feul mot s' il eut dû nous faire connoitre la perte qu' Adam fit en transgreffant le précepte du créateur.

Si Moïfe donne le nom de luminaire mineur à la Lune, ce n' eft pas une raifon qui puiffe nous faire juger qu' il ignoroit que la Lune reçût du Soleil la clarté avec laquelle elle préfidoit à la nuit : il le favoit peut-être , mais ce n' étoit pas là le tems de donner à fon peuple une leçon de phyfique. Rémarquons qu' en difant que ces luminaires étoient faits pour mefurer le tems, & nommément pour diftinguer le jour de la nuit, il fait voir que les jours antécédens n' étoient des jours qu' à l' égard de Dieu, qui pour les diftinguer n' a pas befoin de ces fignes. Nous obferverons auffi que d' une certaine façon il nous indique la création du tems : le tems n' a pu commencer à exifter qu' à l' apparition de la créature , car pour qu' il exifte, il

faut qu' il puiſſe être meſuré , & qu' effectivement on le meſure. Ce que l' on trouve de
curieux dans pluſieurs péres , & entr' autres
dans Origéne, & dans S. Clement d' Alexandrie
eſt l' opinion , que non ſeulement le Soleil,
& la Lune, mais que tous les aſtres ſont des
créatures animées comme l' homme , & non
pas comme les brutes, parcequ' ils les diſent
capables de mériter , & de démériter. St.
Auguſtin, St. Jérome , St. Iſidore, & St. Thomas ne ſont pas de cet avis ; mais ils diſent
tous que ce ſont des queſtions indifférentes
qui ne regardent point la foi. Ils n' auroient pas , je crois , traité plus rigoureuſement
quelqu' un qui auroit cru , & dit qu' il y a-
voit un monde intérieur , & un genre humain qui y habitoit , & qui ne deſcendoit
pas d' Adam. Il me ſuffit que ces quatre il-
luſtres ècrivains, colomnes de l' égliſe n' aient
pas trouvé, que, croire que Dieu a créé outre
Adam des autres créatures douées de l' uſage de la raiſon, ſoit une croyance contraire
aux devoirs que la foi nous impoſe. L' Ec-
cléſiaſte dit en termes bien clairs, en parlant
du Soleil: *Luſtrans univerſa in circuitu pergit*
ſpiritus. St. Jérome a écrit ſur la foi de ce
paſſage du St. Esprit que le Soleil eſt un
animal qui reſpire, & qui vit. David, &

Daniel nous difent que tous les aftres adorent Dieu : je ne fais pas quelle a été l'intention de ces prophétes ; & il faudroit la favoir, car l'intention fait tout. Peut-être
crurent-ils ces aftres habités par des créatures de Dieu raifonnables, & ainfi dirent-ils
que *les aftres adorent* au lieu de dire les habitans des aftres.

CINQUIEME JOURNEE DE LA CREA-
TION.

Verfets 20. 21. 22. 23.

"Aprés, Dieu dit : Eaux engendrez les
"animaux reptiles ; & oifeaux volez fur la
"terre vers la fuperficie de la voute des cieux.
"Et Dieu créa les grands poiffons, & tous
"les animaux rampans que les eaux engen-
"drérent abondamment fous différentes efpé-
"ces, & tous les oifeaux ailés dans toutes
"leurs efpéces, & Dieu vit que cela étoit
"bon ; & Dieu les bénit en difant : foi-
"fonnez, & croiffez, & rempliffez les eaux
"dans les mers ; & vous oifeaux augmentez
"fur la terre. Ainfi fut fait le foir, & le matin
"du cinquiéme jour.

La vérité fubftantielle de tout ce que
l'écriture fainte dit, vient du Saint Efprit ;

& c'est par les paroles de Moyſe que nous devons la concevoir : ainſi je crois que nous devons ajouter foi aveuglément au premier objet de ces paroles, qui eſt celui de nous faire ſavoir la vérité ; mais non pas aveuglément au ſyſtéme de phyſique que ces mêmes paroles nous indiquent, car il peut ne pas être de Dieu, mais de l'écrivain : cette réſerve ne peut pas préjudicier à la foi, car elle n'augmente, & ne diminue pas la vérité.

Nous croyons que la création conſiſte dans un ordre que Dieu donne aux eaux d'engendrer les animaux, dont l'eau eſt le principal élément, entre lesquels Moyſe met les animaux volatiles, auxquels Dieu, après les avoir bénis, ordonne dans le verſet 22e d'augmenter ſur la terre. Cette benédiction eſt toujours ſuivie de la formule : foiſonnez, & croiſſez &c. La bénédiction n'appartient qu'à Dieu. La bénédiction des hommes n'a aucune valeur à moins qu'ils ne la donnent avec la formule, que Moyſe dicte au grand prêtre Aaron, que le lecteur peut aller examiner : elle ne promet aux bénis que des biens temporels : les hommes n'étoient pas encore dans ce tems-la devenus contemplatifs.

Il eſt évident que les paroles que Dieu prononce à la ſuite de ſa bénédiction créent

l' inſtinct qui porte l' animal à ſa conſervation, & à la propagation de ſa propre eſpé-
ce : elles ne ſont pas addreſſées à la raiſon,
car l' écriture ne dit pas que Dieu ait créé
ces animaux à ſon image, comme nous verrons qu' il a créé l' homme. Finiſſons par
obſerver que tous ces animaux deviennent
créés, en vertu de l' ordre que Dieu donne à
l' eau de les produire & que l' eau ne fut pas
créée. L' air, ſelon Moyſe, ne produit rien :
Dieu eut ſoin de la création de l' inſtinct ;
mais il laiſſa le ſoin de la propagation à l'
inſtinct même. L' ordre que Dieu donne
aux oiſeaux de voler ſous la *route des cieux*,
& non *du ciel*, démontre qu' il entend parler,
non du monde intérieur, mais de notre ſurface, car dans le monde intérieur il ne peut
être qu' un ciel.

SIXIEME JOURNEE DE LA CREATION.

Verſets 24. 25. 26. 27. 28. 29. 30. 31.

"Aprés, Dieu dit : que la terre pro-
"duiſe les animaux en toutes leurs eſpéces,
"les animaux domeſtiques, & les réptiles, &
"toutes les bétes de la terre en toutes leurs
"eſpéces ; & ce fut ainſi. Dieu fit toutes les
"eſpéces de bétes de la terre, & toutes les
"eſpéces d' animaux, & tous les réptiles de

"la terre en leurs efpéces, & vit que cela
"étoit bon. Et aprés Dieu dit : faifons l'
"homme à notre image, felon notre reffem-
"blence, *qu' ils commandent* aux poiffons de
"la mer, aux volatiles du ciel, aux bêtes, à
"toute la terre, & à tous les reptiles rampans
"fur la terre. Ainfi Dieu créa l' homme à
"fon image ; à l' image de Dieu il l' a créé :
"*mâle, & femelle il les a faits.* Aprés, Dieu
"les a bénis, & Dieu leur dit : foifonnez,
"croiffez, & rempliffez la terre, & foumettez-
"la, & commandez aux poiffons de la mer,
"aux oifeaux du ciel, & à toutes les bêtes
"rampantes fur la terre. Outre cela Dieu
"dit : voilà que je vous ai donné toutes les
"herbes qui ont femence, qui font fur la fu-
"perficie de toute la terre, & tous les arbres
"dans lesquels il y a fruit d' arbre faifant fe-
"mence : ils vous appartiendront pour vous
"nourrir. A toutes les bêtes de la terre, à
"tous les oifeaux du ciel, & à tous les ram-
"pans fur la terre, dans lesquels il y a ame
"vivante j' ai donné les herbes vertes pour
"qu' ils les mangent ; & ce fut ainfi. Alors
"Dieu regarda tout ce qu' il avoit fait, &
"voilà que tout étoit extrêmement bon. Ainfi
"fut fait le foir, & le matin du fixième jour.

La création de tous les animaux de la terre confifte dans l'ordre que dieu donna à la terre de les produire : rien n'eft dit plus clairement dans toute la fainte écriture. La terre a produit par l'ordre de Dieu tous les animaux qui marchent, & qui rampent fur elle, ce qui démontre qu'elle auroit pu produire l'homme auffi ; mais l'homme n'eft pas un animal comme les autres ; c'eft Dieu qui l'a fait, & Moyfe ne nous dit pas comment, ni de quoi il l'a fait. Les interprétes difent qu'il s'eft réfervé à le dire dans le fecond chapitre, mais ils peuvent fe tromper, car ici on parle de la création d'un couple, & dans le fecond chapitre, on parle d'un homme appellé Adam, créé d'abord tout feul. Tout ce que l'écriture nous dit de ce premier homme eft qu'il étoit divifé en deux individus, dont, felon la pure fignification de la lettre, chacun put être mâle, & femelle. La phrafe eft plus intelligible en l'expliquant ainfi qu'en l'entendant de façon à fuppofer que l'un de ces individus fut mâle, & l'autre femelle. Le texte dit : faifons l'homme, & il dit d'abord *qu' ils commandent* : voilà le couple dans le mot *homme* plurier. La vulgate dit *qui præfit* qu'il commande, mais c'eft une faute

C

sans conséquence, car la vulgate dit d'abord *mâle & femelle il les a fait.* Mais pourquoi S. Jérôme, qui ne doit pas douter que cet homme ne fût un couple, met-il *qu' il commande,* au lieu de mettre *qu' ils commandent?* Je ne vois qu' une seule raison. Le saint interprète croyoit que cet homme étoit A-dam, & comme il savoit qu' Eve ne fut créée que quelque tems après, il crut que ce ne pouvoit être qu' une faute, & il l'a corrigée. Mais si le texte hébreu, les septante, & la Syriaque, que j' ai toutes sous mes yeux di-sent qu' *ils commandent,* pourquoi ce saint docteur a-t-il voulu pour cette fois se tenir à la Samaritaine? S. Augustin dit qu' il faut s' en tenir à la lettre, & je suis de l' avis de ce dernier.

Je trouve dans l' histoire des *mégami-cres* que chaque couple est composé de deux individus, dont chacun est mâle, & femelle; & s' ils n' existent pas, n' importe : il me suffit qu' ils puissent exister. Dieu créa ce couple à son image, qui lui ressembloit en qualité d' homme, & je ne doute pas qu' Adam n' ait eu le même privilège, car l' écri-ture me dit qu' il étoit homme aussi.

Dieu ne peut m' avoir donné autre res-semblance à lui que la dépendante de mon

efprit : ce ne peut être que la faculté de lier
des idées, faculté dépendante d'une raifon,
une raifon dépendante d'une ame, une ame,
qui quoique créée, la plus profonde philofophie ne me laiffe concevoir qu'immortelle.
L'univers infini eft gouverné par un Dieu infini ; mon corps mince amas de matiére eft
gouverné par moi qui en fuis l'ame dont
la fubftance fpirituelle fe trouve répandue dans
toutes fes parties. Cet esprit intelligent auquel Dieu m'a uni dans le même inftant qu'
il m'a créé ne peut pas être corruptible, s'
il reffemble au créateur : à la diffolution donc
de ma matiére, il doit s'en féparer pour
retourner à fon principe. Mon corps fini
eft le fiége de mon ame, comme la matiére infinie eft le fiége de Dieu, & comme
ce n'eft pas mon esprit immortel qui entretient mon corps vivant, mais l'esprit animal,
je reffemble à Dieu qui éxifte dans tout l'
univers fans en être l'ame. Si Moyfe ne s'
eft pas expliqué fur la nature de l'ame, ce
fut apparemment caufe de la difficulté qu'
il a prévu de faire comprendre la réalité de
ce fublime dogme à un peuple groffier, &
pour laiffer le mérite de le reconnoitre à ceux
qui étudieroient avec attention fa divine hiftoire. Dieu, j'ofe dire, devoit donner une

ame immortelle en partage à la feule créature qu' il n' a pas voulu produire par la terre,
mais qu' il a créée lui-même. Cet examen me
femble auffi important pour la foi, & pour
la religion, que tant de queftions de peu
d' importance, que les interprétes ont agité,
me femblent frivoles. La recherche de l'
endroit où le Paradis terreftre pourroit fe
trouver auroit été raifonnable, mais on eft
allé chercher des conjectures là, où il ne falloit pas en chercher. St. Auguftin reconnut
cette découverte pour fi difficile, qu' il eft
parvenu à dire que le Paradis terreftre étoit
peut-être fpirituel. Je trouve cette défaite
moins mauvaife que celle de ceux qui dirent
que les eaux du déluge doivent l' avoir détruit. Nous pouvons remarquer auffi que l'
écriture ne dit nulle part qu' Enock, & Elie
ayent été transportés dans l' endroit même,
où Adam demeuroit lorsqu' il commit le grand
crime. St. Auguftin avoue qu' il n' en fait
rien, & que nous pouvons croire Enock &
Elie là où nous voulons. Je dirai à fa place ce que je crois pouvoir croire fur le lieu
où ce Paradis peut fe trouver, lieu dans lequel on ne peut aller qu' en furmontant des
difficultés qui effraient la raifon; mais quoique l' hiftoire des *mégamicres* m' en parle,

je ne tirerai mes conjectures que de la Genèse.

Moyfe nous dit que Dieu bénit l'homme d'abord qu'il l'eut fait ; & qu'après l'
avoir béni, il lui dit : croiffez, multipliez,
rempliffez la terre; foumettez-la.

Cet ordre de croitre & de multiplier
ne fut donné ni à la raifon ni à l'arbitre de
l'homme, puisque nous trouvons ce même
ordre donné aux bêtes avec ces mêmes paroles, précédé de la bénédiction. Ce ne
peut donc être que la création de l'inftinct.
Mais ce précepte étant toutes les deux fois
précédé de la bénédiction, feroit-il permis
de croire que l'inftinct qui nous guide à
procréer pour la confervation de notre efpéce ne foit autre chofe qu'un effet de la
bénédiction de Dieu? Je crois qu'il eft permis de croire tout cela. J'oferai dire auffi
que fi l'ordre de croitre, & de multiplier
eut été donné par Dieu à la raifon de l'homme, & non pas à l'inftinct, le voeu de
céLibat feroit une fcélérateffe: car qu'eft ce
que la foible, & puérile raifon que le monde eft dèja affez peuplé, pour dire qu'il eft
permis à l'homme de faire ce voeu aujour-
d'hui? Ce n'eft pas vrai que le monde foit
affez peuplé, & quand même il le feroit, ce

ne font pas les affaires de l'homme : fon
affaire feroit celle d'obéir ; mais comme, je
le répéte, cet ordre ne fut pas donné à la
volonté, je tiens que le voeu de chafteté peut
être méritoire, car il vife à domter pour
l'amour de Dieu, & par la force de réfiftence, un penchant de la chair, qui n'eft
pas invincible, tant qu'on le prétend. La
philofophie ne comprend pas comment ce
voeu puiffe être cher à Dieu, mais l'églife
nous difpenfe de faire cet examen.

Je fais encore une obfervation. L'homme qui a prévariqué, & que je trouve créé
dans le fecond chapitre, n'a pas eu cette
bénédiction : pourroit-on croire que s'il l'eut
eue, il auroit prévariqué tout de même ?
Peut être l'a-t-il eue quoique le texte n'en
dife rien ; & dans ce cas la doctrine de Saint
Auguftin fur la grace vient à nôtre fecours : la bénédiction de Dieu n'à nulle
force fur l'homme, lorfque la volonté devient rebelle à la raifon.

Dieu ordonna à l'homme de remplir
la terre. Ce mot *remplir* qui eft traduit à la
lettre, ne peut pas fignifier couvrir, qui in-
diqueroit peupler la terre, comme nous voyons peuplée la furface, que nous couvrons :
remplir fignifie *combler* un globe dans fa con-

cavité intérieure, & c'est le langage que Dieu devoit tenir au premier homme, fait pour habiter dans la terre, & non sur la terre comme Adam, & nous, ses descendans, qui ne la remplissons pas, mais la couvrons.

On remarque que lorsque Dieu fit l'homme, il parle au pluriel, & dit *faisons*. Plusieurs pères croyent que Dieu créa les ames de tous les hommes possibles tout d'un coup avant que de créer l'homme. La raison donc de ce *faisons* peut être la présence de ces ames destinées à animer l'homme. Dieu ne leur dit pas de concourir avec lui à la création de l'homme, mais il dit *faciamus* en leur adressant la parole, comme s'il eut voulu qu'elles fussent témoins. Salomon, qui savoit tout, doit avoir cru cette préexistence des ames, lorsqu'il dit dans le livre de la sagesse VIII-19. *qu'il a eu le bonheur de rencontrer une bonne ame, & qu'étant bon par nature, il s'en est bien trouvé.*

Une grande quantité d'interprétes disent que Dieu se proposant de créer l'homme à son image, & à sa ressemblance il n'a pu que le faire raisonnable & innocent. L'innocent a toutes les vertus, & ignorant le mal, nulle notion par conséquent peut le lui faire distinguer du bien. Les saints pères di-

fent, que par fon péché, il a perdu la ref-
femblance à Dieu, mais non pas l'image.
Quelques-uns dirent que Dieu voulant créer
l'homme à fon image doit avoir penfé à la
figure de J. C. en qualité de premier des créatures, & ainfi cette image deviendroit matérielle. Cette interprétation me femble ti-
rèe par les cheveux, car quoique tout le futur foit préfent à Dieu, on ne comprend pas
pourquoi on veut nous inftruire de la difpo-
fition divine à l'incarnation, avant la trans-
greffion du précepte, faite par l'homme :
Cette penfée d'une théologie très fublime,
tend à nous faire concevoir la rédemption,
comme caufe du péché d'Adam, & non le
péché d'Adam, comme caufe de la rédemption. Je prens la liberté de rejetter cette
opinion trop fubtile, & point du tout néceffaire à ma foi, non pas à caufe que je ne
crois pas qu'Adam ait été le premier créé,
mais parceque je ne veux pas me donner des
peines inutiles, pour rendre obfcur, ce qui
eft affez clair. Il faut croire que Dieu le fils
voulut naitre de la vierge, fous les dépouil-
les d'Adam, & que s'il eut donné à Adam
une forme différente, la figure matérielle du
fauveur auroit été différente auffi ; & non
que Dieu fit l'homme comme le corps du

médiateur. Mais les théologiens ne font jamais fi contens que lorsqu' ils donnent une interprétation qui révolte la philofophie, à un fait auquel d' ailleurs ils pourroient donner une explication fatisfaifante, fimple, & moins qu' il foit poffible, éloignée de la nature. Le couple premier créé fut homme, & Adam fut homme; ils furent donc crèès tous les deux à l' image de Dieu. Nous lifons que ce premier couple fut crêè avec une autorité abfolue fur toutes les bêtes féroces, & même fur les ferpens : ce ne fut donc pas Adam, car nous n' avons pas cette domination : elles nous dévorent, elles nous empoifonnent, fi nous ne nous tenons pas fur nos gardes, mais cette raifon devient foible lorsqu' on me répond que l' homme a perdu ce privilège d' abord que le précepte fut violé. Nous trouverons des raifons plus fortes. Pourfuivons.

Si Dieu n' eut pas créé le couple dans un même tems, comment auroit-il pu d' abord lui dire : *croiffèz, & multipliez ?* Quelle néceffité avoit Moyfe de narrer fon hiftoire plus obfcurément, pour la faire entendre, & concevoir à un peuple qui avoit l' entendement fort dur ? Pourquoi Moyfe favant, & infpirè du Saint-Esprit, fe feroit-il mis dans le risque par une narration compliquée d'être noté de contradiction? Si l'on veut dire que la création, qui, selon moi, est la seconde, est la même que la première, il est certain que l'implication est évidente, & qu'on n'y paffe par-deffus, que parceque perfonne ne s'est figuré que l'intention de Moyfe étoit celle de narrer l'hiftoire de deux créations. Il faut encore remarquer que le filence que Moyfe garde fur ce que ce premier couple eft devenu, fut la caufe, que même les fages n'oferent la regarder que comme la même dont il nous parle dans le fecond chapitre. L'exiftence du monde intérieur, malgré l'hiftoire des *mégamicres*, ne paffera jamais pour réelle, que, lorsque Dieu permettra que le chemin pour y aller foit ouvert à tout le monde. Tout ce que des gens plus habiles que moi pourront faire, fera d'en établir la vraifemblance, en fermant la bouche de tous ceux qui feront des efforts pour l'impugner.

Platon, qui fut le plus grand philofoque de fon tems, & le plus favant pour être allé chercher les éruditions chez les peuples les plus cultivés de la terre, fait bien voir dans la théorie qu'il donne du premier homme, quelle fut la fource où il l'a puifée. Il faut

qu' il ait vu nos livres facrès, & qu' il les
ait étudiés. Il lut les circonſtances de la première création, & il trouva après celle d' A-
dam ; mais ne pouvant pas l' admettre comme feconde, parcequ'apparemment on lui aura
dit que toutes les deux n' en font qu' une, il
vit qu' on ne pouvoit pas non plus admettre
la femme créée après l' homme, qu'en donnant un démenti à la première annonce de la
création, qui démontre ouvertement celle d'
un couple. Que fit-il donc pour mettre à
portée de la raifon le fait en adoptant la
création d' Eve par la féparation d' une partie du corps de l' homme ? Il dut reconnoitre le premier couple pour mâle, & femelle, parcequ' il eſt annoncé pour tel ; mais
il l' imagina mâle & femelle, le tout dans
un feul individu ; & par là il nous donna fa
doctrine très fpécieufe fur les androgines, que
tout le monde lut avec plaifir, mais à laquelle perfonne ne fit férieufe attention. Plufieurs rabins furent de l' opinion de Platon,
avant lui, & après lui ; mais tous avec des
idées différentes, toutes éloignées de la vraifemblance, & d' une économie que le bon
fens peut trouver fans abfurdité convenable
à Dieu. Platon trouve la raifon de la fym-
pathie réciproque de l' homme, & de la fem-

ine dans l' union primitive des deux féxes dans un feul individu. Pour faire créer Eve, n' ofant pas admettre deux créations, il n' adopte pas l' extraction de la côte, mais interprètant l' hiftoire à fa phantaifie, il fait que Dieu fépare le premier homme androgine de façon que le féxe mafculin refta d' un côtè, & le féminin de l' autre; & voilà comment la femme, felon Platon, eut fa première exiftence. Ce grand philofophe ne peut avoir tiré ce monftrueux conte que de la Genèfe. Je crois la chofe évidente.

Le premier chapitre de la Genèfe finit par les paroles qui indiquent la fin du fixième jour, qui fut l' avant - dernier de la femaine de la crèation ; mais nous allons voir que, felon la vulgate, le texte hébreu, & plufieurs autres claffiques, Dieu ne termina la création que dans le feptième : ce que les interprètes trouvent fort commode, puifqu' ils donnent à Dieu le tems néceffaire pour faire Eve ; car ils ne peuvent pas admettre qu' elle ait été faite dans le même moment que l' homme.

CHAPITRE SECOND.

Verſets 1. 2. 3.

"Les cieux, & la terre furent donc ain-
"ſi parfaits, & chaque armée à eux appar-
"tenante. Et Dieu ayant rendu parfait dans
"le ſixième jour, tout ce qu'il avoit fait, il
"ſe repoſa le ſeptième de toutes les opérations
"qu'il avoit fait; & Dieu a béni le ſeptième
"jour s'etant repoſé ce ſeptième jour de tou-
"tes les choſes qu'il avoit crèès en les for-
"mant.

Je crois que dans ces trois premiers verſets, Moyſe parle du monde intérieur, puis
qu'il dit que tout y étoit parfait, & qu'il
n'y avoit plus rien à faire. Si la choſe ne
fut pas ainſi, Moyſe ne nous rendroit pas
compte dans la ſuite du beſoin que la terre
avoit de la pluye, & de quelqu'un qui la
cultivât, pour faire pouſſer les plantes, dont
Dieu n'avoit conſignè à la terre que les ſe-
mences.

Je dis que Dieu termina la création dans
le *ſixième* jour, ne m'en tenant ni à la vulgate, ni au texte hébreu qui diſent, dans le
ſeptième. Je m'en tiens au texte grec des ſep-
tante, au texte ſyriaque, & au ſamaritain.
L'égliſe m'en laiſſe le maitre, & je me ſers

de mon droit, parceque croyant que Dieu
fit le couple *homme* dans un même inftant,
je n'ai pas befoin d'empièter fur le feptième
jour, pour accorder à Dieu le tems néceffaire de faire Eve, que je crois faite après
Adam, & Adam même, crèe peut-être plufieurs femaines, ou mois après la première
crèation. Il eft fort poffible qu'on ait mis
dans le texte hébreu *feptième* à deffein de l'
accorder avec la crèation d'Eve qui femble
exiger une diftance de tems ; & le chaldèen,
& l'arabe ont fuivi l'hébreu. Je répète
que j'ai pour moi les feptante, le fyriaque
& le famaritain. Ceux d'entre les faints pères, qui difent que Dieu doit avoir crèe le
tout dans un inftant, exceptent la crèation de
l'homme, puisque la femme ne peut pas
avoir été faite avec lui. Ils font travailler
Dieu dans le feptième jour, & je ne leur demanderai pas pourquoi ils s'en tiennent plutot
à l'hébreu qu'aux feptante, car ils me rè-
pondront qu'en s'en tenant à la vulgate, ils
ne peuvent pas fe tromper, cela eft vrai, car
l'églife en répond ; mais je leur demanderai
comment ils peuvent trouver vraifemblable,
que Moyfe qui vouloit rendre le jour du fab-
bat refpectable jusqu'à la fuperftition, ait
pû faire que Dieu travaille dans le feptième

jour. Il dit qu'en ce jour, Dieu se repola. S'il se repola, comment peut-il dire qu'il a travaillé? & s'il a travaillé, comment peut-il dire qu'il se repola? Moyse savoit que la création d'Adam étoit une autre création, & ceux qui ont mis *septiéme* au lieu de *sixiéme* dans le texte même de Moyse, n'eurent garde de se la figurer.

L'écriture dit que Dieu se repola de toutes les choses qu'il avoit créé en *les formant.* C'est la traduction littérale du texte hébreu que je donne *créé en les formant.* Moyse paroit craindre qu'on prenne le mot *créé* pour *faire de rien :* il ajoute *en les formant* pour qu'on apprenne que la création de Dieu a consisté à donner à l'univers une forme, un ordre constant, & un mouvement réglé, qu'il n'avoit pas dans le chaos, & dans les ténèbres.

Versets 4. 5. 6.

"Ce font les générations du ciel, & de "la terre, lorsqu'ils furent créés ; dans lequel "jour Dieu fit la terre, & le ciel, & toute "production du champ, qui n'auroit jamais "été vue fur la terre ; & toutes les herbes des "champs, qui ne feroient jamais nées, par- "ceque Dieu n'avoit pas encore fait pleuvoir "fur la terre, & il n'y avoit aucun homme

"qui la cultivât, ou vapeur fortante de la terre
"qui arrofât toute la fuperficie de la terre. ,,

Le quatrième verfet confirme, que celles dont les trois précedens font mention,
font les générations du ciel, & de la terre;
qui eft le monde intérieur : & par les paroles *dans lequel jour Dieu fit la terre & le ciel,*
Moyfe veut indiquer nôtre furface : on voit
qu'il écrit pour être compris de peu de perfonnes. *Le ciel & la terre* eft le monde intérieur ; *la terre, & le ciel* doit être le nôtre:
le différent arrangement de ces deux paroles
n'eft pas cafuel : il eft dans le texte hébreu,
dans le chaldéen, dans l'arabe, & dans la
vulgate. Les feptante, le fyriaque, & le famaritain n'ont pas cru cette exactitude néceffaire, & ils eurent tort. Moyfe nous
a déjà dit que dans l'intérieur tout étoit achevé, & floriffant; il nous rend compte à préfent que dans l'extérieur tout ce qui avoit
été créé, étoit encore dans la terre ; parceque, dit Moyfe, Dieu n'avoit pas encore fait
pleuvoir, & il n'y avoit pas fur la terre un
homme qui pût la cultiver. Non certainement, dis-je, car l'homme créé étoit dedans
dans l'intérieur du globe, dont il nous a dit
que la terre étoit déjà floriffante. Les interprètes connus me diront tant qu'ils voudront

que ces paroles *il n'y avoit pas un homme qui pût la cultiver*, démontrent clairement qu'Adam fut le premier homme. Ils auroient raison selon leur supposition, si Moyse parloit ici du monde intérieur, & extèrieur tout enfemble ; mais il ne parle que de l'extèrieur qui est nôtre furface, fur laquelle on ne voyoit pas encore de verdure, parceque la pluye n'étoit pas encore tombée du ciel, & parcequ'il ne fortoit de la terre aucune vapeur qui pût l'arrofer, & parceque l'homme qui devoit la cultiver n'étoit pas encore créé. La vulgate dit: *Sed fons afcendebat è terra irrigans univerfam faciei terræ.* Peut-on traduire ainfi, lorfque le texte original dit tout le contraire ? On change le texte, & en le changeant, on fait que Moyfe raifonne mal; car voici ce qu'on lui fait dire: *la terre ne produifoit rien à caufe de la fécherefse, mais elle n'étoit féche nulle part, car une fontaine qui fortoit d'elle l'arrofoit toute, & par tout.* Appelle-t-on cela raifonner ? Peut-on fuppofer que le livre de la vérité puifse parler ainfi? Comment traite-t-on le jugement de l'écrivain? C'eft pourtant le même St. Jérome qui dit, *melius eft transferre quod dictum eft, licet non intelligas, quàm auferre quod nefcias;* le fingulier eft que ce changement ne fert à rien

qui vaille : contraire à la raison, il porte un
nuage à l'entendement du lecteur. St. Jérome apparemment ne trouva pas convenable
qu'Adam eut été créé fur une terre qui ne
produifoit encore rien. L'hébreu ne dit ni
fontaine, ni fource d'eau, mais *vapeur*, & il dit
qu'il n'y en avoit pas. Tremellius, & Ju-
nius, dont j'ai la verfion fous les yeux, trouvent dans le texte hébreu que la particule qui
précéde *vapeur* ne peut que confirmer la né-
gative. Le texte arabe dit avec clarté qu'il
n'y avoit eu fur la terre ni pluye, ni vapeur
fortante d'elle, qui pût l'arrofer. J'avoue
cependant que ce paffage dans l'original eft
un peu obfcur, & que les feptante mêmes
s'y trompèrent ; chofe incroyable ; car la raifon devoit fuffire, & fuppléer au défaut du
ftyle. La différence de la vulgate au texte
hébreu fe trouve dans le fens en cent endroits, mais c'eft celle que l'églife nous donne
& nous devons la fuivre fidellement dans tous
les fens qui font rélatifs à la foi : nous pouvons librement raifonner fur le refte.

Dans le monde des *mégamicres* il n'y
pleut jamais, comme il pleut chez nous : leur
pluye fort de la terre à chaque mefure d'un
certain tems, toujours invariable, & va fe
perdre en l'air où dans une heure elle fe dif-

fipe, & la lumière de leur Soleil retourne à
briller.

L'homme qui lit l'écriture fainte par
curiofité, & fans un esprit foumis perd fon
tems, & n'apprend rien. Celui qui la lit
pour la critiquer, eft indigne de la lire, &
ne connoit pas quelle efpèce de livre c'eft. Le
feul qui peut en profiter , & découvrir des
vérités fublimes eft celui qui la lit prévenu
que tout ce qu'elle dit eft vérité , & qu'on
peut en découvrir encore ; mais il s'agit de
l'étudier, car un mot mal compris, & qui
femble indifférent répréfente un autre fens ;
& ce qui femble dit le plus clairement renferme fouvent un fens caché, qui ne devient
connu qu'à celui qui s'y arrête. C'eft
une chofe décidée, que fans la foi, il n'eft
pas poffible d'être chrétien ; mais l'homme
fage ne doit pas placer fous l'empire defpo-
tique de la foi, ce qui peut être l'objet de la
raifon. Celui d'admettre tout par foi, fans
faire aucune diftinction de ce qui y eft ré-
latif d'avec ce qui ne la regarde pas, n'eft
pas le projet du zéle chrétien, mais de la pa-
reffe monacale. Nous devons laiffer aux Ma-
hométans l'exécution du précepte tyranni-
que de lire le livre de la loi, fans examiner
ce qui eft vrai, & ce qui eft faux. Les Turcs

favent que tout n'eft pas vrai, mais il ne
leur eft pas permis de chercher le moyen de
féparer le vrai du faux : pour être furs de ne
pas fe tromper, ils ont ordre de croire tout.
Je conviens pourtant qu'en matiére de religion, il vaut mieux croire tout, quoique
mêlé avec le faux, que de risquer, en ra-
battant, de mettre dans le nombre des menfonges des vérités effentielles ; mais le fage
fait, en dévoilant la vérité, éviter également
ces deux extrémités. Il doit favoir qu'il doit
faire tout ce qui dépend de l'étude la plus
affidue pour être à part de toutes les vérités
que l'écriture contient, car pourquoi le Saint-
Esprit auroit-il voulu qu'elles fuffent écrites,
fi ce ne fût, pourqu'elles devinffent connues
aux hommes ? Celui qui étudie la Bible doit
principalement s'arrêter fur tous les paffages
qui, à la première vue, lui paroiffent des
contradictions ; & il ne doit les quitter que
lorsqu'à force d'étude, il a trouvé que les
contradictions ne font qu'apparentes, car fi
on pouvoit vérifier, que dans la fainte écriture il y a une feule contradiction en matiére de foi, nôtre religion deviendroit dans
l'inftant déclarée fauffe.

Les théologiens qui difent, qu'un philofophe n'eft pas fait pour examiner les faints

livres de la religion, ne favent ce qu'ils difent. Un excellent philofophe eft fait pour connoître tout ce qui eft vrai, & qui peut être mis fous l'examen de la raifon; & tout théologien, qui ne fera pas bon philofophe, fera mauvais théologien. S. Auguftin a quitté le manichéifme en qualité de grand philofophe. Cette vérité eft la caufe de la rareté des bons théologiens, & une leçon pour le philofophe chrétien d'éviter le dialogue avec des gens qui fe croyent théologiens, parcequ'ils ont fait leur cours de théologie, & qu'ils portent un habit qui femble leur donner le droit de parler *ex cathedra* de tout ce qui concerne la religion. Le philofophe doit les laiffer en paix, & ne pas fe mefurer avec eux. Ils ne favent pas que l'empire de la foi ne peut légitimement s'exercer que jufqu'aux confins où la raifon perd fa jurisdiction. La raifon qui ne dépend d'aucun arbitre, faite pour fe rendre juftice, n'a befoin que de fes propres lumières pour fe prefcrire des bornes: elle s'arrête par elle-même, lorsqu'elle voit qu'elle ne peut plus paffer outre; & c'eft là que fa foi commence: & S. Paul n'a voulu dire que cela, lorsqu'il a dit que la foi doit être raifonnable.

Un favant théologien écoute avec attention une difficulté théologique qu' un philofophe lui propofe, ou une interrogation fur
une explication d' un paffage fcabreux de l'
écriture fainte, & le favant homme prend du
tems à répondre, ou, s' il répond, il donne
au philofophe un bon effai de fa prudence
dans fes éruditions, & ne décide qu'avec des
grandes circonfpections. Il n' en eft pas ainfi des petits théologiens : ils répondent d'a-
bord, & ils décident en donnant au philofophe, en échange de fes bonnes raifons, de
la fauffe monnoye : les moins infoutenables
font ceux qui, pour fe débarraffer, placent
la queftion parmi celles qui regardent la foi,
quoiqu' elle n' y ait aucun rapport. La facilité avec laquelle ils nient & affirment eft
étonnante. Le philofophe fe repent de leur
avoir parlé. Les infectes de la théologie ne
font jamais fi contens que lorsqu'ils renvoi-
ent un philofophe mal fatisfait de leurs réponfes ; & ils chantent victoire.

Je fais que la nouveauté de ce petit
commentaire pourra m' attirer des invectives,
ou des rifées, car les unes, & les autres furent toujours les chevaux de bataille de l'ignorance ; mais je fuis déjà difpofé à n' en faire
aucun cas : il me fuffit de n' avoir pas lieu

de m' attendre au mépris de la part de ceux
qui font faits pour en impofer.

"*Jéhova* Dieu forma donc l' homme de
"poufière de la terre: il foufla dans fes na-
"rines l' haleine de la vie : ainfi l' homme
"devint ame vivante.

Poufière, & *limon* font, en langue hébraïque, deux chofes différentes, & Moyfe
favoit l' hébreu. Quel befoin y avoit-il donc
de changer le texte? A-t-on prétendu faci-
liter à Dieu la formation du corps d'Adam ?
Pofitivement. Ils difent que pour faire des
modèles on ne fe fert pas de poufière. Ce
que je trouve fingulier eft que, fi dans le
texte hébreu, il y eut eu *limon*, on auroit
peut-être dit, que ce devoit être de la pouffière, car, puisque, Dieu n'ayant pas encore
fait pleuvoir, le limon ne pouvoit pas fe
trouver.

Dieu rendit d'abord l'homme ame vivante; le moyen dont il fe fervit dépendit du
magiftère d' un Dieu créateur ; & le foufle
dans les narines n' eft qu' une expreffion
figurée, & fort belle, faite pour procurer une idée fenfible à une conception matérielle, car Dieu ne peut pas foufler, quoiqu' il foit le maitre de donner à l'air le

même mouvement que lui donneroit un
souffle.

Verfets 8. 9. 10. 11. 12. 13. 14.

"Jehova Dieu avoit orné de plantes le
"jardin voluptueux à l'Orient, où il plaça
"cet homme qu'il venoit de faire : & Dieu
"avoit fait fortir de cette terre-là toutes for-
"tes d'arbres que la vue pouvoit défirer, &
"qui fuffent bons à la nourriture : il y avoit
"auffi dans ce jardin l'arbre de la vie, & l'
"arbre de la fcience du bien, & du mal. Le
"fleuve, qui venoit d'Edem ; pour arrofer
"ce jardin, fe divife, & fe dilate en quatre
"chefs. Le nom du premier eft Pifchon
"&c. &c. ,,

D'abord que l'homme fut fait ; Dieu
le transporta dans le jardin voluptueux, qu'il
avoit déjà orné auparavant de tout ce qu'on
pouvoit défirer. Voilà Adam dans le paradis terreftre, où Dieu ne l'a pas créé, & les
paroles de Moyfe ne laiffent pas lieu à une
interprétation différente. Mais cette defcrip-
tion du jardin d'Eden ne nous eft pas donnée par Moyfe pour la première fois : c'eft
une répétition ordinaire à fon ftyle, & à fa
méthode : la feule circonftance qu'il nous dit,
& que nous ne favions pas, eft des deux
arbres, l'un de la vie, & l'autre de la fci-

ence du bien, & du mal, dont il ne parle pas lorsqu'il conſigne au couple qu'il a créé le ſixième jour, toute la terre intérieure garnie d'herbes, & d'arbres. Cela démontre que pour faire germer la terre, & les arbres dans le monde intérieur, Dieu n'a eu beſoin ni de pluye, ni d'homme qui eut labouré. Dieu voulut en avoir beſoin apparemment pour ſeconder la nature, lorsque Moyſe nous parle de la ſuperficie convèxe, qui eſt l'extérieure, la même que nous habitons; celle ſur laquelle il créa Adam, celle qu'il lui fit quitter d'abord qu'il l'eut créé pour l'introduire dans Edem, qu'il avoit orné auparavant de plantes, & qui ne peut être que la terre qu'il conſigna parfaite en tout point au couple premier créé. De cette terre intérieure rendue complette dans tous ſes ornemens Moyſe nous parle dans les premier, ſecond, & quatrième verſet de ce même ſecond chapitre. Pour finir de prouver qu'Adam ne fut pas créé dans le paradis mais ſur nôtre terre; que Dieu le transporta dans le paradis d'abord, & certainemen avant que de créer Eve, puisque là où il la créa, il n'y avoit point d'arbre de ſcience & que le paradis ne peut être que la terre ſur aquelle Dieu créa le premier couple, je n' ai befoin que d'alléguer ce que je trouve dans Esdras : *Tu l'as introduit dans le paradis que tes mains avoient planté avant qu'il vint fur la terre.* Il n'eft pas poffible que le Saint-Esprit s'explique plus clairement, pour nous inftruire que l'endroit où Dieu transporta Adam n'étoit pas fur la terre où il l'avoit créé. Où étoit-il donc ? Il ne pouvoit être que dans l'espace intérieur : dans le monde que le livre des *mégamicres* nous repréfente beau, floriffant & préférable au nôtre en tout point, & dont la poffibilité réfifte, fi je ne me trompe, à toutes les objections que les plus favans théologiens, & phyficiens d'accord peuvent me faire.

Si l'on me demande pourquoi Dieu fit l'homme hors d'Edem, pour l'y porter d'abord qu'il l'auroit fait; je répondrai que Dieu peut avoir voulu le faire fur la furface extérieure de la terre, prévoyant que ce feroit cette terre-là que la faute originelle le condamneroit à devoir cultiver : il l'a créé fur cette terre à différence d'Eve, parcequ'il devoit, à caufe de fa faute, devenir par la mort la même pouffière dont Dieu s'étoit fervi pour le créer : il ne l'a peut-être introduit dans le paradis terreftre qu'en attendant que la pluie eût humectée la terre de

nôtre surface, & lui eût donné la force de
germer, comme aux arbres de pousser leurs
fruits. C'est ainsi que, par des *peut-être*, les
saints péres répondent fort sagement à plusieurs difficultés dépendantes de raisons de
conjecture, que les curieux leur font: je les
imite avec soumission ; car je me fais ces
questions à moi-même, & pour satisfaire en
même tems à ceux qui pourroient me les faire.
Ceux qui firent des recherches sur la situation
du paradis terrestre , furent trés nombreux;
car il faut, dirent ils , qu'il soit quelque
part ; & plusieurs raisonnérent assez judicieu-
sement, & avec des bonnes éruditions; mais
ils nous laissèrent tous dans l'incertitude.

Outre les autres beaux arbres qui ornoient le paradis terrestre, il y avoit celui de
la science du bien , & du mal, & celui de
la vie. Ceux qui disent que ces deux arbres
ne font qu'un même arbre font plus hardis
que moi: je n'ose pas les croire sur leur
parole; car l'écriture dit qu'ils étoient deux:
les interprétations qui disent moins, me déplaisent d'avantage encore que celles qui disent plus.

Si Dieu n'eut pas introduit Adam
dans le paradis, le *felix culpa*, *quæ talem ac
tantum meruit redemptorem*, n'eut pas existé.

Ce paſſage en exclamation veut presque nous indiquer que le crime d'Adam doit nous être cher.

Il eſt ſurprenant que, malgré que le ſaint écrivain nous narre la diverſité des actions de Dieu, la différence des lieux, & le transport d'Adam dans un endroit tout à fait différent de celui où il l'avoit créé, tout cela avant que de lui envoyer le ſommeil pour créer Eve, on pourſuive à croire Adam, & Eve créés enſemble; car ſi l'on veut qu'ils ayent été créés le ſixiéme jour, il eſt impoſſible de ſéparer la création d'Eve de celle d'Adam à ce point-là. Si Adam & Eve furent la création du ſixiéme jour, Moyſe qui n'employa que cinq verſets pour en faire la déſcription, auroit pu en employer vingt, plutôt que de bouleverſer l'ordre d'une narration divine. Ceux qui diroient que, ſi cette premiére création fût celle d'un autre genre humain, Moyſe en auroit dit d'avantage, ſe tromperoient, car Moyſe n'a parlé que de ce qui regardoit nôtre religion, & la race d'où devoit directement deſcendre Noé. Il a négligé de nous parler de tous les autres fils d'Adam, & des fils de ſes fils, dont le nombre dut être fort conſidérable; & le tout pour ne pas diſtraire l'attention

de fon peuple, de fon principal objet. Or
pourquoi auroit-il parlé du premier couple, dont les defcendans habitoient dans un
monde devenu inacceffible, defcendans, qui
n'avoient rien de commun avec ceux d'A-
dam, & qui, après l'exil de nos premiers
parens, ne pouvoient par nulle aventure
avoir rien à démêler avec ceux d'Adam?
Le peuple juif toujours *duræ cervicis* n'avoit
pas befoin de notices hiftoriques étrangé-
res à la loi qu'il vouloit lui donner, &
qu'ils trangrefférent continuellement par malice, & peut-être auffi par ignorance. Ce
fut peut-être la raifon qui lui fit écrire la
création fucceffive : il voulut leur alléguer
l'exemple d'un Dieu, pour leur infpirer l'
amour de l'ordre, & leur inculquer la fanc-
tification qu'ils devoient au jour du Sabbat.

Je crois auffi qu'on peut faire une remarque fur les paroles que Moyfe dit, &
répéte toujours que Dieu *a vu que ce qu'il
avoit fait étoit bon.* Il ne dit pas que Dieu
avoit vu que ce qu'il alloit faire étoit bon,
comme il convenoit à un Dieu ; mais il le
le lui fait dire après ; ce qui furprend un peu.
Mais celui qui ne prend cela que comme
une leçon n'eft pas furpris. Moyfe donne
par-là une excellente maxime de morale à

l'homme: il enseigne qu'après avoir fait quelque chose qui nous paroit bonne, nous ne devons pas nous en tenir à l'apparence; mais que nous devons nous rendre sûrs de sa bonté par l'approfondissement, par le sévère examen, & par l'expérience s'il le faut, car ce qui semble bon en théorie, n'est pas toujours bon en pratique. J'ai remarqué en un interprète trop pieux, & trop simple observateur des paroles *il vit que c'étoit bon* une pensée un peu comique: il dit que Dieu n'a pas vu que la femme fut quelque chose de bon, après qu'il l'eut créée, car l'écriture ne le dit pas. Voilà les bévues des interprétes, lorsque tantot ils prétendent n'être obligés à rien supposer, & tantot à supposer ce qui n'est pas nécessaire.

Les artifices d'éloquence pour parvenir à des conclusions de la plus grande importance sont communs aux prophétes de l'ancien testament. Nous voyons Josué qui, aïant besoin d'un très long jour, le demande à Dieu, en lui indiquant un moyen de lui accorder une grace, que, si Dieu eut suivi à la lettre, il n'auroit pas obtenu; mais le créateur ne peut pas écouter la parole, lorsqu'ils s'agit d'exaucer la prière, car la prière est du coeur. Dieu maitre de la nature dut arrêter la terre, & la lune, & exaucer ainſi la prière de ſon ſerviteur. Nous pouvons croire ſans crime, que hormis Adam, & Salomon, tout le peuple juif, & même leurs prétendus ſavans furent fort ignorans en phyſique; excepté cependant Moyſe auſſi qui avoit beaucoup voyagé.

Je ne parlerai pas de ce qui regarde la deſcription des fleuves qui arroſoient le paradis terreſtre : l'écriture nous en donne les noms, & les ſavans en ont dit tout ce qu'on peut en dire, quoiqu'il n'y ait pas un ſeul bon géographe qui ſoit ſatisfait de tout ce qu'on a dit ſur ce ſujet. Perſonne ne parle des fleuves de l'Amérique, ni de pluſieurs des Indes, ni du Danube, ni du Pô, ni du Rhin, ni d'une grande quantité d'autres qui peuvent fort bien ſortir de ſources ſouterraines, & qu'on ne trouveroit pas aſſez clairement dans les fleuves nommés du paradis terreſtre. Ce qui eſt frappant, eſt qu'ils ne voyent pas que le jardin d'Eden, pour contenir la ſource de tous les fleuves de nôtre terre, devoit être auſſi grand qu'elle, l'épaiſſeur de la voute rabattue.

Verſets 15. 16. 17.

"Prenant ainſi *Jehova* Dieu l'homme, il "le plaça dans le jardin d'Eden, pourqu'il

"le cultivât, & qu'il le gardât ; & *Je-*
"*hova* Dieu fit une prohibition à l'homme
"en lui difant : des fruits vraiment de chaqu'
"arbre de ce jardin librement tu peux manger ;
"mais du fruit de l'arbre de la fcience du
"bien, & du mal non. De ce fruit tu ne
"mangeras pas, car le jour que tu en man-
"geras, tu feras pour mourir. „

Moyfe nous dit que Dieu plaça l'homme dans le voluptueux jardin, pourqu'il
le cultivât, & le gardât. L'homme premier créé y étant déjà établi, Dieu pouvoit
y établir Adam auffi, & fes defcendans : l'
écriture ne nous parle pas des commiffions
qu'il peut avoir donné au premier.

Dieu fait ici à Adam la fatale prohibition de manger du fruit de l'arbre de la fcience, & ne lui parle pas de l'arbre de la
vie, d'où quelques faints pères tirent la conféquence, qu'il ne s'agit que d'un feul arbre. Fauffe interprétation, puisque Moyfe
fait que Dieu même parle de celui de la vie
dans le verfet 22me du troifième chapitre :
mais les interprétes très fouvent nègligent des
obfervations effentielles, pour ne pas fe priver de l'occafion de jafer. Je demande comment Dieu auroit pu défendre à Adam innocent de manger du fruit de l'arbre de la

vie fous la comminatoire de mort : s'il en
fût mort, l'arbre n'auroit pas été celui de
la vie, & s'il eut été de la vie, il n'auroit jamais pu lui caufer la mort. Ceux qui ont
opiné de la forte furent des hommes comme moi, & je peux donc démontrer leurs
bévues. Si l'arbre de la fcience eut été le
même que celui de la vie, le ferpent n'auroit pas induit Eve a en manger ; il n'auroit
pas été fi bête ; l'écriture nous dit que c'étoit
un fin rufé. Sur la nature de ce ferpent,
fur fa faculté de parler, fur l'intéret qu'il
avoit de damner le genre humain, je m'
enveloppe dans mon ignorance, & je dis que
fi ce ferpent n'étoit pas l'esprit tentateur, le
vrai diable, comme le penfe St. Cyrille, je
n'en fais rien.

C'eft le pauvre Adam que je ne trouve
pas fin, lorfqu'il donna dans le panneau ;
mais remarquons qu'il étoit en état d'innocence, & que pour tromper un innocent il
n'eft pas néceffaire d'avoir de l'esprit comme un démon. Si enfin nous devons reconnoitre dans le ferpent l'ange ennemi du
genre humain, je plains Adam, car la partie
n'étoit pas égale. Il eft vrai qu'Adam ne
fut pas trompé par le ferpent, mais perfuadé
par fa femme, ce qui démontre encore la

E

finesse de l'ennemi qui pour s'assurer la victoire prit un détour. Eve cependant, à moins que nous ne veuillions croire ce que l'écriture ne dit pas, ne peut avoir su cette prohibition que de son mari, car quand Dieu la lui fit, elle n'étoit pas encore créée.

Dieu intime à Adam la peine de mort en cas de désobéissance. Cette menace nous démontre avec évidence qu'Adam ne seroit pas mort, s'il eut pu se maintenir en état d'innocence. Le saint docteur Augustin ne peut pas avoir sur ceci des forts opposans, comme il peut en avoir sur l'immortalité des autres animaux non faits à l'image de Dieu. Adam sans son pèche auroit été immortel, car l'arbre de la vie étoit dans le paradis, & son fruit ne lui ayant pas été défendu, on peut supposer qu'il en auroit mangé lorsqu'il en auroit eu besoin.

Il faut même croire que Dieu lorsqu' il le menaça de la mort, avoit présent à son esprit le moyen, dont il se serviroit pour l'empêcher de manger du fruit de la vie. Le verset 22me: du troisième chapitre prouve ce que j'avance.

Versets 18. 19. 20.

"Dieu après avoir dit : il n'est pas bien "que l'homme soit seul: je lui ferai un aide

"commode à lui. Parcequ'ayant *Jehova* Dieu
"formé de terre toutes les bêtes des champs,
"& tous les oifeaux du ciel, & les ayant
"préfentès à Adam, pour qu'il vit comment
il les appelleroit, parceque quelconques ayent
"été les noms par lesquels Adam appella
"chaqu'animal, celui-là ètoit fon propre
"nom, & Adam ayant appellè par leur nom
"tous les animaux domeftiques, & tous les
"oifeaux, & toutes les bêtes des champs, A-
"dam cependant ne voyoit pas devant lui un
"aide à lui commode.

Le verfet dixhuit déclare clairement qu'
Adam ne peut pas être l'homme créé dans
le premier chapitre, car la création fut d'un
couple. Moyfe ne peut pas avoir été un de
ces écrivains comme nos modernes qui penfent après avoir écrit. Dieu fit Adam tout
feul à différence de tous les autres êtres ani-
mès, dont il doit d'abord avoir créé les deux
fêxes, & ne lui fit Eve qu'après avoir reconnu que feul il ètoit mal, & qu'il convenoit de lui donner un aide. Le premier
couple n'en eut pas befoin *mafculum & fe-*
minam creavit eos.

Le faint Législateur employe les deux
autres verfets à nous dire les raifons divines
qui déterminèrent Dieu à donner à Adam

un aide de fa compétence. Il nous dit qu'
il donna les noms à tous les animaux de la
terre, & aux oifeaux, & que les noms qu'il
leur donna étoient leurs noms.

Sur cette particularité les interprètes s'
en donnèrent à coeur joye. Plufieurs prétendent que la langue primitive eft perdue,
& que fans cela nous faurions ces noms èton-
nans qu'Adam très favant favoit; noms, felon eux, qu'il ne leur a pas donnè arbitrai-
rement, mais qui étoient les noms naturels
de ces bêtes, que nous ne connoiffons que
par des noms de convention. Ces noms, qu'
Adam devina d'abord qu'il vit ces bêtes, devoient contenir non feulement leur forme
matérielle, & leurs qualités, mais ils devoient être tels qu'ils devoient prèfenter l'
image de l'animal à quiconque ne l'auroit
jamais vu ni en nature, ni en peinture.

Cette circonftance eft étonnante, elle
eft incompréhenfible pour moi & pour
plufieurs autres; mais je ne me crois pas
obligè à croire cela. Les premiers interprètes, qui avancèrent fur l'écriture fainte des
glofes de cette efpèce, crûrent avoir befoin
de dégrader les facultés naturelles de la raifon pour rendre les entendemens plus difpo-
fés à fe foumettre à l'empire de la foi. Ils

fe trompèrent dans la maxime. Les fophiftiqueries ne peuvent qu'obfcurcir les lumières de la raifon, & d'abord que le voile du
faux eft déchirè, la raifon infultée abhorre
les fources qui pouvoient l'induire en erreur,
& fe trouve difpofée à réfifter aux objets véritables de la foi, qui exigent foumiffion, &
tranquillitè d'ame.   Les myftères que
nous adorons, font tous fupèrieurs à la raifon ; il n'y en a aucun qui y répugne.

St. Auguftin penfe que l'*adjutorium fimile fibi* ne veut indiquer autre chofe qu'un
fecours néceffaire à la propagation ; mais il
donne une traduction littèrale tout-à-fait
différente de celle de la vulgate.   Au lieu
de *fimile fibi*, il adopte une glofe arabe *incumbens anteriori ipfius.* Ceux qui connoiffent
la doctrine du grand faint Auguftin fur cette
matière, auront raifon d'être furpris qu'
il ait adoptè cette paraphrafe.   Comment
a-t-il pû aprouver le mot *incumbens ?* Comment a-t-il pû ne pas le corriger en y mettant *fuccumbens ?*

Verfets 21. 22. 23. 24. 25.

"Pour faire cela *Jehova* Dieu jetta un
"haut affoupiffement dans Adam qui fut cau-
"fe qu'il s'endormit, & ayant féparé une
"partie de fon côté, il mit à la place de cet-

"te partie de la chair. Et Dieu fe fervit de
"cette partie d'Adam pour modéler une
"femme ; & il l'a préfenta à Adam. Alors
"Adam dit : pour le coup voilà devant moi
"un os tiré de mes os, & de la chair tirée
"de ma chair ; elle fera appellée *hommeffe*,
"*ifchach*, parcequ' elle a été tirée de l'hom-
"me *ifch*. Par cette raifon l'homme laiffe-
"ra fon père, & fa mère, il s'attachera à
"fa femme, & ils feront en une chair. Ils
"étoient tous nuds & ils n'en rougiffoient
"pas. „

Il n'eft pas permis de dire fur la création d'Eve, que ce détail eft une allégorie :
il faut le croire à la lettre, avec toutes fes
circonftances. C'eft le faint Efprit qui parle,
& la fidélité, & le refpect ordonnent qu'on
ne s'en éloigne pas.

Dieu donc après avoir endormi Adam,
ôta de fon côté une partie, ou une portion
que le texte hébreu nomme *zela*. Tous les
interprétes prétendirent que ce *zela* à la lettre fignifie côte ; & ce fut peut-être une côte.
Grotius penfe que ce terme peut ne fignifier
qu'une partie, une portion du corps d'Adam :
mais foit l'un, foit l'autre, la fubftance du
fait eft que Dieu prit du corps de l'homme
le levain avec lequel il créa la femme. Ori-

gènes , S. J. Chryfoftome, St. Thomas &
plufieurs autres crûrent qu'Eve fut créée le
feptième jour dans lequel nous favons, comme je l'ai dit, que Dieu *requievit* ; mais n'
ayant aucune idée des deux créations , on
voit combien facilement ils purent s'être
trompés. Leur erreur les force à donner de
l'ouvrage à Dieu dans le jour, où il eft
évident que Moyfe n'a pas voulu lui en
donner. On peut par les raifons que j'ai dit
ailleurs, avoir changé ce mot dans le texte
hébreu, & l'autorité des feptante fuffit pour
que qui que ce foit puiffe fans fcrupule être
de mon avis, Il faut l'être ou donner un
démenti au mot *requievit*,

D'abord qu'Eve fut créée, Dieu la préfenta à Adam. Il femble qu'à cette préfen-
tation , l'homme en état d'innocence dût
laiffer un libre cours à fon inftinct , mais ce
point ne fut pas décidé par les interprètes, &
la plus grande partie dit qu'Adam n'a connu fa femme, qu'après fon expulfion du
paradis , fondés fur ce que Cain fut fon premier fils : il faudroit fuppofer l'indignité d'
un accouplement fans fuite , injurieux à la
nature parfaite d'Adam , & d'Eve. Il ne
l'a donc pas connue. Mais pour établir ceci on trouve quelques difficultés. La pre-

mière eſt le *creſcite*, & *multiplicamini*, qui n'
eſt pas difficulté pour moi, car je trouve
que ce précepte fut donné à la création du
premier homme, & non à celle du ſecond;
mais elle l'eſt pour tous ceux qui croyent
une ſeule création au point qu'ils parviennent à dire, que ſi Adam n'a pas connu E-
ve dans le paradis, ce ne peut être arrivé
que parcequ'il n'en a pas eu le tems. Cela eſt poſſible, mais difficile. Dieu préſente à l'homme la plus belle de toutes les créatures: l'homme charmè s'écrie: voilà l'os
de mes os, la chair de ma chair: il reſte
ſeul avec elle, ce qui encore ne feroit rien,
car il étoit innocent, & par conſéquent il
ne pouvoit avoir nulle honte d'exécuter ce à
quoi l'inſtinct devoit l'exciter à la préſence
même du créateur. Adam ſe portoit bien;
il n'avoit aucune affaire qui pût l'occuper,
& on pourra ſuppoſer qu'Eve elle-même ait
mieux aimé aller ſe promener toute ſeule,
& s'amuſer à cauſer avec un ſerpent plûtot
que de reſter avec ſon mari qu'elle devoit
avoir trouvé auſſi charmant qu'il l'avoit
trouvée belle. Ces ſuppoſitions ſont incon-
grues. Adam, diſent-ils, ne peut avoir permis à Eve de s'éloigner de lui pour quelques momens, qu'après lui avoir donné de

marques de fa tendreſſe. Je répons que toutes ces raiſons ſont plauſibles, mais ce ne ſont
que des conjectures. Il faut s'en tenir au
document certain : Eve ſortit du paradis
vierge.

Un interprète dit que, ſi Adam n'a
pas d'abord connu ſa femme, on ne peut
pas l'accuſer de déſobéiſſance; car il peut n'
avoir que différé; & qu'on ne peut pas appeller déſobéiſſance un délai, où la prompte
obéiſſance n'auroit pas eu le mérite de la
réſignation. C'eſt très bien raiſonné ſelon
moi, mais non pas ſelon St. Auguſtin, &
ſes adhérans, qui n'accordant à l'état d'innocence aucune concupiſcence, ne peuvent
trouver dans l'obéiſſance que la plus ſérieuſe
ſoumiſſion, ils la trouveront même méritoire ; & il y a des cas qu'elle peut l'être malgré l'inſtinct; mais Adam, & Eve n'étoient
pas dans ce cas-là. Les ſubtilités de St. Auguſtin ſur cette matière ſont outrées, & ſor-
tantes d'une mauvaiſe humeur : ce ſavant
écrivain dégrade Adam en état d'innocence
dans le même moment où il croit célébrer
ſes prérogatives : il dit qu'il eſt difficile qu'
un mari ne commette pas quelque péché,
en rendant ſon devoir à ſa femme. Je crois
qu'il auroit raiſon, s'il diſoit qu'on peut

en commettre, car je ne suis pas entièrement de l'avis de Buzembaum, mais je ne suis pas non plus de celui de St. Augustin sur le *difficile. Pastyllos Russillus olet Gorgonius Hircum.* Il y a dans cette opinion de St. Augustin de quoi désespérer, & rendre impuissans une quantité de maris honnêtes gens, s'ils sont assez foibles pour prendre ces rêveries pour argent comptant. Tenons-nous dans ces matières à la débonnaireté de nôtre mére l'église, & révérons St. Augustin, mais pas au point de le croire infaillible.

Nous voyons la création de ce second couple divisée en deux espéces de créations positivement différentes. Le levain d'Adam fut la poussière, celui d'Eve fut un *zela* d'Adam. Saint Paul dit : *Homo est gloria Dei, mulier verò gloria hominis.* Une création pareille, diversifiée par tant de circonstances, peut-elle de bonne foi être celle du sixième jour ?

Dans l'exclamation qu'Adam fait en voyant Eve, il donne lui-même la raison de cet instinct qui le force à aimer un objet qu'il reconnoit pour une partie de lui-même : ces paroles démontrent non seulement naturel l'amour de l'homme à la femme, mais de devoir : le Saint-Esprit même dit, que

l'homme doit quitter pour sa femme père &
mère, & l'on ne peut pas dire d'avantage.
On a pourtant décidé que quelqu'un qui n'
a jamais de sa vie aimé aucune femme doit
avoir vis-à-vis de Dieu un mérite extraordinaire; & il faut le croire.

Après la description des devoirs de l'
homme vis-à-vis de la femme, Moyse nous
dit qu'ils étoient tous nuds, & qu'ils n'en
rougissoient pas.   De ces paroles de Moyse
dites dans ce moment avec tant de modestie,
& de simplicité, on veut juger que le couple
avoit exécuté ce à quoi la raison, & la nature les invitoient : mais je reste dans mon
avis. *Eve sortit du paradis vierge.* De toute
façon on prétend qu'ils auroient eu un motif de rougir, s'ils ne se fussent pas trouvé
en état d'innocence. Si St. Augustin eut
été conséquent dans ses interprétations, il auroit dû nous dire qu'ils ne rougissoient pas,
parceque leurs yeux ne s'étoient pas encore ouverts.   Le lecteur en jugera de même
lorsqu'il verra l'interprétation que le même
saint docteur donne aux mots *leurs yeux se*
sont ouverts.

CHAPITRE TROISIEME.

Verfets 1. 2. 3. 4. 5.

"Le ferpent étoit la plus rufée de tou-
"tes les bêtes des champs, que *Jehova* Dieu
"avoit créés : il dit à la femme : eft-ce que
"Dieu vous a ordonné de ne pas manger
"de tous les fruits des arbres de ce jardin ?
"La femme répondit au ferpent : nous man-
"gerons des fruits des arbres de ce jardin ;
"mais du fruit de cet arbre qui eft au mi-
"lieu de ce jardin, Dieu dit, vous ne man-
"gerez pas de celui-ci, & vous ne le tou-
"cherez pas pour ne pas mourir. Ce fer-
"pent-là répondit d'abord à la femme : non
"certainement vous n'en mourriez pas. Le
"fait eft que Dieu a connu que le jour que
"vous mangerez de ce fruit, vos yeux s'ou-
"vriront, & que vous deviendrez pareils à
"Dieu fachant le bien, & le mal.,,

Jofephe, S. Bafile, & plufieurs autres
dirent que le ferpent dût être debout, lorsqu'il dialogua avec Eve, puisqu'il n'avoit pas
encore commis le crime à caufe duquel Dieu
lui lança la malédiction, qui l'obligea dans
la fuite à marcher rampant fur fon ventre.
Je demanderai à St. Bafile, fi un commentaire eft fait pour rendre une propofition

plus obfcure. J'ai plus de peine à m'imaginer une vipère debout, qu'un fens allégorique. Ce même faint dit auffi que les ferpens alors parloient : il ne pouvoit pas croire autrement d'abord qu'il crut que le ferpent marchoit comme nous. Je crois qu'il
faut croire que tout ce difcours entre le ferpent, & Eve eft une image figurée d'une
maudite tentation qui parle à l'efprit : Moyfe perfonnifie la tentation, la confcience, &
la raifon : voilà pourquoi fi l'on n'a pas l'efprit fouple, & foumis, il ne faut pas lire
l'écriture fainte. Cette inftruction eft de S.
Paul. Remarquons auffi qu'Eve en état d'
innocence ne devoit pas avoir peur d'un
ferpent, ni répugnance à caufer avec lui.

Eve dit au ferpent que Dieu leur ordonna de ne pas manger de l'arbre du milieu du jardin. Elle parle en plurier, comme
fi Dieu eut défendu à elle auffi de manger
de ce fruit : il avoit fait cette prohibition à
Adam, avant que de la créer : il peut l'a-
voir répétée à Eve, d'abord qu'il l'a rendue ame vivante ; mais pourqu'Eve ait droit
de dire *Dieu nous a défendu d'en manger*, il
n'eft pas néceffaire de croire qu'elle ait entendu la prohibition de Dieu même : il fuffit qu'elle en ait été inftruite par Adam, au-

quel elle devoit croire. L'homme maitre à
toujours parlé de ſes affaires en ſingulier: la
femme dès tous tems, quoique ſubordonnée,
a parlé en plurier: elle donne même par-
là un témoignage de ſa dépendance de l'homme, & de la communauté de ſes intérets avec
ceux de ſon mari. Aujourd'hui même toutes les femmes diſent *le roi a fait ſavoir ſon*
intention: nous commanderons l'armée l'année
prochaine. Nous avons un procès de la plus gran-
de conſéquence. La femme d'un cenſeur dit
à un auteur: *revenez la ſemaine prochaine, car*
nous n'avons pas encore eu le tems de lire vôtre
ouvrage; & la ſervante du curé dit au paroiſ-
ſien *nous dirons la meſſe demain de meilleure heu-*
re. Ainſi le ſerpent tendit le piege à la femme, qui n'avoit pas apparemment reçu la
prohibition immédiatement de Dieu: inno-
cente comme elle étoit, ignorant le mal elle
donna dans le panneau, & elle entraina dans
ſa ruine Adam par ſentiment peut-être de
tendreſſe: & je penſe qu'on peut croire que
ſi elle n'eut point été en état d'innocence,
le ſerpent auroit perdu ſon tems. Mais tout
cela devoit être.

Dieu nous l'a défendu, dit Eve, ſous
peine de mort. La vulgate dit *ne forté mo-*
riamur. Le mot de *forte* n'eſt pas dans l'

original hébreu, & il ne falloit pas le mettre dans la traduction : il n'est pas indifférent pour quelqu'un qui veut savoir une affaire au juste : c'est un adverbe dubitatif qui altère le sens : je prie le saint interprète de me pardonner : a-t-il voulu que par ce doute Eve augmentât la hardiesse du serpent ? a-t-il voulu par l'incertitude qu'il lui suppose, la rendre moins criminelle ? St. Bernard dit : *Deus affirmat, mulier dubitat, serpens negat* : mais le *forté* n'est pas clair, & S. Bernard ne s'est pas donné toute la peine qu'un sage interprète doit se donner.

Le démon séduit la femme en lui disant que leurs yeux s'ouvriront d'abord qu'ils auront mangé de ce fruit , & qu'ils deviendront pareils à Dieu, ou à des dieux ou à des anges, ou à des princes, car l'original peut signifier tout cela, *sachant le bien, & le mal.*

Ces paroles mirent le sceau à la séduction. Il l'assura qu'ils n'en mourroient pas : il lui fit comprendre que la défense venoit d'un Dieu jaloux, qui ne vouloit pas les voir devenir aussi savans que lui. Eve ne supposoit pas possible le mensonge ; & elle ne savoit pas que celui qui lui parloit en étoit le père. St. Paul écrit à Timothée,

que le féduit ne fut pas Adam mais Eve : apparemment il entend féduit par le ferpent :
mais eft-il pour cela moins coupable ? Il l'
eft cent fois plus , & les paroles d'Eve ne
devoient avoir fur lui, fupérieur en lumière,
& maitre, nulle force. Les paroles du ferpent, celles d'Eve, la féduction, la complaifance, tout eft une grande leçon : nos
premiers parens font à plaindre : chacun de
nous, à leur place, auroit commis la même
faute, & fi nous voulons bien réfléchir, nous
trouverons que nous la commettons tous les
jours. Quel eft celui de nous , dit Bacon
de Werulame, qui ne fe foit pas rendu malheureux pour avoir voulu favoir par expérience ce que c'eft que le bien & le mal. Nous
avons tous eu un père, une mère, ou des
hommes fages qui nous donnant des préceptes d'éducation, nous ont annoncé tous les
malheurs qui nous font imminens, & qui
nous menacent de nôtre ruine, fi nous ne
nous en garantiffons pas par une bonne conduite : mais ces fages avertiffemens ne font
aucun effet à l'occafion de nous perdre. Le
même ferpent qui parla à Eve nous dit que
ceux qui nous ont inculqué ces préceptes, ne
veulent pas que nous devenions aufli favans
qu'eux, & nous tombons, & le repentir arrive

toujours hors de faifon, & lorfqu' il n'y a
plus de reméde. Nous fommes honteux
lorfque nous nous voyons parvenus à un certain âge fans reconnoitre en nous de l'expérience : les méchans nous mettent en dérifion,
& le mot d'innocent qu' ils nous lancent,
nous femble plus injurieux que s' ils euffent
raifon de nous appeller criminels.

Plufieurs murmurent de ce que Dieu,
par la faute du premier homme, condamna
toute la race : la raifon qu' on allégue pour
défendre la juftice de Dieu eft que la volonté de tout le genre humain étoit renfermée
dans celle d'Adam. Cette raifon, quoique
bonne n' eft pas comprife de tout le monde :
chacun croit pouvoir foutenir n' en avoir
pas été complice. L'autre raifon eft plus
claire & de bonne foi; tout le monde con-
viendra, qu' à la place d'Adam chacun de nous
eût fait la même faute, & le créateur auquel
tout eft préfent, lança le fatal décret fur tous
les defcendans du délinquant. Le profond Horace dit : *Sæpe Diespiter neglectus in-
cefto addidit integrum.*

Ceux qui s' étonnent qu' Adam ait fuc-
combé malgré fa grande fcience que nous ne
pouvons pas révoquer en doute, n' y penfent pas. Il faut voir de quelle efpèce étoit

F

la science d'Adam. Je crois qu'elle ne consistoit que dans tout ce qu'embrasse l'histoire naturelle. La science d'Adam n'étoit pas celle de Socrate : il ignoroit le bien & le mal : c'est la définition de toute la morale : sa chute étoit inévitable.

Le plus grand des astronomes, qui a passé toute sa vie à étudier les mathématiques & la géometrie sublime, se laisse persuader à faire une caution, qui par défaut du principal lui fait perdre tout son bien. Cet homme ne savoit autres axiomes que ceux d'Euclide : il reste misérable, & il devient savant sur un article qu'il comptoit pour rien. Ce qu'il y a de certain, est qu'Adam aprés son erreur devint malheureux, mais sans contredit plus savant. Je trouve dans les septante une cruelle circonstance contre Eve : on y dit qu'elle ne porta le fruit défendu à son mari qu'aprés avoir reconnu sa faute : je suis charmé de n'être pas convaincu de cette particularité. Eve auroit été un monstre, & plusieurs de nos femmes vaudroient mieux qu'elle.

Verfets 6. 7.

"Le fruit donc de cet arbre paroissant
"une bonne nourriture à la femme & trou-
"vant sa figure très agréable aux yeux, & re-

"connoiſſant que le fruit de cet arbre étoit
"digne d'être déſiré pour obtenir la ſcience
"du bien & du mal; elle prit un de ces fruits,
"elle en mangea & en donna à manger à ſon
"mari, qui en mangea avec elle. Alors les
"yeux de tous les deux s'ouvrirent, & ils
"connurent qu'ils étoient nuds. Ils couſi-
"rent enſemble des feuilles de figuier, &
"ſe firent des braies. „

Tout ce premier verſet démontre qu'
Eve n'eut pas intention de tromper ſon mari
malgré l'avis de la bible gréque : il ſemble
même qu'elle vouloit le rendre heureux comme elle croyoit l'être devenue ; & ſi elle é-
toit convaincue en elle même d'avoir manqué à ſon devoir, elle eſt excuſable d'avoir
entrepris de faire commettre la même faute
à Adam, puiſqu'en état d'innocence elle devoit être perſuadée de devenir moins coupable d'abord que ſon mari ne la déſapprou-
veroit pas : c'eſt la marche du cœur humain. Adam en état d'innocence crut peut-
être, ne la voyant ni morte ni changée, qu'
il ne devoit pas avoir moins de courage que
ſa femme ; & il en mangea & dans l'inſtant
les yeux de tous les deux ſe ſont ouverts.

On a fait ſur ces mots des commentai-
res qui poſitivement font pitié. On a voulu

prendre le fens littéral, & quelques-uns ont
très ferieufement dit, que nos premiers parens avant leur chute étoient effectivement
aveugles : telle eft la fureur des commentateurs ; nier la fignification de la lettre où le
parti le plus raifonnable eft celui de la fuivre, & la fuivre exactement lorsqu'elle indique une extravagance. St. Auguftin par *leurs
yeux fe font ouverts* entend que leurs yeux ap-
perçurent certains détrimens de la chair, qu'
Adam en état de grace n'auroit pas pu voir,
parcequ'ils ne fe feroient pas montrés, & voilà la raifon pourquoi ils ne pouvoient pas avoir
honte d'être tous nuds avant le pèché. Une
pareille interprétation eft très fpécieufe, hardie & affez philofophique ; on ne peut en rire
que dans le cas qu'on ne l'adopte pas : fi on l'
adopte, elle devient férieufe & digne de réfléxion. L'avis de ce faint père n'eft cependant
pas analogue à celui qu'il a expliqué à la
première glofe d'*aperientur oculi veftri*.

Ils rougirent d'être tous nuds ne peut fignifier autre chofe, fi non *qu'ils avoient
perdu leur innocence*. Ceux qui ont commis
un crime ne font plus innocens, & la véritable innocence ne peut rougir de rien, car
elle exclut toute malice. On me permettra
cependant une réflèxion. Leur nudité n'a-

voit rien de commun avec l'efpéce de crime qu'ils avoient commis. Par quelle fenfation donc leur eft-il arrivé d'avoir honte d'être tous nuds, aprés avoir commis un crime de gourmandife ? Ils avoient abufé de leur liberté, & de l'ufage de leur bouche, & de leurs dens, & leur honte ne pouvoit tomber que fur ces objets-là, & elle tombe pourtant fur d'autres parties.

Ils coufirent enfemble des feuilles de figuier, & ils fe firent des braies. Ces paroles furent auffi beaucoup examinées. Tout le monde traduit *feuilles* ; mais ceux qui ne peuvent pas accorder aux nouveaux coupables une éguille & du fil, difent que le mot hébreu qui fignifie *feuilles*, fignifie auffi branches chargées de feuilles, avec lesquelles ils auroient pu couvrir leur nudité, fans avoir eu befoin de coudre. Aprés ce fubterfuge, pour faire l'apologie d'une circonftance fi mince, ils font obligés de mal traduire le mot *taphar* qui abfolument fignifie *coudre.* Peut-on perdre le tems dans des pareilles mifères ? Ils couvrirent leur nudité & voilà tout.

Verfets 8. 9. 10. 11. 12.

"Ils ont d'abord entendu la voix de Dieu
"qui fe promenoit dans le même jardin au
"vent de ce jour-là, raifon par laquelle Adam

"fe cacha, & fa femme auffi, entre les arbres
"du jardin pour éviter la préfence de Dieu.
"Dieu appella à haute voix Adam, & lui
"dit *où es-tu ?* Il lui répondit : j'ai entendu
"ta voix dans ce jardin, & ayant peur, car
"je fuis tout nud, je me fuis caché. Dieu
"lui dit d'abord : qui t'a dit que tu es nud ?
"aurois-tu mangé du fruit de l'arbre dont je
"t'ai défendu de manger ? Adam lui répon-
"dit : cette femme que tu as mis avec moi,
"m'a donné elle-même du fruit de cet arbre
"& j'en ai mangé. „

*Dieu qui fe promenoit, qui appelle Adam,
qui l'interroge, qui écoute fes mauvaifes raifons,*
& tout le refte de ces cinq verfets eft avec
évidence en fens figuré un dialogue de la
confcience d'Adam vis-à-vis de fon devoir.
Moyfe devoit tenir attentif un peuple indo-
cile avec des narrations matérielles, dont la
fubftance étoit la vérité : il voulut peut-être
leur donner par-là un document fur l'ad-
miniftration de la juftice, qui ne fouffre pas
que le coupable foit condamné fans être oui :
il ne pouvoit leur donner un exemple plus
frappant. St. Jérome dit, qu'ils fe caché-
rent fous l'arbre d'où Eve avoit détaché le fruit
défendu. On a fait des queftions fur l'heure
& on a dit qu'il manquoit quatre heures à

la fin du jour. Le chaldéen dit, *au repos du jour*, & l'hébreu au vent de ce jour-là. St. Jérome dit que ce vent étoit celui qui souffle aprés midi.

Si l'hiftoire du monde intérieur eft vraie le chaldéen porteroit l'expreffion la plus propre. Les *mégamicres* n'ont jamais de nuit dans le monde intérieur: ayant un Soleil ferme & immobile dans le centre, ils ont un jour continuel : cependant à chaque mefure de vingt heures, ils en ont fix de repos général.

Remarquons que Dieu ne reproche la défobeiffance qu'au feul Adam. St. Bernard dit que ce qui a excité la colére de Dieu, au point de donner à Adam une fi grande punition, fut qu'Adam témérairement au lieu de s'accufer, cherche des fubterfuges & rejette la faute fur fa femme Eve, & difant à Dieu *c'eft celle que tu m'as donné pour compagne*, il femble qu'il veuille accufer Dieu lui-même, d'être la caufe de fon crime. St. Bernard avec cette glofe attribue à Dieu une irritation qui déshonoreroit tout juge mortel, & d'ailleurs il nous reprèfente Adam comme un mauvais fophifte.

Verfets 13. 14. 15. 16.

"Alors Dieu dit à la femme : qu'as-tu
"fait ? La femme lui répondit : ce ferpent
"m'a féduite & j'ai mangè. Par cette raifon
"Dieu dit au ferpent, puisque tu as fait cela,
"fois maudit entre tous les animaux domes-
"tiques, & entre toutes les bêtes de la terre :
"rampe fur ton ventre, & mange de la pouf-
"fière pour toute ta vie. Outre cela je mets
"inimitiè entre toi, & cette femme, & pa-
"reillement entre ta femence, & fa femen-
"ce : elle écrafera ta tête, & tu lui écrafe-
"ras le talon. Dieu dit à la femme : J'aug-
"mente beaucoup ta douleur, & auffi celle
"de ta conception, tu accoucheras d'enfans
"avec douleur : tu feras fujette à ton mari,
"& il fera ton maitre. ,,

Nous lifons les condamnations de Dieu
très diffufes, & differentes au ferpent, à Eve,
& à Adam. Mais n'eft-il pas ridicule aux
interprètes d'examiner, fi le ferpent eft plus
ennemi de la femme que de l'homme ? On
a écrit des volumes fur ces particularités.
Ce qu'on peut remarquer eft, que Dieu condamna le ferpent à manger de la pouffière.
Les paroles devroient éclairer les commentateurs, & les corriger du vice qu'ils ont de
s'en tenir au fens littéral, lorsque la connoif-

sance de la vérité contraire à ce sens, leur démontre qu'il faut l'abandonner. Les serpens ne se nourrissent ni de terre, ni de poussière, mais d'insectes, & d'animaux aquatiques & volatiles : mais nous disons encore aujourd'hui de quelqu'un qui est terrassé, *il mord la poussière.* Les paroles *elle t'écrasera la tête,* & les suivantes contiennent une prophétie qui regarde la sainte vierge, & sans y trouver rien à redire, j'adore dans la piété de l'interprétation la divinité de la prédiction.

Ceux qui lisent la condamnation de la femme, sans y faire toute l'attention qu'il faut, disent que sans la faute originelle elle auroit enfanté sans douleur. S'ils y faisoient attention, ils verroient que Dieu dit *j'augmente tes douleurs,* & on trouve dans les septante *je redouble,* ainsi St. Jérome, qui est d'avis que sans le crime d'Eve les femmes accoucheroient sans douleur, se trompe; ils devoit dire qu'elles accoucheroient avec moins de douleur. Mais je demande comment l'on peut s'en tenir au raisonnement de St. Augustin, qui dit, que *l'accouchement sans douleur auroit été la conséquence de la conception sans plaisir ; parceque dans l'état d'innocence Eve ne pouvoit pas avoir la sensation qu'on appelle con-*

cupifcence. Cet argument eft un fophifme,
& fa fauffeté principale eft dans la fuppofition : il fuppofe que le plaifir n'eft pas com-
patible avec l'état d'innocence. Il faut prouver premièrement, qu'une chofe qu'on fait
fans plaifir, ne peut pas être la caufe d'une
iffue douloureufe : il faut prouver qu'une
agréable conféquence ne peut jamais dériver
d'une caufe défagréable : il faut prouver que
l'état d'innocence doit exclurre toutes les
efpéces de plaifirs : il faut prouver que ce qu
on appelle *concupifcence* ne peut pas être
un plaifir innocent dans l'état d'innocence,
& perfonne ne prouvera aucune de ces propofitions. Il faut avoir une tête brulée par
une prévention cauftique pour raifonner ainfi, car cette concupifcence que le créateur,
comme St. Paul le dit, a attaché à la nature, & dont la conféquence eft la confervation du propre individu, & la procréation, ne
peut jamais par elle-même être criminelle,
car elle ne vient pas de la volonté, mais de
l'inftinct : elle ne peut devenir condamnable
que, lorsque l'arbitre de l'homme vicieux
la détourne de fon objet ; mais ce n'eft pas
là ce que St. Auguftin dit. Cette concupifcence, felon lui, eft une punition. Pourquoi
ne s'élance-t-il pas auffi contre le plaifir

que l'homme fain & ayant appétit reffent en fe nourriffant ? La confervation de l'efpéce dépend de celle de l'individu : fi Dieu n'eut pas ordonné à la nature de procurer du plaifir à l'animal qui s'acquitte de ces deux fonctions, elles ne feroient que deux ennuyeufes, & pénibles befognes, dont aucun homme ne fe foucieroit, à moins que quelqu'un ne le payât pour les exercer, & encore je ne crois pas que l'homme voudroit travailler pour fe conferver une vie dans laquelle il ne fauroit pas comment faire pour fe procurer le moindre plaifir. St. Auguftin n'en veut qu'à la concupifcence : il permet l'appétit : il ne défend pas les fauces : il ne trouve pas mauvais qu'avant d'avaler l'on mâche, qu'on cuife, & qu'on affaifonne le mêt. S'il a laiffé en paix la confervation de l'individu, il pouvoit bien faire la même grace à celle de l'efpéce.

La doctrine de St. Auguftin eft fublime le plus fouvent, mais elle fe diftingue dans certains articles, où l'on peut démontrer qu'elle fit du mal, & qu'elle en fait encore. Un prince à Rome n'avoit pas de fucceffion depuis douze ans de mariage : on fut que ce malheur ne venoit pas d'une impuiffance naturelle, mais d'une inactivité,

dont la caufe étoit la doctrine de St. Auguftin fur cette matière. . . Ceux qui étoient in-
téreffés à lui voir des defcendans, en parlèrent
au Pape même, qui étoit Benoit XIV. Ce
fut ce pontife favant & homme d'esprit qui
fit revenir le prince de fon erreur, & il eut
fucceffion & la maifon exifté encore. La
doctrine de ce faint fur la grace eft d'un
esprit profond; mais ne pourroit-on pas auffi lui reprocher quelque malheur? L'héréfie
attribuée à Janfenius n'eft pas de Janfenius:
mais ce feroit le fujet d'une trop longue recherche. Je fuis témoin oculaire des extravagances des convulfionaires.

Verfets 17. 18. 19. 20.

"Dieu dit à Adam: parceque tu as écou-
"té la voix de la femme, & que tu as man-
"gé du fruit de cet arbre, que je t'avois dé-
"fendu, en difant ne mange pas de celui-ci;
"que la terre foit maudite pour toi; mange
"avec douleur fes productions pour tout le
"tems de ta vie: elle te produira des épines
"& des chardons, & tu mangeras des herbes
"des champs. Tu te nouriras à la fueur de
"ton front, jusqu'a ce que tu redeviendras
"terre, comme tu fus formé d'elle; puisque tu
"es pouffière & que tu dois retourner en pouffi-
"ère. Adam donna à fa femme le nom de

"*Chaava*, parcequ'elle devoit être mère de "tous les hommes vivans.

Dieu reproche à Adam fa faute pour la feconde fois, en lui répétant qu'il lui avoit fait la défenfe de manger de ce fruit. Tout démontre que Moyfe n'a jamais voulu dire qu'Eve ait été informée de cette défenfe par autre voix que par celle de fon mari, & voilà la raifon pourquoi Dieu traite Adam comme le principal coupable. Dieu a puni Eve, parcequ'elle n'a pas écouté les paroles d' Adam, & il a puni Adam, parcequ'il a écouté les paroles de fa femme. Eve a défobéi à Adam; Adam a défobéi à Dieu. Dieu n'a pas fait la femme refponfable des fautes de l'homme. Cette doctrine eft très pure & ceux qui vont la chercher différente fur les commentateurs d'un autre avis, cherchent l'erreur.

La malédiction que Dieu donne à l'homme eft la peinture des mifères en général, qui obfédent le genre humain; & il n'eft pas néceffaire ici de s'en tenir exactement à la lettre.

Tu es pouffière, & tu dois retourner en pouffière indique ce que j'ai déjà dit: il n'eft pas néceffaire de changer le nom de *pouffière* en *limon*, puisque réellement le cadavre ne devient pas *limon*, mais *pouffière*.

Le nom de *Chaava* fait comprendre la raifon que le texte allègue, & non pas celui d'Eve. Cette obfervation eft de peu de conféquence; mais elle eft fondée fur le vrai.

Verfets 21. 22. 23. 24.

"Et *Jehova* Dieu fit à Adam & à fa "femme des chemifes de peau, & avec elles "il les vêtit. Et *Jehova* Dieu dit : voilà "l'homme. Eft-il comme un de nous con- "noiffant le bien & le mal? A préfent donc "il s'agit de voir, qu'allongeant fa main, il "ne prenne auffi du fruit de l'arbre de la "vie, & qu'il ne vive pour toujours en le "mangeant. Cela étant, Dieu le mit de- "hors du jardin d'Eden, pour qu'il allât la- "bourer cette terre d'où il avoit été pris. "Ayant ainfi chaffé l'homme, il établit fur "la partie antérieure du jardin d'Eden des "Chérubins, & une flamme fortante par elle- "même d'une épée pour garder le chemin "par où on alloit à l'arbre de la vie. „

Le texte hébreu veut ici qu'on s'en tienne à la lettre, & il n'y a point d'écha- patoire, car le terme עֹור *hor* fignifie *peau d'animal.* Les difputes fur ce paffage furent fans nombre. Qui a tué ces animaux? Qui a fait ces vètemens? Comment verfoit-on déjà du fang dans le paradis terreftre? On

n'a rien décidé : il valoit mieux fe taire. La
Genèfe rapporte ce fait pofitivement, & cela
fuffit pour qu'on ne puiffe pas en douter.
Moyfe doit avoir vu l'objection, & il ne s'
en est pas foucié : il n'a pas cru devoir l'
explication de cette vérité à la curiofité : en
fe taifant là-deffus, il a voulu peut-être corriger dans l'homme l'indifcretion, & la prétention de vouloir être à part des moindres
circonstances, qui regardent le divin ouvrage
de la création.

Les paroles de Dieu *voilà l'homme ; est-
il comme un de nous &c.* telles qu'elles font
dans le texte hébreu, font un fier reproche
à l'orgueil : la traduction de St. Jérome les
fait devenir une fanglante ironie. Qu'il me
foit permis de dire que l'ironie fortante de
la bouche du créateur ne convient pas ; elle
est infultante : c'est une raillerie amère. La
conféquence de ces paroles est qu'il faut bien
d'autres privilèges pour devenir pareil à Dieu.
*Il faut à préfent faire en forte qu'il ne puiffe pas,
allongeant la main, prendre auffi du fruit &c.* Ce
paffage démontre que Dieu a voulu condamner l'homme à la mort naturelle, à laquelle
il devoit être fujet dans le paradis auffi, car
il ne pouvoit fe rendre immortel que par le
fruit de l'arbre de la vie. Dieu en gardant

Adam dans le paradis, auroit pu lui défendre de gouter du fruit de l'arbre de la vie; mais déclaré rebelle, il ne méritoit plus du créateur la confiance qu'il lui auroit démontré par une seconde prohibition; c'est une leçon. Un maitre sage doit se garder de donner des nouveaux ordres à un ministre reconnu infidel. Dieu voulut s'assurer de ne pas devoir souffrir une nouvelle offense; & le chassa du paradis.

Si quelqu'un a envie de lire tout ce qu'on a écrit sur le tems du séjour d'Adam dans le paradis après sa création, après celle d'Eve, après la transgression de l'ordre de Dieu jusqu'à son expulsion, je lui annonce une longue lecture pour n'apprendre autre chose, si non que le parti le plus sage est de s'en tenir à l'esprit de la lettre. Moyse nous parle de l'action, & ne nous donne pas la mesure du tems qui y fut employé, & ceux qui veulent la déterminer ne peuvent que travailler en vain. Je m'étonne du savant, & sage père Calmet, qui dit que le sentiment d'Usserius, qui prétend que la femme ne fut pas créée dans le paradis, n'a rien qui s'oppose au texte de l'écriture, pendant qu'elle s'oppose directement au huitième verset du second chapitre de la Genèse. Usserius,

très docte Irlandois eut le vice prédomi-
nant de tous ses pareils, qui fut toujours celui d'adapter le texte au propre avis, au lieu
de se conformer à ce qui est dit clairement.
Ce même écrivain infatigable dit, que Dieu
doit avoir crée Eve le premier de Novembre.
Je ne trouve personne qui se moque de cette
décision, & on a raison; car Usserius détermine le tems à merveille pourvu qu'on lui
accorde pour infaillibles toutes ses supposi-
tions : c'est cette lâche complaisance qui me
fait rire. La chronologie nous permet d'é-
tablir l'âge de la terre à deux ou trois mille
ans près, & dans cette énorme incertittude
on respecte un Archevêque Irlandois qui ose
le déclarer sans manquer d'un seul jour.

Dieu ainsi mit Adam dehors du jardin d'
Eden. On ne demande pas comment Dieu
fit pour le mettre dehors, mais en quel endroit de nôtre terre Adam se trouva dans son
païs natal, devenu son exil. Si Moyse n'en
dit rien, comment veut-on le savoir ? Ce fut
peut-être en Amérique; mais je risque qu'on
me dise qu'elle n'étoit pas encore découverte : je connois bien des théologiens qui me
feroient de bonne foi une pareille objection.
S'il est vrai qu'Adam se trouvoit dans le
monde intérieur, & si le monde intérieur est

G

tel que l'hiftoire des *mégamicres* me le peint,
le chemin qu'il falloit faire faire à Adam pour
fortir de là, & monter fur nôtre furface ne
peut avoir été facile qu'au maitre de l'univers. Le monde intérieur eft très uniforme fur toute fon aire, & les *mégamicres* mêmes ne pourroient, moyennant le plus grand
examen, trouver plus vraifemblable la fortie
d'Adam dans un coin plutot que dans un autre. Je prie le bon lecteur d'obferver, que
lorsque Moyfe nous dit, que Dieu aprés avoir
créé Adam, le fit aller dans le paradis terreftre, il nous dit en termes très clairs qu'il
l'a pris, & qu'il l'a transporté dans l'endroit
voluptueux qu'il lui avoit préparé avant que
de le créer. Ce fut donc un lieu où, fi Dieu
ne l'eût pas transporté, Adam n'auroit jamais pû y aller tout feul. Pourrois-je dire
auffi comme St. Auguftin que l'autorité de l'
écriture doit avoir plus de force que toute
la fubtilité de l'entendement humain? Je fais
fincérement favoir à tous ceux qui me liront
ce que je penfe: fi le paradis terreftre a exifté, s'il exifte encore, & fi on ne peut en
chercher des informations que dans la bible,
il ne peut être que dans l'intérieur de la terre, quand même l'hiftoire des *mégamicres* feroit une fable.

Dieu établit fur la partie antérieure du jardin des Chérubins, & une flamme fortante par elle-même d'une epée &c. Ces paroles du divin hiftorien par lesquelles il veut nous faire comprendre l'impoffibilité de la rentrée de l'homme dans le jardin voluptueux d'où Dieu l'a chaffé, auroient dû auffi faire perdre aux curieux l'efpoir de découvrir l'endroit par où Dieu l'a introduit dans fa terre maternelle, car le Saint-Esprit ne devoit pas laiffer à l'homme curieux la facilité d'aller voir les Chérubins, & le feu fortant de l'épée. Si dans cette allégorie, il eft permis de prendre à la lettre la fignification d'un feul mot, je crois que ce doit être le feu. Or je ne trouve fur nôtre furface autres feux ftables, & qu'il n'eft pas au pouvoir de l'homme d'éteindre, que les feux des volcans, & fi ce font eux qui ferment l'entrée du paradis terreftre, tout le monde voit l'impoffibilité d'y pénétrer : & fi le paradis doit fe trouver au delà de ces feux, je ne peux voir que la partie intérieure de nôtre globe. La fuppofition que ce globe n'eft qu'un énorme caillou, me femble abfurde ou du moins très vulgaire. Ce que nous voyons fur la partie extérieure, nous empêche de le juger un grand morceau de pierre vuide d'efpace habitable :

elle nous donne plutôt l'idée d'un très grand
testacée dont la partie principale eft l'efpace
intérieur, vraie habitation de l'animal qu'il
renferme. Les petits infectes, qui circulent
fur la furface convèxe, ne feront pas de cet
avis, & en fe croyant les vrais habitans du
teftacée, ils riront de ceux qui leur diront,
que le maitre du teftacée eft dedans; mais il
faut les laiffer rire. Il n'y a point d'édifi-
ce, excepté les ftatues de pierre, & de bois,
les poutres, & les boulets de canon, que l'
architecte faffe en grace de la feule fuperficie extérieure: il n'y a point d'animal fur
la terre dont les parties intérieures ne foyent
les principales pour fon exiftence, & l'homme même, qu'on nomme *microcofme*, fut fait
par le créateur pour que fon intérieur fût
la noble habitation de fon ame, & ce n'
eft que là que l'anatomie admire les merveilles, dont l'oeil humain ne voit que l'effet fur
la circonférence extérieure, miférable féjour
de vermine, & d'infectes produits par nos
exhalaifons, qui penfent peut-être, être
les feuls animaux privilégiés, que Dieu a créé
& croyent l'homme, d'où ils tirent leur nourriture, un monde immobile fait par le créateur pour leur feul fervice. La fuperficie
de nôtre corps ne montre que les organes de

nos fens, dont le grand méchanifme eft dans
l'esprit chaud, & humide intérieur qui opére
fur le fang, fur les nerfs, & fur le mouvement des vifcères. Cette terre eft à la même
condition : fon ame mouvante git dans fon
intérieur, & donne feule la nourriture aux
animaux, aux plantes, & aux minéraux.

A la lecture de l'hiftoire des *mégamicres*
on voit le monde intérieur entouré de feux,
de flammes, d'eaux, de ténèbres, de grottes,
de bourbes, qui empêchent d'en concevoir
poffible l'entrée & la fortie. La narration
qu'Edouard fit du chemin qu'il parcourut
pour y entrer, & de l'autre que fon bonheur
lui fit trouver pour en fortir, tous les deux
étonnans, quoique dans les bornes de la poffibilité, met le lecteur en état de pénétrer
des vérités, dont perfonne ne s'eft jamais
douté, & qui ne font pas pour cela moins
refpectables. Que fi quelqu'un voulût me
faire la plus convenable de toutes les objections à la vraifemblance de cette hiftoire, en
me difant que fi Dieu rendit ce paradis inacceffible par des forces fupérieures à tout, il
eft téméraire de croire qu'Edouard ait pu les
vaincre, je lui répondrai que Dieu n'eft pas
le maitre de faire un décret irrévocable. Dieu
peut avoir voulu faire la grace à Edouard

d'y aller : le monde intérieur peut être le paradis terreftre, & l'homme ne peut y aller que conduit par la main du toutpuiffant, que les caufes fecondes fervent, qui agit quand il veut, & vis-à-vis de ceux qu'il veut rendre dignes de fes graces.

Les Chérubins, que Dieu mit à la garde du paradis, font la figure des dangers épouvantables, & des difficultés effrayantes, & ordinairement infurmontables qui s'oppofent à l'approche du beau jardin. Moyfe y met des Chérubins, qui font parmi les anges ceux dont l'afpect épouvante : on leur donne une tête avec des cornes reffemblante à celle d'un boeuf. Le terme de Chérubin offre apparemment aux oreilles françoifes un fon agréable, qui indique un charmant individu : ils s'en fervent dans le langage précieux pour faire des éloges de la beauté de certains enfans, qu'ils croiroient dégrader, en les appellant jolis, ou beaux comme des anges.

Plufieurs pères de l'églife, comme Tertullien & St. Thomas, quoiqu'on n'ait pas voulu le mettre au nombre des pères, ont dit que l'épée de feu indique la zone torride, qui doit fervir de muraille au même paradis. L'églife laiffe tout le monde croire, & dire ce qu'il veut fur ce qu'elle même ne fe foucie pas de favoir. La zone torride embraffe tout le globe, & par confé-quent l'hémifphére boréal qui eft le nôtre, n'auroit jamais pu avoir la moindre communication avec l'auftral : outre cela la zone torride eft habitée par des defcen-dans d'Adam, auxquels il s'en faut bien qu' elle femble le paradis terreftre. Plufieurs idées baroques des faints pères furprennent, avec raifon, plufieurs lecteurs : elles font nombreufes : il faut les fauter à pieds joints : ces pères ne favent que les chofes de là-haut. Celui de mettre le paradis terreftre dans la zone torride reffemble à l'idée d'un autre qui plaça l'enfer au delà du cap Nord. Selon ces docteurs on doit bruler de chaleur dans le paradis, & geler de froid dans l'enfer. St. Ambroife dit que le feu, qui défend l'entrée du paradis, eft celui du purgatoire.

Le quatrième chapitre de la Genèfe com-mence par nous dire qu'Adam connut fa femme, dont la fuite fut l'accouchement de Caïn. Ceux qui difent que ce paffage ne démontre pas qu'Eve foit fortie du paradis vierge, parceque le texte ne dit pas que ce fut la première fois, ont tort : pour fuppo-fer qu'il l'avoit déjà connue dans le paradis, il faudroit auffi fuppofer qu'elle avoit con-

çu, car Adam & Eve étoient deux créatures parfaites, & la fuppofition du *concubitus
fine Lucina* feroit indigne, précaire, & inju-
rieufe à la nature des deux premiers êtres
créés par la main même de Dieu.

Je termine ici mon commentaire, &
je me déclare content, fi mon lecteur fe
trouve perfuadé, non pas que l'hiftoire des
mégamicres eft vraie; mais qu'elle peut l'être
non feulement parceque dans la bible il n'y
a rien qui s'oppofe à cette probabilité; mais
parceque l'on trouve dans plufieurs de fes
paffages la preuve de la création d'un genre
humain, qui n'eft pas le nôtre, & celle de
l'exiftence d'un monde intérieur qui peut
être le paradis terreftre.

Je préviens le lecteur que dans l'hiftoire des *mégamicres* il ne pourra jamais trouver que, fi c'eft un roman, l'auteur qui l'
a compofé ait penfé à l'adapter aux particularités qu'on lit dans le faint livre : on voit
qu'il n'a voulu qu'écrire pour fon plaifir
un roman d'une efpèce toute nouvelle; &
dans ce cas ce n'eft que le pur hazard qui
m'a fait trouver dans le même faint livre
des preuves autentiques de fa probabilité. Si
on pût prouver que cet ouvrage eft une vraie
hiftoire, elle feroit étonnante; mais elle laif-

feroit cependant beaucoup à défirer à quelqu'
un qui voudroit y trouver tout ce qui la ca-
ractériferoit de vraie par le témoignage du
texte facrè.

Ceux qui, indifpofés contre mon interprétation, n'auront autre chofe à me dire,
fi non qu'on ne doit y faire nulle attention,
parceque je fuis le premier, qui ait fait dire
à la genèfe ce qu'elle n'a jamais dit à aucun
de tant d'habiles interprètes qui l'ont com-
mentée, ne me diront rien, car leur raifon
fera mauvaife : tout ce qu'on a dit de vrai
au monde a été dit par quelqu'un pour la
première fois. Je dirai même que d'une
certaine façon je fuis plus fatisfait de ne trouver mes opinions dans aucun écrivain, que
fi j'eulfe dû citer des autorités équivoques
de quelques-uns, dont on auroit découvert
les bévues en fait d'interprétations.

Mes propofitions font qu'Adam fut le
premier homme que Dieu créa fur la fuperficie extérieure de nôtre monde, & qu'
après lui il n'en créa point d'autres; & par
là je ne peux bleffer en rien la pureté de
nôtre religion. L'autre homme que Dieu
créa avant Adam fut un couple qu'il ne créa
pas fur nôtre terre, & quoiqu'il l'ait créé
à fon image, & qu'il l'ait béni on ne peut

pas le confondre avec Adam, car Dieu lui donna une nature, & une forme entièrement différente de la nôtre : il le créa dans le paradis terreſtre, où ſes deſcendans peuvent être encore. Le globe ſur lequel nous marchons doit être le deſſus d'une voute qui environne avec une attraction oppoſée un eſpace intérieur qui, avec un Soleil dans ſon centre, contient l'air que les deſcendans de ce même couple premier crée reſpirent. Ce monde intèrieur peut être le paradis terreſtre. Tout ce que l'égliſe ſait, & qu'elle nous a communiqué eſt vrai ; mais non toutes les vérités, qui ne regardent pas la foi, peuvent être connues à l'égliſe : elle n'eſt pas même ſûre que le Saint-Esprit ne puiſſe lui faire ſavoir d'autres vérités avant la fin des ſiècles. L'égliſe ne nous a inſtruit que de ce qu'il nous importe de ſavoir pour nôtre ſalut éternel, & a livré à nôtre entendement toutes les autres vérités qui n'ont rien à faire avec la religion , & qui peuvent contribuer au progrès des connoiſſances de l'esprit humain. Je crois par la force de ma raiſon, & je ne me trouve pas démenti par les paroles de l'écriture ſainte, que la matière fut toujours, & qu'elle ne ceſſera jamais d'être, & je dis en même tems que ſa coexiſtence à Dieu ne

peut qu'augmenter la gloire divine, car la
matière fans Dieu, n'auroit jamais pu rien
faire, n'ayant par elle-même aucune faculté créatrice ni aucune puiſſance, ou intelligence indépendante de la volonté du créateur
ſeul toutpuiſſant. Tous ceux qui ſavent lire, voyent dans la ſainte bible les mots *créer*
& *former* employés indiſtinctement : je ne
parle pas à ceux qui ne ſavent pas lire. On
n'y dit jamais *Dieu créa* ſans dire de quoi il
a créé, & cela ſuffit pour démontrer que le
ſaint livre n'a jamais voulu tenter nôtre foi,
exigeant de nous une croyance d'une choſe
qui répugne à nôtre raiſon qui nous quali-
fie de faits à l'image de Dieu. Ceux qui
croyent par acte de foi ce qui dépend de
la raiſon, ſont des pareſſeux indignes de la
faculté de raiſonner : ceux qui augmentent
ſans néceſſité les objets de la foi rendent
plus difficile la voye du ſalut éternel : ceux
qui veulent ſoumettre à la raiſon l'intelligence, & la ſubſtance des myſtères, ſont les
deſtructeurs des myſtères : ceux qui diſent
que la plus profonde philoſophie n'eſt pas
faite pour parvenir aux plus ſublimes vérités
de la théologie, déshonorent la philoſophie
ſans la connoitre, & font devenir la théologie la ſcience des ignorans. La ſeule reli-

gion possède les vérités que la théologie a découvert, & la théologie ne les auroit jamais
trouvès , si la philosophie ne les eut pas
cherché. *Philosophia quærit, Theologia invenit,*
Religio possidet.

La Philosophie n'est que la recherche
de la vérité : ceux qui ne la cherchent pas,
ne la trouvent pas ; & ceux qui ne la possè-
dent que parcequ'elle leur fut annoncée n'ont
que le faible mérite de l'avoir accueillie, &
ne se trouvent pas en état de la soutenir.

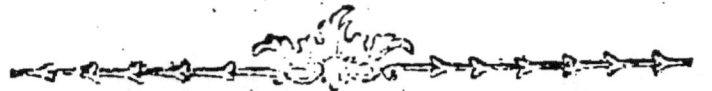

INTRODUCTION.

Vers le bord du canal de St. George du
coté de Monmouth dans la belle maifon du
comte de Bridgend, les bons vieillards Jacques Alfrède & Guillelmine fa femme une
heure après la fin du jour fe tenoient affis
devant le feu, lorsqu' ils virent entrer dans
leur chambre un beau jeune homme, qui
donnoit le bras à une fort jolie jeune femme : c'étoit le quinze du mois de Fevrier (vieux
ftyle) de l'année 1615. Ces deux inconnus
eurent à peine fixé leur vue fur les vieillards
qu'ils arrêtèrent leurs pas ; mais une minute
après ils s'écrièrent *ce font eux mêmes, & il ne*
faut pas en douter. En prononçant ces mots
ils coururent à eux, & fe jettant à leurs
pieds ils fe livrèrent aux plus tendres transports, les embraffèrent à plufieurs reprifes,
& les inondèrent d'un torrent de larmes
que la joie qu'ils reffentoient leur faifoit ver-
fer. Jacques, & Guillelmine étonnés, &
furpris des transports de deux perfonnes qu'
ils ne connoiffoient pas, arrêtèrent la fougue

de leurs careſſes en ſe levant. Après avoir
examiné avec la plus grande attention le beau
couple, c'eſt ainſi que le vénérable vieillard
Jacques leur adreſſa la parole.

Jacques.

Eh! qui êtes-vous donc? Vous qui nous
ſurprenez avec des marques d'une affection
ſi extraordinaire, & qui ſeuls, & inconnus
entrez ainſi dans nôtre maiſon. Qui vous
a donné nôtre adreſſe? D'où venez - vous?
Que voulez - vous? Informez - nous bien
vite de tout ceci, & faites nous revenir de
nôtre juſte ſurpriſe, ou partez, puisque nous
ne ſommes que trop accablés de craintes, &
de ſoupçons dans les circonſtances de ce tems,
où l'on prétend que la dernière conſpiration
a été tramée par les catholiques, d'où pro-
céde l'exil des pauvres jéſuites. Si vous croyez
en trouver chez nous, vous vous trompez. Eh
bien! parlez donc. Je ſuis, répondit l'homme (portant la ſincérité peinte ſur ſa figure)
Edouard votre fils. Et moi, ajouta d'abord
la belle inconnüe, je ſuis Eliſabeth vôtre
fille. Ces paroles à peine proférées, ils s'é-
lancèrent de nouveau vers les vieillards pour
leur réitérer les plus vives marques de tendreſſe; mais le ſage Jacques les répouſſa en
reculant; & c'eſt dans ces termes, qu'avec

indignation, & d'un ton de voix fort, &
mâle il leur parla.

Jacques.

Eh de quel front toi, ô le plus impu-
dent de tous les hommes! tentes-tu de nous
faire croire ce qui est incroyable? & toi,
femme perdue, qui te déclares d'accord avec
lui dans cette sotte imposture, dis-moi comment tu penses pouvoir la soutenir?

Elisabeth.

En ne vous disant, père adoré, que la
simple vérité; & vous priant, ô tendre mère
de nous regarder avec un peu plus d'attention.

Guillelmine.

Je suis, mon cher mari, toute hors de
moi même. Ces deux personnes sont les
deux portraits vivans, les images animées de
nos deux enfans qu', il y a quatre vingts-un
ans, nous avons pleurés noyés dans le vaisseau le Volsey, qui fut absorbé en Norvège
par le Maelstrand, gouffre infame, & effroyable qui entraine dans ses abymes tous les
navires qui s'y approchent.

Edouard.

Précisément.

Jacques.

Quoi précisément? Ou tu es fou, ou tu crois que nous sommes des imbécilles. Il est vrai qu', imposteur habile, tu n' as pas laissé de te bien informer, puisque c' est un fait réel, que nous eûmes un fils, & une fille, qui s' appelloient des mêmes noms que vous vous donnez : mais quand même nous ne serions pas sûrs qu' ils périrent, comment pouvez vous oser, effrontés que vous êtes, vous présenter, & nous dire que vous êtes eux mêmes, tandis qu'il est certain que vous n' avez pas l'âge que nos enfans auroient, s' ils ne fussent pas morts? Tu aurois quatre vingt quinze ans, & toi sa soeur quatre vingt treize ; n'est ce pas ma chère femme ? Quel âge avez-vous vous autres ? Il est facile de voir que vous n'outrepassez pas les vingt cinq ans.

Elisabeth.

Mais, sans prendre garde à l'apparence de nôtre âge, ne vous semble-t-il pas, nôtre cher père, reconnoitre nôtre phisionomie ?

Jacques.

J' avoue aussi, qu' une ressemblance, qui paroit prodigieuse, a le droit de m' étonner, & que je le suis déjà ; mais quand même tu me ferois voir la marque d'une morsure de chien, qu'Elifabeth ma pauvre fille avoit au coude du bras gauche, je n'aurois pas encore la force de croire vrai ce que ma raifon me démontre faux, & controuvé.

Guillelmine.

Et mon pauvre Edouard avoit fur le deffus de la cuiffe droite une groffe envie d'Ananas.

Elifabeth.

Voilà, mon cher père, la cicatrice dont vous vous fouvenez; regardez-la bien.

Jacques.

Je la vois fort bien. C'eft un peu fort.

Edouard.

Regardez de grace, ma chère, & bonne mère, fi ce n'eft pas là la marque de l'envie que vous dites.

Guillelmine.

Oui, je l'apperçois. Ce n'eft pas un fonge, mon cher mari; car nous ne dormons pas.

Edouard.

Vous pouvez vous fouvenir que nous nous embarquâmes à Plimouth, lorsque l'Angleterre étoit toute en alarme à caufe de l'apoftafie de Henri VIII. Nôtre bon oncle doit être péri avec tous ceux qui montoient le Wolfey.

Elisabeth.

Nous croyons être les seuls qui par un événement qui tient du prodige échappâmes à la mort. Nous savons d'avoir l'âge que vous dites, quoique Dieu nous ait fait tomber dans un monde, où l'on mesure le tems d'une façon très différente de la nôtre, mais à peu près nous avons su mettre d'accord l'une avec l'autre, & nous ne nous sommes trompés que de quelques mois.

Jacques.

Voilà le commencement d'une fable. Vous avez passé quatre vingts un ans dans un autre monde ! Effectivement. Ce ne peut être que dans un autre monde où le tems n'a pas la force de faire que les mortels vieillissent.

Edouard.

Tranquillisez-vous, mon cher père, & tâchez de vous disposer à apprendre de nôtre bouche des merveilles, auxquelles vous ne pourriez jamais ajouter foi sans cet air de jeunesse que vous nous voyez. La fraicheur de nôtre teint doit être vôtre sûr garant des vérités merveilleuses que nous vous narrerons.

Guillelmine.

Il a raison, car rien n'est plus frappant que ce que nous voyons. Je me sens déjà disposée à croire tout ce que nos chers ensans vont nous raconter. Ecoutons, mon cher mari, le récit de leurs aventures.

Jacques.

Femme, tu radotes. J'ai cent neuf ans, & tu en as cent sept ; & après avoir vécu un aussi long tems assez sagement, nous allons nous faire dépêcher pour sous, si nous nous montrons prets à croire vrai ce qui n'est pas vraisemblable.

Guillelmine.

Mais ce que nous voyons est réel.

Jacques.

Permets, je t'en prie, que j'en doute au moins jusqu'à demain, puisque je me sens la tête presque bouleversée par cette aventure unique, & inouie.

Edouard.

Oui, mon père, demain : ce délai est sage ; mais promettez-nous de nous écouter.

Elisabeth.

Vous entendrez des vérités étonnantes, & qui ne sont jamais tombées dans l'imagination d'aucun des habitans de la superficie extérieure de ce monde.

Saisi pour lors d'étonnement le bon vieillard Jacques demeura long-tems debout sans dire mot, jettant de tems en tems des regards tantôt sur sa femme, & tantôt sur ces

deux perfonnages. Il fut enfin forcé de céder à un mouvement des plus violens, qui
vint s'emparer de lui. La réflexion réveilla
la nature, & l'attendrit ; il dût pleurer ; fa
femme en fit autant ; les inconnus fe mirent de la partie, & rien pour lors ne put
plus s'oppofer à leurs transports. Les pleurs
ceffés firent place à une joye de coeur extraordinaire, & leurs fentimens réciproques s'é-
panchèrent en careffes, qui obligèrent le vieux
bon homme à fe livrer à une gayeté d'une
efpèce inconnue qui l'excita à rire de toute
fa force. La vieille mère approcha du feu
deux chaifes, & fit affeoir entre eux deux ces
prodigieux êtres, qu'elle croyoit defcendus
du paradis, feul endroit où elle pouvoit fe
figurer l'état d'une jeuneffe éternelle.

Un bon païfan, & une vieille femme
fe trouvèrent préfens à toute cette fcéne : la
vieille avoit été dans fon enfance la compagne inféparable d'Elifabeth, & elle devoit
avoir fon même âge. Elle ne pouvoit fe ré-
foudre à croire ce dont fes mêmes yeux la
rendoient convaincue : en la voyant jeune, &
fachant qu'elle étoit vieille, elle reffentoit un
dépit qui lui rongeoit l'ame : elle crut fermement que dans cette apparition l'ouvrage
du démon devoit fe trouver ; & dans cette

idée elle fortit brusquement, alla avertir un prêtre catholique qui fe tenoit caché dans le village, & chemin faifant dit l'affaire à tous les voifins qu'elle rencontra, qui lui rirent tous au nez, mais qui tout de même attirés par la curiofité conrurent chez Jacques Alfrède. L'appartement en fut bientot rempli. Le lord comte de Bridgend, ne fachant à quoi attribuer ce tapage, defcendit avec miladi, fon fils, & fa fille; & un moment après arriva le prêtre, qui après avoir entendu de quoi il s'agiffoit, impofa filence à tout le monde, & dit que ces deux perfonnes pouvoient fort bien être deux grands forciers; mais que fi on vouloit s'engager qu'ils ne s'échapperoient pas, il promettoit de faire aller en fumée tout ce qu'il y auroit d'infernal dans cette aventure, d'abord qu'il feroit de retour avec fon étole, fon rituel, & les reliques des faints qu'il avoit chez lui. Deux catholiques zélés, & intrépides, qui fe trouvoient là, l'affurèrent qu'à moins que ce ne fuffent des fantômes, ils ne partiroient pas, & fe mirent à la porte tandis qu'il courût prendre les armes que la religion lui démontroit néceffaires au combat. Le lord Bridgend, qui ne croyoit guères ni aux anges, ni aux diables rioit, miladi avoit

peur, le lord Tarnton leur fils, qui ne favoit pas ce que le mot *exorcifme* fignifioit,
enchanté de la beauté d'Elifabeth, vouloit
aller au devant du pieux prêtre pour le rof-
fer, & miladi Stanope fa foeur âgée de quinze ans, qui admiroit la beauté d'Edouard
étoit fort affligée d'apprendre qu'il étoit fi
vieux, & que d'ailleurs ce pouvoit être un
fpectre noir.

Les deux objets de l'étonnement général affermiffoient avec un maintien très mo-
defte le courage de leur parens, & avec une
noble intrépidité diffipoient leurs craintes.
Le bon prêtre fut bientot de retour avec toute fa befogne pour les conjurations, & fe
donna beaucoup de peine pour découvrir les
prétendus nécromanciens, mais ne voyant
aucun des fignes qui pouvoient lui indiquer
une nature diabolique, il crut que cela pouvoit dériver du manque de foi de plufieurs
hérétiques affiftans, dont les éclats de rire l'
ennuioient beaucoup. Il pria de fortir tous
ceux qui ne croyoient pas à la prééminence
de l'églife romaine, & on en eut la complaifance. Il redoubla pour lors fes exor-
cifmes, & fes préceptes, & ayant à la fin vu
ces jeunes vieillards réfifter à tous fes efforts,
point hurler, pas fe jetter par terre, & ne

proférer pas un feul mot hébraïque, il
demanda à écrire, & leur livra un plein cer-
tificat de la fimplicité de leur nature très humaine, & exempte de tout preftige. Il demanda pardon, s'en alla, & Edouard & Elifabeth
reçurent de la meilleure grace du monde les
complimens de toute la compagnie.

Le comte de Bridgend très curieux par
caractère commença par faire aux deux nouveaux arrivés toutes efpéces de queftions auxquelles tantôt Edouard, & tantôt Elifabeth
répondoient exactement ; mais en même tems
que les réponfes étoient adaptées aux inter-
rogations, la curiofité de l'interrogateur s'
augmentoit à caufe des fuppofitions qu'il falloit faire, & qui paroiffoient abfurdes. Milord obferva que la fale où l'on étoit, quoique
grande, ne pouvoit fuffire à la foule qui s'
augmentoit à chaqu'inftant : il fe détermina
fur le champ à inviter toute la compagnie de
famille à fouper dans fon appartement, d'
autant plus qu'avide de tout favoir, il craignoit que le trop grand nombre d'auditeurs
n'empêchât monfieur Edouard de faire une
narration très circonftanciée ; car il vouloit
favoir non feulement où ils avoient vécu tant
d'années, mais aufli par quel moyen ils s'é-
toient fauvés, lorfque le Wolfey fut englouti

& ce qui l'intéreſſoit bien d'avantage, comment ils avoient pu ſe conſerver ſi jeunes.

Sa noble invitation fut acceptée. Milord ſur le champ donna la main à Eliſabeth, Edouard à miladi, & ſuivis des doyens (c'eſt ainſi qu'on appelloit Jacques, & Guillelmine) qui marchoient à pas très lents, ils montèrent au premier étage. Ceux qui reſtèrent dans la ſale retournèrent chez eux.

Le comte de Bridgend fut enchanté de voir arriver chez lui dans le moment le lord Charles Burghlei neveu du défunt grand tréſorier, & couſin de Robert Cecil comte de Salisbury. Ce ſeigneur aimoit miladi Caroline Stanope qu'on étoit déjà diſpoſé à lui accorder pour épouſe. Il demeuroit presque toujours dans une de ſes terres près de Cheſter. Un quart d'heure après le grand amiral Howard d'Effingam comte de Nottingam qui venoit d'Eſpagne, où il avoit été ambaſſadeur, porta la joye dans le cœur de toute la compagnie. C'étoit le même, qui en 1588. avec le vice-amiral Drake avoit vaincu l'armée navale que Philippe ſecond avoit mal nommée l'invincible : elle étoit de cent cinquante vaiſſeaux, qui portoient vingt mille ſoldats, huit mille matelots, deux mille rameurs, & deux mille ſix cent trente piè-

ces de canons de bronze. La reine Elifabeth
glorieufe de cette victoire en triompha à
Londres à la guife des romains, faifant frapper tant de médailles qu'elle croyoit fuffifan-
tes pour rendre ce fait célébre jusqu'à l'immortalité. L'amiral Howard avoit avec lui
le lord Dunspily, & miladi Rutgland fa coufine. Le comte Cheptlow, & le jeune duc
de Brecnock étoient auffi arrivés à cheval
avec lui.

Lorsqu'Edouard, & Elifabeth furent
préfentés au grand amiral comme deux perfonnes qui s'étoient fauvées du navire le Wol-
fei, qui avoit été englouti par le tournant
d'eau du Maelsftrand quatre vingts un an auparavant, il les accueillit avec un grand éclat
de rire. Il fe fouvenoit de ce fait pour en
avoir plufieurs fois entendu la narration dans
fa famille. Le commandant du Wolfey qui
périt avec le vaiffeau, étoit le comte de Surrey fon grand oncle : outre cela les deux
préfentés ayant l'air fort jeune, comment
auroit-il pu ne pas rire ? Mais fon étonnement fut des plus forts, lorsqu'on lui eut
dit en bref que ce n'étoit pas une plaifan-
terie. Sa curiofité devint pour le moins é-
gale à celle des autres. Le lord Bridgend donc
adreffa le difcours à Edouard dans ces termes.

M. Bridgend.

Nous efpérons, monfieur Edouard, que vous pardonnerez à nôtre jufte curiofité, & que vous voudrez bien la fatisfaire fans oublier la moindre des circonftances de vôtre narration, car tout doit intèreffer dans une pareille aventure. Si une heure fuffifoit, vous pourriez nous contenter avant nôtre fouper.

Edouard.

Si vous fouhaitez, milord, favoir de nôtre bouche tout ce qui nous eft arrivé depuis quatre vingts un ans que nous fommes fortis de cette ile, je crois que nous pourrons vous obéir dans le tems de trois femaines, fi vous pouvez nous donner une audience de trois heures par jour. En attendant, fi vous l'ordonnez, je vais commencer, prêt à fufpendre ma narration, d'abord que vous vous fentirez fatigué de fa prolixité, ou que vos affaires vous appelleront ailleurs.

M. Bridgend.

Celle de vous écouter fera la feule affaire qui m'occupera, & vous me ferez le plus grand plaifir.

Miladi.

Vôtre foeur toujours préfente pourra vous faire fouvenir de quelque circonftance que vous pouvez avoir oublié.

Elifabeth.

J'y ferai attention, miladi, & on n'
oubliera rien.

M. Burghlei.

Je penfe que vous êtes déjà parfaitement
d'accord pour ce qui regarde la compofition
du roman que vous allez nous réciter : mais
je vous aflure que j'y prêterai la même attention, que je prêterois à une véritable hiftoire.

Edouard.

Ce que je narrerai, milord, ne fera que
très vrai : Les trompés feront ceux qui n'y
ajouteront pas foi.

M. Howard.

C'eft précifément la même réponfe que
je donne à tous ceux qui doutent des faits,
dont je fus témoin dans mes longs voyages.

Elifabeth.

Si cet honorable lord qui eft fi difficile en matière d'hiftoire, vouloit avoir la
complaifance de nous informer de ce qui eft
arrivé en Angleterre après nôtre départ, nous
lui ajouterions fans doute toute la foi qu'il
exigeroit.

M. Bridgend.

On voit bien que vous ne le connoiffez
pas. De quoi voulez-vous qu'il vous inftrui-

fe ? Il eft vrai qu'il n'eft jamais forti du
royaume ; mais il n'a que vingt cinq ans,
dont les dix derniers furent employés à la
chaffe, & à la taverne. Il ne lui femble être
homme d'esprit, que lorsqu'il dit *je n'en*
crois rien; mais à force de perdre des paris,
qu'il paye en gentilhomme; on peut efpé-
rer qu'il fe corrigera. Je vous avertis donc
d'avance qu'il trouvera à redire à tout ce
que vous narrerez ; mais vous n'y ferez nulle attention. Pour ce qui regarde les affaires
d'Angleterre, c'eft moi qui vous en rendrai
compte , & je n'y employerai qu'un petit
quart d'heure.

M. *Burghlei.*

Eh bien. Après le fingulier portrait
que vous m'avez fait, je vous croirai tout,
& je ferai vengé.

M. *Bridgend.*

Vous ne ferez pas un grand effort, puisque je ne dirai que ce que tout le monde
fait. Vous fouvenez vous, monfieur Edouard, de l'état dans lequel vous avez laiffé l'
Angleterre à vôtre départ ?

Edouard.

Oui milord. C'étoit la vingt quatrième année du regne d'Henri VIII.

M. Bridgend.

Fort bien. C'est positivement dans cette année là qu'il fit conduire au château de Kimbolthon la reine Catherine pour épouser Anne de Boulen. Cranmer qu'il avoit fait archevêque de Cantorbery n'attendit pas le consentement de Clément VII. pour déclarer le mariage nul : ce pape craignoit trop la colère de Charles V. pour le lui donner : il excommunia le roi avec tous ses sujets, malgré l'interposition du roi de France. Henri devenu pape d'Angleterre fit couper la tête au chancelier Thomas Morus, & au cardinal Ficher qui avoit été son précepteur, & fit déterrer le corps de Thomas feu évêque de Cantorbery pour le faire bruler par le bourreau. Neuf ans après une armée écossoise vint en Angleterre pour venger Jacques IV. mais elle fut battue, & Jacques V. en mourut d'affliction. Cinq ans après ce fait, Henri mourut de sa plaie à la jambe, & quatre mois après mourut aussi le roi François. Henri laissa trois fils : Marie qu'il eut de Catherine d'Aragon, Elisabeth qu'il eut d'Anne de Boulen, qu'il fit décapiter l'an 1536, & Edouard qu'il eut de Jeanne de Seymour. De ses trois autres femmes il n'eut point d'enfans : ces femmes furent Anne soeur du

duc de Clèves, Catherine Howard qui eut
la tête tranchée l'an 1542. & Catherine
Pare veuve du baron de Latimer. Edouard
avoit neuf ans lorsqu'il fut élu roi. Edouard
Seymur chef des seize du conseil de régence
usurpa toute l'autorité: toutes nos provinces septentrionales se soulevèrent. Il alla en
Ecosse avec une puissante armée pour se venger de ce qu'on lui avoit refusé Marie Stuard qu'il vouloit marier au roi : cette prin-
cesse étoit promise au dauphin de France:
quatorze mille écossois restèrent morts ; mais
malgré cela la fin de cette guerre fut malheureuse. Henri second roi de France envoya
aux écossois un si puissant secours, que les
anglois furent chassés. Seymur fit trancher
la tête à Thomas son frère convaincu de conspiration ; mais Dudlei comte de Warvick lui
joua le même tour l'année 1552: par sentence du parlement. Le roi Edouard dans
l'année suivante mourut d'inflammation, âgé
de seize ans. Dudlei fit d'abord publier le
testament du roi, qui excluoit de la succession
au trône Marie, & Elisabeth, & y appelloit
Jeanne fille du duc de Suffolc, femme de
Guilford quatrième fils de Dudlei. De cette
façon il fit que la couronne passât dans sa
maison, quoique cela n'eût duré qu'un mo-

ment : Jeanne fut reconnue dans Londres reine d'Angleterre. Elle defcendoit de Marie d'Angleterre fille d'Henri VII, qui fut femme en fecondes noces de Charles Brandon duc de Suffolc, dont l'unique fille fut femme de Henri Gray marquis de Dorfet, & duc de Suffolc après : la nouvelle reine étoit fa troifième fille.

Ce fut alors que Marie foeur du roi défunt vint à la tête d'une armée fe placer fur le tróne qui étoit fon vrai héritage : elle fut proclamée reine à Norwick, & dans tout le royaume après la ruine de tout le parti de Dudlei. Le duc de Suffolc, & Jeanne furent arrêtés, & Dudlei fut pendu avec quatre vingt de fes complices, entre lefquels Jeanne même, fon mari Guilford, & le duc de Nortumberlan. Lorfque Cranmer fe vit condamné à être brulé il abjura, croyant par là fauver fa vie ; mais lorfqu'il vit, que malgré cet acte la grace ne lui étoit pas faite, il voulut demeurer tel qu'il étoit. On le brula à Oxford l'an 1556.

La reine Marie qui avoit époufé Philippe fecond roi d'Efpagne, rétablit en Angleterre la religion catholique ; & en manquant de parole, à la follicitation de fon mari, au parlement, elle fit la guerre à la France,

Les huit mille hommes qu'elle envoya en
Flandre eurent grande part à la victoire de
S. Quentin ; mais en l'année 1558. le duc
de Guise chaffa de France tous les anglois,
& elle mourut d'hydropifie la même année.
Elifabeth fa foeur fut élue reine : elle rétablit la religion proteftante, & elle la fou-
tint en France, en Ecoffe, & dans les païs
bas. Elle fit décapiter Marie reine d'Ecoffe
malgrè la France, & tout ce qui fut fait pu-
pliquement, & en fecret par tous les amis de
cette malheureufe princeffe. La reine Elifabeth mourut il y a onze ans après avoir nommé fon fucceffeur le roi Jacques qui regne
aujourd'huy. La couronne lui appartenoit
en qualité de plus proche parent de la reine
& en vertu d'un acte du parlement, qui avoit
affuré à Henri VII. la couronne à tous fes
defcendans. Il y a neuf ans, pendant que
Londres étoit fous le fléau de la pefte, qu'on
forma une confpiration : on vouloit mettre
fur le trône Arbelle Stuard coufine germai-
ne de nôtre roi. Tous les conjurés furent
condamnés à mort, mais on n'exécuta que
George Broock, & deux prêtres. La dernière conjuration fut éventée dans fa naiffan-
ce, & il n'y aura plus de jéfuites en Angleterre.

M. Howard.

Vous n'avez rien dit de l'infortunée reine d'Ecosse qu'Elisabeth fit décapiter. Ces bons frères n'en savent rien.

M. Bridgeud.

Il faut avoir été hors du monde pour ignorer cette histoire.

Edouard.

Nous n'en fûmes pas dehors, milord, mais dedans, & il n'y a que six mois que nous en sortîmes, nous reconnoissant dans la Carniole. Dans le monde où nous fûmes, il est impossible d'apprendre ce qui se passe ici-bas.

M. Burghlei.

Ici-bas ? Vous avez donc été là-haut ? Nous allons bien rire.

Elisabeth.

Ne vous y attendez pas, milord. Ce que vous entendrez ne vous excitera pas à rire.

M. Burghlei.

Cela se peut ; mais en attendant avouez, que votre *ici-bas* donne le droit de rire, car si vous avez été dans l'intérieur de ce globe, votre frère devoit plutot dire *ici-haut*.

Edouard.

J'avoue qu'étant ici je pouvois envisager le monde intérieur comme plus bas que cette surface, & je vous en demande excuse ; mais avouez à vôtre tour que les habitans du monde intérieur ne peuvent avoir une idée du nôtre qu'en le confidérant plus bas.

M. Burghli.

Point du tout, car nous fommes plus près du Soleil qui eft le centre de nôtre univers.

Edouard.

Et les *mégamicres* font plus près du centre de la terre, où git leur Soleil, & n'ont aucune idée du nôtre.

M. Burghli.

Convenez-vous que la furface d'un globe foit plus haute que fon centre ?

Edouard.

Oui, pour ceux qui raifonnent fur la furface, mais non pour ceux qui raifonnent habitant dans le centre par une gravitation oppofée à la nôtre.

M. Howard.

Monfieur Edouard a raifon.

M. Burghli.

Je parie cent guinées qu'il a tort.

M. Howard.

Va.

M. Burghlei.

Demain j'enverrai faire juger la queſtion à Londres.

M. Howard.

Fort bien.

M. Bridgend.

Graces au ciel, c'eſt fini. Ma femme
aura la complaiſance de narrer en bref les
malheurs de Marie Stuard, qui a beaucoup
aimé ſa mère.

Miladi.

Bien volontiers. Elle étoit fille de Jacques V. roi d'Ecoſſe, & de Marie de Lor-
raine, fille de Claude duc de Guiſe. Lorsqu'elle épouſa François II. roi de France,
elle prit le titre de reine d'Angleterre, puisqu'Eliſabeth qu'elle regardoit comme bâtar-
de ne pouvoit pas prétendre à la couronne.
Elle fondoit ſes titres ſur ce qu'elle étoit petite fille de Jacques IV, & de Marguerite d'
Angleterre, fille d'Henri VII. nôtre roi préſent regne en force de la même généalogie.
Marie devenue veuve retourna en Ecoſſe, &
ſe déclara d'abord pour les catholiques; mais
ne pouvant ſe ſoutenir ſeule contre Murray
ſon frère naturel, qui étoit à la tête des prot-

teftans, elle époufa Henri Stuard fon coufin comte de Arnley fils du comte de Lenox: c' étoit le plus beau de tous les hommes. Il devint jaloux de David Riccio muficien piè-montois, fort laid ; mais qui étoit, à ce qu' il lui fembloit, trop cher à la reine : il le tua à fes pieds. Murray excita alors Jacques Heburne comte de Bothuel à tuer le roi, lui promettant qu'il épouferoit la reine. Bo-thuel, après avoir fait le coup, la fit con-duire dans le château de Dumbar, où il la força à devenir fa femme. Les dépofitions qu'il fit dans les prifons du Danemarck prou-voient l'innocence de la reine, mais la po-litique la vouloit coupable. Murray, qui vouloit la précipiter, affembla une armée, mit le fiége à Dumbar, le prit, laiffa écha-per Bothuel, & traina la reine par tout le royaume, où elle fouffrit mille injures de l' infolence du peuple, qui ignorant le crime du comte, la croyoit coupable de la mort de fon mari. Murray la fit enfermer dans la fortereffe de Lockleufen, fous la garde de fa mère, & s'empara de l'autorité fouve-veraine fous le nom de Jacques, prince qu' elle avoit eu de Henri Stuard, & qui n'avoit qu'un an. Douglas affembla fix mille hom-mes pour punir le comte, mais il fut battu,

& Marie fe fauva en Angleterre où, au lieu
d'un afile elle trouva une prifon dans la fortereffe de Foteringay, d'où on la fit fortir
en l'année 1587. pour être décolée, malgré
les remontrances de Bellievre, qu'Henri III.
roi de France envoya pour faire caffer le
décret de mort. Le crime qui lui fut im-
puté fut celui de Bothuel.

M. Bridgend.

Le même procés la démontroit auffi
coupable de confpiration. Mais voilà qui
eft fini. Allons nous mettre à table.

M. Howard.

J'admire, mon cher ami, ta belle mémoire, & celle de miladi.

M. Bridgend.

Un gentilhomme doit favoir l'hiftoire
de fa nation. Mon grand père ne faifoit
que me parler des troubles de la Rofe-blan-
che fous le regne d'Edouard IV. avant l'union
des familles d'Yorck, & de Lancaftre. En
difant cela, il donna fa main à Elifabeth qu'il
fit affeoir près de lui, tandis que miladi fit
le même honneur à Edouard. Le lord Tarnton fils du comte de Bridgend fe mit de l'
autre côté d'Elifabeth, & miladi Caroline
fa foeur fe trouva entre Edouard, & le grand
amiral, dont le lord Burghlei fon amoureux

fut un peu piqué, mais elle voulut le punir
de ce qu'il mettoit en ridicule Edouard. Le
lord Dunspily, miladi Rutgland, le comte
Chepftow, & le duc de Brecnok fe mirent
au bout de la table, & à l'autre bout près
du feu s'affirent les bons doyens.   C'eft
ainfi que les quatorze convives furent placés.
Dès que le fucculent bœuf roti fut coupé en
belles portions, & loyalement diftribué, le
lord Bridgend dit à fa voifine: je penfe, belle Elifabeth, que vous devriez avoir bon appétit.

Elifabeth.

Pas beaucoup, milord; mais je tâcherai
de l'éveiller, car dans ce monde, fi l'on veut
jouir d'une bonne fanté, il faut nourrir l'estomac folidement, & il faut mâcher.

M. Bridgend.

C'eft une loi que je croyois générale.

Elifabeth.

Elle l'eft dans ce monde; mais dans
celui que nous avons quitté on n'a pas befoin d'avoir des dents.

M. Bridgend.

Je comprens très bien qu'on peut facilement fe nourrir de mets liquides, ou fort
tendres, mais je crois que ceux qui ont befoin d'être triturés font plus propres aux be-

foins de nôtre nature, qui non fans raifon nous a fourni des dents ; & je crois auſſi que les fucs que nous exprimons des mets que nous mâchons en les amalgamant avec nôtre falive, non feulement nous nourriſſent mieux, & font plus falubres, mais il me femble auſſi qu'ils nous donnent plus de plaiſir que ceux que nous n'avons befoin que d'avaler. Je vous dirai cependant, que fi l'air de jeuneſſe que vous avez confervé dérive de la nourriture liquide, je la préférerois volontiers au dépens du plaiſir que j'ai à mâcher.

Edouard.

Je crois, milord, que la jeuneſſe qui dure dans ce monde - là toute la vie dérive de pluſieurs autres caufes, fans en exclurre la nourriture. On n'y dort pas. L'air qu' on y refpire eſt tout à fait différent du nôtre : il n'y a là qu'une feule faifon perpétuelle : point de nuit : un Soleil dont la chaleur douce, & toujours également influente ne varie jamais, & un régime de vivre exempt de toute altération.

M. Bridgend.

Il fe peut que la veille continuelle foit un bien dans un monde, où le fommeil n'eſt pas néceſſaire ; mais pour ne pas déſirer ce privilège, je n'ai befoin que de fonger au plaisir que je ressens lorsque je me réveille après avoir bien dormi, & au bon effet qu' un excellent sommeil fait sur ma santé. C'est cependant bien beau que d'être exempt de vieillesse : c'est, dit-on, le partage des bienheureux. Seroit-ce le paradis terrestre que l'endroit où vous avez vécu ? Une jeunesse permanente est ce qui paroit une grace divine.

M. Howard.

Je te demande pardon, mon ami, si la jeunesse permanente me semble naturelle, & conséquente dans un monde tel que celui dont monsieur Edouard nous a donné l'idée, & où l'homme pourroit vivre dans un parfait repos. Vieillir est l'effet du travail continuel de tout l'individu de l'homme. Manger, boire, dormir, marcher, s'appliquer à toute sorte d'étude, penser, se divertir, tout est travail qui est directement du corps, car l'ame ne peut agir dans nous que conjointement à la matière, & c'est aussi vrai que rien ne nous use plus que l'étude : il fatigue les nerfs, il empêche la digestion, il épaissit le sang, & il se fait cependant sans que nôtre corps bouge. J'infère donc que l'homme qui pourroit vivre dans un parfait repos ne vieilliroit jamais, car sans action il n'y

à pas de réaction. Sans les détrimens qu'elle
caufe, & qu'en partie nous voyons, & qu'en
partie nous fentons dans toutes nos facultés,
nous refterions jufqu'à la mort dans l'état
où nous voyons ces deux heureufes creatu-
res qui, je penfe, commenceront à vieillir,
& feront bientôt affligées d'être forties d'un
fi rare endroit. Ajoutons une réflèxion fur
le fommeil, qui nous caufe tant de volupté, & qui effectivement nous remet en état
d'agir. Nous pourrions le regarder comme
une mort de courte durée, & à fon effet
près je crois que nous le payons fort cher,
s'il eft vrai qu'il ne puiffe nous paroitre fi
doux que moyennant une étonnante difper-
fion d'esprits, qui n'arrive pas, ou qui eft
moins douce lorfque le fommeil n'eft pas
profond. Ces coups redoublés de petites
morts peuvent à la longue devenir la caufe
de la grande, dont le moment doit être tout
ce qu'il y a de plus voluptueux.

Miladi Rutgland.

Le comte d'Effingam me pardonnera
fi fon beau raifonnement ne me perfuade
pas. Je crois comme plufieurs autres que
nôtre corps vieillit, principalement à caufe
du travail que fait en lui fa même force vitale, travail qui doit opérer quand même

il vivroit fans jamais s'exercer dans aucune
fonction matérielle, ou d'application. Sans
que j'aille me perdre dans une queſtion phy-
ſico - metaphyſique, permettez que je vous
diſe que le plus grand ennemi de la jeuneſſe
de l'homme eſt le tems : c'eſt ſon vrai deſ-
tructeur ; & le tems eſt par tout, & dans
le monde intérieur auſſi. Le tems doit diminuer au ſang l'élaſticité, & la vivacité,
aux nerfs la force de contraction, il doit
groſſir les muſcles, relâcher les fibres, ter-
nir la couleur brillante des yeux, l'émail des
dents, le bel incarnat du teint, il doit flé-
trir la réſiſtance, l'égalité, & la douceur de
la peau, & faire évanouir ce vermillon qu'
aucun fard ne peut imiter, & doit diminuer
la ſubſtance végétable du ſuc radical, qui main-
tient, & ſuſtente non ſeulement nos cheveux
mais toutes nos prérogatives intellectuelles,
ce qui embraſſe auſſi le privilège que nous
avons de rapeller ce que nous avons appris ou
pour l'avoir vu, ou oüi narrer, ou lû : c'eſt
ce qu'on appelle mémoire, qu'un ancien crut
devoir être un petit Dieu habitant dans nôtre
tête. Qui ne voit l'esprit des vieillards plus
lent, & plus tardif que celui de la jeuneſſe
tant à concevoir qu'à ſe ſouvenir, à ſe ré-
ſoudre, à entreprendre ? Nous voyons le

courage même faire place à la prudence dans
l homme âgé, & cette heureufe prudence
ne peut être l'effet que d'une tiédeur dont
le fang de la jeuneffe n'eft presque jamais
fufceptible. Après tout ceci excufez, mon
cher amiral, fi je ne fuis pas de vôtre avis.
J'admire la jeuneffe de ce beau couple, &
je la place entre tous les faits qui ne laiffent
pas que d'être réels, quoique j'ignore
comment ils peuvent l'être.

M. Howard.

Vous avez, adorable miladi, repréfen-
té à merveille vos objections, & je me rends.
Vous favez que l'homme après avoir con-
fidéré attentivement les phénomènes veut
pour fe fatisfaire en deviner les caufes, & il
eft accoutumé, pour les établir à les déduire
des propriétés, & des variations qu'il croit
découvrir dans les mêmes objets qui le frap-
pent. Je vois ici deux vieillards qui paroiffent jeunes : je le vois, je le crois, & je fuis
fûr que fi cela eft c'eft naturel : il eft donc
tout fimple que curieux de favoir comment
cela péut être naturel, j'aille en chercher
la caufe dans ce que j'apprens d'eux mêmes.
Ce que je vous dis eft le fondement, & l'
origine de tous les fyftèmes : ils n'ont d'autre bafe que des fuppofitions, & fi elles font

fauſſes, ils ſont tous frivoles. Nous cherche-
rons, s'il vous plait, les cauſes de cette belle jeuneſſe à nôtre plus grand loiſir, & après
que leur narration nous aura fourni des plus
grandes lumières.

Miladi Rutgland.

Oui, nous en raiſonnerons. Vous devez être perſuadé que la matière m'intéreſſe.
Mais, je vous prie de me dire, ma chère E-
liſabeth, ſi vous vous ſentez dans toutes vos
facultés auſſi jeune que vous le paroiſſez.

Eliſabeth.

Je vous dirai, miladi, que les événemens de la vie m'intéreſſent moins, que l'
appas du plaiſir n'éveille plus mon ame a-
vec la même force, que j'appréhende beaucoup plus les dangers, mais que pour le reſte qui ne peut conſiſter que dans la vigueur,
& dans la perfection de mes ſens, je me
trouve comme j'étois à l'âge de vingt ans.

M. Bridgend.

Heureux monde ! Y a-t-il là des maladies ? Naiſſent-ils, & meurent-ils comme
nous ? A quoi s'occupe-t-on ? Pourrions-
nous y aller enſemble ?

Elifabeth.

S'il étoit poffible de faire un voyage à ce monde-là, je ne confeillerois pas d'y aller ceux qui porteroient fur leurs figures les marques d'un âge avancé, puisque les *mégami-cres* croyent que la vieilleffe ne peut paroitre qu'à caufe de certains crimes, & ils traitent affez mal ceux dans lesquels ils l'apper-çoivent.

Miladi.

Qu'en dites-vous, nos chers doyens? Cette circonftance n'eft pas favorable au dé-fir que vous pouvez avoir conçu d'aller là.

Jacques.

Je ne voudrois pas y aller, miladi, quand même on m'affureroit que je retournerai jeu-ne: tant je me fens ennuyé de la vie.

Guillelmine.

Et moi j'y courrerois dans l'efpoir de regagner l'esprit que j'avois lorsque rien ne m'ennuyoit.

M. Howard.

Je penfe que celui qui pourroit con-quérir ce nouveau monde à l'Angleterre iroit glorieux à l'immortalité. Je veux en parler au roi. Si une efcadre fût néceffaire, je m'offrirois d'affronter tous les dangers pour

avoir l'honneur de la commander. Mais je
n'oſerois m'expoſer à cette entrepriſe ſans
vous avoir avec moi, monſieur Edouard, &
ainſi nous partagerions la gloire.

Edouard.

Vous m'honorez infiniment, milord,
& vôtre déſir eſt noble, & grand ; mais cette entrepriſe n'eſt pas dans le nombre des
poſſibles. Le monde d'où nous venons eſt
ſûr de ne jamais devenir la proye des con-
quérans de celui-ci : vous en ſerez perſuadé
lorsque je vous en ferai la deſcription. Permettez auſſi que je vous diſe librement ma façon de penſer dans le cas que ce monde-là
pût être conquis. Je vous dirai qu'il eſt
compoſé de quatre vingt monarchies, de dix
républiques, & de deux cent ſeize fiefs, dont
pluſieurs ſont plus grands que toute l'Angleterre ; & que j'aime tendrement la liberté de tout ce monde-là, ſoit qu'elle doive
ſe conſerver, ſoit qu'elle ſoit deſtinée à être
la proye de mes deſcendans. Reconnoiſ-
ſant pour le bienfait que j'ai reçu d'eux il
y a quatre vingts un ans, lorsqu'ils me ſau-
vèrent la vie, je ne me ſens pas la force
d'esprit qu'il me faudroit avoir pour devenir
ingrat à ce point-là. Je leur veux du bien
& Dieu m'eſt témoin que je déſire que mes

enfans vivent toujours avec eux dans une
paix parfaite. Dites-moi, honorable lord,
quelle injure, quel mal ont fait les bons *mégamicres* à l'Angleterre, pour qu'elle ait quelque raison d'aller les aſſujettir, d'abord qu'
elle parvient à ſavoir qu'ils exiſtent ? Ils n'
ont pas beſoin de nous. Comment peut-il
être permis à qui que ce ſoit d'aller ſe mettre en poſſeſſion d'un état ſur lequel il n'a
aucun droit ? Je vois bien que l'eſprit qui
vous repréſente ce projet honnête, & plau-
ſible eſt un génie magnanime, une vertu intrépide, un amour de la patrie, & un déſir
ſublime de gloire, & de grande renommée.
Je le vois, milord, mais je vous ſupplie de
me pardonner, ſi élevé dans ce monde-là,
où on ignore que ce puiſſe être choſe louable
que celle de faire des miſérables pour ſe
rendre plus grand, je ne puis pas être de
vôtre avis. Je vous dirai d'ailleurs que le
monde intérieur eſt imprenable par ſa nature, puiſqu'il n'a pas des bords : il faudroit
y aller par deſſous terre : il eſt défendu par
la gravitation, par des abymes, par l'eau,
par l'air, & par le feu : & quand même la
nature ne le rendroit pas inacceſſible, quelle
eſt la puiſſance qui le pourroit ſubjuguer
actuellement qu'il contient plus de ſix cens

mille anglois obligés à en être les défenseurs ?
Vous trouveriez là une artillerie formidable,
tout le courage de nôtre nation, & un esprit non fusceptible de fophifme, auquel vous
ne pourriez jamais faire comprendre, que ce
feroit un avantage pour eux que celui de
fubir le joug de la dépendance, & de reconnoitre autre maitre que leurs loix, & leurs
fouverains.

M. Burghlei.

Je fuis fâché, milord, que cette décla-
ration de monfieur Edouard ne fe conforme
pas à vôtre fyftême. Elle fent un peu le
fauvage. C'eft le raifonnement d'un homme qui vient de deffous la terre ; mais con-
folez-vous : il y a des terres inconnues dans
nôtre monde, qui ne bougent pas du lieu
où elles font, & que vous pourrez aller découvrir quand bon vous femblera, & les u-
nir en véritable anglois à la couronne britan-
nique. Pauvres terres ! Quel malheur pour
elles que celui d'être inconnues ! Comment
peuvent-elles exifter fans être angloifes, es-
pagnoles, ou françoifes ! Il faut aller les délivrer de la barbarie dans laquelle il eft fûr
qu'elles croupiffent. Vous irez les tirer de
leur néant, & fi vous voulez de moi je vous

y accompagnerai pour mourir, ou pour prendre part à vôtre gloire.

M. *Howard.*

Je vous remercie : vous viendrez avec
moi , & j'accepte vôtre parole d'honneur.
Je dois en attendant vous avertir que le difcours vrai, & libre de M. Edouard m'a beaucoup plu : il m'a parlé en gentilhomme, &
en philofophe ; & vôtre glofe m'a ennuyé.
Mais, mon cher Monfieur Edouard, je vous
prie de me dire comment fix cent mille anglois peuvent exifter dans ce monde-là.

Edouard.

Ce font tous mes enfans, milord, jufqu'à ma feptième génération, & voilà ma
femme; & vous faurez tout à tems, & lieu.
Je dois actuellement fatisfaire à la demande
de Milord. Les maladies chez les *még. ami-
eres* font rares , & encore plus rare la mifère.
Je commencerai demain à fatisfaire vôtre curiofité qui m'honore, & vous apprendrez avec ordre à quoi ces peuples s'occupent, & à quoi ils
attachent les plaifirs de la vie, & comme ils
veulent être gouvernés. Vous faurez leurs
loix, leurs études, leurs fciences, leurs moeurs,
& leur théologie. Après tout ceci vous
vous défabuferez tous fur la poffibilité d'aller
leur faire une vifite.

K

M. Bridgend.

Mais vôtre préfence même prouve cette poffibilité. Ce voyage ne peut être que difficile.

Edouard.

D'accord, milord ; mais dès que vous aurez connu ces difficultés vous les trouverez infurmontables.

M. Bridgend.

Le feul impoffible eft infurmontable : en fuppofant cependant toute la force néceffaire à vaincre toutes les grandes difficultés.

Edouard.

Et précifément la force néceffaire qu'il vous faut fuppofer eft celle que l'homme ne peut pas avoir, ni fe flatter de parvenir à fe procurer.

M. Bridgend.

Nous verrons. Soyez en attendant fûr, mon cher ami, que je croirai tout ce que vous narrerez ; premièrement parceque je vous crois honnête, & incapable d'abufer de nôtre confiance ; & en fecond lieu parceque vous auriez trop de befogne fi vous duffiez inventer toutes les circonftances qui doivent être l'ame de vôtre long récit, & qui feules peuvent nourrir l'intérêt qui vous attirera toute nôtre attention. Actuellement

vous pouvez auſſi bien que vôtre ſoeur i-
miter toute la compagnie en allant vous coucher. Demain nous dinerons tous enſemble.
Après le diner vous commencerez vôtre hiſtoire, dont la narration arrivera juſqu'au
point où vous croirez convenable de vous
arrêter, & vous la continuerez de jour en
jour juſqu'à ſa fin. Demain ma maiſon
commencera à être fermée à tout le monde,
aux meſſages du parlement, à ceux du roi,
à toute ma patrie, & à tous mes parens.
Je veux, mon cher ami, que rien n'ait le
droit d'interrompre la complaiſance que vous
aurez de nous inſtruire de vos aventures, &
la ſatisfaction, & le plaiſir que toute la compagnie aura de les entendre de vôtre bouche.

Cette diſpoſition plut à toute la belle
aſſemblée. Après le punſch tout le monde
ſe retira.

Le comte de Bridgend avant que de ſe
coucher fit appeller deux jeunes écrivains de ſa
ſecretairerie, & leur ordonna de ſe tenir prets
à écrire toute la narration d'Edouard, pla-
cès, & aſſis derri're une mince tapiſſerie,
qui ſéparoit un cabinet chaud de la grande
chambre où l'on devoit faire le récit. Ils poſ-
ſédoient l'art d'écrire tout ce qu'un orateur prononçoit avec une célérité égale à celle

avec laquelle la harangue fe faifoit entendre.
Il ne lui en auroit fallu qu'un feul, mais il
voulut en avoir deux par une plus grande
précaution.

Aujourd'hui en Angleterre ceux qui
poffédent ce beau talent ne font pas rares.
Le judicieux comte leur recommanda la plus
févère difcrétion fur l'ordre qu'il venoit de
leur donner, de crainte qu'Edouard venant
à favoir qu'on écrivoit ce qu'il difoit ne fe
crût en devoir de corriger la fimplicité naturelle avec laquelle il défiroit qu'il fît fa
narration.

Par délicateffe de fentiment le même
lord Bridgend fe crut obligé de préfenter au
même Edouard, après qu'il en eut terminé
la narration, toute l'hiftoire qu'il avoit dictée fans le favoir : il lui dit qu'il ne fe croyoit pas autorifé à la garder, & à fe l'ap-
proprier fans fon confentement. Edouard fe
trouva très fatisfait de cet ingénieux tour que
le noble lord lui avoit joué : il le remercia
de la belle rufe, & ne lui demanda que la
grace de lui en faire tirer une copie, & de
différer à la publier après qu'il l'auroit revûe, &
perfectionnée avec les corrections qu'il auroit
cru lui convenir. Tout cela fut fait, mais cette
hiftoire ne fut jamais communiquée au public.

L'année fuivante Edouard vendit les fuperbes efcarboucles qu'il poffédoit à un ar_
ménien, qui les acheta par ordre de la maifon de Serpos, qui avoit fon comptoir à Hi-
oulpha faux-bourg d'Ispaham. Nicolas Se-
rimàn les porta au grand Mogol, & ces
précieufes pierres appartiennent aujourd'hui
au monarque de la Chine. Edouard en eut
en échange cent quintaux de diamans bruts,
qu'une compagnie à Londres acheta pour
deux cent mille livres fterlings avec lefquelles
il acheta une terre dans le Devonshire qu'il
laiffa en teftament à Artur Alfrède arrière-
petit-fils d'un frère de fon père. Cette terre fut érigée en pairie par l'infortuné Charles premier, & Richard Alfrède petit-fils d'
Artur en eut le titre : ce fut l'illuftre comte de Tiverton dont les confeils auroient
fauvé la vie au roi fi fa deftinée lui eut
permis de les écouter. La même terre produit aujourd'hui à la même famille vingt mille
livres fterlings de rente.

Le vieux Jacques père d'Edouard mourut trois ans après l'arrivée de fes fils, & fa
femme Guillelmine lui furvécut de quatre ans.
Edouard, & Elifabeth reftèrent toujours dans
la maifon du comte de Bridgend, où ils vieil-
lirent avec une rapidité étonnante, puifque

dix ou douze ans après leur arrivée ils mon-
troient déjà fur leurs figures les triftes caractères de la décrépitude. Ils étoient catholiques, & miladi Bridgend voulut qu'ils
fuffent enterrés dans la chapelle de leur palais où tous les curieux peuvent lire fur leur
tombeau une épitaphe qui apprend qu'ils
moururent dans le même jour, & âge qu'
ils avoient. On ne dit pas dans l'infcription
qu'Elifabeth avoit deux ans moins que fon
frère mari; mais ce n'eft pas la première fois que
dans une infcription de ce genre ou facrifie
à la briéveté une circonftance importante.

Les os d'Edouard Alfrède, & d'Elifabeth fa
foeur, & femme repofent ici. Ils moururent le
même jour l'an 1629. *âgés de cent dix ans. Ils*
vécurent quatre vingts ans dans l'efpace in-
térieur de ce monde, où ils virent leur huitième
génération, & plus de quatre millions de leurs def-
cendans.

Fin de l'*Introduction.*

JSOCAMERON.

PREMIERE JOURNEE.

Les doyens retournèrent à leur appartement rez de chauffée accompagnés de leurs vieux enfans qui y étoient nés. Jacques Alfréde étoit entré au fervice du grand père du comte de Bridgend en qualité de fous-secrétaire à l'âge de quatorze ans. Il époufa d'abord Guillelmine fille de l'intendant, & dix ans après obtint l'emploi de fous-directeur des grands biens que fon maitre poffédoit dans la comté de Monmouth. Il n'eut d'autres enfans qu'Edouard la première année de fon mariage, & Elifabeth la troifième, & il ne put réfifter à leur inclination lorsqu'étant parvenus à l'âge d'adolefcence ils fe jettèrent à fes pieds le priant de les laiffer aller avec un de leurs oncles faire un voyage en mer fur le navire le Wolfey, qui accompagné de deux autres alloit fous le commandement du lord Artur Howard comte

de Surrey vers l'océan Hipperboréen pour
découvrir des nouvelles terres, & quelque
nouveau paffage. Richard Scharp frère de
Guillelmine mère d'Edouard montoit auffi
le Wolfey en qualité de premier lieutenant.
Ce vaiffeau, comme tout le monde l'a fû,
fut abforbé par le Maelftrand, tournant d'eau
très connu de l'efpèce de ceux que les anciens
appelloient *umbilicus maris*. Les vaiffeaux qui
l'accompagnoient publièrent ce malheur à leur
retour en Angleterre.

Jacques Alfrède, qui étoit dans fa cent
neuvième année, fage, & très judicieux fe
trouvoit dans une inquiètude qui défoloit fon
esprit : malgrè toutes les apparences de vérité, il ne pouvoit pas fe perfuader de la réalité de cette efpèce de prodige. Dans cette
perplèxité il alla fe coucher aprés s'être laiffé
embraffer à plufieurs reprifes par les deux
êtres qui tantôt lui fembloient fes fils, &
tantôt des fous, ou des impofteurs. Mais
Guillelmine, dont l'esprit n'étoit pas fi fort,
fe rendoit plus facilement à l'évidence : elle
paffa deux heures avec eux en leur faifant
force queftion : la nuit n'auroit pas été fuffifante à répondre à toutes. Elle alla enfin
fe mettre au lit en défirant le nouveau jour
pour entendre tout ce qu'Edouard devoit

narrer de merveilleux. Il dut fe lever à la
pointe du jour éveillé par le bruit que la
foule du monde qui étoit à la porte faifoit,
curieufe de voir les deux rares créatures, &
de leur parler. Tout le palais quoique vafte n'auroit jamais pu contenir toute la cohue.
Ils fortirent tous les deux malgrè le froid qu'
il faifoit, fe montrèrent, & parlèrent à tout
le monde jusqu'à midi qu'ils montèrent chez
le comte où toute la compagnie étoit déjà
affemblée. On dina à la hâte, & milord
conduifit Edouard fur un fauteuil près du recoin où les braves écrivains fe tenoient prets
à écrire toute fa narration. C'eft ainfi qu'
il la commença.

Richard Scharp nôtre oncle maternel,
qui avoit paffé fa vie à voyager fur la mer,
& qui en plufieurs régions fort éloignées avoit
vu des peuples inconnus à tout le monde,
venoit au retour de chacun de fes voyages
faire une vifite à fa foeur nôtre tendre mère.
Il narroit en détail tout ce qu'il avoit vu de
beau, & de rare, & tous les dangers auxquels il étoit échappé. Nous l'écoutions a-
vec tant d'attention, & avec un fi vif intè-
ret, que la paffion, & le défir de faire un
voyage avec lui naquit en nous, & jetta
dans nos coeurs des racines invincibles. Nous

repréſentâmes nôtre inclination à nôtre père,
& à nôtre mère avec tant de prières, & tant
de fois réitérées, que s'ils voulurent ſe délivrer de nos importunités, ils dûrent enfin nous
contenter. Nôtre oncle après en avoir obtenu la permiſſion de milord Howard nous
prit avec lui.

Dix jours après l'équinoxe de Mars l'an
1533. nous partimes de Plimouth ſur le vaiſſeau le Wolſey qu'on appelloit ainſi à l'honneur
du précepteur du roi alors cardinal : nous
avions avec nous deux vaiſſeaux de conſer-
ve, & le même lord Howard comte de Sur-
ray commandoit la flotille. Son deſſein étoit
d'aller découvrir des nouvelles terres vers le
Cap-nord. Nous partimes lorsqu'on diſoit
que Cranmer archevêque de Cantorbery étoit
dans le moment de publier la ſentence dé-
claratoire la nullité du mariage du roi Henri
avec Catherine d'Aragon.

Nôtre navigation le premier mois fut
heureuſe, mais vers la fin d'Avril nous commençâmes à être tourmentés par des vents
contraires qui nous firent errer ſur le vaſte
océan plus de trois ſemaines. A la moitié du
mois de May nous nous acheminâmes avec
la faveur du vent vers le ſeptentrion de l'
Iſlande. Nous jettâmes l'ancre au dernier

port au nord de l'ile, & mimes pied à terre
pour faire des nouvelles provisions, & pour
nous repofer. Nous vimes le mont Ecla peu
loin de la mer, qui jette des continuelles
flammes, & caufe fouvent des incendies dans
les lieux adjacens. Nous obfervâmes que des
torrens d'eau fortoient fouvent de fon fom-
met, & que la terre qu'ils inondoient reftoit
brulée toute couverte do cendres noires, &
de pierres ponces. Lorsque le vent qui fouf-
floit étoit le Sud-eft qu'ils appellent le firoc
ce volcan étoit tranquille. Dans cette ile,
où tout le monde eft peuple, l'on croit que
ce volcan eft une bouche de l'enfer, & ils
en font fûrs, puisqu'ils voyent de leurs propres yeux des bandes de diables qui y entrent
fouvent tenant entre leurs griffes des ames
réprouvées, & ils les voyent fortir peu de
tems après pour aller apparemment en chercher d'autres. Ils difent que ces ames font
condamnées au froid, mais que c'eft un froid
qui brule ; ce qui n'eft pas impoffible en
phyfique.

Les islandois ne favoient pas ce que c'é-
toit que les efpèces monnoyées ; ils faifoient
leur commerce par des échanges, & par
un marché fingulier qui dépendoit de la cef-
fion de leurs filles qui ne font pas laides,

pour un tems determiné , & pour le prix
dont on étoit convenu : mais l'usufruitier,
& l'usufructuaire étoient d'accord que ces
filles louées ne sortiroient pas de leurs pa-
rages. La société avoit soin de faire tous les
honneurs à celles qui restoient enceintes. Nous
parlâmes à des prétendus savans islandois, qui
se vantoient de posséder des esprits familiers,
qui donnoient dans la nuit à leurs maitres
des bons conseils : ils en vendent aussi aux
curieux, tout comme ils vendent assez bon
marché aux capitaines des navires le vent qu'
ils leur demandent. Milord commandant dit
qu'il n'en avoit pas besoin. Ces marchans
de vent se disent grands magiciens. Ils jouent
tous aux échecs ; & au lieu de fous ils
ont des évêques : ils disent que ce fut un certain Palamède qui leur apprit ce jeu-là avant
la guerre de Troye.

Nous partimes le huitième jour poussés
en poupe par le vent du Sud-est qui nous
menoit en droiture dans la Groenlande. A
la moitié de nôtre chemin nous vîmes les
Gundebiurnes Skeer petites iles habitées par
des ours, & qu'ils rendent inaccessibles en s'
opposant à tous ceux qui voudroient y mettre les pieds. On nous fit voir non loin de
là hors de l'eau jusqu'aux hanches une af-

freufe figure de monftre qu'ils appellent Haff-
ftramb: il a la tête longue, & pointue, les
épaules fort larges, & les bras très longs fans
mains. Ils nous montrèrent après, dans la
même mer ce qu'ils appellent le Margugner
découvert jusqu'au nombril: il a l'apparence
femelle à la poitrine, & à la longue chevelure: il a aux épaules deux troncs, qui
paroiffent à quelqu'un des bras avec des grof-
fes mains, qui ont des doigts longs attachés
enfemble comme aux pattes des oyes: il s'a
mufoit à manger des poiffons qu'il empoig-
noit. Le troifième monftre que les anciens
du vaiffeau nous firent voir fut le furpre-
nant Hafgierdinguer, dont les trois têtes font
trois montagnes d'eau qui forment un tri-
angle dont le centre engloutit ceux qui y é-
chouent.

Nous entrâmes dans le cercle polaire,
& à foixante & neuf degrés de latitude, & cinq
de longitude nous dreffâmes nôtre cours un
quart vers l'orient. Après trois femaines de
calme nous arrivâmes au commencement d'
Aout avec très peu de vent dans l'océan gla-
cial. L'air dans cette faifon étant affez clair,
on nous fit voir par le moien d'un bon télescope les deux ourfes, & les fept étoiles
qui font à la queue de la petite: nous dif-

cernions parfaitement la dernière qui eft à la
queue du char du roi David, & que nous
appellons étoile polaire, pas plus éloignée
du pôle que de deux degrés & demi. Cette
étoile forme une ligne droite avec la plus
grande roue du char. Milord Artur nous
a dit qu'il étoit convaincu que la figure de
nôtre globe devoit être une ellipfe allongée
vers les pôles, dont la circonférence fur eux
devoit être de vingt millions cinq cent foixante trois mille & cent toifes : prife à l'é-
quateur elle devoit avoir quatre cent foixante mille toifes de moins, ce qui fait une
différence de cinq cent cinquante deux milles
d'Angleterre. Il avoit intention d'aller découvrir les terres inconnues habitées par les
hiperboréens qui confinent à la partie fepten-
trionale de la Tartarie, & de la Ruffie afia-
tique. Il alloit doubler le Cap-nord pour
prendre le chemin de la nouvelle Zemble;
mais les vents contraires qui durèrent forts,
& conftans huit jours, nous repouffèrent du
milieu des grands morceaux de glace entre
lesquels nous étions, & ne difcontinuèrent
que lorsque nous nous trouvâmes vers les côtes de la Norvège, où le calme nous arrêta.
Nous étions entre la petite île de Vero, &
la partie méridionale des îles de Laffouren

à vingt huit degrés de longitude, & foixante huit, & quinze minutes de latitude. C'é-
toit le matin du vingtième jour d'Aout lorfque nous nous reconnumes en proye d'une
marée dont la violence nous entrainoit in-
vinciblement au précipice. L'imminent danger de mort où nous étions ne fut plus douteux pour aucun de l'équipage : une voix
générale, & effroyable fe mit à crier Maelftrand, Maelftrand : c'eft le nom d'un vafte
efpace de cette mer là, qui a une circon-
fèrence de fix de nos milles, & dont le centre montre un rocher qu'on nomme Mus-
ke. Cet endroit eft un gouffre, qui eft fujet à une fi forte attraction fouterraine qu'il
engloutit tout corps folide qui fe trouve fur
fa furface.

A cet épouventable cri Elifabeth étoit
à côté de moi fur le tillac tout-à-fait près
du bord auquel fe trouvoit liée, & fufpendue une caiffe de plomb qu'un vieil officier
de marine vouloit avoir avec lui dans tous
fes voyages. Il difoit que cette caiffe devoit
être fon tombeau en cas qu'il dût mourir
fur mer de quelque maladie : il prétendoit
que les plus énormes entre les monftres ma-
rins n'auroient jamais pu parvenir à dévorer
fon cadavre une fois qu'on l'eut enfermé là

dedans, & que par-là il étoit sûr d'aller
tout entier le jour du jugement univerfel rendre compte au créateur de toute fa conduite.

La caiffe étoit grande au point qu'elle
auroit pu contenir bien entaffés douze corps
morts : elle avoit fix pouces d'épaiffeur dans
toutes fes fix furfaces, & celle qui lui fer-
voit de couvercle étoit affurée par quatre
pivots de fer fur lefquels, quoique très pe-
fante, deux hommes pouvoit l'élever, & l'
abbaiffer comme l'on ferme, & l'on ouvre
une boete à charnière. Je ne faurois vous
dire, milords, par quel heureux hazard cette caiffe fe trouvoit alors ouverte : nous l'a-
vions obfervée ouverte une autre fois quatre
femaines auparavant, & on nous avoit fait
remarquer que dès qu'on avoit élevé fon pe-
fant couvercle une petite broche de fer le
tenoit fufpendu & ferme : nous avions vu
que le maitre de la caiffe n'avoit fait autre
effort pour la fermer que le très petit de
toucher le même fer, qui à peine remué
laiffoit tomber le couvercle fur le corps de la
caiffe, qui fe joignant bout à bout faifoit que
quatre refforts qui étoient fur fon bord, forcés par le poids entroient dans quatre trous
faits exprès vis-à-vis dans le couvercle : la

caiſſe reſtoit alors ſi bien fermée que perſonne ne pouvoit plus l'ouvrir, excepté ſon maitre qui en avoit la clef.

Cette caiſſe avoit ſur l'intérieur de chacune de ſes ſix faces deux trous ronds du diamétre d'une guinée, qui la perçoient entièrement : les faces étant ſix ces trous étoient au nombre de douze : chaque trou étoit rempli d'une lunette d'approche longue de huit pouces adaptée de façon que quiconque ſe trouvoit dedans étoit le maitre de vuider le trou en tirant dehors la même lunette, facile à être ſaiſie, puiſqu'elle avoit deux pouces de longueur plus grande que l'épaiſſeur de la caiſſe. Le dehors de chaque lunette étoit une véritable vis de métal cannelé en ſpirale, & le trou étoit ſon vrai écrou pareillement cannelé : dans l'enchaſſure il n'y avoit que deux verres, un à chaque bout. Les verres du dehors étoient enchaſſés de façon que difficilement choc de corps dur, qui y auroit donné contre, auroit pu les briſer. Cette caiſſe avoit ſur chacun de ſes deux côtés intérieurs latéraux douze poches de maroquin enclouées, toutes occupées, & fermées en haut par un cordon en guiſe de bourſes. Douze bouteilles, ſix remplies de bonne eau, & ſix d'eſprit de vin en occupoient douze,

L

& les autres douze contenoient une bouſſole, un Atlas, une Bible en latin, deux paires de piſtolets, de la poudre, des balles, un étui de mathématique, un autre de chirurgie, dont je connoiſſois l'uſage pour avoir fréquenté cette école, de l'encre de la chine, & une boéte à couleurs pour peindre en paſtelle, & des pinceaux grands, & petits. Dans un coin de la caiſſe il y avoit un aimant armé, dont je crois que perſonne au monde n'a jamais vu le plus gros. Dans la confuſion où la peur avoit mis tout le monde, les matelots accoururent pour jetter à la mer les chaloupes, eſpérant à force de ramer échapper à la mort, qu'ils enviſageoient inévitable reſtant dans le vaiſſeau. Nous appercevions dans les deux autres un mouvement extraordinaire qui dérivoit de leur empreſſement à courir à nôtre ſecours, car outre les ſignes de nôtre détreſſe que nous leur avions donné, ils nous voyoient, le jour étant clair, & n'étant pas beaucoup éloignés de nous.

Nôtre vaiſſeau commençoit déjà à n'avoir autre mouvement que celui de ſe tourner en cercle ſans changer de lieu, comme nous voyons faire la toupie lorsque le joueur vient de la lancer hors de la corde. Le vaiſſeau alloit peu à peu toujours en tournant

sur lui même s'enfonçant dans l'eau comme s'il eut été surchargé, ou attiré dans la
profondeur de la mer par une force occulte.
Tout le monde crioit nous sommes perdus,
il n'y a pour nous plus d'espoir ; Dieu faites nous miséricorde. On avoit déjà jetté à
la mer tous les canons, & deux matelots é-
toient dans le moment de couper les cordes
qui tenoient suspendue la pesante caisse, lorsque plusieurs autres matelots tirant avec force le bout d'un cable qui étoit derrière nous,
nous firent par hazard recevoir dans le dos
un si fort coup du même cable, tandis qu'
immobiles nous nous tenions embrassés, que
nous tombâmes hors du bord précisément
dans la caisse en heurtant dans le pieu qui la
tenoit ouverte, ce qui fit d'abord tomber le
couvercle, de sorte que nous y restâmes enfermés. Nous étions si accablés de terreur
que rien ne pouvoit nous surprendre. Les
cordes qui soutenoient la caisse dûrent être
coupées dans le même moment, puisque
nous sentimes sur le champ le fatal plongeon.
Nous nous submergions taciturnes, & immobiles, hors d'état de faire usage de nôtre raison pour juger du bien, ou du mal : nôtre
situation nous rendoit disposés à la mort sans
aucun mérite de nôtre part, car nôtre en-

tendement n'agiſſoit pas. D'abord que la caiſſe tomba dans la mer nous fûmes en état de voir clair par la lumière qui entroit par les lunettes, mais une minute après nôtre chute nous reſtâmes dans les ténébres : nôtre nouvelle maiſon s'acheminoit au plus profond de l'abyme ſans aucun tournoyement, puiſque ce qui la faiſoit précipiter étoit ſon propre poids plus qu'une attraction extraordinaire : perſonne aſſurément ne fut jamais en état de rendre compte de celle de ce gouffre.

Nous étions ſi ſtupéfaits que nous ne penſâmes à nous parler qu'après une ſecouſſe qui mit fin au précipice. Etendus ſur le dos nous nous étions tenus juſqu'à ce moment-là par les mains en nous les ſerrant de toute nôtre force au point que nous en portâmes longtems les marques. Je ne ſaurois, milords, vous rendre compte de la longueur de la ligne que nous décrivimes pour parvenir au fond, car il eſt impoſſible de déterminer la viteſſe dans un fluide altéré par une attraction, qui du plus au moins devoit agir, mais je peux vous aſſurer qu'une minute avant qu'on nous élançât dans la mer j'avois vu à ma montre dix heures, & quinze minutes. La caiſſe en s'arrêtant reſta debout en conſéquence apparemment de la forme du rocher ſur

lequel elle donna ; & par bonheur ce fut du
côté où nous avions nos pieds : nous aurions
pourtant pu nous redreſſer, ſi elle ſe fut re-
trouvée debout du côté de nos têtes.

Nous ſentant fermes, & n'appercevant
nul mouvement nous eumes le tems de nous
reconnoitre. Nous nous dimes quelques mots
ſur l'état où nous nous trouvions : nous ne
conçumes aucune ombre d'eſpoir, & ne ſu-
mes prévoir qu'une mort d'autant plus dou-
loureuſe, & pénible que lente, & prolon-
gée. L'accident qui nous avoit fait tomber
dans la caiſſe nous paroiſſoit le plus grand
des malheurs.

Une minute après, nôtre caiſſe fut é-
branlée par un grand choc : nous jugeâmes
qu'il devoit être du vaiſſeau que la perpendiculaire pouvoit avoir fait tomber auprès de
nous. Me ſouvenant que j'avois dans la
poche un briquet, & une petite bougie je l'
allumai, & je vis à ma montre dix heures
& vingt minutes, cinq minutes plus que je n'
avois vu un peu avant nôtre ſubmerſion :
nous remontâmes nos montres, & lorsque
nous commencions à examiner nos meubles,
la bougie s'éteignit : je la ralumai, mais elle
s'éteignit encore.

Nous commençâmes à souffrir d'une sueur froide très désagréable, & au bout de huit à dix minutes d'un bondissement de coeur, & d'une très fastidieuse nausée d'estomac qui nous fit vomir tout ce qui s'y trouvoit. Nous nous sentîmes soulagés, mais nous étions dans la malpropreté, & dans un air infecté : la respiration commençoit à nous devenir difficile; nous fumes assaillis par un assoupissement qui nous paroissoit mortel, & vraiment nous nous endormîmes. Ce qui nous réveilla fut la forte agitation de la caisse; ses violentes secousses nous effrayoient; nôtre ame trembloit : rien ne peut arriver d'indifférent à quelqu'un qui voit une mort inévitable, & imminente : tout ce qui ne donne pas lieu d'espérer désespère.

La caisse enfin, après s'être fortement débattue, reçut un coup qui rejaillit sur nous, & qui la fit tomber dans un grand précipice d'air : nôtre même gravitation dans l'intérieur de la caisse nous mettoit en état d'en juger avec certitude ; nous ne nous sentions ni heurtés, ni fermes; il nous sembloit flotter. Huit ou dix secondes après, nous ressentîmes le contrecoup d'une véritable chute, qui nous fit craindre d'avoir les os cassés : nous nous trouvâmes étendus sur le dos. Sûrs

de n'être pas dans l'eau nous tirâmes hors
de la vis deux lunettes pour faire fortir la
puanteur, & pour nous donner de l'air.
Nous ne nous trompâmes pas : nôtre petite
atmofphère fe changea dans un inftant, mais
nous ne vimes que des ténèbres. Les fecouf-
fes alors recommencèrent fi impétueufes, que
nous nous attendions à nous trouver hors de
la caiffe réduite en mille morceaux : elle rou-
loit fur un précipice, & elle étoit fi étran-
gement culbutée que nos provifions, & nos
meubles fe feroient brifés, fi les poches où
tout étoit placé n'euffent pas été fermées par
des ficelles. La plus fière de toutes nous
renverfa fur le ventre, & pour un quart d'
heure nous ne fimes que rouler dans la même
direction, quoique toujours irrégulièrement,
fautant de tems en tems, & ayant tout lieu
de croire que nous defcendions une très rude
montagne. Vous pouvez, milords, vous figurer nôtre fituation, mais nous ne pouvons
pas vous la peindre : bouleverfés fur nous
mêmes pendant un tems fi long, nous ne pouvions concevoir comment il nous fût poffible de réfifter : notez que dans cette tourmente nous ne fentions plus ni le mal d'eftomac, ni l'incommodité de la fueur : nous
étions feulement fales on ne peut pas d'avan-

tage, & la tête nous tournoit. Dans le bou-
leverſement qui nous jettoit l'un ſur l'autre
à tout moment il y avoit du comique au
point que nous en avons ri, lorsqu' après la
fin de nos maux nous en avons récapitulé
les viciſſitudes; mais la terrible ſituation du
moment ne nous rendoit pas ſuſceptibles d'i-
mages agréables.

　　　Nôtre précipice ſur le corps ſolide par-
vint à la fin à ſon terme, mais nôtre caiſſe
quoique dans la plus grande tranquillité vol-
tigeoit toujours, ce qui nous fit juger que
nous fendions les airs. Dans cette ſuppoſi-
tion nous nous déterminâmes à ôter de leurs
écroux deux autres lorgnettes. L'air ſe re-
nouvella plus efficacement, & par ces mêmes trous presque toute la malpropreté en
ſortit, mais nos habits étoient imbibés d'or-
dures. Nous fûmes alors ſaiſis d'un froid ſi
violent que nous fûmes obligés de remettre
dans leurs écroux trois lorgnettes: nous trem-
blions comme ſi nous euſſions été aſſaillis
par la plus forte fièvre; mais en profitant de
la force que le renouvellement d'air nous
avoit rendu, Eliſabeth prit, tout en tournant,
une bouteille en la tirant dehors d'une des
poches qui étoient enclouées dans les parois,
elle put y introduire un tire-bouchon, mais

ne pouvant pas la déboucher, elle me dit
son intention : en mettant entre mes mains
le col de la même bouteille. Elle tenant la
bouteille entre ses mains, moi tirant le bou-
chon, nous fimes tant qu'il en sortit. Elle
voulut boire la première : c'étoit de l'eau de
vie très forte : j'en bûs aussi, & me trouvai
soulagé. Elle la remit à sa place, & ne pouvant endurer l'ardeur extrême que je me sen-
tois dans l'estomac, j'ouvris une autre poche,
& je pris une bouteille qui étant bouchée légèrement je jugeai remplie d'eau pure : j'en
bûs voluptueusement presque la moitié, & je
conseillé Elisabeth d'en boire le reste. Nous
nous trouvâmes fortifiés, mais le tournoie-
ment nous incommodoit à l'excès. Nôtre
tremblement avoit cessé, mais nous commençâmes à suer à grosses goutes. Nous nous
parlâmes, nous nous fimes courage, & nous
implorâmes la miséricorde du Toutpuissant.
Nous bûmes encore un peu d'eau de vie, car
il nous paroissoit qu'elle nous donnât de la
force, mais elle nous envoya à la tête de telles
vapeurs, qu'il nous sembloit être ivres. Nous
commençâmes à espèrer de nous sauver, quoique nôtre espoir fût totalement destitué de
fondement ; mais telle est la nature humaine : réduite à reconnoitre nécessaire à sa con-

fervation l'impoſſible, elle l'eſpère; & elle
ne cherche pas à faire un grand raiſonnement
pour ſe déſabuſer.

Une ſecouſſe très forte nous arrêta à la
fin; nous donnâmes contre un côté de la caiſſe avec tant de violence que nous crumes
nos viſcères arrachés de leurs racines. Si la
caiſſe eût donné contre le rocher du côté où
nous avions la tête, nous en aurions eu le
crâne, & la cervelle écraſés : ſi elle n'eût
eu partout un empan d'épaiſſeur elle auroit
dû ſe briſer.

La caiſſe avoit dans ſon intérieur ſix pieds
de longueur, & trois de largeur carrée : elle
contenoit donc quatre cent trente deux demi
pieds cubes d'air. Son corps devoit avoir
quatre cent ſoixante quatre demi pieds de
plomb tous cubes qui devoient peſer ſept cent
cinquante un quintaux & ſoixante huit livres,
en ſuppoſant à un cube de plomb d'un demi
pied le poids de cent ſoixante & deux livres.

Le terrible choc doit s'être ouvert un
chemin, car nous nous vîmes ſoudainement
paſſés des ténèbres à la lumière : elle étoit
rougeâtre, & éblouiſſante : le picotement re-
jailliſſant ſur les muſcles qui ſervent à l'expi-
ration nous cauſa une eſpèce de convulſion :
la nature qui veut ſe conſerver n'eut pas bo-

foin de nôtre confentement pour chaffer à
force d'éternumens l'air dont la forte infpi-
ration l'avoit par fa véhémence fufpendue.
Nous ne pûmes tenir nos yeux ouverts que
quelques minutes après l'affaut de cette forte
fplendeur : nous crumes devoir mourir à
force d'éternuer.

Dès que nôtre vue devint réfiftente à
la pefanteur de la trop grande clarté, nous
commençâmes à regarder de tous cotés par
nos lunettes ; mais tout ce que nous diftin-
guions n'étoit qu'un air épais qui nous paroiffoit tout en feu : nous efpérions pourtant
qu'il n'auroit du feu que la feule apparence ; mais nous nous trompions. Nous ou-
vrimes quatre de nos écroux, & pûmes les
tenir ouverts pour quatre minutes, ce qui
nous rendit toute la fanté que nous pouvions
défirer, & nous remplit de courage : dans
cette nouvelle atmofphère nous fendions les
airs fans tourner fur nous mêmes : la différence cependant des poftures de nos corps,
qui varioient toujours, nous démontroit que
notre caiffe n'avoit aucune direction fixe puisque fa courfe étoit très irrégulière. Nos
montres nous indiquoient douze heures moins
quinze minutes. En une heure & demie
nous avions fait bien du chemin. Nous fû-

mes un peu d'eau de vie, & en modérâmes
d'abord la force avec de l'eau ; puis nous ou-
vrîmes toutes les bouteilles, & les rebouchâ-
mes légèrement : c'est ainsi que nous pre-
nions des précautions ; mais en attendant nous
nagions dans un ambiant de feu qui quoique
tempéré commençoit à nous causer une chaleur insoutenable. Au bout d'un quart d'
heure nous remîmes les lunettes dans leurs
écroux, mais nous fumes forcés à les rouvrir,
car nous étouffions ; nous étions aux abois.
Cet air ardent nous tuoit : nous ne pouvions
plus ni respirer, ni parler ; nous nagions dans
notre sueur : la caisse dehors devoit être fort
échauffée, & nous nous attendions à la voir
se fondre ; mais nous étions sûrs de rendre
l'ame auparavant. Tout d'un coup un vent
fort rendit aride la chaleur que nous souffrions, mais non pas pour cela moins forte.
Notre sueur cessa , & nos habits séchèrent
dans moins de deux minutes : sans les trous
ouverts ce changement d'air nous auroit
tués, car la fumée visible qui sortoit de la
caisse nous auroit étouffés. Nous pensâmes
recourir de nouveau à nos boissons : nous
vuidâmes deux bouteilles d'eau, & une d'eau
de vie : nous tenons pour certain que sans ce
secours nous n'aurions pas pu nous conserver.

Ce qui dans la confusion où notre jugement étoit ne laissoit pas que de nous é-
tonner, & d'intéresser nos réflexions, étoit
les différentes gravitations que nous sentions
sur nous mêmes, qui nous faisoient connoître les différens mouvemens de la caisse, &
en même tems le changement de ses direc-
tions. Tantot nous pesions sur nos flancs,
tantot sur nos ventres, & tour à tour sur nos
pieds, & souvent sur nos têtes, forcés à faire l'arbre à rebours comme les sauteurs de
Chelsea, heureux que ces postures duroient
peu. Je crois que nôtre caisse dans ce singulier fluide devoit avoir considérablement
diminué son poids, tant son mouvement é-
toit lent, & incertain. Nous étions comme un morceau de boue dans l'eau, qui
tantot surnage, & tantot se plonge, n'étant
ni assez pesant pour aller au fond, ni assez
léger pour flotter. Malgré que nous soyons
réstes dans cet ambiant enflammé cinq à six
minutes, il se peut que nous n'ayons parcouru vers un centre quelconque pas seulement la valeur d'une perpendiculaire de cinquante milles.

Le changement de la couleur de l'air,
& la nouvelle rapidité du cours de la caisse
qui fendoit l'air sans tourner, nous fut d'un

grand foulagement dans nôtre malaife : la
diminution de la chaleur nous démontroit
que nous avions changé d'atmofphère.

Nous étions dans un état pitoyable ; à
l'excès exténués, & deftitués de force. Dans
l'air enflammé nous nous trouvâmes opprimés par la difficulté de la refpiration, dont
rien ne nous paroiffoit plus pénible. A mefure que nous nous éloignions de cette terrible région, nous fentions nôtre force vitale
qui retournoit à fuffire à fes fonctions. Vous
ne pouvez pas, milords, vous imaginer l'efpèce de joie, le plaifir voluptueux qu'une
ame vivante reffent, qui fur le point de périr par une langueur mortelle reçoit tout d
un coup un foulagement qui lui rend la vie :
nous le reffentimes. Il n'y a point d'état
miférable dans la vie où l'affligé ne puiffe
jouir d'affections agréables au point qu' elles
lui paroiffent fupérieures aux douloureufes.

L'air que nous fendions avec la plu
grande rapidité étoit éclairé par l'enflamm
d'où nous fortions, & que nous appercevion
derrière nous : nous nous fentions du courage, & nous attendions avec intrépidité le
fort auquel nous étions deftinés, lorfque la caiffe feroit parvenue au terme du précipice dan
lequel nous la fuppofions, car ne tournan

pas fur elle même il me fembloit pouvoir
être fûr qu'elle ne décrivoit pas une orbite,
où fa courfe auroit pû être éternelle. Un
cours de phyfique que j'avois fait m'avoit
fait adopter ce fyftème. Nous nous mimes
à prier Dieu que la matière fur laquelle nous
devions terminer nôtre courfe fût folide,
quand même le violent coup auroit dû réduire nôtre maifon en mille morceaux. Nôtre prière tendoit à demander à l'auteur de
la nature un miracle.

L'air s'obfcurciffoit à mefure que nous
nous éloignions de l'air enflammé : l'augmentation de la vélocité de nôtre courfe ne
faifoit entrevoir fon terme : il me paroiffoit
que la célérité de nôtre vol ne pouvoit pas
devenir majeure, & c'étoit pourtant faux,
car elle devoit s'augmenter à chaqu'inftant
jufqu'à fon but. J'ai décidé que le corps,
qui fend l'air avec toute la célérité dont fa
maffe eft fufceptible, eft celui qui va toujours, & que les corps qui vont toujours ne
peuvent être que ceux qui ne tendant à aucun centre parcourent des orbites : notre caiffe par conféquent, malgrè fa grande rapidité, n'alloit pas toujours, car fa célérité n'auroit pas été fufceptible d'augmentation : fi elle
n'alloit pas toujours elle devoit donc fe trou-

ver ferme dans tous les inftans où elle n'alloit pas. Si la chofe ne fût pas ainfi il s'
enfuivroit que toutes les célérités devroient
être égales, ce qui eft démenti par l'expérience; ou que la puiffance de la continuité
d'un mouvement quelconque feroit indéter-
minable.

Nous parvînmes dans un air fombre,
& humide; puis dans une efpèce de pluie
qui tour à tour montoit, & defcendoit, ce
qui ne pouvoit pas fe faire fans vent: nôtre
courfe altérée par cette étrange atmofphère
faifoit chanceler la caiffe: je ne favois plus
fi j'étois attiré, ou repouffé; mais cela ne
dura que deux minutes: après avoir fran-
chi cette région d'eau, nous nous trouvâmes
enfevelis dans la nuit: fon obfcurité cependant ne nous empêchoit pas d'obferver que
nous nous approchions d'un corps opaque
immenfe, que nous jugeâmes terre comme nous
le défirions. Nous en cherchâmes en vain
les confins à droite, & à gauche: nous
commençâmes à aller contre un vent affez
fort qui partoit du lieu folide, ou moins
fluide, vers lequel nous allions, non pas perpendiculairement, mais très obliquement,
car les plaines, & les rochers que
nous étions fûrs d'entrevoir fous nous pa-

roissoient s'enfuir à mesure que nous espérions tomber sur eux. Nous fûmes à la
fin très certains que la terre que nous obser-
vions n'étoit pas sous nous, mais à côté de
nous, & que nous ne pouvions espérer qu'elle arrêteroit notre course qu'en qualité de
corps que nous rencontrerions, & sur lequel
nous ne pouvions pas deviner si nous rou-
lerions, ou si nous resterions. Elle n'étoit
pas à cent pas de nous, lorsque la caisse prit
lentement un tournoyement sur elle même,
& le froid que nous commençâmes à sentir nous
geloit. Nous remimes vite dans leurs écroux
les lunettes hormis une qui étoit opposée au
vent qui nous repoussoit. Je commençai à
avoir peur de parcourir une orbite qui pouvoit n'avoir point de fin : je soupçonnois d'
être dans l'intérieur de notre monde, où les
ténèbres devoient être naturelles : je conce-
vois que la lumière dont nous avions joui a-
voit été l'effet de cet air enflammé, dont personne dans notre monde n'a la moindre i-
dée ; mais je ne pouvois pas savoir, si avec
notre course, nous traversions le globe, ou
si nous circulions : notre désespoir nous tuoit, lorsque nous pensions qu'il n'y avoit
pas d'apparence, que quand même notre
caisse se seroit arrêtée quelque part, elle pût

M

être ouverte par quelqu'un, car l'idée que l'intérieur de notre globe fut habité par des créatures raisonnables nous paroissoit très absurde. Nous parvînmes en dix minutes si près de terre qu'il nous paroissoit devoir investir à tout moment, car il s'agissoit d'y échouer.

Une petite éminence fut enfin l'achoppement qui nous arrêta soudain. Le choc fut fort, mais il ne nous causa aucun rebondissement : nous nous enfonçâmes au contraire dans un bourbier fort épais. Une puanteur de souffre insoutenable me fit fermer bien vite le trou que j'avois laissé ouvert : nous en fûmes bien fâchés ; mais nous craignions aussi l'entrée de la bourbe qui infectoit. Un peu d'eau de vie que je versai calma un peu l'affreuse puanteur qui nous ôtoit la respiration : l'oscillation irrégulière de la caisse me démontroit que nous nous submergions. Nôtre mouvement ressembloit à celui d'un vaisseau à l'ancre à l'embouchure d'un port, tandis que la mer agitée combat contre le vent qui lui défend d'entrer.

Au bout d'un quart d'heure nous ne pouvions plus respirer. Une chaleur d'une espèce la plus cruelle qu'on puisse imaginer nous mettoit aux abois : défaillis de force

nous eûmes beaucoup de peine, moi à dé-
boutonner mes habits, Elisabeth à délacer ses
jupes : il nous paroissoit respirer de la fumée
amère : une angoisse d'esprit désolante étoit
le moindre de nos maux : sûrs que tout nous
approchoit de la mort, nous retombâmes dans
le désespoir, & nous ne nous soucions pas
de deviner quelle en seroit la cause principale. Nous étions tourmentés par l'asthme ;
le moment étoit arrivé où nous ne pouvions
plus rendre une voix resonnante, nous ne
nous comprenions plus ; nous désirions la fin
de nos maux dans la mort : la mort étoit
devenue nôtre unique espoir ; nous la deman-
dions à Dieu comme une grace, & il nous
paroissoit qu'il tardoit trop à nous l'accorder : nous nous le disions, mais nos paroles
n'avoient pas l'ame qu'il leur falloit pour
frapper nôtre ouïe, il leur manquoit l'air
que nos poumons ne pouvoient plus chasser :
nôtre larynx n'avoit pas assez de force pour
faire que la fente de la glotte donnât un
ton sensible à notre voix mourante. Dans
cette terrible détresse nous recourûmes au
seul spécifique que la providence nous avoit
laissé : nous bûmes une bonne gorgée d'esprit de vin ; & de l'eau après, & dans le
même moment nous apperçûmes une grande

différence dans le mouvement de notre prison. L'eau de vie que nous venions de boire retint positivement dans notre coeur les
derniers esprits vitaux qui alloient nous abandonner. Nous regardions la caisse comme
notre tombeau, dans lequel notre destinée
nous avoit voulu voir ensevelis vivans : la
seule nature nous faisoit employer tout l'ouvrage qui dépendoit de nous pour nous conserver quelques momens de plus. Nous com-
ptions la mesure de notre vie attachée à la
durée de ces liqueurs, & nous pensions déjà à l'épargne, d'autant plus que l'eau de
vie nous envoyoit au cerveau des fumées,
qui nous auroient totalement assoupis sans l'
eau avec laquelle nous en modérions l'effet.

Le tournoyement de la caisse étoit lent,
mais régulier : nous ne savions pas pourquoi
nous le désirions plus rapide : nous ne parlions qu'avec grande difficulté, car l'asthme
ne discontinuoit pas : le canal qui envoyoit
l'air aux poumons, s'étoit restraint au point
qu'il nous falloit employer la force pour l'
inspirer, & pour l'expirer, & une sueur générale inondoit tout notre corps. La lenteur de notre submersion augmentoit notre
appréhension, comme s'il nous fût connu
que nous dûssions parcourir un long espace.

Un froid foudain, dont nous n'avions jamais
eu une idée, nous furvint ; notre fueur cessa
tout d'un coup, & notre respiration devint
moins difficile. Nos habits, qui étoient tous
mouillés, dans trois ou quatre minutes ge-
lèrent : nous restâmes transis, & incapables
de nous mouvoir : nous crûmes que c'étoient
les derniers symptômes de la mort.

Dans le même tems que nous fouf-
frions toutes ces peines, le mouvement de la
caisse devint libre comme si la fange fût devenue moins épaisse, & peu à peu son tour-
noiement devint violent & rapide, au point
que nous fûmes obligés d'employer toute la
force qui nous restoit pour nous tenir fermes avec nos dos contre les parois, tenant
nos bras allongés, & nos mains collées & fermes réciproquement aux épaules l'un de l'
autre : fans cette précaution le bouleverse-
ment nous auroit tellement secoué, que nous
aurions rendu l'ame.

Nous étions dans cet état de fouffrance,
lorsque la caisse heurta avec violence un corps
dur, mais qui apparemment dut céder à la
force du choc en fe brifant, puifqu'après le
choc nous voltigeâmes lentement cinq à fix
fecondes, & nous nous trouvâmes immobiles
fufpendus en l'air fans toucher avec aucune

partie de nôtre corps nul endroit de la caisse.
Ce fut une espèce d'extase qui ne dura que
deux secondes; mais elle fut réelle, & nous
aurions crû que nous serions restés là pour
l'éternité sans un rare événement, que personne assurément n'a jamais pu se figurer.

Durant nôtre courte extase, la grosse
pierre d'aimant qui par hazard étoit sous
mes pieds, s'éleva d'elle-même avec rapidité en me donnant un grand coup au coude,
& alla s'attacher à la caisse au-dessus de
nos têtes. Dans l'instant nôtre extase finit,
nous nous trouvâmes pesans sur nos têtes, &
l'aimant retourna à nos pieds : nous restâmes
fermes dans cette posture les pieds en haut,
la tête en bas, & étonnés de voir nôtre maison toute entourée d'une lumière rouge.
Nôtre posture nous incommodant beaucoup,
nous ramassâmes toutes nos forces pour nous
remettre debout sous l'aimant qui pour lors
resta au dessus de ma tête, fort attaché au
plomb par une attraction, dont nous ne fûmes pas long tems sans en connoître l'origine. Nous appercevions la couleur rouge de
l'atmosphere qui entouroit la caisse par dix
de nos lunettes. Les deux sous nos pieds, qui
ne réfléchissoient rien, démontrèrent que nôtre caisse étoit debout sur un endroit solide.

Mon empreſſement fut d'abord celui d'
ouvrir un trou: mais quelle fut nôtre conf-
ternation lorsque nous vîmes une eau claire,
& rouge entrer chez nous! je remis vite la
lunette dans le trou, mais non fans avoir
auparavant voulu gouter la faveur de cette
eau extraordinaire: ma femme eut la même
curiofité, nous la trouvâmes plus buvable
que l'eau de la Tamife. Nous nous reftau-
râmes alors avec un peu d'eau de vie: tous
ces mouvemens nous procurèrent des forces:
nous nous fentîmes en état de réfifter à la
mort encore pour quelques momens. Nous
la ſuppoſions cependant inévitable; car nous
devions être au fond d'une mer, ou de quelque rivière, où il n'y avoit pas d'apparence qu'on deſcendroit d'en haut pour nous
en tirer.

Curieux de favoir quelle heure il étoit,
je fus étonné de voir une heure moins douze minutes. Nous n'avions paffé que deux
heures & demie en fouffrant des maux dans
lesquels il nous fembloit avoir paffé au moins
une journée. Il nous paroiffoit devoir la vie
aux deux paffages de l'aimant: nous effayâ-
mes de le détacher de l'endroit où il ſe tenoit attaché, mais nous nous fatiguâmes en
vain.

Nous étions au fond d'un fleuve, qu'après nôtre délivrance nous reconnûmes de pierre dure comme le marbre. Parmi les plus savans *mégamicres* nous n'en avons pas trouvé un seul qui eut su nous dire qu'on pouvoit supposer qu'au dessous de l'endroit où nous étions il auroit pu se trouver quelque conduit par lequel nous aurions pu pénétrer dans ce lieu. On n'y voyoit que des longues veines qui ne pouvoient jamais faire conjecturer qu'elles auroient pu être les marques d'une fracture, car elles n'indiquoient pas une connexion dérivée d'une ouverture qui se seroit renfermée. Il est cependant certain que nous ne nous serions jamais trouvés là, si ce fond ne se fût pas ouvert & refermé après par quelque force que nous ne pûmes jamais découvrir.

Après que nous bûmes un peu d'eau de vie, la nouveauté de nôtre situation nous releva le courage. Nous nous trouvions autorisés à nous flatter que la providence éternelle trouveroit le moyen de nous tirer de là. Après qu'elle nous avoit préservés de tant de dangers, celui où nous étions ne nous paroissoit pas insurmontable. C'est ainsi que tous les *pejora passi* pensent. Mais si la Fortune vouloit nous être favorable elle devoit

se hâter ; puisque nous n'étions pas en état
de résister encore long tems. Si la caisse eut
été un peu moins grande nous serions péris.

N'ayant pas la force de nous soutenir
sur nos jambes, nous nous tenions accroupis.
Nous étions dans une espèce d'agonie, lorsque nous vimes deux êtres de couleur rouge
tous nuds faire trois ou quatre fois le tour
de la caisse. Ils s'en approchèrent, la con-
sidérèrent avec attention, & touchèrent les
verres de nos lunettes. Nous ne nous serions
pas étonnés si c'eut été des poissons ; mais
nôtre surprise fut extrême en voyant des petites créatures très peu différentes de nous qui
nous sembloient mâles ; quoiqu'à la forme
de leur gorge elles nous parussent femelles :
elles avoient au dessus des yeux jusqu'aux
oreilles une espèce de chapeau rabattu sur
le front. Ces deux êtres se parlèrent par si-
gnes, & s'en allèrent ; mais ils retournèrent
dix minutes après accompagnés de plusieurs
autres faits comme eux en tout point, mais
différens dans leur couleur. Ils n'étoient ni plus
grands ni plus petits d'une coudée. Les
examens sur notre caisse furent renouvellés.
Pour intéresser d'avantage leur curiosité nous
retirâmes dedans la moitié de nos lunettes,
que nous repoussâmes d'abord. Ils partirent

tous. Ces allées, & venues nous paroiſſoient de bon augure.

En moins d'un quart d'heure nous nous vimes environnés d'une quantité étonnante de ces êtres de toutes les couleurs hormis blancs, & noirs, la plus grande partie étoit tachetée, & les rouges, comme les premiers que nous avions vu, étoient les plus rares. Les proportions dans leur petit corps étoient égales aux nôtres, & leur figure étoit fort jolie : leur âge nous paroiſſoit celui de dix à douze ans, malgré leur taille qui étoit celle d'un enfant à la mamelle : leur chevelure étoit courte, & ronde, crêpue, & friſée, variante en couleurs comme leur peau ; mais celle des rouges étoit d'un verd clair très agréable à la vue : au deſſus des cils ils avoient tous en demi-cercle la coëffe, dont je vous ai parlé, dont la plus grande largeur au milieu du bord du cercle étoit de deux pouces : elle alloit ſe terminer à leurs oreilles diminuant toujours en largeur : nous ſûmes après qu'elle leur étoit naturelle. C'étoit un cartilage un peu plus réſiſtent que celui de nos oreilles : il formoit une courbe moitié d'une elliptique ovale.

Ces gentilles perſonnes nageoient comme de vrais poiſſons, & n'avoient pas beſoin pour

cela d'avoir ni queue, ni nageoires : elles bran-
diſſoient leurs menottes, gambilloient, fre-
tilloient avec tant de facilité que l'eau paroiſſoit leur vrai élément : nous en avions grande peur. Nous obſervâmes l'étonnement a-
vec lequel deux rouges faiſoient attention au
mouvement des mains d'un de ceux, qui
nous avoient vu les premiers : en leur parlant
par des geſtes ils touchoient le bout de nos
lunettes. Devinant alors le ſujet de leur diſcours nous les retirâmes, & les repouſſâmes,
& à la vue de cette merveille ils jugèrent ou
que la caiſſe devoit être un énorme animal,
ou qu'elle devoit contenir des créatures vivantes. Les geſtes avec lesquels ils expliquoient
leurs penſées étoient ſi rapides, & variés que
nous jugeâmes que dans l'impoſſibilité de parler dans l'eau, c'étoit le langage qui leur étoit
propre. Deux rouges s'avancèrent pour voir
ce mouvement, & s'arrêtèrent pour le con-
ſidérer : nous les crûmes ſupérieurs à tous les
autres par leur maintien, & par la prompti-
tude avec laquelle on leur faiſoit place. Ils
établirent, comme j'ai ſu après, que la caiſſe
devoit être habitée, & ſortie prodigieuſement,
on ne ſavoit pas comment, de la matière
immenſe. La choſe fut jugée de grande importance, & digne de la plus grande atten-

tion. La matière immense, selon les *méga-micres*, est l'univers qui doit être un bourbier épais, & infini, dont le centre est par tout, & la périphérie nulle part. Selon leur système leur monde unique s'est toujours promené dans l'univers fangeux, & se promenera toujours, mais irregulièrement; car malgré son poids il ne peut graviter avec une direction précise sur aucun centre. Lorsque les deux rouges partirent, tous les autres les suivirent: ils devoient être plus de dix mille. Je remarquai que les deux rouges avant que de partir s'arrêtèrent sur ce que j'appellerai le toit de nôtre caisse, examinant, & touchant le verre des deux lunettes, & leurs chassis, faisant dans le même tems plusieurs gestes. Comme nôtre conservation a dépendu du raisonnement qu'ils firent, & que j'ai su lorsque j'ai apris leur langue, il faut que je vous en informe actuellement.

S'étant déterminés à croire que la caisse devoit contenir une ou plusieurs créatures vivantes, ils supposèrent qu'en nous procurant la facilité de parler nous leur aurions communiqué nos besoins, & les aurions informés par quel événement nous nous trouvions là, & qui nous étions. Après ce raisonnement sage, humain, & naturel à leur curiofité, ils prirent une réfolution à laquelle nous dûmes la vie. Nous languiffions, nous fondions en fueur, & pofitivement nous ne pouvions plus refpirer.

Quelques momens après, nous vimes deux de ces petites créatures tomber du haut fur le toit de la caiffe, accompagnées d'une bande qui fretilloit à l'entour de nous. Un des deux tenoit dans fa main le bout d'une corde, qui nous paroiffoit corde; mais qui ne l'étoit pas : elle n'étoit pas plus groffe qu'une canne ordinaire, & quant à fa longueur nous jugeâmes qu'elle devoit monter plus haut que la furface de l'eau, puisque nous la perdions de vue. Le compagnon de celui qui tenoit cette prétendue corde avoit entre fes mains une boëte carrée, où il y avoit un couteau, un marteau, & plufieurs autres outils.

Celui qui tenoit le bout de la corde fe mit à travailler à une des lunettes du toit : un quart d'heure après, cette lunette ne nous donna plus aucune clarté. Nous ne conçumes rien à ce manège; mais nous vimes par l'autre lunette ces deux petits hommes s'éloigner de nous perpendiculairement, tenant toujours dans leur courfe afcenfionelle la corde. Rien ne fut plus naturel que nôtre réfolution de tirer la lunette dedans déjà in-

capable de nous donner plus aucune lumière.
Après donc avoir tiré hors de l'écrou toute
la lunette, nous tirâmes dedans trois empans
de corde aussi, & nous en aurions tiré d'a-
vantage, si en devenant plus grosse elle eût
pu entrer. Nous supposâmes que le dessein
de ces petites têtes d'hommes étoit celui de
nous tirer en haut, mais en considérant la
pesanteur de la caisse, & le moyen, nous
jugeâmes la chose impossible ; & encore nous
étions sûrs de ne pas pouvoir résister à la
mort pour tout le tems nécessaire à tirer sur
l'eau la caisse. Dans la tristesse de ce raisonnement je me déterminai à détacher la
corde de la lunette ; mais je la trouvai si fort
collée au châssis, que je n'eus pas la force
de la détacher. Ils s'étoient servis d'une
gomme ressemblante à nos mastics, qu'on
tire dans ce monde-là des lentisques qui y
abondent. Je tirai de l'étui de chirurgie
un couteau, & je coupai la corde. Nous
fûmes étonnés de trouver que ce n'étoit pas
une corde, mais une espèce de boyau dur,
& vuide : c'étoit un vrai canal.

Mais quelle joie, quelle allégresse, quelles larmes de consolation que nous avons
versées, lorsque sensiblement nous sentîmes au
bout de cette pompe un vent rétroactif,

qui n'eût befoin que d'une minute pour purger du mauvais air nôtre petite atmofphère, pour nous donner une libre refpiration ; pour nous rendre nos forces, pour nous affurer que nous ne péririons plus, que nous fortirions delà, que nous pourrions auffi nous trouver heureux, & contens ! Nous n'eûmes pas befoin de vertu pour adreffer nôtre reconnoiffance au Toutpuiffant, car ce qui venoit de nous arriver nous paroiffoit miracle. Nous ne pouvions pas concevoir comment ces gens là qui n'avoient pas befoin d'air dans l'eau, où ils étoient auffi bien que des poiffons, euffent pû deviner le befoin extrème que nous en avions, car nous ne penfâmes pas qu'ils euffent fait cela feulement à deffein de nous procurer le moyen de leur parler en faifant paffer notre voix par ce canal.

Nous entendîmes alors une efpèce de chant qui fortoit du boyau, & nous en approchâmes le bout à nos oreilles. Nous ouîmes à plufieurs réprifes des agréables préludes reffemblans au ramage des ferins, ou des roffignols ; mais nous ne comprenions pas ce que cela vouloit fignifier. Nous ne favions que faire de mufique.

Nos libérateurs retournoient souvent du
haut, venoient sur la caisse, puis s'élevoient
pour nous faire comprendre leur dessein ;
mais c'étoit inutile. Nous n'avons pas pensé un seul moment à faire passer par la pompe, à leurs oreilles un discours anglois, car
c'eut été une folle présomption que celle de
supposer que ces créatures entendroient nôtre
langue. Mais puisqu'il s'agissoit de musique ma sœur qui avoit la voix fort douce,
fredonna plusieurs fois à la bouche de la
pompe, mais personne ne répondit, & quatre
heures se passèrent sans qu'il nous arrivât aucune autre nouveauté. Nous bûmes de l'
eau de vie, & toute l'eau naturelle que nous
avions. La rouge de la rivière ne pouvoit
plus nous manquer.

Nous vîmes enfin une quantité de monde qui descendoit vers nous. Plusieurs tenoient à la main des machines, dont nous
ne pouvions pas deviner l'usage qu'ils vou-
loient en faire. Ils s'assemblèrent à l'entour
de la caisse attentifs aux gestes de deux jaunes,
qui avoient l'air de donner des ordres. Les
subalternes qui comprenoient à merveille toute
la pantomime, commencèrent à faire des trous
aux deux faces opposées de la caisse, qui devoient être vis-à-vis des deux bords de l

rivière. Ils se servirent à merveille de plusieurs petits trépans avec lesquels ils firent un
quinconce de cinquante trous à chaque côté
en cinq lignes. Ces trous avoient quatre
pouces de longueur dans une obliquité de direction qui alloit du bas en haut. Ils y fi-
chèrent d'abord des clouds de la même longueur, qui avoient un anneau à la tête, &
ils adaptèrent à chaqu' anneau un bout de
corde forte, & mince; & cent de ces personnes, chacune avec la corde à la main na-
gèrent vers le haut de la rivière cinquante
à droite, & cinquante à gauche. Figurez-
vous, milords, nôtre joie lorsque nous de-
vinâmes ce qu'ils alloient faire.

Nous sûmes après, qu'arrivés à terre
ils adaptèrent leurs cordes à des grues, qu'
ils avoient placées aux deux rives opposées,
qu'ils firent tourner en même tems si a-
droitement, que sans jamais perdre nôtre é-
quilibre nous nous vimes à fleur d'eau deux
heures après le commencement de cet ingénieux ouvrage. La profondeur du fleuve étoit
de cent toises.

Ce qui nous frappa d'abord fut un rayon
du Soleil, qui entra par la lunette que nous
avions au dessus de nos têtes, que je retirai
d'abord de l'écrou: je poussai aussi la pompe

N

hors de l'autre; car nous n'en avions plus
besoin. La perpendicularité parfaite de ce
rayon me démontra que dans ce moment-là,
& dans cette région où Dieu nous avoit envoyés il étoit précisément midi. Nous ob-
servâmes que le rayon ne laissoit aucune ombre à l'entour d'une lorgnette que je mis
debout sur ma main. Je dis donc à ma sœur
que nous étions dans la zone torride au premier degré de latitude, je ne pouvois pas savoir dans quel hémisphère. Dans cette idée
nous contemplâmes encore un grand coup
de la providence divine; qui nous avoit envoyés dans le fond de cette rivière positivement à la pointe du jour: nous serions morts
si nous fussions tombés là dans le commencement de la nuit. Après avoir remercié
Dieu de tant de bienfaits nous mîmes nos
montres à midi précis. Il y avoit huit heures
précises que nous avions quitté le Maelstrand,
où alors devoit commencer la nuit. En cal-
culant les climats d'heures je vis que je ne
pouvois faire que des conjectures hasardées ou
fausses. Calculs inutiles, car nous étions dans
l'intérieur du même globe, que nous pensions
avoir traversé en fendant les airs avec toute
la vitesse dont nôtre caisse étoit susceptible.

La caiſſe étant parvenüe plus éminente
de la ſurface de l'eau jusqu'à ſa moitié, les
forces extérieures ne pûrent plus rien ſur elle.
La plaine n'étoit ſuperieure à la ſurface des
eaux que de deux coudées, & plus que la
moitié des cordes étoient devenües paralléles.
Nous ôtâmes hors des écrous toutes les lunettes, qui n'étoient plus dans l'eau, & la
vüe du beau païs fut le premier objet qui in-
téreſſa nos regards. Nous ne vîmes, il eſt
vrai, qu'une très vaſte plaine en deçà, & au
delà de la rivière, un terrein immenſe ta-
piſſé de courtes herbes de pluſieurs couleurs,
pluſieurs bouquets de petits arbres à différentes
diſtances, quelques petites baraques, & pas
un ſeul beau bâtiment, & cependant, quoi
qu'uniforme, cette vüe nous parut très belle :
l'aſpect même de l'atmoſphère couleur de
roſe pâle nous fit plaiſir : l'acouſmate délicieux que nous entendions, & qu'il nous
ſembloit ne procéder que de l'air, nous fit
croire pour un moment être deſcendus dans
le jardin voluptueux où Dieu porta Adam d'a-
bord qu'il l'eût créé, appellé le paradis terreſtre : nos larmes de joie redoubloient, &
nous ne parlions pas parceque nous ſentions
trop : l'excés du ſentiment prive de la faculté de l'expliquer : l'hommage que nôtre

silence rendoit au Toutpuiſſant étoit parfait,
car il ne pouvoit pas être plus grand. S'il
eut été poſſible que quelqu'audacieux fût venu alors nous dire que nous ne devions la
vie qu'à des combinaiſons produites par le
pur haſard, je crois que nous aurions ra-
maſſé toutes nos forces pour lui arracher le
coeur. Nous nous tenions poſitivement pour
ſûrs, que ces petits êtres après avoir tant fait
trouveroient le moyen de nous tirer dehors:
nôtre certitude étoit fondée ſur la curioſité
qu'ils devoient avoir. Un peuple inombra-
ble couvroit les plaines à droite & à gauche
de la rivière: ils étoient tous nuds; ma ſoeur
diſoit que ce ne pouvoit être que des anges.
Ils ne parloient plus par geſtes; leur langue
étoit un véritable chant, malgré qu'elle ne
fût ſujete à aucune régle de muſique: elle é-
toit harmonieuſe, & reſſembloit au ramage
d'oiſeaux de pluſieurs eſpèces.

Nous vimes arriver pres de nous huit à
dix petits bâteaux chargés de douves tant
grandes que petites jointes enſemble à deux,
à quatre, à ſix par des branches d'oſier ou d'
autre plante qui lui reſſembloit. Les gentils
bâteliers, tous nageurs par nature, ſe jettèrent
à l'eau, déchargèrent les douves, en firent
paſſer pluſieurs ſous la caiſſe, & les joigni-

rent fi bien en liant des petites à des plus
grandes, plus ou moins courbes, & à la poupe
& à la proue, qu' en moins d' une heure ils
formèrent une barque d'excellente fimétrie
proportionnée à la grandeur de la caiffe, &
à fa pefanteur, & dont les bords étoient à
niveau de fa hauteur. Une pompe bien a-
daptée vuida la barque de toute l' eau, & tous
les clouds qui tenoient les cordes aux grues
furent ôtés. Ils avoient fi bien pris leurs
mefures, que la barque avoit encore fon bord
un pied plus haut que la furface du fleuve.
Douze rameurs la pouffèrent dans un baffin
qui n' étoit pas bien éloigné, où ils la trai-
nèrent à terre, & jusqu' au milieu de la place. Là ils delièrent vite toutes les douves, de
façon que la caiffe refta de bout fur les feules trois qui faifoient le fond de la barque :
le baffin formoit un cercle de deux cent feptante degrés : tout le bord qui l' environnoit
d' un bout à l'autre de l'embouchure, large
un quart de fon périmètre, étoit occupé par
des bâteaux, dont plufieurs étoient fort é-
légans.

Nôtre coeur trembloit en attendant la
fin de nôtre aventure. Nous penfâmes un
moment s' il nous convenoit de parler, mais
nous nous déterminâmes au filence : nous

craigniimes d'épouvanter nos libérateurs, &
de les mettre tous en fuite. Ce qui nous
furprenoit, & mettoit aux champs nôtre raifon étoit le Soleil qui dardoit fur nous fes
rayons toujours dans la même pofition. Quelques minutes après que nous fûmes délivrés
de la barque, qui nous empêchoit de jouir
par les trous de nos lunettes de la vue des
fuperbes campagnes, nous vimes tout le monde qui nous environnoit s'en aller, & nous
obfervâmes qu'un grand nombre de peuple
s'avançoit vers nous à pas lents, & en bon
ordre. Ils étoient tous nuds, hormis deux
qui étoient à leur tête, que nous jugeâmes
maitres de tous les autres par les honneurs
qu'on leur faifoit, par un manteau très blanc
qui les couvroit jufqu'aux talons defcendant
de leurs épaules, & ouvert par devant, &
par l'exomide blanche qui leur ceignoit le
ventre depuis le deffous de la gorge jufqu'
au haut des hanches. Ces deux perfonnages étoient rouges.

Ils s'approchèrent de la caiffe, & l'examinèrent avec grande attention, & principalement les écroux des lunettes. A un chant
très gracieux qui fortit du gozier d'un d'eux,
huit bigarrés s'avancèrent vers la caiffe, &
s'unirent en cercle en paffant leurs bras der-

rière le dos du voisin : six montèrent très
lestement sur les épaules de ces huit, trois
sur les épaules des six, deux sur les trois, &
un sur les deux, & sur celui-ci monta le personnage au manteau blanc qui avoit parlé, &
qui se plaça sur le toit de nôtre caisse. Il
ne lui falloit pas moins d'étages d'hommes
pour parvenir si haut, puisque la caisse, qui
dedans avoit six pieds de longueur, en avoit
sept par dehors. Après lui, son compagnon
en fit autant, & tous les deux couchés sur
le ventre mirent leurs yeux aux trous. Nous
remarquâmes qu'ils se retirèrent d'abord se
bouchant le nez, & nous entendimes sortir
d'eux une voix plaintive. Nous sûmes une
année après qu'ils dirent *oh quelle puanteur*!
Nous vimes alors six domestiques bigarrés
courir deux à droite, deux à gauche, & deux
entrer sous terre non loin de là : sur ces entre-
faites nous entendimes des charmantes chansons
à une, à deux, à quatre voix, & un choeur
général dont la mélodie étoit divine.

Les deux qui étoient entrés sous terre retournèrent d'abord portant deux paniers, qu'ils
élevèrent sur des perches, & les présentèrent
à leurs maitres. Ces paniers étoient pleins
d'herbes, & de fleurs, dont ils prirent une partie, & les firent entrer dans la caisse par

les trous. Ces odeurs très délicates, & telles
que perfonne ici ne peut en avoir aucune i-
dée, nous rafraichirent, & nous guérirent
fur le champ d'un très grand mal d'eftomac,
qui nous faifoit beaucoup fouffrir. Nous
fentimes qu'elles étoient nourrifantes, puifque peu de tems après nous nous trouvâmes
moins foibles. Nous voulûmes effayer le gout
de ces herbes, mais nous les crachâmes d'a-
bord ayant trouvé leur amertume rebutante.

Pendant que les maitres fe tenoient toujours devant la caiffe, raifonnant avec ceux
qui compofoient leur cour, nous vimes de
retour les quatre qui étoient partis une demi-
heure auparavant, fuivis de cinq à fix cent
qui trainoient foixante & dix chariots, dont
chacun contenoit huit pieds cubes de chaux
en rofette : ils l'amoncelèrent, & ils formèrent un puit carré, dont les quatre faces
étoient à deux pieds de diftance de la caiffe
qui étoit au milieu. Avant qu'ils élevâffent
ce puit jufqu'à nous faire perdre le plaifir de
voir ce qui fe paffoit entre eux, nous vimes
une troupe plus nombreufe que la première
s'avancer vers nous en portant fur les épaules deux à deux quatre cent baquets paffés
d'une barre, pleins d'une liqueur rouge, que
nous ne primes pas pour de l'eau, puifque

fon onde étoit celle d'une matière moins fluide.
Le puit en moins de deux heures fut élevé
au niveau du haut de notre caiffe, & nous
ne vimes plus rien, car quatre mégamicres
defcendirent du haut des quatre faces du puit,
tenant des couteaux, & des pieux de bois
avec lefquels ils bouchèrent bien vite tous les
trous de la caiffe, hors ceux qui étoient au
deffus de nos têtes, qui étoient néceffaires à
notre refpiration.

Deux, ou trois minutes après, nous ouï-
mes à l'entour de nous un bruit fombre in-
terrompu à chaque moment par un petit intervalle : il dura une heure. Après nous n'
entendimes plus rien, & nous reftâmes ifolés
& entourés du plus profond filence. Figurez-vous, milords, notre furprife, & la cru-
auté de notre incertitude, lorfque nous vimes
paffer une heure, deux, quatre, huit, feize,
vingt fans rien favoir, fans voir, ni entendre perfonne. L'impatience, l'ennui, le befoin
de nourriture, & le défefpoir enfinétoient tous
des bourreaux, qui nous déchiroient l'ame.

Un abandon total ne devoit pas nous
paroitre vraifemblable ; mais le vraifemblable
s'évanouit à l'afpect du réel, qui y eft contraire. Nous nous trouvions effectivement a-
bandonnés, & pour toujours, car, fi non pour

toujours, pourquoi nous auroit-on laissé là si
long-tems ? Pourquoi avoit-on bouché les
trous de nos lorgnettes? Nous crûmes qu'ils
ne laissèrent ouverts les deux trous supérieurs
que pour les avoir oubliés. Mais en quoi,
& pourquoi nous avoient-ils submergès, s'il
étoit vrai, comme nous le supposions, qu'
ils eussent rempli le puit de la liqueur rouge
que nous avions vu ? S'ils eussent eu envie
de nous tirer hors de la caisse, ne pouvoient-
ils pas la mettre en morceaux à coups de hache ? Ils ne l'ont pas fait, parceque nous
leur avons fait peur, & parcequ'ils ont ap-
préhendé que notre puanteur ne leur portât
la peste : ils n'ont fait ce puit que pour s'en
garantir moyennant la liqueur , dont ils l'
ont comblé, qui en même tems qu'elle avoit
la propriété de nous détruire avec la caisse,
pouvoit aussi avoir celle d'en être un préser-
vatif. C'est ainsi qu'ingénieux nous tâchi-
ons de nous priver de tout motif d'espoir.
Le raisonnement qui cherche la certitude, même d'un malheur, n'augmente pas l'affliction, puisque rien en pareil cas n'est plus cruel
que le doute. La résistence de l'esprit contre l'évidence d'un malheur inévitable est
plus souvent un effet de la foiblesse du coeur
que de la force de la raison.

Nous formions auffi des conjectures favorables à nos défirs, & qui nous laiffoient une
lueur d'efpoir. Ce peuple, difions-nous, doit
affurément avoir une religion, & des prêtres:
ils peuvent être allés les confulter. Tout ce
tems peut leur être néceffaire pour demander,
& aprendre la volonté de leur Dieu, de quelqu'oracle, & pour favoir ce qu'il leur convenoit de faire dans la conjonéture préfente,
dans l'apparition d'une caiffe de plomb grande comme une maifon; dans laquelle leurs
maitres nous avoient vus, & auxquels nous
devons avoir parus deux terribles monftres.
Cette apparition devoit avoir étonné tous
leurs philofophes, & donné grande matière
de fophiftiquer aux têtes fantaftiques de leurs
théologiens, dont ils ne devoient pas manquer. La curiofité l'emportera fur tous les
raifonnemens, & on nous tirera d'ici, difions-nous, & il nous fembloit n'avoir pas
befoin d'en demander d'avantage.

Au bout de vingt ou trente heures que
la conftance du rayon perpendiculaire fur nos
têtes nous avoit affuré que le jour étoit dans
ce païs-là fixe & permanent, il n'étoit plus
queftion dans mon efprit ni de zone torride
ni d'antifciens, ou périfciens, ni d'avoir
traverfé par le plus court chemin le globe en

tout, ou en partie. Je fus affez fort en
phyfique pour me former un fyftème fur le
champ accommodé à mon ignorance, comme
les plus grands philofophes ont toujours fait.
Je dis à ma foeur, que nous étions dans le
noyau de notre terre, & que nous étions les
premiers qui y euffent pénétré. Que de
merveilles nous allions voir, fi nous pouvions
fortir de là! Nous étions à portée de devenir les plus favans de tous les mortels de notre efpèce; mais fi après avoir beaucoup appris, nous ne devenions pas en état d'aller
répandre notre fcience dans notre monde natal, & fi nous n'euffions pas pu retourner
fur nos pas pour éclairer par nos lumières
nos curieux égaux, qu'aurions-nous fait de
notre fcience? Tout auroit dû mourir avec
nous. A ce difcours ma foeur avec fon bon
fens me dit, que la crainte que j'avois de
ne pas devenir en état d'étaler mes connoif-
fances en Angleterre ne procédoit que de la vanité: que l'homme devoit être content, &
très fatisfait de favoir la vérité pour en tirer parti lui même fans aucunement fe fou-
cier de tout le refte du genre humain porté
par nature à fe rendre aux menfonges de l'
imagination plus qu'aux démonftrations des
fages, & à préférer toujours fon propre a-

vis dénué de fondement réel à celui d'autrui fortifié par l'expérience. La fageffe de ce raifonnement me fit taire ; mais l'homme n'eft pas le maitre de fe régler ainfi. Il ne nous femble favoir quelque chofe, & en être certains, que lorsque nous avons convaincu de fa vérité tous ceux par lefquels nous pouvons parvenir à nous faire écouter. Si nous fommes faits comme cela, qui pourra fe flatter de réuffir à nous faire changer de nature ? L'erreur, l'abus, & le préjugé font les maitres du monde, & fi on réuffiffoit à le délivrer du defpotifme de ces tyrans, tout feroit perdu, on iroit plus mal, car tout ce qui eft eft bien autant que cela eft poffible ; ou pour le moins eft ce qu'il nous faut.

Au bout de vingt quatre heures notre fortune changea de face. Difpofez-vous, milords, à entendre demain des faits dont tout le monde ignore la réalité, qui auront droit de vous furprendre, & que vous ne pouvez apprendre que de nous.

Fin de la première journée.

SECONDE JOURNEE.

Les fecrotaires du comte de Bridgend a-
voient copié en caractère, que tout le monde pouvoit lire, ce que, felon l'ordre de
leur maître, ils avoient écrit en abrégé ; &
milord avoit eu tout le tems de relire tout
ce qu'il avoit déjà entendu, & de faire des
réflexions fur l'intéreffante hiftoire d'Edouard. Il leur avoit auffi donné ordre d'écrire, faifant femblant de travailler à un autre
ouvrage, les difcours que la compagnie tenoit avant que de fe mettre à table, & à table
auffi. Moyennant cela nous poffédons cette
hiftoire avec les dialogues de la belle affemblée, qui ne font ni indifferens, ni étrangers
au fujet. Le comte étoit ravi d'aife, & impatient d'entendre la fuite d'un fait fi fur-
prenant ; il entra à midi dans la même fale
où il trouva toute la compagnie qui l'atten-
doit. Après les complimens d'ufage, c'eft
ainfi qu'il adreffa la parole à Elifabeth.

M. Bridgend.

J'ai passé toute la nuit, madame Elisabeth, en votre compagnie dans votre fatale caisse : il me tarde de vous voir dehors.

Miladi.

Tout ce que votre frère nous a dit hier est étonnant, & n'est pas à la portée de tout le monde, car il semble impossible que vous ayez pu résister à tant de souffrances, & malgrè que la moindre partie d'air ne pouvoit ni entrer, ni sortir de la caisse où vous étiez enfermés.

Elisabeth.

Si la caisse, miladi, n'eut pas été parfaitement close nous serions morts, car c'eut été l'eau qui y seroit entrée. Nous avons eu bien souvent la mort devant nos yeux, mais à l'extrémité Dieu ne nous a jamais abandonné.

M. Howard.

Vous devez la vie à quelque chose, que quelque fort habile physicien pourra peut être deviner, mais que je ne suis pas en état de comprendre.

M. Burghlei.

Ni moi.

Elisabeth.

Nous voilà cependant.

Miladi Rutgland.

La caisse vuide contenoit quatre cent trente deux demi pieds d'air cubes, cela s'entend ; mais je pense qu'il faut en rabattre au moins quarante qu'eux mêmes occupoient.

M. Dinispili.

Il resteroit encore trois cent quatre vingt douze empans cubes d'air, qui, selon moi, ne suffisent pas à la respiration de deux hommes pour une seule demi heure.

Duc de Brecnok.

Cela dépend, je crois, de la conformation intérieure des corps vivans ; & c'est ce que nous ne pouvons pas savoir, car nous ignorons la grandeur, & la force du thorax, & des poumons de Monsieur, & de Madame.

M. Chepstow.

Le duc dit fort bien ; mais cette différence ne pourroit être que tout au plus du double ; ainsi la difficulté subsisteroit encore, car ils ont vécu des heures sans avoir pu ouvrir aucun trou.

Duc de Brecnok.

Jamais plus d'une heure. Il faut aussi calculer la force de la boisson, & la grande transpiration causée par la sueur.

M. *Chepston.*

Quand on sue on transpire moins.

Duc de Brecnok.

J'en conviens ; mais enfin une pareille mort ne peut pas être subite, à moins que l'endroit fermé ne soit environné d'un grand feu. Dans l'air enflammé, par exemple, ils auroient certainement succombé s'ils eussent tenu les écroux fermés.

Miladi.

Je veux écrire ce soir au vicomte de S. Alban : je me remettrai volontiers à son jugement.

Miladi Rutgland.

Il nous dira son avis ; mais nous ne nous y soumettrons que dans le cas qu'il décide le fait possible, car nous en sommes sûrs.

M. *Bridgend.*

Pour moi je vous jure sur mon honneur que je n'en ai pas besoin, car les deux créatures que je vois ici me rendent assez certain de la réalité de ce fait ; & si M. de Veru- lame fût d'un avis différent, je crois qu'en grace de l'expérience il devroit en changer.

M. *Howard.*

C'est ainsi que je pense. Je suis ce- pendant bien sûr que M. Edouard ne s'offense pas du désir que nous avons d'être convaincus de la possibilité de la chose.

Edouard.

Pour moi, milord, je puis vous dire que la science de tous ceux qui me nieront la possibilité du fait, me fera pitié. D'ailleurs je laisse tout le monde maître de croire ce qu'il veut.

M. Burghlei.

Mais voilà un excellent expédient pour nous tirer de doute; car je vous avoue que sur une affaire pareille je me sens nouveau, & je ne parierois ni pour ni contre. Il faut trouver quelqu'un qui ait la complaisance de se laisser enfermer dans un contenant semblable, & d'y rester sans air autant que ces aimables voyageurs y restèrent.

M. Bridgend.

Cela est fou ; mais il faut tâcher d'engager le roi à demander à son banc les deux premiers coupables condamnés à mort, & on pourra en faire l'épreuve sur eux : & les coupables y consentiront, car on les assurera de leur grace s'ils résistent.

Miladi.

Il faut intéresser à l'expérience notre ami de Verulame, & la chose se fera.

M. Bridgend.

Il faut auſſi, ma chère femme, que tu lui demandes la raiſon de cette ſingulière extaſe, qui ſans la ſecouſſe cauſée par l'aimant auroit été, ſelon M. Edouard, perpétuelle.

M. Dunspili.

Il n'eſt pas néceſſaire, mon cher ami, d'incommoder pour cela le chancelier, car il eſt clair que la caiſſe ne pouvoit paſſer d'une gravitation à une autre toute oppoſée, ſans toucher au point où les deux forces répulſives ſe rencontroient, & où devoit ſe trouver le parfait équilibre, qui ne devoit ſe vérifier que dans un très petit eſpace. La caiſſe y étant parvenue, ce qu'elle contenoit devoit ſuivre la même loi, & ne pouvoit plus peſer ſur aucune de ces parties : & voilà la raiſon de ce que vous appellez extaſe, & qui n'eſt pas extaſe. Le choc de l'aimant a dû détruire l'immobilité de la caiſſe, quand même il eut été fort léger, quand il n'eut eu dans la production de ſa force que la valeur d'une once, car l'équilibre devoit, & ne pouvoit être que parfait. D'abord que la caiſſe ſe trouva ſortie du point, elle dut briſer le corps ſolide qui la touchoit apparemment, & qui faiſoit le fond de la rivière rouge, & qui étoit le vrai confin des deux

O 2

gravitations : & voilà la caisse obligée dans le
même instant, par une force invincible de
la nature, à peser du côté opposé. Leur
bonheur fut décidé par le hasard, qui leur
fit trouver un fond solide d'une rivière, d'
où nos véritables antipodes purent les pêcher,
& qu'ils l'aient fait sans perte de tems.

Miladi Rutgland.

Ces raisons n'ont pas pour base un système d'imagination, mais la vérité de la nature. Il est même clair que ce corps solide
heurté de ce côté là devoit se briser, quand
même il eut été dur comme le diamant, car
sa résistence ne pouvoit pas se vérifier du côté où la caisse en sortant d'équilibre l'a en-
tainée, puisqu'elle formoit positivement les
bornes extrêmes de la résistence contraire.
De là vient la réunion instantanée, & forcée
de toutes les parties du corps solide, que la
caisse dut briser pour se frayer un passage : &
de là aussi doit venir la très forte résistence
de ce même corps solide du côté opposé.
Ce même corps résistant à toute percussion
du côté du monde des mégamicres, doit être
très fragile dessous. Je ne m'étonne pas si
ceux qui ont examiné l'endroit où ils trouvèrent la caisse, n'y virent que des veines, &
nulle marque de fractions ; les parties parfai-

tement réunies ne pouvoient pas en laisser voir. Ce doit être tout comme une quantité de mercure dans une tasse à caffé que vous verseriez sur une table, qui s'éparpilleroit çà & là en mille globules, & qui ramassé retourneroit dans l'instant dans son premier état. Je crois qu'un corps solide placé aux confins d'une attraction centrale doit être sujet du côté opposé à plusieurs loix des fluides. Je dois aussi vous dire ce que je sens sur l'extase de M. Edouard, & de sa soeur. J'en suis si convaincue, que j'ajoute que non seulement sans le choc de l'aimant ils n'en seroient jamais sortis, mais qu'ils n'auroient jamais pu mourir, car toutes leurs facultés animales dûrent se trouver dans les mêmes deux secondes aussi immobiles que la caisse, & que leurs corps : & il est certain que sans aucun mouvement tout corps doit être impassible. Je n'ose pas décider si la faculté cogitative leur seroit restée, mais je serois tentée de dire que non, car je ne comprens pas comment la pensée puisse se vérifier sans un mouvement quelconque.

Elisabeth.

Permettez, miladi, que je vous fasse mon compliment. Tout ce que vous venez de dire, fut dit à mon frère par le roi du Quatre vingt dix un jour qu'ils parlèrent de l'entrée de notre caisse dans leur monde.

Miladi Ruigland.

Je suis charmée, ma chère amie, d'avoir dans mon système des compagnons quelque part. Mais je voudrois savoir, mon cher Dunspily, pourquoi, & comment vous pouvez appeller les mégamicres nos véritables antipodes? Pourquoi ne les appellez-vous pas plutot les seconds, tout comme nous sommes tels relativement à eux?

M. Howard.

Vous avez raison, savante ladi, & votre cousin s'est trompé. Mais à ce propos il faut que je vous dise que le comte de Surrey mon grand oncle se trompoit avec tout le monde, dans l'opinion où il étoit sur la figure de la terre qu'il croyoit allongée aux poles. La terre tout au contraire doit être applatie, & on travaille actuellement à la démonstration de cette belle découverte. Je suis bien content quand je pense, que le monde aura obligation de cette importante connoissance à un anglois. Je voudrois savoir si l'espace intérieur a aux deux extrémités quelqu' applatissement.

Edouard.

Rien, milord, n'eſt ſi bien démontré chez les mégamicres que la parfaite rotondité de leur globe dans toute l'étendue de ſa concavité également habitée par tout. Les mégamicres ſont à coup ſûr nos vrais antipodes, car nous ne ſommes pas certains que près de la nouvelle Zélande il y ait des terres : tout cet eſpace là n'eſt peut être que mer.

M. Chepſtow.

Je réflèchis à la grande ſenſation que vous cauſa la lumière, & au privilège qu'elle a d'entrer par un corps diaphane.

Duc de Brecnok.

Cela démontre qu'elle eſt matière.

Miladi.

Je crois qu'ils ſeroient morts, s'ils ne ſe fuſſent pas recommandés à Dieu.

M. Rutgland.

Je ſuis du même avis, quoique je ne croye pas que Dieu faſſe en grace de la prière ni plus, ni moins que ce qu'il fait ſans la prière.

M. Dunspili.

Comment arrangez-vous tout cela ? Vous croyez, ma chère couſine, que leur conſervation ait été un effet de leurs prières, & en même tems vous ne croyez pas que Dieu ait opéré en conséquence? Quelle eft donc la puiſſance qui les a exaucés?

M. Rutgland.

Eux mêmes. Nous admettons tous la providence de Dieu, mais qui de nous ſait de quel moyen elle ſe ſert pour ſecourir ceux qui y recourent en lui adreſſant des voeux? Le malheureux, ou l'affligé, après qu'il a prié Dieu ſe trouve fortifié par ſa propre foi, & il agit avec la vigueur néceſſaire à le tirer du mal qui l'opprime. *Sibi quisque profectò eſt Deus, ignavis precibus fortuna repugnat.* Celui qui prie Dieu dans ſes beſoins compte ſur un ſecours extraordinaire de la providence, & agit en conſéquence après l'avoir invoquée. Celui qui dans la détreſſe n'y adreſſe pas ſes voeux, ou il n'y croit pas, ou il déſeſpère; & dans l'un, & dans l'autre de ces cas il s'abandonne, & il eſt perdu. La confiance qu'on a en la prière eſt donc bonne.

M. Chepſtow.

Fort bien, miladi. Voilà l'utilité, & la force de la prière aſſez ſagement établie; par un raiſonnement philoſophique, dont l'évidence eſt palpable; mais je ne crois pas qu'il y ait au monde un ſeul théologien qui qui vous le paſſe.

M. *Bridgend.*

Ces dames ne se soucient pas beaucoup du suffrage des théologiens : il leur suffit de combiner leur piété avec la force de leur esprit. Ma femme, qui à peu près raisonne comme miladi, prie Dieu deux fois par jour, & elle ne le prieroit pas si elle ne se confioit en sa bonté. N'est-il pas vrai, ma chère femme.

Miladi.

Oui vraiment ; & ma cousine Rutgland en fait, je crois, de même.

M. *Rutgland.*

Excusez, cousine. Je ne prie jamais ; car d'après ma façon de penser que je vous ai déclaré, je démentirois avec mon action mon système ; mais c'est égal : j'ai la force de ne jamais désespérer de rien, & par conséquent je ne m'abandonne jamais. J'insinue cependant la prière a mes enfans, puisque je la crois utile ; & je la reconnois même nécessaire.

M. *Bridgend.*

C'est à merveille ; mais de grace permettez que notre ami poursuive son histoire. Hier, mon cher, vous avez parlé beaucoup : si cela vous a fatigué, réglez-vous en conséquence aujourd'huy. Ayez soin de votre santé.

Tout le monde étant forti de table, les fe-
cretaires du comte, qui avoient déjà écrit ce dialogue fans que perfonne eut fait attention à eux,
étoient allés s'affeoir fans être vus dans le même
endroit. Edouard pourfuivit ainfi.

Vingt trois heures après l'élévation du
puit, nous commençâmes à être furpris d'un
événement fort extraordinaire, & qui pouvoit nous devenir fatal. Le toit de notre caiffe s'écrouloit : fon affaiffement alloit peu à
peu s'augmentant, & nous faifoit tout craindre, puifque fon poids étoit beaucoup plus
qu'il n'en falloit pour nous écrafer la cervelle : & c'eft ce qui feroit arrivé, fi nos libérateurs euffent différé d'un feul quart d'heure à nous faire une vifite.

Un directeur monta fur le puit, &
comme nous avons fu après, du puit il fau-
ta fur la caiffe, où s'étant étendu fur fon
ventre, il la fonda dans une de fes faces avec
un petit fer, & l'ayant trouvée affez mince il reconnut qu'on auroit pu facilement la
couper en morceaux fans la laiffer liquéfier
d'avantage. J'ai fu que cette liqueur rouge
que nous avions vue étoit leur mercure, dont
l'activité eft bien fupérieure à celle du notre :
vous favez qu'en quantité plus ou moins
grande ce métal fluide eft le diffolvant de

tous les autres. Ils percèrent à la hâte le
puit à quatre pouces du plan terrain, & tout
le mercure sortit incorporé avec dix onziè-
mes parties du plomb de la caisse, qu'ils re-
cueillirent sans en perdre une seule goute, d'autant plus facilement qu'il étoit devenu beaucoup moins fluide. Ils abattirent après
cela une face entière du puit, & seize d'entr'
eux s'avancèrent vers nous, portant huit gros
échalas de six pieds & neuf pouces, avec
lesquels ils étayèrent tout à l'entour notre
toit qui formoit une espèce de modillon é-
pais de trois pouces, car ils avoient eu la
sage précaution de ne jetter dans le puit qu'
autant de mercure qu'il falloit pour l'immer-
sion de la caisse jusqu'à la hauteur de six
pieds & neuf pouces. La largeur de cette
console étoit de cinq pouces & demi, ce qui
démontre que le Mercure avoit liquéfié, &
incorporé onze douzièmes de l'épaisseur du
plomb, le toit excepté.

D'abord qu'ils furent sûrs que les é-
chalas ne pouvoient manquer de soutenir le
platfond, qui pouvoit bien peser vingt quintaux, il firent à coups de hache une ouverture qui laissoit voir nos personnes de la tête
jusqu'à la moitié des jambes. Les deux principaux se présentèrent alors à la porte qu'on

avoit fait dans le puit, & voyant nos phy-
fionomies qui ne différoient pas beaucoup des
leurs, ils parurent étonnés, & non pas épou-
vantés, car ils nous trouvèrent un caractère
de douceur. Après un bon quart d'heure
d'examen filentieux ils fe parlèrent, & puis
ils nous adreſſèrent un chant fort agréable, &
qui nous paroiſſoit déciſif, mais que nous ne
pouvions nullement comprendre. Affligés de
notre filence ils nous préfentèrent des herbes
odoriférantes, & des élégans bouquets, qu'
Elifabeth en allongeant la main accepta, &
j'en fis de même : ils nous chantèrent à demi-voix un charmant motet, fe retirèrent en
reculant, & nous invitant par des geftes fort
gracieux à fortir. Nous les comprenions,
mais pour les raſſurer nous voulions leur donner des preuves certaines de notre timidité,
& de notre foumiſſion.

Lorfqu'ils virent que nous ne comprenions pas leur défir, ils firent abattre tout le
puit, & ordonnèrent qu'on ouvrit la caiſſe
à toutes les quatre faces. Tout fut éxécu-
té ; mais aux derniers coups de hache qu'
on porta au haut des faces attenantes au platfond, un événement très extraordinaire, &
très fingulier nous cauſa comme à tous les
affiſtans la plus grande furprife.

Le plafond, fous lequel l'aimant fe tenoit toujours collé, fe détacha foudain des quatre coins de la caiffe auxquels il tenoit encore, s'éleva perpendiculairement, & avec tant de violence, & de rapidité qu'une minute après, perfonne ne l'apperçut plus, & ne l'ayant pas vu redefcendre, tout le monde fut convaincu qu'il étoit allé fe perdre dans le foleil qui eft le centre général de leur efpace, & ce raifonnement étoit jufte, car la chofe ne pouvoit pas être autrement.

Ce fait démontre aux phyficiens de notre monde la caufe véritable, jufqu'à préfent occulte de la tendance de l'aimant : c'eft une attraction invincible, qui chez nous opère avec moins de vigueur, ou à caufe de l'éloignement de la force de fon principal attrayant, ou à caufe des corps qui la féparent; mais nous, informés comme nous étions que fon grand magnétifme eft dans le fer, avons hardiment déduit, que le Soleil des mégamicres ne peut être autre chofe qu'un globe de fer, ou un compofé des principaux ingrédiens de ce métal, que nous ne connoiffons peut-être que très imparfaitement. Si la caiffe où nous étions n'eut pefé toute entière, que comme le platfond que l'aimant emporta, il nous auroit

porté dans le Soleil, d'abord que nous entrâmes aux premiers confins de sa domination
au fond de la rivière. Le plomb qui ne l'
empêcha pas de monter pesoit deux mille
livres, mais il est sûr que sa force devoit suffire à huit mille, puisque j'ai calculé plusieurs années après, que la force qu'il dut employer pour l'arracher aux colomnes auxquelles il tenoit aux quatre coins de la caisse
dans le moment de son ascension, devoit é-
quivaloir au quadruple de sa même pesanteur.

Cet étonnant phénomène fit tomber toute la foule dans le plus morne silence. Les
physiciens de la ville, qui se trouvoient là
présens, n'y comprirent rien, & n'osèrent
rien inventer pour alléguer quelque raison
naturelle, selon le devoir de leur métier : mais
le peuple qui se moque de la physique, &
qui répugne même à la maxime qui veut que
sur la terre tout doive être naturel, soutint,
que si celui-là n'avoit pas été un prodige opéré par Dieu même, qui vouloit
par la faire savoir sa volonté à tout son monde, il n'en avoit jamais montré aucun ; &
deux théologiens présens furent de cet avis
avec une phisionomie de pénétration. Il s'
agissoit de savoir ce que cela vouloit dire,

car Dieu avoit parlé ; & pour eux ce n'é-
toit pas douteux ; mais à quoi sert la voix
du ciel lorsqu'on ne comprend pas ce qu'
elle ordonne ? ce mystère ne pouvoit être
connu que de l'abdala: c'est donc à lui qu'
on courut dans l'instant pour obtenir son
oracle, & se régler en conséquence. C'est
ce que le sentiment auroit dû faire partout
où il y auroit eu une religion dominante,
& entretenue par une bonne police. En attendant on mit en morceaux tous les débris
de la caisse.

Lorsque nous nous vîmes debout, &
isolés, nous nous déterminâmes à bouger, &
à marcher vers les principaux ; qui lorsqu'ils
virent que nous nous approchions d'eux, en-
tonnèrent un cantique qui mit la joie dans
nos ames. Tout le monde chanta en chœur
& les deux maîtres dansèrent devant nous, pé-
tris de graces. Après eux, tout le monde dansa à l'harmonie d'une musique vocale enchanteresse. Sans la langueur, & le besoin
de nourriture que nous nous sentions, nous
aurions sans aucun doute cru être parvenus
dans le séjour des bienheureux. Nous aurions appris que non l'enfer, mais le paradis est celui qui se trouve dans le centre de
la terre. Il est bon aussi que je vous dise,

que la danſe des mégamieres n' a pas beſoin
d'être accompagnée d'un chant objet de l'
ouie : ſes mouvemens ſuffiſent à donner à
l'oeil une harmonie auſſi ſéduiſante que celle qui part de la muſique. Les plus fameux
danſeurs, qui chez nous s'laviſeroient de dan-
ſer ſans être accompagnés de muſique inſtru-
mentale, ou vocale, nous paroitroient fous,
ou ivres.

Arrêtés vis-à-vis les chefs, nous leur
fîmes une profonde révérence, comme nous
avions obſervé que les plus reſpectueux la
leur faiſoient. C'étoit une inclination qui
formoit une courbe du bas de l'eſtomac juſqu'au haut de la tête, en portant à bras arron-
dis les mains à la bouche, touchant les lèvres avec les doigts du milieu. Cette révérence eſt appellée adoration dans toute la force étymologique du terme. Les deux principaux ne ſe diſtinguoient des autres que par
le manteau blanc, & par des belles fleurs,
qui ornoient en guiſe de guirlande le demi
cercle naturel qui tenoit leur jolie figure à l'
abri des rayons du Soleil. Ils portoient auſſi
à différence de tous les autres des babouches
blanches : tous les autres rouges les portoient
vertes ; & les colorés n'étoient ſujets ſur ce
coſtume à aucune étiquette.

La ſtructure extérieure de leur corps é-
toit, comme je vous ai dit, égale à la nôtre;
mais la diſpoſition des couleurs étoit remarquable. Les rouges avoient des grands yeux
bleus avec l'iris rouge, & la prunelle verte;
ils avoient les lévres, & la langue verte, &
au lieu de dents ils avoient les deux rateliers
compoſés chacun de trente petites boules blanches, qui n'étoient pas d'os, mais d'un
cartilage aſſez ſolide : leurs ongles étoient
verds comme leurs paupiéres, & leur jolie chevelure crèpue, & friſée, qui leur couvroit
toute la tête jusqu'à la nuque en leur laiſ-
ſant le chignon découvert. Au ſecond coup
d'œil la forme de leur poitrine nous a-
voit fait croire qu'ils fuſſent femelles, car
leur ſein commençoit à s'élever depuis le
bas du col, & finiſſoit avec égale proportion au creux de l'eſtomac, & avoit au milieu le tètin verd, mais les ayant mieux exa-
minés nous les crûmes mâles. Nous fûmes
après qu'ils n'étoient ni l'un ni l'autre, puisqu'on ne peut être ni l'un ni l'autre dans
un monde, où on n'a pas l'idée que le genre
humain ait beſoin d'être diviſé en deux ſèxes.
Nous avons appellé ces êtres androgines tant
pour leur donner un nom qui d'une certaine façon les déſigne, comme pour nous

approcher dans notre traduction angloife du
nom générique qu'ils fe donnent eux mêmes,
compofé des quatre voyelles *a o i c*. Ils s'appellent auffi *e a i e*, ce qui nous a fait inventer le qualifiant de mégamicres , qui fait
allufion à la grandeur de leur esprit, & à la
petiteffe de leur taille ; mais il ne faut pas
s'imaginer qu'ils reffemblent aux androgines
de Platon, car ils font tout autre chofe. Ils
ne reffemblent à rien : leur conformation eft
originale, & tout à fait inconnue jusqu'à nos
jours à tous les doctes en hiftoire naturelle.
Nous ne leur vimes pas non plus cette partie par laquelle on croit que le faetus tire fa
nourriture dans le ventre de la mère: c'eft,
je crois , par ignorance que les fculpteurs, &
les peintres la marquent dans Adam, & dans
Eve, qui n'étant point nés par le moyen
d'un accouchement ne pouvoient pas l'avoir.

Nous les confidérions très attentivement
& ils nous examinoient de même, lorsque
plufieurs domeftiques vinrent dépofer à nos
pieds tous les meubles qu'ils avoient trouvés
dans les poches de la caiffe.

Après avoir fouffert tant de maux, &
avoir paffé tant d'heures fans autre aliment
que le violent qu'a pu nous donner l'esprit
de vin, il n'eft pas étonnant qu'il ne nous fût

plus poſſible de nous ſoutenir ſur nos jambes.
Je fus le premier à dire tout bas à ma ſoeur
que nous pouvions nous aſſeoir ſur le beau
ſol, qui étoit couvert d'herbes de pluſieurs
couleurs, dont l'élaſticité viſible annonçoit
la moëlleuſe flexibilité. Rien effectivement
n'étoit plus douillet que ce terrain; mais d'a-
bord qu'un des chefs nous vit aſſis ſur
l'herbe, il chanta quelques mots à ſon compagnon, il donna des ordres, & nous vîmes
dix à douze coureurs partir, & revenir au
bout d'un quart d'heure chargés de petits
oreillers, & de grands couſſins de toutes les
formes. Ils compoſèrent à nos côtés deux
lits fort commodes, employant pour les faire
au moins cinquante de ces petits matelas.

A un mot qu'on leur dit, quatre bigarrés s'avancèrent d'un pas lent, & timide,
& s'approchant de nous ſe baiſſèrent, & mirent leurs petites mains ſur nos ſouliers. Ils
prirent courage voyant que nous les laiſſions
faire, nous les otèrent, puis ils nous dé-
chauſſèrent, & nous deshabillèrent enfin entièrement juſqu'à nos ſales chemiſes. Ima-
ginez-vous, milords, l'état de notre ame,
& comme nous devions être honteux, non
pas de paroître nus, car tout le monde l'é-
toit, mais de notre malpropreté, qui devoit

déplaire beaucoup à nos fpectateurs, & leur donner de nous une idée très défavantageufe. Pendant tout le tems qu'on employoit à cet office, l'affemblée chantoit, & danfoit; & nous comprenions très bien dans l'harmonie parlante de cette mufique qu'on applaudiffoit à notre complaifance, & à une foumiffion à laquelle ils ne s'attendoient pas.

Après que nous fûmes deshabillés, on prononça un nouvel ordre, & nous vimes fortir près du bord du baffin des jets d'eau qui formoient une efpèce de pluie rouge, qui occupoit un efpace de vingt pas à la ronde en s'élevant à dix, redefcendant après, & formant un agréable coup d'oeil à la clarté éblouiffante du Soleil. Ils nous invitèrent à entrer dans ce bain, & nous y entrâmes avec bien du plaifir. Dix à douze de ces chères créatures fe mirent en chantant à l'entour de nous pour nous laver depuis les pieds jufqu'à la tête, en grimpant jufque fur nos épaules: ils s'acquittèrent de cette befogne avec toute la délicateffe, admirant la beauté, & la longueur de nos cheveux, les blonds d'Elifabeth, & encore plus les miens, qui étant noirs, étoient pour eux un objet de la plus grande merveille. Ce qui les étonna fut la différence qui paffoit entre ma foeur, & moi.

Ils obfervoient fur moi ce qui manquoit à
ma foeur, & fur fa poitrine ce qu'il leur
fembloit que j'aurois dû pofféder : ces deux
défauts nous rendoient à leurs yeux animaux
inconcevables. La pluie ceffa à la fin de l'a-
blution, & ce fut avec toute l'adreffe qu'ils
nous effuièrent en fe fervant de grands draps
rouges d'une extrême fineffe. Après cela ils
nous accompagnèrent fur nos lits, où ils
nous frottèrent avec des herbes, & des fleurs
dont les agréables parfums nous donnèrent la
vigueur, qui dans notre foibleffe nous étoit
néceffaire.

Nous n'étions qu'à peine couchés, lorfqu'un bruit qui venoit d'une quantité de
peuple qui s'avançoit, rendit tout le monde attentif. Une foule très nombreufe pré-
cédoit en courant à pieds un char à douze
quadrupèdes qui, fans reffembler à nos chevaux,
fervoient au même ufage. Ce char s'arrêta
à dix pas de nous, & fix perfonnages tous
d'une couleur différente en fortirent, & s'a-
vancèrent vers nous en parlant à un des chefs.
Ils avoient au deffus du cartilage qui leur entouroit le front, & que d'orénavant j'appellerai *capeline*, un globe transparent, & des
babouches de toutes les couleurs. Nous fûmes
après que c'étoit des alfaquins, que l'abdala

envoyoit pour prendre connoiſſance du prodige dont on lui avoit d'abord porté la ré-
lation. Ces ſix perſonnages nous parurent
vieux, & laids : ils avoient le ſein flaſque,
& la voix rauque. Après qu'ils eurent long-
tems parlé aux chefs, & à pluſieurs autres, ils
nous adreſſèrent la parole, & pour toute ré-
ponſe nous nous levâmes, & leur fimes u-
ne révérence ; & après avoir levé nos yeux
vers le Soleil nous nous recouchâmes ſur
le côté, car il nous étoit impoſſible, nous
tenant ſur le dos, de ſoutenir la forte lumière de leur aſtre. Après cet acte, les alfaquins fort contens de nous, firent procès ver-
bal, écrivirent, obligèrent les chefs à ſigner,
nous ſaluèrent, & s'en allèrent accompagnés
du chant de toute la foule.

Nous obſervâmes, qu'on avoit placé
auprès de nous non ſeulement tous nos meubles, mais nos habits auſſi : nous montrâ-
mes d'agréer beaucoup tout ce qui avoit occupé les poches de la caiſſe ; mais pour leur
faire connoître que nous approuvions la nudité, nous rejettâmes loin de nous tous nos
haillons : cette action leur plut au point qu'
ils nous en marquèrent leur joie par un beau
concert. Deux bigarrés alors, auxquels un
chef avoit dit un mot, s'avancèrent, & nous

prirent la mesure pour nous faire des babouches.
Les habits que nous avions rejettés furent d'a-
bord enlevés, & nous ne nous souciâmes
jamais de savoir ce qu'ils étoient devenus.
Elisabeth fut fort affligée d'avoir dû, pour m'i-
miter, jetter loin d'elle ses jupes; mais il n'est
jamais arrivé ni à elle, ni à aucune de ses filles
l'accident ordinaire qui auroit pu les lui faire
regréter.

Ils examinèrent avec beaucoup d'attention nos pistolets, dont ils ne pouvoient pas
deviner l'usage. Ils regardèrent nos montres
& les visitèrent; mais ils n'en parurent pas
fort satisfaits: nous vimes qu'ils savoient à quoi
cela servoit. Nous ouimes alors le style de
leurs dialogues, & jugeâmes de l'harmonie
de leur langue naturelle. Elle n'est com-
posée que des six voyelles a, e, i, o, u, ou: ils
n'ont pas de consonnes, & ils ont l'ouie
si délicate, que la prononciation d'une
seule leur choque le timbre. Nos étuis
de mathematique, & de chirurgie furent les
objets qui les intéressèrent le plus, quoiqu'il
ne leur fût pas possible de comprendre à quoi
plusieurs de ces outils étoient bons. Une
ovale d'ivoire sur laquelle ils virent nos portraits en miniature, fut ce qui leur plut infiniment, & qui même les étonna beaucoup:

ils ne faisoient que les confidérer en nous regardant, & ils en admiroient l'art. Ils ouvrirent mon portefeuille, & ce fut le papier
qu'ils confidérèrent avec un long examen.
Ils virent nos bagues, & n'en firent aucun
cas, quoiqu'elles ne nous parûffent pas mé-
prifables : nous les avons vendues actuellement à Venife pour cinq cent guinées ; &
c'eft le fieur Viola honnête juif, qui parle
affez bien anglois, qui les a achetées. Ces
bagues, milords, que vous voyez actuellement à nos doigts, ne furent vûes de perfonne depuis notre retour : nous les tinmes
cachées à tout le monde, pour éviter les difcours qu'elles auroient pu caufer, puifque
leur exiftence paffe parmi les plus grands con-
noiffeurs pour fabuleufe : leur valeur eft in-
eftimable, auffi eft-ce toute notre fortune,
fi nous pouvons trouver un fouverain, qui
ait le courage d'en faire l'acquifition. Ce
font quatre efcarboucles : elles ont une lumière partante d'elles mêmes, & fuffifante à
éclairer une chambre obfcure. Remarquez,
milords, qu'elles font travaillées à facettes
deffous autant que deffus, de façon que la
pierre eft de la moitié moins groffe de ce
qu'elle feroit, fi elle fût travaillée comme les
diamans de ce monde. Après que les chefs

eurent examiné nos beaux cheveux, ils voulurent toucher nos dents, & s'étonnèrent de
les trouver d'os, & inégales.

Nous ne pouvions plus endurer la soif ;
nous nous le disions à voix basse, & pensions aux moyens de l'éteindre, mais nous
ne savions comment nous expliquer. Ma
sœur à la fin jetta la main sur une bouteille,
l'approcha de ses lèvres, & montra d'être
fâchée qu'elle fut vuide. J'en fis autant. A
cette démonstration les chefs se parlèrent,
puis s'embrassèrent, dansèrent devant nous,
chantèrent une jolie ariette, & se couchèrent
à nos côtés.

Il nous auroit été impossible de deviner
leur intention & ce que leur démarche vouloit indiquer, s'ils ne se fussent expliqués par
l'action. Ils nous embrassèrent avec la plus
vive tendresse ; & avec leurs lèvres délicates
ils portèrent à nos bouches arides les plus
doux baisers, & approchèrent à la fin avec
exubérance de joie à notre bouche les bouts
de leurs mamelles. Nous ne balançâmes pas
un seul moment : mais le besoin que nous
avions de nourriture ne fut certainement pas
la plus forte raison, qui nous fit accepter
cette grande marque d'amitié, & de polites-
se qu'ils nous donnèrent : il s'agissoit du

sentiment : il falloit, auroit-il dû nous cou-
ter la vie, leur faire voir que nous n'étions
ni ingrats, ni moins polis qu'eux ; car un
refus auroit pu les indigner, & leur faire
même porter de nous le jugement le plus fi-
niftre : ils nous auroient méprifés, ils nous
auroient pour le moins laiffés mourir de faim.
Nous fuçâmes leur lait prenant bien garde à
ne pas bleffer avec nos dents carnivores leur
peau délicate. Quel gout exquis, milords,
quel aliment que le lait des mégamicres ! Il
occupoit notre gout, & notre odorat, en é-
veillant dans tous nos fens toute la volupté,
dont nous étions capables, tout le plaifir que
nous pouvions défirer ; & dont aucun mêt
ne nous avoit jamais auparavant fourni la
moindre idée. Cette réalité féduifoit notre
raifon par des illufions les plus extraordinai-
res. Nous penfions que ce que la mytholo-
gie nous avoit appris n'étoit pas fabuleux,
que nous étions dans le vrai féjour des immortels, & que le lait que nous fucions é-
toit le nectar, ou l'ambroifie, qui alloit
nous donner l'immortalité même, dont ces
créatures devoient jouir. Une fymphonie
vocale, qui répandoit dans les airs une mélodie célefte, fervit à nous confirmer dans nos
agréables idées.

Au bout de cinq minutes, le tétin dont nous fucions cette heureufe fubftance, qui nous rendoit la vie, fortit de nos lèvres : cela arrivoit quand le vafe étoit mis à fec. Nos mégamicres, après nous avoir donné cent nouveaux baifers, nous portèrent aux lèvres leur autre fein, que nous épuifâmes comme le premier. Nous ne fûmes employer autre moyen pour leur marquer notre reconnoiffance que celui de les inonder de baifers, lorfque nous les vîmes au moment de nous quitter. Mais la furprife nous fut bien agréable en voyant deux nouveaux vermeils brillans de joie fe coucher près de nous, en nous donnant les mêmes indices d'amitié que les premiers nous avoient prodigués : nous acceptâmes leurs dons, & nous accueillîmes après ces feconds, les troifièmes, les quatrièmes, & les cinquièmes. Ce repas dura une heure, & je crois que nous n'aurions pas fini, fi lorfque les derniers nous quittèrent nous n'euffions avec effroi obfervé quelques goutes de lait qui tombèrent de leurs mamellons fur nos poitrines. La couleur nous fit croire que ce fut du fang. Cette vue calma notre infatiable appétit. Nous leur fimes comprendre que nous nous trouvions parfaitement bien nourris.

Plufieurs domeſtiques très alertes pré-
ſentèrent alors à nos aimables nourrices des
herbes, & des fleurs fur des beaux paniers.
Tous les dix en prirent, & en jettèrent fur
nous, & nous frottèrent par tout. Les délicieux parfums de ces végétaux portèrent une
nouvelle volupté dans nos ames: celui de nos
ſens qui en jouit le plus particulièrement ne
fut, comme peut-être vous penſez, ni l'o-
dorat, ni le gout, mais un ſixième ſens diffèrent de tous les autres, dont l'action par-
venoit à notre connoiſſance par les moyens
des nerfs, & du ſang, qui en reſtoient pé-
nétrés par le tact délié dont notre peau froiſ-
ſée étoit agitée. Ce ſens, dont je ne peux
vous communiquer qu'une idée imparfaite,
eſt chez les mégamicres la matrice pure du
ſuc nourricier qui les fait vivre toujours jeunes, & ſains jusqu'au terme que la nature a
preſcrit à leur vie, que chacun d'eux connoit, & auquel ils ſont ſûrs de parvenir, à
moins qu'ils ne s'écartent des loix de régime qu'on leur inſinue dans le tems de leur
éducation. J'ai ſu que le dernier inſtant de
leur vie leur arrive dans le paroxiſme de ce
ſens, dont nous ne ſommes pas ſuſceptibles,
car la matière qui le conſtitue nous manque
& encore la religion, peut-être, ne s'en ac-

commoderoit pas, & lanceroit inhibition à un plaifir qui, après nous avoir confervé la jeuneffe, finiroit par nous caufer la mort.

Après le frottement, notre frêle nature excédée de tant de voluptés toutes nouvelles, & toutes goutées fans aucune épargne, dut a-vouer fon infuffifance à en gouter d'autres. Cet aveu fut un fort fommeil, qui s'empara de tous nos organes en inondant notre efprit de vapeurs fi épaiffes que nos bons méga-micres firent de nous ce qu'ils voulurent, fans que rien eut jamais eu la force de nous tirer du profond affoupiffement, qui ne nous laif-fant que la vie, s'étoit emparé de toutes nos facultés animales. Nous ne fûmes tout ce qu'ils firent de nous, que lorfque nous par-vinmes à apprendre leur langue; & je vous en rendrai bon compte à tems, & lieu.

Il faut que je vous peigne actuellement ma fituation à mon réveil. Le premier ob-jet qui fe préfenta à ma vue fut ma foeur, qui étoit à côté de moi enfevelie dans le fommeil, & dont je n'entendois la moindre refpiration, qui pût me faire juger qu'elle n'étoit pas morte; mais il me fallut bien du tems avant que de me trouver en état de faire cette réflèxion. La fombre léthargie avoit accablé, & héhété mes fens: mon réveil com-

mençoit à les délivrer de la ſtupidité : je les
recouvrois peu à peu, & avec peine. Les
objets de la vue étoient les ſeuls qui pouvoient m'occuper, & ils m'étoient tous nouveaux. Une chambre, & des meubles d'une
forme extraordinaire ; un jour qui ne venoit
ni de la lumière du Soleil, ni de celle que
dès lampes, ou des flambeaux procurent dans
un lieu ténebreux, me ſurprenoient au point
que je ne me reconnoiſſois pas. Celui de
me ſouvenir de notre départ de Londres, de
notre ſubmerſion, des peines ſouffertes, du
monde où nous étions entrés ; de l'accueil
qu'on nous avoit fait, de la nourriture que nous
avions priſe, de ceux qui nous l'avoient donnée, & enfin de tout ce qui nous regardoit,
fut peut-être l'effet de la réfléxion d'une demi heure. On ſe rapelle beaucoup plus facilement des diſparates baroques, & des circonſtances bizarres, & découſues d'un long
rêve rempli d'extravagances. Après la réfléxion je ne me trouvois pas encore bien
convaincu, & je luttois avec grande perplé
xité contre des doutes, qui ſe préſentoient à
mon entendement avec une telle force, que
je penſois déraiſonner, & être devenu fou
Le réveil de ma ſoeur vint à mon ſecours.
Elle auroit employé beaucoup plus de tem

que moi à fe reconnoitre , fi je ne l'euffe pas
aidée à développer l'embarras que tout ce
qu'elle voyoit faifoit naitre dans fa tête : j'ai
même épargné fa conception, & je ne l'ai
acheminée à raifonner que par degré : il y a
des cas où la lumière de notre raifon a befoin d'être ménagée : un engorgement de
notions peut étouffer l'esprit ; comme des
morceaux avalés avec une voracité impatiente
peuvent étrangler un gourmand. Lorfque
nous nous crûmes parfaitement rendus à nous
mêmes, nous regardâmes à nos montres, mais
elles n'alloient pas, & nous ne pouvions pas
deviner depuis quand elles s'étoient arrêtées.

En nous voyant paffés de l'extrême dé-
treffe à une fituation , qui quoiqu' extraordinaire avoit l'apparence d'être fort heureufe,
nous nous attendrimes , pleurâmes ; & nos
penfées reconnoiffantes contemplèrent les oeu-
vres de Dieu. Le premier objet que nous
examinâmes fut la belle lumière qui éclairoit
la magnifique chambre où nous étions. Pour
en connoitre la fource nous nous levâmes,
& fûmes enchantés de trouver des babouches
blanches, & qui quoique fans boucles ferroient
à merveille. La chambre nous paroiffoit par-
quetée , mais après avoir marché quelques
pas, nous vimes que ce beau plancher n'é-

toit qu'un tapis, qui cédoit un tant soit peu sous
nos pieds. La clarté de cette chambre qui
n'avoit ni fenêtres, ni lanternes, venoit de
quatre de ses faces. Elle formoit un cercle
octogone qui avoit neuf pieds de hauteur, &
vingt quatre de diamètre : nos lits placés l'
un auprès de l'autre occupoient une alcove
qu'on pouvoit couvrir avec des rideaux, &
qui avoit douze pieds de profondeur, & dix
huit de largeur : toute la chambre étoit garnie de petits fauteuils, dont nous n'aurions
pas pu faire usage ; mais elle avoit à droite,
& à gauche des sophas qui avoit huit pieds
de longueur, & deux de largeur, sur lesquels
nous aurions pu dormir comme sur nos lits :
leur hauteur n'étoit que de cinq pouces, é-
tant faits pour des gens dont la taille excédoit
rarement les dixhuit. Il y avoit des tables
assez larges, mais basses à proportion de leurs
maitres, sur lesquelles nous vimes des machines
qu'on nous dit être des instrumens de musique.

La lumière donc qui éclairoit la chambre
sortoit de quatre grandes plaques, qui lui-
soient sans éblouir, hautes, & larges de neuf
pieds. Elles étoient de ce verre, qu'à cause de sa netteté nous appellons cristal, doublé
d'acier ; mais entre la grande plaque de verre
& celle d'acier, il y avoit un espace d'une seule

ligne d'épaisseur qui étoit rempli d'une matière phosphore fluide comme le mercure.
Les quatre autres faces n'étoient pas faites pour
contenir cette liqueur ; c'étoient quatre superbes
miroirs d'acier, poli au point que les plus
belles glaces de Venise auroient dû leur ceder :
ces miroirs étoient de neuf pieds en carré
comme les plaques luisantes, & servoient à
les séparer. Cette liqueur phosphore se trouve dans des souterrains : c'est la matière qui
coute le plus, & elle n'appartient qu'aux
souverains, dont elle n'est pas cependant la
plus grande richesse. Les particuliers peuvent
en avoir par la voie du commerce, puisqu'
outre qu'elle forme la monnoie courante comme chez nous l'or, l'argent, & le cuivre, elle
est aussi marchandise.

Nous avions déjà remonté nos montres, & avions passé plus d'une heure à examiner tous ces différens objets. Nous étions
seuls, nous désirions voir quelqu'un, mais
nous n'appercevions ni fenêtres, ni portes.
En faisant le tour de notre chambre nous
trouvâmes dans une petite armoire derrière
nos lits tout notre bagage ; mais nous n'a-
vions point d'habits, & étions tous nus. La
peine que cela nous faisoit ne procédoit pas
du froid, ni de l'indécence qu'il y auroit eu

à paroître en cet état devant nos hôtes, puisque l'éducation rend les mégamicres non fufceptibles de cette idée ; mais c'étoit par rapport à nous, qui devant vivre enfemble, notre nudité nous expofoit à un danger auquel
il étoit impoffible que nous ne fuccombaf-
fions. La nature ne nous laiffa pas le tems
d'y penfer. Nous étions feuls l'un vis-à-vis
de l'autre, & nous ne pouvions pas craindre
ce que notre innocence ne nous laiffoit pas
prévoir : fi nous l'euffions prévu, il ne nous
feroit pas arrivé de violer une loi, que nous
étions nés, & élevés pour refpecter, & nous
ferions peut-être morts plutot que d'y manquer ; mais nous nous trouvâmes devenus mari
& femme fans avoir fait aucune réfiftence, &
fans avoir prêté le moindre confentement à
le devenir. Pouvons-nous avoir offenfé la
nature ; tandis que ce fut la nature elle même qui nous fit agir ainfi fans le concours
de notre volonté ? Et fi notre volonté ne s'
en eft point mêlée, notre union peut-elle a-
voir été un crime devant Dieu, dont la nature eft l'ouvrage ? S'il le fut, comme la
religion dans laquelle nous fommes nés, &
élevés veut que nous le croyons, veuille Dieu
nous accorder le don d'en connoître l'horreur ; pourque nous puiffions, fi non nous

repentir, être du moins affligés de l'avoir commis. Mais fi ce fut un crime, comment un Dieu vengeur auroit-il pu permettre, que l'effet de ce crime fut une propagation, dont il n'eft pas poffible d'imaginer de plus féconde ? Cette propagation fut, peut-être, la punition temporelle. Si la chofe eft ainfi, je demande fi nous devons nous croire heureux, ou malheureux de ce que non feulement cette punition ne nous fait aucune peine, mais de ce que nous l'avons réellement toujours regardée comme le plus grand bien que nous ayons défiré après notre fatale union, fruit d'une force invincible, & d'un trouble de fens dont auparavant nous n'avions jamais eu la moindre idée. Ne croyez pas qu'après le fait nous foyons reftés interdits, confus, ou accablés de honte. Vous pourriez le conjecturer, mais vous vous tromperiez. Nous ne nous trouvâmes aucunement affaillis de fenfations humiliantes. Le moindre repentir, le plus petit remord n'apporta aucune altération à la férénité de nos ames. Nous nous aimons aujourd'huy ni plus, ni moins que nous nous aimâmes ce jour-là.

Le nombre de nos defcendans, moitié mâles, & moitié femelles, outrepaffoit à notre départ les quatre millions. Toute cet-

te heureufe propagation vint de quarante filles, dont ma femme eſt accouchée en quarante ans toujours accompagnées d'un jumeau.
Elle avoit douze ans lorſque nous arrivâmes
là, & elle fut féconde juſqu'à ſa cinquante
deuxième année. Les maris de mes filles furent toujours leurs frères jumeaux quarante
neuf ans de ſuite, & je fus le premier à leur
donner l'exemple de la foi ſacrée qu'on doit
au mariage qui dépend de la fidélité réciproque que les époux ſe doivent à l'excluſion de
tout autre être. Auſſi n'eſt-il jamais arrivé
dans ma race, qu'après une quantité d'années, ni crime, ni ſoupçon, ni tentation d'a-
dultère, puiſque par un préjugé que j'ai volontiers laiſſé courir, ils ont toujours cru, &
il n'y a que vingt deux ans que j'ai jugé à
propos de les déſabuſer, que leur union eſt
un lien inviolable auquel la nature même les
a deſtinés lorſqu'elle les a fait naître enſemble : & je me ſuis bien gardé de leur dire
que la choſe ſe paſſe tout autrement en Angleterre, & encore plus de les inſtruire que
leur union ſeroit regardée comme horrible
chez nous, car ils ne l'auroient point cru.
Je ne leur ai enſeigné de l'hiſtoire de ce
monde que ce que j'ai jugé convenable, &
je ne les ai jamais informé d'aucun fait de

l'ancien teſtament étranger à la création, parceque je ne leur ai jamais ſuppoſé aſſès de
jugement pour entendre ces ſublimes doctrines comme il faut les entendre, & parceque
je ne me ſuis pas cru aſſez fort pour répondre à toutes les queſtions que la connoiſſance
de ces faits les auroit induits à me faire. Je
ne leur ai inculqué que l'adoration d'un ſeul
Dieu dans la très ſainte Trinité, & la loi naturelle diviſée en préceptes, comme je vous
en rendrai compte à ſa place. Si mes fils
donc vivent en juſtes ils feront leur ſalut,
comme l'ont fait ceux d'entre les antidiluviens
qui ont vécu exempts de crimes; & comme
tous ceux qui ont vécu aimant Dieu, & le
craignant avant la loi de grace.

Etant ſûr qu'après l'incarnation du
verbe éternel la voie du ciel ne pouvoit être
ouverte qu'aux régénérés par l'eau, & par
le Saint-Esprit, j'ai baptiſé tous mes enfans
& j'ai inſinué à tous le précepte de baptiſer
les leurs. J'eſpère que Dieu miſéricordieux
aura exaucé ma pieuſe intention, & confir-
mé la validité, & la force ſacramentale de
mon baptême. Un mois après j'ai circon-
cis tous mes mâles, & j'en ai donné le précepte à tous mes deſcendans, qui l'obſervent,
& l'obſerveront toujours. Je ne leur ai ce-

pendant pas donné ce dernier précepte comme divin, mais simplement comme convenable à la propreté humaine : cette circoncision ne peut proprement être appellée qu'incision, car ce n'eft qu'une fimple féparation de peau fans nulle mutilation : je l'ai crue necef-faire à la profpérité de la propagation, & à les garantir de certains maux auxquels les feuls incirconcis font fujets.

Si je n'ai donc inftitué parmi eux autre facrement que le baptême, la confeffion à Dieu, & le mariage, je dois me réjouir de ne m'être pas écarté de mon devoir, premiè-rement parceque je n'avois pas la faculté d'en inftituer, & d'en adminifter d'autres, & en fecond lieu parceque j'ai cru que pour faire leur falut ils n'en avoient pas befoin. Je n'ai pas permis qu'ils fachent qu'il y en a fept chez nous, de crainte de furcharger leur en-tendement de trop de befogne. J'ai infti-tué la prière à Dieu, & je leur ai infinué que moyennant le repentir de leurs fautes ils en obtiendroient le pardon. Vous entendrez, milords, à tems, & lieu quelles font les fau-tes que je leur ai défendues en qualité de péchés, & je fuis fûr que j'obtiendrai votre fuffrage, lorfque vous réfléchirez que j'ai fait tout ce que j'ai cru plus convenable à leur bonheur temporel, & spirituel. Dieu seul pourroit faire parvenir dans ce monde là des missionnaires avec des pleins pouvoirs pour perfectionner l'œuvre que je n'ai pu que commencer ; sans cela ils ne seront jamais chrétiens autrement que comme je les ai faits.

Dans les quatre vingts ans que nous demeurâmes là nous n'avons jamais vu aucun de nos enfans mort, où épouvanté de la moindre maladie, ni parmi tant de couches une seule de malheureuse. Une pareille prospérité nous a quelquefois déplu, car quelqu'exemple frappant, & capable de les humilier auroit pu modérer leur orgueil. Ils croyent fermement que l'homme ne meurt pas, & que je ne leur ai dit que l'on meurt que pour les effrayer. Quand je leur alléguois pour preuve convaincante de la mort, à laquelle l'homme est sujet, celle des mégamicres, qui meurent tous à l'âge de quarante huit de nos ans, ils me répondoient que la mort des mégamicres ne prouvoient pas la nécessité de la mort des Alfrèdes chrétiens.

Vous saurez dans quelques jours comment nous sommes parvenus à la souveraineté, & vous verrez qu'on peut facilement conjecturer que dans cent ans d'ici mes enfans seront maîtres de tout le monde inté-

rieur qui effectivement n' eſt pas plus grand
que le notre, car il ne peut pas l' être, mais
bien plus conſiderable parcequ' il a au moins
trente fois plus de lieux habitables que celui-
ci ; point de terres inconnues, ni mers, ni
déſerts, ni pays ſteriles, ou incultes, ou a-
bandonnés à cauſe du froid, ou de la chaleur extrême. Je ſuis en état de vous faire
la deſcription exacte des lois, & des mœurs
de toutes les differentes nations des mégamicres, & de toutes les productions de leur
monde, car j' en ai fait pluſieurs fois le tour
toujours inſéparable de ma chère Eliſabeth.

Le nombre des mégamicres eſt de trente milliers de millions, & il reſte là par des
raiſons que je vous dirai ; celui de mes deſcendans le ſurpaſſera dans cent ans d' ici, à
moins que l' ordre de la nature ne change
dans la progreſſion de leur multiplication,
comme un événement arrivé ; il y a vingt
deux ans, l'a diminuée de la moitié. D'autres événemens qui ne peuvent pas être pré-
vûs des hommes la diminueront encore vrai-
ſemblablement ; car ſans cela en trois ſeuls
ſiècles tout ce monde là ne ſuffiroit pas à
leur ſubſiſtence. Tous mes deſcendans parlent anglois comme nous, & l'écrivent, & parlent, & écrivent la langue des mégamicres,

qui est la seule de ce monde là. Plusieurs
entre ceux-ci qui se sont appliqués à notre
langue sont parvenus à l'entendre, & à l'é-
crire, mais jamais à la parler; & cela par
défaut d'organes, car il leur est impossible
d'exprimer toutes les consonnes : ils ne peuvent prononcer que le *B*, le *M*, le *P*, &
le *F*.

Tous mes enfans sont exempts, comme
les mégamicres des détrimens visibles de la
vieillesse, des maladies, du besoin de dormir,
& de celui de se nourrir de viandes, de poissons, ou d'herbes. Leur nourriture principale est un fruit délicat, qu'on appelloit le
fruit défendu, que tous les mégamicres res-
pectoient, & craignoient, & qu'aujourd'huy
ils ne craignent, & ne respectent plus. Ils
mangent outre cela des anazés, des chon-
drilles, & plusieurs mets différemment assai-
sonnés d'une farine qui est la denrée de première nécessité. Le point fixe de leur Soleil
est la cause du jour perpétuel, & de la cons-
tance d'une seule saison qui ressemble au
plus agréable printems de l'Europe. Leur
Soleil ne peut être que ferme, & immobile
parcequ'il pèse également sur toute l'atmos-
phère qui l'entoure, & sur toute la périphérie solide de la terre qui l'environne dans

une parfaitement égale distance. Sa lumière
est éblouissante au point qu' on ne peut la
fixer sans danger : une obstruction dans le
nerf optique qui prive entièrement de la vue
peut en être la suite. La nature savante a
donné aux mégamicres toute la facilité de se
garantir de cet irréparable malheur en les faisant naître avec une capeline cartilagineuse
qui paroit les avertir qu' ils n' auront pas raison de se plaindre s' ils y succombent. Je
crois que ce monde là est le grand aimant
siège de l' attraction qui fait, que tous les
corps qui se trouvent sur notre superficie convèxe pesent sur lui. Quelques physiciens ont
deviné cela en gros; mais ne pouvant y aller qu' en esprit, & à tâton, aucun d' eux ne
fut jamais en état de décider qu' une force
répulsive dans le centre du noyau faisoit graviter un autre genre humain sur la rotondité
d'une solidité concave. Cette concavité parfaitement sphérique nous démontre que la
distance qu' il y a entre nous & les mégamicres doit être moindre là où la terre sur
laquelle nous marchons est applatie.

Les mégamicres ne voyagent que fort
rarement, & cela par deux raisons. La première est que leur religion leur défend la curiosité; précepte fort sage lorsqu' elle est vi-

cieufe, mais la dévotion devient par tout fu-
perftitieufe lorfqu'elle s'empare de têtes foibles; & les têtes foibles ne font rares nulle
part. Leur feconde raifon eft, que leur monde eft partout tellement uniforme, qu'il ne
vaut pas la peine, difent ils, de s'expofer
au rifque de commettre un pêché pour le voir.
Ceux qui voyagent beaucoup font les marchands, dont la curiofité n'eft jamais fufpec-
te ni fcandaleufe, puisque leur unique objet
eft l'avidité du gain, & tout eft permis dans
ce monde là à leurs fpéculations, puisque les
fouverains tirent toujours quelqu'utilité de
tout ce qui va, & de tout ce qui vient. Ils
ont pour faire leurs voyages foit par terre,
foit par eau, toutes les commodités imagi-
nables; par terre des poftes avec des relais
entretenues par les fouverains refpectifs cinq
milles diftantes les unes des autres en tout fens;
& par eau des coches où ils peuvent pour un
prix fort modique porter partout leurs mar-
chandifes; & leur monde eft partout coupé
par des canaux inombrables. Toute la terre
étant là également peuplée, & habitée, ils
ont l'avantage de pouvoir aller partout par
le plus court chemin, & ils ne fe trompent
pas, car jusqu'à l'âge de douze ans qui font
trois des notres, ils font tous bien élevés, &

ce qu'on leur apprend dans le tems de leur
éducation est, outre la morale, la géographie:
au surplus il n'y a point de ville où il n'y
ait un grand globe exposé au public, où tout
leur monde est désigné, & où tous ceux qui
en ont besoin peuvent aller faire leurs observations. Il est impossible dans ce monde
là de faire un voyage sans parcourir une
courbe sur la concavité, tout comme il nous
est impossible de ne pas la parcourir sur
sa convexité, mais cela n'empêche pas qu'
effectivement les mégamicres ne marchent é-
galement que nous toujours sur une ligne
droite, car tout le monde sait qu'un cercle
quelconque n'est autre chose qu'un poly-
gone.

On voit toute la surface de ce monde
là à perte de vue dégagée de tout objet qui
pourroit entrecouper la vue d'un endroit é-
loigné quelconque. L'égalité de leurs plaines n'est que de tems en tems délicieusement
interrompue par des petits bois composés
d'arbres, qu'on appelle sacrés par une raison
que je vous dirai demain. Toutes les villes,
toutes les maisons de campagne, & tout ce
qui est bâtiment est souterrain à l'exception
des observatoires, quoique leur éminence soit
très petite, puisqu'elle ne peut aider en rien

à découvrir des diſtances dans un monde où tout éloignement d'objet eſt marqué par l'élévation.

Tout le ſol de ce monde eſt généralement diviſé en meſures, qu'ils appellent *o e*, & que nous appellerons topes : ils ſont tous parfaitement carrés, & cotoyés par des ruiſſeaux courans dont les lignes ſont convergentes, & divergentes alternativement de quatre à ſept pouces en grace de la juſteſſe du carré du tope, puiſqu'il eſt impoſſible de couvrir régulièrement la ſurface d'une ſphère de carrés égaux. Sur les grands chemins ces ruiſſeaux ſont couverts. Chaque tope eſt un carré de cent toiſes, qui par conſéquent en contient dix mille de ſurface & dans chacun il y a pour le moins huit maiſons ſouterraines habitées par ſix, ou huit couples mégamicres qui ont ſoin de la culture du tope : on n'en trouve pas un ſeul en friche. Vous voyez, milords, la préciſion, & la facilité avec laquelle tout mégamicre qui ſait compter eſt le maitre de ſavoir la grandeur de la terre, & d'en régler la diſtribution ; & tout le monde ſait compter.

Les maiſons des païſans ſont petites, & carrées, mais elles ont cependant trois étages, chacun de quatre pieds de hauteur, ayant à chacune de leurs faces des écuries pour les bêtes, & des magasins pour y conserver les fruits de la terre. Le seul étage éclairé par le jour naturel est le premier, dont la lumière entre obliquement par des petites fenêtres en rampe, vrais soupiraux pratiqués sous la corniche toujours architravée, & sans frise.

Mais dans les villes l'architecture brille. On voit des belles, & grandes maisons, & celle qu'on appelle l'Econearcon, ou maison royale, & qui se trouve dans presque toutes les villes, où il y a un abdala, est vaste, & magnifique. Ce sont des palais dont la profondeur est de cent toises, & de cent toises la longueur, & la largeur, topes cubes parfaits qui ont leur surface couverte de cours, de jardins, de canaux, & de petits bois, & remplis dessus de tout ce que l'industrie, la science, & le luxe peuvent fournir aux désirs d'un monarque spirituel, voluptueux, & magnifique. Un seul de ces palais contient souvent dix mille grands appartemens de maitre, qui font autant de maisons fort commodes; & logement pour cent mille domestiques tous séparés les uns des autres, & cent vastes sales de huit toises de hauteur, & de trente deux en carré pour exécuter des morceaux de mu-

fique enchantereffe, & dont j'aurai occafion
de vous parler. La profondeur d'ailleurs ne
peut jamais aller au delà de cent toifes, puifqu'à ce terme commence la matière qu'ils
appellent impénétrable attenante à la bour-
beufe, qu'avant mon arrivée ils croyoient u-
niverfelle.

Il y a dans ce monde là pauvreté, &
richeffe, le tien, & le mien comme chez
nous, & par cette raifon dans l'intérieur de
toutes les villes il y a au bas des remparts
des maifons, que le gouvernement donne par
charité aux pauvres : elles font femblables à
celles des païfans, mais fans écuries, & fans
magazins. Cette aumone dépend d'un précepte de leur religion qui ordonne aux nobles, & aux riches de ne jamais fouffrir, que
la mifère parvienne à opprimer un couple de
mégamieres au point qu'il ne puiffe au moins
dans les heures du repos jouir d'une retraite
obfcure. On préfère là les ténèbres à la clarté du jour, parcequ'il eft naturel que tout ce
qu'on poffède toujours devient ennuyeux, &
puis, parceque la clarté ne coute rien, pendant que pour obtenir de l'obfcurité il faut
avoir de l'argent : les coupables ne font là
jamais condamnés qu'à des prifons claires, à
moins qu'ils ne méritent quelqu'indulgence.

J'ai vu dans plufieurs capitales de ce
monde là des globes de différentes grandeurs
dans lesquels on entre, & on voit l'exact
deffein de toute leur terre. Ces fphères font
éclairées par une lanterne ronde, qui fe trouve
dans le centre fufpendue par une groffe corde au zénith du globe. Cette lanterne eft
à proportion du globe grande comme leur
aftre naturel : elle eft vuide, & de fer, couverte, à une ligne de fa circonférence, de
verre fous lequel il y a le phofphore. Les
plus grands de ces globes font ceux des fouverains dans les capitales, qui ont jusqu'à
quatre vingt dix toifes de diamètre : ils cou-
tent prefqu'autant qu'un Econearcon. On
marche tout à l'entour de ces globés par des
chemins fort étroits fur des efcaliers, qui par
une quantité de fpirales qui fe communiquent,
conduifent fur tout le planifphère : les plan-
chers de ces chemins font des tapis de chanvre : les tifferands font là les plus nombreux
des artifans, mais, exceptés leurs chefs, ils
ne font pas les plus riches : le chanvre paffe
pour la matière de feconde néceffité, car on
en fait les tapis qui forment les pavés de tous
les appartemens : le feul toit des maifons eft
de bois, ou de briques cuites au feu.

Le méridien des mégamicres étant partout le même, ils n'ont pas eu besoin de se
former, ni d'imaginer des lignes de latitude,
ou de longitude; mais ils se sont fait des
mesures en fixant un point arbitraire, dont
je vous parlerai à sa place. Ils connurent le
diamètre de leur Soleil par un moyen que,
sauf votre avis, je crois le plus simple. Ils
élevèrent un télescope perpendiculairement,
& le penchèrent après jusqu'au point où ils
ne trouvèrent plus le corps du Soleil qui leur
empêchât de voir l'endroit de la terre vis-
à-vis : ils marquèrent la ville, ou le village
qu'ils virent, & firent après la même diligence en penchant le télescope du côté du
Soleil opposé au premier, & marquèrent a-
près l'endroit vu. La distance de ces deux
endroits observés leur étant connue, tant pour
l'éloignement dans lequel ils étoient par rapport au télescope, que par la longueur de
la ligne de leur séparation, ils établirent la
mesure de la distance des deux divergentes
à leur moitié pareille à celle du diamètre de
l'astre.

Le périmètre du monde des mégamicres
est de vingt un mille trois cent quatre vingt
milles géometriques; & son diamètre est à
peu près de six mille six cent quatre vingt

dix : ce diamètre est de cent quatre vingt quatre milles moindre que le nôtre pris à l'é-
quateur. Ils trouvèrent les bouts des divergentes, pour mesurer le Soleil, distans entre
eux de mille trois cent quarante quatre milles
géométriques : ils déterminèrent donc le diamètre du Soleil à six cent soixante douze
milles, & son rayon à trois cent trente six
milles : la distance du centre du Soleil de
leur terre doit être de trois mille trois cent
quatre vingt quinze milles ; mais il faut en
diminuer trois cent trente six de son rayon,
& elle reste de trois mille & cinquante neuf
milles ; ce qui revient à dix rayons & trente cinq milles : le diamètre de l'astre doit
être la trente deuxième partie de la périphérie de leur monde. Un roi me fit voir un
globe de cent toises de diamètre ; celui de
sa lanterne mesurée par moi même étoit de
neuf toises, & quatre pieds.

La solidité de ce monde là est de cent
soixante quatre milliers de millions, cent quatre vingt sept millions, quatre cent nonante
six mille, deux cent milles géométriques carrés : sa surface est de cent quarante cinq millions, cent septante mille, deux cent milles.
Quatre vingt royaumes, & dix républiques
ont chacun un terrain carré de mille & cent

milles large ; & long, ce qui donne à chacun un million, deux cent dix mille milles
carrés de terre ; les autres trente six millions
de milles sont occupés par des fiefs grands,
& petits au nombre de deux cent seize tous
triangulaires. Il n'y a point de fief qui ait
moins de soixante mille milles de pays,
& de dix millions de sujets : plusieurs fiefs en
ont cinquante ; & huit en ont jusqu'à
quatre vingt dix millions. Les princes feu-
dataires ne reconnoissent dans le monarque,
ou dans la république dont le fief relève que
le droit de suzerraineté ; maitres pour le reste de tout , & même de la législation.

Tout ce que je vous ai exposé, milords,
étant réel, il est certain que si le diamètre
de notre globe est de six mille huit cent soixante quatorze milles géométriques, nous ne
sommes séparés du monde intérieur que de
quatre vingt douze milles & demi, & je peux
vous assurer par l'expérience que je viens d'en
faire, que la différence ne peut pas être bien
grande. Le chemin que j'ai fait pour y aller
ne me permet aucune conjecture certaine,
car ayant fendu les airs je ne puis rien déduire ; mais mon retour m'a beaucoup appris. Quand nous en serons là, vous verrez
plus clair ; mais je vous avertis d'avance de

ne pas vous flatter de pouvoir parvenir à fixer une direction pour y aller : c'eſt une
difficulté qui touche aux confins de l'impoſſibilité phyſique.

Je crois que le monde d'où nous venons de ſortir eſt parfaitement clos , & je
penſe même que ſon heureux ſyſtème phyſique ne peut exiſter , & ſe maintenir , que
parceque ſon air ne peut ſe communiquer
au notre par aucune ouverture. Ce qui le
tient ainſi fermé ſont deux forces contre leſ-
quelles l'homme eſt trop foible pour prétendre lutter.

Après avoir quitté nos lits , nous nous
jettâmes ſur un ſopha, où nous fimes des réflexions ſur le long ſommeil dans lequel nous
fûmes plongés après la nourriture extraordinaire que nos hôtes nous avoient généreu-
ſement donné ; & réflèchiſſant à l'uniformi-
té de leur conformation nous décidâmes qu'
ils devoient être les mâles de leur eſpèce, qui
dans ce monde là pouvoient fort bien avoir
la privilège de porter dans leur ſein l'excellent lait rouge que nous avions ſucé. Nous
reſtâmes donc curieux de voir les femelles
auſſi, car ſans femelle une propagation nous
paroiſſoit inconcevable.

Je me levai pour voir s'il n'y avoit pas quelque porte, ou quelque recoin par où l'on pût appeller quelqu'un, & ayant observé derrière l'alcove près d'une cloison un carré de deux pieds bien travaillé, qui avoit au milieu un beau chainon, je mis la main dessus, & le tirant à moi nous entendîmes un agréable carillon qui dura une minute. Le carré s'abbaissa, & nous vimes entrer par là même le rouge au blanc manteau, & à la capelline fleurie, qui suivi de son compagnion chanta, dansa avec lui devant nous, & puis nous prenant par les jambes nous firent asseoir au milieu d'eux sur un sopha. Ils nous dirent beaucoup de choses, que nous ne pûmes pas comprendre, mais que l'harmonie parlante de leur langue nous rendoit agréables. Après avoir beaucoup parlé il nous remit un papier sur lequel tout son discours étoit écrit en lettres de toutes les couleurs. D'abord que j'ai su leur langue, je l'ai traduit en anglois, & voilà sa traduction fidèle que je n'oublierai jamais.

"D'abord que nous vous vimes deve-
"nus les victimes de l'inéxorable sommeil, nous
"ne nous étonnâmes pas, puisque la nour-
"riture que vous avez exigée auroit été suf-
"fisante à assoupir vingt enfans du Soleil.

"Nous vous en aurions avertis, si nous eus-
"fions ofé croire que vous ignoraffiez l'ef-
"fet d'une pareille intempérance, ou qu'il
"pût fe vérifier en vous, dont nous suppo-
"fions la nature supérieure de beaucoup à la
"notre, & exempte auffi de ce malheur. Le
"fommeil chez nous ne peut s'emparer que
"de ceux, qui fe font privés de la faculté de
"raifonner, à force de prendre plus qu'il ne
"leur faut de cet aliment. L'ivreffe nous
"eft défendue par la loi divine, & par la ci-
"vile fous peine d'infamie, & fous l'autre
"de ne pas pouvoir exiger qu'on puniffe ceux,
"qui pendant notre fommeil nous auroient
"volé tout ce que nous poffédons en meubles.
"Il n'eft permis chez nous de voler que les
"feuls endormis; en tout autre cas le vol eft
"févèrement puni. Nous avons un autre
"frein qui nous retient, & qui fait que
"nous ne nous abandonnons pas fi facilement
"à ce vice : le noir fommeil introduit dans
"notre fang une fi dangereufe langueur, que
"c'eft à vue d'oeil qu'elle nous fait vieillir,
"& qu'elle accélère le cours de notre vie en
"ne la laiffant pas arriver à fon terme natu-
"rel. Ce terme eft de cent quatre vingt
"douze moiffons. Nous vous avons fait
"garder à vue durant votre fommeil pendant

"trois métamorphoſes du ver noir, pour
"vous procurer tous les ſecours dans le cas
"que votre ivreſſe ſe fut manifeſtée mortelle;
"mais après que nos phyſiciens nous aſſurè-
"rent de la juſteſſe de votre pouls, & qu'il
"n'y avoit rien à craindre, je fus au tem-
"ple, & je demandai à l'abdala d'être inſ-
"truit par ſon oracle de ce que je devois
"faire, & j'ai ſuivi ſes inſtructions à la lettre.

　　　"On m'a ordonné de vous faire trans-
"porter chez moi, & d'attendre votre réveil
"naturel; & j'ai obéi.　On m'a ordonné
"auſſi de vous avertir que l'ivreſſe chez nous
"eſt ſcandaleuſe, & mortelle.　J'ai dit au
"ſaint miniſtre, que cela m'étoit impoſſible,
"parceque vous ne comprenez pas ce que la
"langue de Dieu dit à l'eſprit de l'homme,
"mais il m'a dit, que ſi vous ne la compre-
"nez pas, n'importe, & qu'il ſuffit que la
"vérité vous ſoit dite, & que je devois vous
"la laiſſer par écrit, comme je fais. Il m'a
"auſſi ordonné de vous donner ſans délai
"des parfaits maitres de langue pour qu'ils
"vous aprennent à vous expliquer, & à nous
"entendre.　Il m'a auſſi dit d'informer le
"roi notre ſeigneur de votre arrivée avec tou-
"tes les circonſtances qui l'accompagnent;
"mais pour m'acquitter de ce devoir je n'ai

"pas attendu que l'abdala m'en fit souvenir,
"puisque j'ai envoyé au roi un courier, d'a-
"bord que votre caisse fut traînée à terre;
"& un autre d'abord que je vous ai vus de-
"hors. Je dois aussi vous faire savoir que je
"suis le premier représentant de sa majesté,
"en qualité de gouverneur de cette ville, une
"de ses quatre frontières, & que, selon mes
"commissions, je dois tenir un régistre é-
"xact de toutes vos démarches,& vous prier,
"lorsque vous serez en état de le faire, de me
"narrer fidélement comment vous avez fait
"pour monter chez nous, qui vous a envoyé,
"qui vous êtes, & ce que vous avez inten-
"tion de faire ici; car malgré le prodige du
"plafond de votre caisse, qui est allé au sé-
"jour des bienheureux, nous prenons pour
"une fort mauvaise marque celle de l'igno-
"rance dans laquelle vous êtes de notre di-
"vine langue. Cela indique visiblement que
"vous ne procédez pas du Soleil père unique
"de toutes les créatures raisonnables.,,

C'est, milords, tout ce que l'écriture
disoit; mais actuellement que j'ai cru devoir vous en rendre compte, pour vous faci-
liter l'intelligence de notre histoire, vous é-
tes plus savans que nous ne l'étions, lorsqu'
on nous l'a donna. Vous saurez demain ce

que c'eſt que les cent quatre vingt douze
moiſſons de la vie naturelle des mégamicres,
& ce que c'eſt que les métamorphoſes du
ver noir, & tout ce qui nous eſt arrivé dans
la plus grande régularité des loix de la narration. Les deux bons mégamicres nous em-
braſſerent, & partirent.

Fin de la ſeconde journée.

INDEX

des matières contenues dans le premier tome de l'Içofameron.

INTRODUCTION.

JCOSAMERON.

PREMIERE JOURNEE.

v

Fin de la table du premier Tome.